介入与超越

何言宏／著

中国书籍文学馆

名家文存

中国书籍出版社
China Book Press

图书在版编目（CIP）数据

介入与超越 / 何言宏著 . — 北京 : 中国书籍出版社， 2014.3
（中国书籍文学馆 · 名家文存）
ISBN 978-7-5068-3947-1

Ⅰ . ①介… Ⅱ . ①何… Ⅲ . ①随笔—作品集—中国—当代 Ⅳ . ① I267.1

中国版本图书馆 CIP 数据核字（2013）第 306246 号

介入与超越

何言宏　著

图书策划　武　斌　崔付建
责任编辑　刘文利　刘　娜
责任印制　孙马飞　马　芝
出版发行　中国书籍出版社
地　　址　北京市丰台区三路居路 97 号（邮编：100073）
电　　话　（010）52257143（总编室）（010）52257140（发行部）
电子邮箱　eo@chinabp.com.cn
经　　销　全国新华书店
印　　刷　三河市华东印刷有限公司
开　　本　710 毫米 ×1000 毫米　1/16
字　　数　217 千字
印　　张　21.75
版　　次　2014 年 5 月第 1 版　　2021 年 1 月第 2 次印刷
书　　号　ISBN 978-7-5068-3947-1
定　　价　58.00 元

目录

新世纪文学反思录

台湾诗人十二家

读其他

谈话录

新世纪文学反思录①

①二〇一一年，应《上海文学》甫跃辉约，为该刊“批评家俱乐部”栏目连续主持十期题为“新世纪文学反思录”的系列对话，邀请中国当代文学界的很多作家与批评家共同反思和总结新世纪以来的中国文学，所论问题，至今仍很重要，兹将本人所谈的部分收入本书。

乏力的介入

——“新世纪文学反思录”之一①

至二〇一〇年底，二十一世纪的中国文学已经整整走过了十个年头，对这十年的文学，文学界与学术界都曾经以不同的方式做过很多总结，很多刊物都开辟栏目，发表了不少这方面的论文，很多会议也都以此为主题。《上海文学》的“批评家俱乐部”栏目曾经在文学界广有影响，想邀请一些朋友以系列对话的方式，以“新世纪文学反思录”为题，较为系统地反思新世纪文学，这无疑是非常及时的。我们初步提出了一些问题，涉及这十年文学的很多方面。栏目以一年的时间、十二期的规模和众多朋友的参与，对于新世纪文学的回顾、总结与反思，一定会很深刻，也会很丰富。这里我们先将文学与社会的关系问题做一番讨论，对于我们的文学来说，这个问题最为迫切。

① 参加本期讨论的另有苏州大学王尧教授和北京师范大学张清华教授。

社会转型与文学的合法性危机

继一九八〇和一九九〇年代以后，二十一世纪以来的中国持续发生着相当剧烈的社会转型。这样的转型，形成了一个不同于一九八〇和一九九〇年代的基本稳定的社会结构。在这样的社会结构中，不同的社会阶层各就其位，处于各个不同的社会地位，承担着各自不同的命运，也有着各自不同的痛苦、焦虑、欢乐与希望，形成了区隔明显的生活方式与文化趣味，边界清晰，流动困难，在近于固化的阶层内部自我认同，不断地进行着各自阶层的再生产工作。二十一世纪以来的中国文学作为一种特殊的社会实践，文学知识分子作为一种相当特殊的社会群体，就处身于这样的转型之中，对它们的考察，显然应该注意这样的事实，注意到形形色色的文学实践如何理解和处理他们与社会之间的关系？

那天在常熟的会上，清华已经谈到了他对知识分子身份的变化给文学带来的影响，我和他一样对此是很焦虑的。我们都曾看到，很多作家随着自己的身份变化，在生活方式、思想感情甚至精神立场方面，已经发生了很大的变化，有些变化是很令人吃惊的，说得严重点，是发生了背叛。年初我在和诗人王家新的一次对话中，曾经谈到过知识分子精神背叛的问题，现在看来，这些背叛是和他们的身份归属与身份认同联系在一起的。不过在另一方面，我们也应该注意到，如果从二十一世纪以来的中国社会与中国文学的关系的角度来考察，在这一时期的文学新变中，社会转型的急剧深入及其所引发的社会分层和社会矛盾、社会问题，也在很多作家那里激发和形成了一种非常重要的精神品格，这就是介入意识的自觉，这一时期的不少作家也开始自觉地介入社会，承担起文学应有的使命，我们在很多作家、很多诗人的文学实践和很多文学思潮与文学现象中，都能看到介入的自觉。

我们在这里，实际上触及了一个文学如何介入现实的问题。在这个问题上，我想起俄国诗人布罗茨基在《哀泣的缪斯》一文中说过的话："在历史发展的某些阶段，惟有诗歌可以应付现实，它将现实浓缩为可以触摸、心灵可以感受的某种东西"。我们且不问是惟有诗歌还是其他文体更加能够应付现实，这里我关心的，是他所提出的文学关注或者是介入现实的方法，即是"将现实浓缩为可以触摸、心灵可以感受的某种东西"。所以我也同意，文学对现实的介入绝对不能局限于对具体问题的揭示，更加不能停留于现实的表面，而是应该透过这些，按照诗人多多所说的，要"直取事物的核心"，进入本质。在今天这样的历史阶段，如果我们的文学不能具有这样的自觉，或者说，如果我们的文学不能在此方面做出卓有成效的努力，那它的合法性，它所存在的理由，真的会遭到质疑。所以对我们来说，一个非常重要的任务，就是要通过自觉和有效的社会介入，来重建、挽救或者是增强文学的合法性。

介入的限度与美学的困境

前面我说过，新世纪以来的中国文学对于社会的介入虽然具有一定的自觉，但却是非常有限和不充分的。一方面，中国作家对于社会的观察缺少应有的全面性，很多重要的社会现象和社会问题被文学所有意无意地省略，这也许与目前仍然存在的文学的制度限禁很有关系，但是作家自身的问题也不能忽视，我以为他们面对现实时的犬儒主义的逃避，就很迫切地需要正视；另一方面，很多作家对社会现实的认识也缺少应有的深刻，即使是那些自觉地进行社会批判的写作，所征用的精神资源与思想资源——比如左翼的资源和人道主义的资源——往往也是非常简单、匆忙和未经反省的，这都使得社会批判与社会介入出现了不容忽视的限度。

是啊，最大的问题还是在思想能力和价值立场方面，这两方面的薄弱可能是我们的文学在社会介入时缺乏力量和存在着限度的主要原因。二十一世纪以来的中国文学对于社会现象和社会问题的揭示确实也有一定的自觉，比如社会的两极分化问题、官场腐败问题和生态问题等，很多作品都有反映。在这些方面，甚至产生过不少在一段时期广有影响的重要作品。但是冷静地想一想，其中的很多作品对于社会现实的关注与揭示，由于只是简单征用左翼资源或人道主义资源等等，很难应对复杂的中国现实。所以对我们来说，最重要的就是价值与思想方面的深刻创造。不过，我们讨论介入的限度，有一点也不能忽视，就是我们对社会现实的书写还是有所顾忌和有所选择的。记得台湾的文学批评家吕正惠在反思一九六〇和一九七〇年代的台湾文学与社会之间关系的时候，就曾敏锐地指出过，即使是那些在当时挑战现代主义的回避现实、突出强调“文学来自社会、反映社会”的以陈映真等人为代表的台湾乡土小说家，对于社会的书写也存在着令人遗憾的选择性，比如当时在实际上已经启动的台湾政治民主化运动，反映得就不是很充分，而这些运动对台湾的社会发展与社会变革所起的作用，显然是巨大的。这也就是说，就对社会书写的深度、广度，特别是在对社会核心问题的充分揭示方面，一九七〇年代的台湾乡土小说其实是有失职的。我们似乎也应该追问一下，二十一世纪以来的中国文学对于二十一世纪以来中国社会的书写，是否也有失职的地方？

但我认为，在社会的核心问题上，我们的文学绝对不能“王顾左右而言他”啊！社会的核心问题，实际上就是一个社会的要害与本质，很多社会现象与社会问题都很深刻地牵涉到它。如果作家对社会的介入未曾触及甚至刻意回避这个要害与本质，那他的介入便会出现巨大的限度。陈映真也是我很钦佩的台湾作家，但他这些年来的很多观点与主张，我以为是很成问题的，我对他也非常失望，我想这与当时以他为首的台湾乡土小说家所存在的介入的限度很有关系。对于当时台湾社会最为核心的问题，其实陈映真们并没有自觉，也没有能够充分地书写。陈映真现在的思想误区，其实能够从当年的限度找到原因，我们应该引以为鉴。还是来具体地说这十年的文学吧。在社会书写的选择性忽视方面，意识形态与文学制度的题材禁区与话语禁忌显然是存在的，这一点我们无可避讳，其实也不用做过多的讨论。值得一提的，还有那些在被允许的社会批判中，文学写作仍然存在着很不到位的情况。比如在所谓的"底层写作"中，这一状况就很突出。"底层写作"应该说是二十一世纪以来最为强劲的文学思潮，特别是在对二十一世纪以来中国社会的自觉书写方面，影响很大，在这些作品中，作家们的介入意识也很自觉。但我以为，这些作品对社会的介入，力量其实非常有限，一个很重要的原因，就是作家所赖以介入的精神立场与话语资源存在着问题。他们所运用的，主要就是人道主义和左翼的资源，典型的就是陈应松、曹征路、刘庆邦、鬼子、胡学文、罗伟章和王祥夫人的小说，另外像贾平凹的《高兴》、张炜的《刺猬歌》、李锐的《太平风物》及迟子建的一些小说，还有像杨键、雷平阳、田禾、江一郎、辰水、陈先发、柳宗宣、卢卫平、王夫刚、谢湘南和郑小琼等人的很多诗歌，这些作品在诉诸的人道情感并且唤起我们"正义的愤怒"的同时，并未给我们更多的东西。作为一种普世的价值，人道主义无疑是永恒的，它在任何时候，都是审视我们的社会与生存的价值基准，但是我们忽略了，人道主义其实是一个内涵丰富的思想体系，绝不仅包括情感，它还应该有权利方面的诉求，而在很多"底层写作"中，人道主义往往只诉诸情感。

其实"美学的困境"非常之多。另外，比如在人物形象的塑造方面，我们的文学似乎还未提供一个足以"传世"的人物形象吧？当代中国的社会转型其实深刻地影响了每一个国民的精神、命运与生存，文学进行社会介入的独特性与它的力量，还应该体现在美学上，尤其应该体现在作为美学成就之重要方面的人物形象的成功塑造上，这个方面，我们的文学似乎还有很大的问题。

精神的减损与耗散

文学介入的限度除了如上所述的种种原因外，我以为与我们的文学中所存在的精神减损与精神耗散机制很有关系，这样的机制很像是弹簧，或者是海绵，再怎样有力的重拳打在上面，也会变得绵软无力，难得要领。我不知道这样的说法是否准确与合适，但我以为，像目前的文学体制新的一体化企图与实践，作家群体的内部分层与社会结构之间的共谋与同构，文化环境的杂乱、平庸与恶劣，文学大众的蒙昧，等等，都是这一机制的诸多方面，这些方面结合在一起，使得本来已经问题重重的介入更加乏力。

“精神的减损和耗散”是当代中国知识分子的共同处境，我们都应该感受到。比如我们学院中的知识分子，在迎合科研管理方面的种种要求时，这种体会是很深刻的。勘破这一机制，是我们知识分子精神重振的重要前提。清华说到作家们的思想问题，现在不仅是作家，就是那些专门地过着思想生活的理论界人士，还有我们的批评家们，思想困惑与价值困惑都很明显，如果一定要在“新左”与“自由主义”间站队，很多人都是左、右为难，有的干脆变成了简单的民族主义者。我们的文学在进行社会介入时，这些思想与价值上的困惑，也就是清华说的“干扰”，无疑会造成精神的减损。很难指望一个在基本的价值立场方面游移不定作家能够做出怎样有力的介入。在价值立场方面，文学应有基本的坚定与果决，但这种立场如何确立，恐怕是目前最大的问题。作为民族国家共同体的成员，知识分子的民族情感和对民族国家利益与民族尊严的维护是可以理解的，随着中国的经济崛起，世界范围内在民族国家之间所发生的冲突日益频繁，有的也很尖锐与激烈，但我们对世界事务与民族国家事务的忧心与关切，千万不要将民族国家抽象化与本质化，陷入一种形而上学，变成一个国家主义或民族主义者。我们不仅应该在世界范围内注意到差异与冲突的存在，民族国家内部的差异、冲突与矛盾，对于知识分子和广大民众来说，可能更加直接与具体，也会更加深刻地影响着我们的精神与生存，因此我以为，不管我们有怎样的困惑，共同体中每一个生命、每一个个体的自由、尊严与幸福，无疑应该是我们最基本的立场。一九七〇年代，台湾的社会转型也正面临着与美国、日本等外部世界的复杂关系，面对当时知识界与文学界类似于我们今天的思想困局，胡秋原先生就曾指出，我们在外面不能受别人的欺负，在家里也不能欺负自己人，这样的话，我们真的要记住。

你提到了这些年来文学的内部在不断地“分裂、妥协、修正和整合”，我想多说说文学的外部。二十一世纪以来，文学体制日益体现出愈加迫切的一体化企图，这一点我们都能体会到。中国当代文学史可以分为一九五〇——一九七〇年代的一体化时期和一九八〇——一九九〇年代的“去一体化”时期，在“去一体化”实践并未获得真正成功的今天，新一轮的一体化又在进行。我不知道二位是否同意我的说法，但我以为，正是在这种新的一体化实践中，中国作家的精神遭到了非常有效的耗散与减损，至于隐藏在其中的精神耗散与精神减损机制，有一个非常重要的，就是评奖制度。现在我们的国力强盛了，对于文学体制的财政投入力度很大，作家们获得诸如“茅盾文学奖”和“鲁迅文学奖”之类政府奖的利益非常诱人，而我们知道，这些奖项的评选在话语表达与精神立场方面是有标准的，这就很必然地导致了那些企羡获奖的作家们对社会的批判与介入顾虑重重，在个人良知与获得奖项之间寻找平衡，我想每一个中国作家都很深知诸如此类的“平衡术”，而这种“平衡术”，正是减损与耗散中国文学和中国知识分子介入精神的重要机制。

清华说到了“利益”，这真是研究当下中国的文学与知识分子的一个必不可少的“关键词”。中国的作家和知识分子实际上是很廉价的，一些在商人眼中不值一提的金钱，在官员眼中不屑一顾的“职位”，都会使他们趋之若鹜地违背“初衷”、放弃操守与原则，改奉新的神明与价值。有些早年的作品非常激进的作家，现在的很多言谈实在令人难以理解，就差点要高唱“大海航行靠舵手”了。人们常说“屁股决定脑袋”，他们在当前的社会里活得是那样的滋润与惬意，舒服无比，因此脑袋也就会发昏，会蜕变到令人吃惊的地步。其实算起来，所得到的利益又有几何？我们真的应该为他们可惜。

二位都对一体化的成功与可能抱有怀疑，但我们一样，都对目前一体化的努力看得很清楚，也觉察到它的影响力还是巨大的，对于很多作家来说，完全会使他放弃对社会的介入与批判。文学的精神力量，很容易在利诱与怀柔中不断被减损，变得软弱与昏昧。这些年来，文学体制的一个基本策略，就是不断地招兵买马，不断地扩容与收编，先是叛逆小子“八〇后”，现在又是网络作家，甚至是那些实在难以称得上是作家的网络写手，以及那些形形色色曾经很“酷”、很“顽劣”、很有锋芒的“文学的异见人士”，都被纳入体制，这既显示出体制的包容性与一定的弹性空间，也很充分地说明了其一体化的雄心壮志，但也正如二位所说的，壮心不已的一体化努力究竟能否成功，实在是可疑的。不过有一点还是要指出，就是一体化的扩容不管怎样广泛，还是有边界与底线的，而这边界与底线，可能正是我们介入的限度之所在，正是在这样的意义上，我们无疑要高度警觉。今天的社会异常复杂，我们的文学要重获伟力，介入的清醒与高度自觉，以及对种种操控和损毁性力量的反抗，非常必要。

繁盛时代的精神衰变

——“新世纪文学反思录”之二[①]

一九九三年，也是在《上海文学》的“批评家俱乐部”栏目，王晓明教授等人的对话《旷野上的废墟》曾经提出人文精神危机的问题，引发过一场波及全国的大讨论，对此，我们应该都记忆犹新。十多年后的今天，我们还是在这里，基本上还是就我们的文学实践来讨论精神问题，无疑具有特别的意义，也让我们感慨万端。时隔多年，我们很自然地要问，经过这么多年的努力，这么多年漫长和丰富的社会历史实践与文学文化实践，“旷野上的废墟”是否已不再？与当年的“旷野”相比，我们目前所置身与面对的，已经是一个号称“崛起”的时代，在这样的时代中，我们的社会和我们的文学，又各是一幅怎样的精神景象？我想，这个问题一旦去作认真的思考，悲从中来，应该是我们很多人的感受。这么多年，说实话，与我们的理想和我们的希望相比，无论是我们的民族与社会，

① 参加本期讨论的另有苏州大学王尧教授、北京师范大学张清华教授和辽宁师范大学张学昕教授。

还是我们的文学，精神成就都很有限。

精神现实与文学的承担

所以我说，这是一个“繁盛”的时代，经济“繁盛”，文学也“繁盛”。这些年来，我们的经济成就举世瞩目，经济的繁盛使得我们成了世界第二大经济体，遍呼“崛起”。到了今天，晚清以降的“强国梦”似已成真，贫弱多年的中国终于出现了强大的迹象，表现在精神上，当然也相应地产生了豪迈、自信与不无强烈的民族认同意识，这都是可以理解的。但这只是问题的一个方面。另一方面，我们也不能无视另外的现实，那就是我们在取得巨大的经济成就的同时，也存在着很多令人担忧甚至是很可怕的现象。比如前不久，《人民日报》还发表过《人没了，发展还有什么意义》这样的时评，痛苦反省诸如矿难、火灾、血拆、石化爆炸和工业污染之类的以人的生命为代价的发展。其实这也警告我们，一路狂奔的发展已经导致了很多严重的灾难与问题，在我们的精神深处，如果连对人的生命都不再珍视、不再疼惜，再多的财富、再大的发展又有什么意义？所以我又认为，在我们的经济成就与精神成就之间，存在着巨大的落差。我们可能就像一个“暴发户”，腰缠万贯，精神上却很苍白、贫穷，甚至很粗鄙与野蛮。因此我们不得不承认，在社会的层面上，我们仍然处在一个精神危机的时代，这就是我们的精神现实。想想看，如果一个社会伤天害理的事情大面积地屡屡发生，频频出现诸如毒奶粉、地沟油和制卖假药等直接危害生命的药品安全与食品安全问题，那这个社会和这个民族的精神到底衰变到哪一个地步，真是可以想见的了。我想这起码说明，对于很多人来说，在利益与物欲的诱惑与驱动下，精神的制约往往已失效，在他们的精神深处，无限膨胀或充斥着的，往往只是利益与欲望。“掘金时代”的上空飘扬的是“欲望的旗帜”，精神却处于灰败与危机之中。面临如此严峻的精神现实，我一直以为，文学是应该而且也能够有所作为、有所承担的。

所以说，文学的精神承担的意义愈益突出。实事求是地说，新世纪以来的中国文学还是力图有承担的。清华刚才历数了小说界的情况，我们不能否认像韩少功、贾平凹、莫言、阎连科、铁凝、苏童、毕飞宇、李洱和艾伟等不同代群的作家各自所做出的精神探索。在诗歌界，像王家新、翟永明、周伦佑和雷平阳、杨键、朵渔、郑小琼等诗人的作品，对于历史与现实的精神关注和精神介入都很令人尊敬。还有在散文界，像夏榆的写作也是应该注意的。我经常向人推荐朵渔的《今夜，写诗是轻浮的》这首“地震诗”和雷平阳的《杀狗的过程》，我以为它们的精神力量非常大，超越了很多平庸的作品。这里我用上了“平庸”这样的字眼，是想指出在这些年来，相对于严峻的精神现实，在总量巨大的文学 GDP 中，我们生产了太多的在精神上平庸的作品。清华刚才批评了一种现象，就是目前日益繁盛的一些基本没有什么人文立场和精神价值的小说，特别是一些融入了“谍战”或“悬疑”元素的、迎合某种商业和市场目的的小说甚至获得了主流的文学奖项。我以为除了各种主流性的文学奖项，还有像一些选刊、一些文学评论和文学研讨活动，以及市场的亲睐，一旦突出和嘉奖的是那些在精神上平庸的写作，就会造成大量的平庸淹没甚至驱逐那些真正具有精神力量和精神价值的作品，也会造成严重的误导，我想清华所说的“滑坡”以及“精神拐点”的形成，和这种误导不无关系。

当下文学的精神问题

在包括宗教、哲学、音乐和美术等在内的种种不同形式的精神实践中，就其所能包含的精神内涵的丰富性、生动性与深广度来说，文学有其独特的意义。我以为在某种意义上，文学代表了一个民族在某一个时代所能达到的最高和最具综合性的精神水准。所以说，进一步深入和很具体地清理和考察新世纪以来中国文学的精神格局，并且在这样的基础上评估它的精神成就与精神局限，便显得重要而迫切。我个人的感觉是，这些年来的中国文学从精神的层面来看，比较混乱，乱象丛生，喧嚣无比，清理起来殊为困难。刚才我说普遍性的精神平庸淹没和驱逐了那些真正具有精神力量和精神价值的作品，就是这种乱象的一个方面。但我也觉得，在这些乱象背后，也并不是无迹可循的，我们不如初步地诊断和清理一下新世纪文学的精神问题，揭示它的种种病相。

王尧兄提醒我们，应该从历史变迁和社会文化结构等错综复杂的方面来考察文学的精神品质，你和清华也都揭示了这些年文学精神衰变的基本轨迹，清华还对诸如“悬疑”和“谍战”这样的小说大行其道深恶痛绝。据最近的一次报道，目前我国仅长篇小说的年产量就已经达到了三千余部，其中有多少让我们深恶痛绝的写作，真是天才知道。其实，除了“悬疑”，还有诸如“玄幻小说”、“盗墓小说”、“口水诗”和那些以“青春”之名实际上对一代人的青春害多利少的所谓“青春写作”，它们泡沫化的膨胀与“发展”，都显示出当下文学中的精神病相。在这个意义上，文学的所谓“繁盛”，就是病态的了，套用一句前面的话——精神有了病，文学的发展还有什么意义？这应该引起我们的高度警惕。

我很同意王尧兄的说法，关键还得看我们以怎样的精神姿态对待我们的历史、现实和我们的文学。我甚至以为，文学精神品质的低劣，可能正与文学的现实主义精神并未得到真正的贯彻很有关系。前面我说过，新世纪以来，随着经济的繁盛和国力的强大，也随着媒介和出版业的繁荣，我们的文学也出现了相当“繁盛”的景象，作家队伍在壮大，文学活动在增多，文学评奖的奖金额度及其所带来的附加利益也越来越“刺激”，与一九八〇年代相比，文学 GDP 翻了不知多少倍？但与其相对的，却是文学的精神品质在不断衰变。那些假现实主义之名的很多写作，其实并未能够真正地直面我们的历史与现实。试问一下，新世纪以来不止万部的长篇小说，和总量巨大的文学 GDP，有哪一部和哪一篇作品真正触及了我们这个民族最为敏感的神经和最为深巨的精神隐痛？上一次对话中，我曾说到我们的文学存在着一个精神耗散与精神减损机制，在我看来，文学体制新的一体化实践、来自体制与市场的种种诱惑、还有作家群体的内部分层与社会结构之间的共谋与同构等等，都是这一机制的诸多方面，文学精神力量的衰退，我想与这些都有关系。王尧说要跨越主义，我以为我们的文学还应该“跨越”这些复杂的机制，包括“跨越”对自身利益的算计，真正抵达其应有的精神高度与深度。

寻找我们的精神出路

当下中国的精神现实迫切需要文学的精神救治与引领，而我们的文学却又呈现出种种复杂的精神问题，难当重任。但是在另一方面，我们的社会和我们的民族总是需要精神出路，精神重生的渴望异常强烈，所以说，探寻和思考这样的可能尽管很困难，但却非常必要。具体地说，问题其实就是，在为我们这个民族寻求精神出路的事业中，文学应有怎样的作为？我们非常清楚，这样重要和困难的问题，不可能一下子就提出切实可行的方案，只能提出初步的思考。我个人以为，探寻和思考这样的问题，有一个我们必须面对的前提，那就是要认识到我们目前所面临的精神困境的实质。我一直认为，现时代的精神困境与精神危机实际上发生于我们这个民族现代性的历史进程中。自晚清以来，在帝国崩溃以后，从辛亥革命开始，一直到目前“经济挂帅”的改革，我们这个民族曾经经历过一系列在本质上属于现代性的拯救方案。每一个方案的实施与更迭，在民族的精神深处，都会发生巨大的精神振荡，都会经历由起初的激情与幻想，到最终的失望与幻灭这样痛苦的精神历程。更重要的还在于，每一个新的方案都是对前一种方案的“断裂”或“反动”，其所引发的振荡无疑将更大。所以说近百年来，我们这个民族并没有建立起一个较为有效的“现代性的精神根基”，一直处于“无根性的精神危机”中。如此漫长和如此严峻的精神危机，迫切需要寻求可靠的精神出路，这也成了很多思想家和文学家们相当急迫的精神使命。

清华和学昕所说的，其实是想强调，我们应该从知识分子的精神史和既往的文学史中寻求精神经验和精神动力方面的双重支持。说到知识分子的精神史和既往的文学史，远的不说，就说王尧在前面所提到的一九八〇年代。那个年代包括文学知识分子在内的知识分子的精神实践所不断取得的精神突破，他们的精神勇敢和精神的爆发力量，确实是我们值得珍视的精神遗产。清华从精神的角度怀念先锋小说，怀念与那时相比，现在的知识分子精神确实很灰败，衰变和矮化了许多。所以，我很同意清华的主张，寻求我们的精神出路，关键是要从培育和寻找精神的承担者开始。在此方面，不仅大部分“八〇后”很让我们失望，就连我们自身也问题重重。现在看来，如何摆脱市场和体制的双重诱惑与双重压力，诞生出勇于和能够承担起寻路重任的精神主体——在我的理解中，这还是鲁迅先生所寄望的“精神界之战士”——目前成了关键的问题。说到“精神界之战士”，忽然想到当年钱理群先生对摩罗所作的如此夸奖，但是今天的摩罗，这位当年的“精神界之战士”又已如何了呢？从一九四九年伟大领袖在天安门城楼上宣布“中国人民站起来”，到摩罗所大声呼喊的“中国站起来”，“人民”二字被舍去，个中意味，令人深思。摩罗只是一个个案，但他体现和代表的绝不仅仅是他个人，这使我更意识到精神界之战士难得，真正和坚定的精神界之战士更加难得。王尧说要重建文学与精神生活的联系，这个提法非常好。现在的情况确实是，文学似乎和我们这个民族以及我们自身的精神生活已经没有什么关系了，文学对我们已经丧失了它所应有的精神影响。不能否认，不少作家在他们的创作中，也在进行一定的精神努力，但是说实话，这些努力很难满足我们的精神需求。由于和精神界与思想界的脱离，很多作家自以为深刻和有力的精神与思想，我们读来全都是常识，其实是很平庸的。两三年前，我在讨论“七〇后”的代表性作家魏微小说的问题时曾经提出，我们的文学应该在对我们的时代、我们的生活和我们作为人的自身进行深切批判的基础上重新建立更加明确也更加有效和有力的精神立场，现在看来，这一立场的建立，不仅还应该通过重建文学与我们精神生活的联系，也应该通过重建文学与我们思想生活的联系来进行。不过，话再说回头，无论是精神主体的培育与重塑，还是重建文学与精神生活、思想生活的联系，抑或是批判性精神立场的确立，都应指向和建立于一种更加稳固的“精神根基”。也许，我们的精神出路，正在于去不断地寻找和建立这样的“根基”？

艰难的“当代史叙述”

——“新世纪文学反思录”之三①

二十一世纪以来的中国文学对于当代中国的历史叙述出现了新的热情。长期以来，我们的文学一直存在着“当代史叙述”方面的尴尬与困难。一方面，无论是出于文学或知识分子的责任与承担，还是出于我们在当代史方面深切感受的亟需表达，“当代史叙述”从未被我们真正地忘却；另一方面，就已发表或出版的很多“当代史叙述”来看，往往又都存在着不同的问题，令人难以满足。不少兼涉现代与当代两段历史的作品，在关于现代的部分，很有力量，而在关于当代的部分，“气数”就很不够。在这样的意义上，我们对新世纪以来的“当代史叙述”做一些初步的总结与反思，就显得非常必要，无疑也会有重要的价值。

---

① 参加本期讨论的另有南京大学黄发有教授和北京大学邵燕君副教授。

当代历史的再度书写

这些年来，不同代群的很多作家如王蒙、张贤亮、韩少功、王安忆、铁凝、贾平凹、莫言、方方、林白、张炜、阿来、阎连科、刘醒龙、范小青、杨显惠、余华、苏童、毕飞宇、李洱和艾伟等人，都对当代中国的历史“强力关注”，发表或出版了一系列重要的作品。我注意到，他们的“当代史叙述”大多都是以长篇小说这样的形式来进行的，有的不是以长篇——比如杨显惠——他的“夹边沟记事”和“定西孤儿院纪事”是以系列短篇的方式，但这与长篇小说的形式一样，都很充分地显示出作家们“当代史叙述”的高度自觉与文学抱负；诗歌界的情况有人会忽略，老诗人白桦的泣血长诗《从秋瑾到林昭》和彭燕郊的《生生：多位一体》等，也是这方面的重要作品；另外像《收获》杂志的“亲历历史”专栏发表的作品，还有北岛与李陀主编并由北京三联书店出版的《七十年代》，和章诒和的《往事并不如烟》、高尔泰的《寻找家园》、朱正琳的《里面的故事》和北岛的《城门开》等这些被我称为“见证文学”的“非虚构”的“当代史叙述”也应该重视。回顾一下“文革”后中国文学中的“当代史叙述”，一九八〇年代曾有过热潮，一九九〇年代，虽然也有一些这方面的作品，但作为潮流，似乎已退却了，到了二十一世纪，这样的潮流似乎又再度形成，所以在这样的意义上，我以为新世纪以来的“当代史叙述”应该是当代历史的再度书写。这一“再度”，一定也会有新的特点，会有它们独特的成就与问题。

是啊，“改革时代”也经历了三十多年的时间，其实也已经构成了“历史”。二〇〇八年，当我们纪念改革开放三十周年的时候，实际上已经将

“改革时代”予以“历史化”。具体在文学创作领域，就是在这些年来，很多作品开始将改革作为“当代历史”的重要阶段来书写与反思，但是由于当代历史这两个阶段的巨大差异，我们的讨论还是想先集中在前一个阶段，即关注一下新世纪以来的中国文学是如何书写一九四九—一九七六年间的中国历史的。

“文革”后的中国文学潮流迭起，此起彼伏，在一九八〇年前后的“伤痕”、“反思”文学阶段，一九四九至一九七六年间的当代中国初步得到了非常自觉的书写与反思，但是很快，这种书写还未达到应有的深刻与充分，我们的文学就马不停蹄地匆匆而去，忙于赶路，由“改革文学”、“现代派”和“寻根”，到后来的“先锋文学”、“新写作小说”、“新历史小说”等等等等，一路走来。实际上，在“文化大革命”这样巨大的历史灾难之后，对于这个灾难，我们这个民族迫切需要充分与深刻的书写与反思，这个迫切的任务还未能够较好地完成，我们的文学就草草了事，匆忙地进行不断的战略转移。前不久在宁波的一次会议上，我用当年的红军长征来作比方描述这种文学史现象，并且指出这样的长征虽然也是“宣传队”和“播种机”，对于拓展和丰富我们的文学文化观念功不可没，但在根本上，毕竟还是放弃坚守的“撤退”。确实是这样！“文革”后的中国文学放弃“伤痕”、“反思”文学时期对于一九四九至一九七六年间中国历史的深入反思，不断地进行战略转移，实际上就是在意识形态的压力、西方思潮的影响和后来来自市场的诱惑之下，加之我们的文学观念上的种种误区——比如在文学进步主义观念主导下的对于“创新”的盲目崇拜，我把它叫做“创新意识形态”——放弃坚守，不断后撤的历史。在这样的文学史意义上，我以为新世纪文学中的“当代史叙述”实际上就有着回头补课的意义。“再度书写”，实际上就是在重新承担起文学所应有但却被它一度放弃的基本责任。在这种承担中，文学呈现出王德威教授所高度肯定的活力与价值。记得在今年八月份复旦与哈佛举办的会议上，他的主题发言谈的也是这个问题。确实如他所概括的，不同于一九八〇年代的“当代史叙述”，新世纪文学中的“当代史叙述”呈现出“多元化”的基本特征，那种基于主流意识形态或者是启蒙话语立场上的“当代史叙述”已经不再具有“潮流性”。或者，是不是可以这样来概括，新世纪文学中的“当代史叙述”实际上具有更多的“个人性”，不同的作家个体往往基于自己的历史理解分别在对“当代史”进行个人化的叙述，多元化似乎便因此形成。也许，我们正应该在这样的意义上来把握和评估新世纪以来的中国文学对于当代历史的再度书写。

困难与局限

相比于对现代史的叙述，“当代史叙述”有其特殊的困难。一般都以为，意识形态方面的话语禁忌是造成这些困难的重要原因。在此方面，我们当然希望意识形态会变得越来越开阔、大气与宽容，并且能为我们的文学创造出更加自由的精神场地和话语空间。但是在另一方面，这些困难，以及由于这些困难所造成的当代史叙述方面的种种局限，可能还有别样的和更加复杂的原因。其中，我以为一个非常重要的方面，就是我们丧失了应有的历史意识。明年是辛亥革命一百周年，如果我们放大历史视界，在更高的层面上看，一九四九到一九七六年间的中国历史，仍然是属于辛亥革命所开创的“革命历史”，是辛亥革命以来的中国“革命的现代性”的重要阶段和重要组成部分，这种总体性的历史认知可能是我们要首先明确的。当然，一百年来中国革命内部的差异与冲突，特别是当代历史的独特性，我们也应该充分注意，绝对不能忽略。

所以说，我们的“当代史叙述”之所以困难重重，问题很多，其实主要有两方面的原因：一是来自外部，另一方面是来自作家自身。外部的原因，比如刚才我说的意识形态限制，希望它对创作自由有更加切实的保障，并且会变得越来越开阔、大气与宽容，这是我们永远的祈祷与呼吁。但是我们也应该承认，像“反右”和“文革”题材的作品，近几年来出版得也不少，“当代史叙述”还是有着一定的空间的。问题是在这样的空间中，“当代史叙述”能否达到最大的可能？像发有所说的工具化倾向，在“当代史叙述”中的确存在，比如那些对权力和市场双重迎合的对于一九五六十年代包括“文革”的所谓“怀旧”，确实在主观或客观上存在着迎合的可能，但在既有和给定的空间中，“当代史叙述”所存在的问题，更多的还是观念性的，是作家自身的局限使然。这就牵涉到燕君所谈到的问题。我虽然主张应该把当代史作为中国革命的一个重要阶段或组成部分来书写和反思，甚至，我还认为，应该把我们的当代史特别是其中的“文革”历史作为世界性的现代革命中的特殊组成来看待，但我的观点，却可能和燕君不太一样。我认为迄今为止，无论是自由主义或者右翼的“告别革命”，还是“新左派”对“革命”的“坚持”与“重寻”，其实都是草率和匆忙的，根本未曾建立在对中国革命艰苦深入并且又很充分的反思的基础上，很多都是情绪性的。

发有讲得极是。对于“文革”乃至于中国革命作简单化和情绪化的态度是我们要特别警惕的。这方面，比如作为“新左派”重要作家的张承志在他的散文《秋华与冬雪》中所表达的对革命的赞美，就是如此。这篇散文写的是他对瞿秋白和杨靖宇的敬仰和他对革命的向往——夜深人静，他在读罢瞿秋白的著作后，“复杂的心里，升起着对革命的怀念”。“秋之白华，如一帧画。我为这样的美感所吸引，久久不能释怀。由于那么多的背弃，由于那么多的揭露和丑化，渐渐很少有人再把共产主义与美相提并论。开口诉说革命，简直就是为历史的罪责出头自首；诉说革命，已经需要历史重压之下的勇气。但即便如此，即便批判和揭露建立了雄辩的强权，我仍不能——那清高的美，纠缠得我不能摆脱”，“甚至，我总是清晰地从中捕捉到了古代中国的烈士之风。那种布衣之士的、那种弱冠轻死的痕迹，从少年时代就留在心里，不肯磨灭。百年以来，除此我们还有什么遗产！愈是在他们合唱最热之际，我愈是沉湎于共产主义理想的美感”。说实话，对于张承志的写作，从文学角度来说，我还是非常喜爱和推崇的，但在这里，“新左派”的“革命情绪”却非常明显。对于革命这样一种重大的历史实践，我们显然不能仅止于一种情绪性的怀念与赞美，我们更需要深刻，更需要理性。当然在所谓的“新左派”中，我认为韩少功的思考却更为清晰，更为理性。他在新世纪以来的长篇小说《暗示》和中篇小说《很久以前》与《兄弟》中，提醒我们要充分注意“文革”的复杂性，而不应该在简单化的“全盘否定”中放弃对历史复杂性的深入思考。所以说，我以为在“当代史叙述”方面，作家理性精神和思想能力的局限可能是最为突出的，也是我们最应该解决的问题。

重建我们的历史意识

上世纪末的后现代主义思潮对于宏大叙事的解构，同时也在质疑和瓦解着我们既往对于历史进行理性的整体认知的意愿与努力，很多先锋小说，特别是后来的新历史小说，均属“解构功臣”。我个人以为，“当代史叙述”迫切要解决的问题，就是要重新确立我们的历史意识，而这种历史意识的重新确立，一个重要的工作，就是要重新检讨一下一九八〇年代“当代史叙述”中的历史意识和后来对它们的解构，只有在这样的基础上，我们的“确立”，才可能是有效的。

其实不用太过悲观。在我们这样的时代，历史意识的重新确立只是变得更加艰难而已，在这样的意义上，“当代史叙述”也注定会是艰难的。经过属于后现代主义的新历史小说的冲击以后，现代性的历史意识似乎遭到了很严重的解构，特别是其中的历史真实、历史本质、历史规律和历史进步主义等观念和话语，饱受重创，某种具有统一性的历史意识似乎再难以建立起来。一方面，这导致了发有所说的“历史虚无主义”、“历史消费主义”，甚至是“历史游戏主义”的盛行；另一方面，我想也是导致新世纪以来中国文学的“当代史叙述”更多地具有“多元化”和“个人化”特征的主要原因。前一个方面，是对既往的包括革命和启蒙等在内的以现代性历史意识作为基础的历史叙述的“解构”与“否定”，而后一个方面，却又是“否定之否定”，是一种值得尊敬与肯定的艰难的“重构”，虽然目前只能取“个人化”的策略并且呈现出“多元化”的面貌。所以从中我看到了希望，我想这也就是王德威教授为此鼓舞的主要原因。

所以我们的“当代史叙述”要重建我们的历史意识，似乎首先得强调写作的严肃性，强调文学的自主性与良知，鄙弃那种“王顾左右”，一只眼睛盯着权势、一只眼睛又盯着市场与金钱的写作，在这样的基础上，我以为最最基本的，就是要重新树立历史真实的观念。我们原来所具有的现代性的历史意识曾经遭到后现代的解构，但是在同时，这倒也使我们进一步增强了自我批判和自我反思的意识与能力，无论如何，历史真实的观念是我们要重新、并且也是首先要确立的。这一段时间，我一直很重视“文革”后中国文学中的“见证文学”，就是那些“当代史叙述”中的亲历性文字，并且就此发表了一篇题为《当代中国的见证文学》的文章，试图发掘和突出被我们以往的研究和文学史编撰工作所轻视与忽略的文学写作。在此意义上，我们的“当代史叙述”真的应该回到起点。北岛在《城门开》中的一句话我印象很深，那就是我们的写作应该“说出真相，不管这真相是否会伤害我们自己”。前面我曾描述过“文革”后文学的“长征路线图”，在“当代史叙述”方面，我们应该回到我们起步的地方，坚持真实，勇敢见证，并且以此作为我们应该遵循的最为基本的文学伦理，只有这样，历史意识的重新建立才会可靠与可能。

文化制约着写作

——“新世纪文学反思录”之四①

我们的“批评家俱乐部”栏目前几期有幸邀请到了王尧、张清华、张学昕、黄发有和邵燕君等朋友，分别就新世纪文学与中国社会、新世纪文学中的精神问题和新世纪文学的“当代史叙述”等做了讨论，这样的讨论，实际上就是“纸面上的学术会议”，大家各抒己见，互有激发，丰富和深化了我们对很多问题的认识。本期我们想讨论的是，对于新世纪以来的中国文学来说，它所处身的文化语境具体如何？这样的语境与我们的文学之间具体又有怎样的关系？其对新世纪文学有着哪些方面积极或消极的影响？对于我们的文学来说，我们是否可以想像或建构一种更加有利于我们文学实践和文学发展的文化语境？

① 参加本期讨论的另有中国现代文学馆常务副馆长吴义勤先生、《收获》杂志执行主编程永新先生和苏州大学王尧教授。

新世纪中国的文化语境

新世纪中国的文化语境对于文学的影响与制约这个问题，实际上还是几个月前毕飞宇兄向我提起的，他的一些想法对我很有启发，但他年底因为太忙，参加不了这次对话了，非常遗憾。吴义勤兄的著作《中国新时期文学的文化反思》关注的也正好是这个问题，只是他所关注的是整个的新时期文学，具有“重写文学史”的学术价值和学术指向，而我们这里所集中讨论的，却只是二十一世纪以来的中国文学及与其相应的文化处境间的关系。说到新世纪中国的文化语境，我以为首先要关注的就是我们的主流文化与消费文化，对于我们的文学来说，它们都有着非常强大的影响。在此之外，我以为在二十一世纪以来整个中国的文化格局中，知识分子文化却处于相对衰弱的地位，难成气候。以主流文化、大众消费文化和知识分子文化三分天下的方式来把握我们的文化现实，似乎从一九九〇年代以来就已经成了我们的基本思路，二十一世纪已经过去了整整十年，不知道这样的思路是否仍然有效?

看来，一九九〇年代以来中国文化的基本格局并没有什么大的变化，基本上还是大家所说的三分天下的局面。不过我以为，对于当下中国文化的认识，恐怕不能仅仅停止于对此格局的三个划分上。某种程度上，我们好像很难、似乎也不太愿意进一步去把握隐藏在这三分天下之下更加具有共同性和本质性的东西，但这个工作肯定要做；另一方面，从一九九〇年代就开始形成的三分天下一直到新世纪以来，变化虽然不大，但肯定还是有的，那么，这些也许不大的变化，到底表现在哪些方面?这两个问题，我想尝试着做点简单的回答。第一个问题，我想用国际政治中关于三个世界划分的理论来打个比方。我们都知道，所谓的三个世界，其实是很不平等的，其中有绝对强势的超级大国，过去是所谓的“美”、“苏”两霸，现在只剩下美国这一单极了，形成了美国竭力要维持、而包括中国在内的很多国家都很想打破的单极化的世界；第二个方面，那就是所谓的第二世界，包括像英国、法国、德国等一些发达国家，一方面，它们对超级大国是仰人鼻息，唯马首是瞻，很多时候还互相利用，另一方面，对于第三世界，它们有的是挤压和掠夺；剩下来的第三世界国家，它们的处境不说也知道，无论是政治、经济和军事方面的实力，还是在国际活动中的话语权，都是非常有限的。它们唯一的优势，可能只是处于金字塔的底端，“人多势众”了。以此来反观一下我们的文化格局，不知道是否会有启发？不过有一点我想指出的，就是我们的知识分子文化，或者说是王尧兄所说的精英文化，恐怕连第三世界的“人多势众”都谈不上了，因为在数量上，他们是无疑的少数派。第二个问题，就是所谓的新变化。我想这方面的最大的特点，就是主流文化和消费文化的结合越来越紧密了。现在是主流文化财大气粗，消费文化见利忘义，二者的结合越来越自觉，越来越紧密，知识分子文化的空间不仅越来越小，而且被前面两种文化分别或联合招安的也越来越多。我曾经和一位朋友说，实际上，这就是发生了知识分子的精神背叛或文化背叛，这样的说法可能太过愤激了。作为一种文化实践，我们的文学一方面以这样的文化格局作为背景，同时也是其中的重要方面，因此我们从文化的视角来看一下文学的问题，应该还是有意义的。

新世纪文学的文化制约

在新时期文学之初的“寻根”时期，阿城有一篇名文叫做《文化制约着人类》，实际上，新世纪以来的中国文学也很明显地受到文化的制约，只是我们不想像“寻根”作家那样纵向地从深远的文化历史源头中去探寻制约我们的文化因素，而是着重于文化现实，反思一下新世纪中国的文化现实对于文学的多方面制约，当然除了消极的制约，积极的方面我们也应该看到。在具体的探寻方法上，我们既可以从文学着手，探寻一下在不同的文学思潮、文学现象甚至具体的作家作品中现实文化的制约因素；也可以从文化出发，寻绎不同的文化类型对于文学的多方面制约。这里，我先想从文化出发，反思一下新世纪中国的主流文化、消费文化和知识分子文化对于文学的影响。从主流文化的方面来看，义勤兄在他的书中说过："意识形态对于文学的强制性到九十年代已基本消失了，它代之而起的对于'主旋律'的提倡实际上只能对文学发生一种感召或诱导的作用，文学的自由度是空前地扩张了"。这种由"强制"到"诱导"的变化在新世纪以后表现得更加突出。我曾经以"抓评奖，促生产"这样的说法来具体概括一九九〇年代以后意识形态在文学领域所推行的文化战略，实际上就是吴兄所说的"诱导"。当然除了评奖，其他一些"感召"或"诱导"方式也经常被使用，这除了表现在一些"主旋律"作品中，还很突出地表现在新世纪以来被称为"底层写作"的文学潮流中。至于消费文化对文学的制约，最为突出的，就是它对"80后"写作的影响，另外还有其中的影视文化对很多写作的"诱导"，影响也非常之大。可以说在新世纪以来，不同方面的文化力量非常有力地介入了文学场域，不仅引发了文学场域的复杂变化，也使很多具体的写作变得很复杂，这些，都需要我们仔细地去辨析与评价。

说到电影《让子弹飞》，倒是又一次显示了影视文化对文学的影响。大家知道，这部电影改编自马识途的小说《夜谭十记》。马识途先生是一位很让人尊重的老作家，也是一位革命老干部，前不久读到他关于自己"文革"亲历的回忆录《沧桑十年》，非常震撼，我认为其价值绝对不亚于很受关注的韦君宜的《思痛录》和季羡林的《牛棚杂忆》等作品。但是说实话，要是没有姜文的《让子弹飞》，即使是很多"业内人士"，差不多都已经忘掉了这位老作家，更不用说是社会大众，恐怕都是闻所未闻。但这部电影，却一下子改变了这样的状况，极大地扩大了马识途及《夜谭十记》的影响，现在到处都可见到这部重印的小说。新时期以来，电影和电视的改编对有些作家作品影响力的扩大甚至经典化的促成起到了非常独特的重要作用，这在莫言、苏童、余华和池莉等作家那里表现得非常明显。由于影视文化对文学作品影响力巨大的“放大”作用，加之以改编所可能带来的经济报酬，这些年来，“触电”的作家越来越多，有些作家甚至在作品的题材选择、人物塑造、情节设计、叙述方式或画面感的营造方面，程度不同地照顾到或者是有意迎合影视改编的需要和可能，这对作品的文学性肯定是有损伤的，对此，其实已经有学者做过专门性的研究。影视文化之外，影响和制约着文学的其他一些方面的文化因素，可能更需要我们的注意。

文化建构与文学的可能

新世纪文学已经过去了整整十年，目前还没有迹象表明我们的文学刚好经历了一个相对独立和相对完整的阶段，十年只是一段完整的自然时间而已，不过，我们似乎仍然应该想像一下在未来的一段时期内文学的可能，在我们的具体论域中，实际上就是想从文化的方面来想像一下，我们应该如何建构和营造一种更加有利于我们的文学实践和文学发展的文化语境？就我个人的关切来说，我所希望营造与建构的文化语境，一方面要有非常自由和非常活跃与蓬勃的文化生态，另一方面，针对当下中国的文化格局与文化生态，还是应该进一步拓展知识分子的文化空间，呼唤那些具有独立的知识分子批判精神的写作。

看来诸位所重点关注的，还是作家和知识分子自身的问题。本来我以为各位可能会对文化语境的重新建构多提一些意见或设想，但是在具体讨论中，侧重点却发生了偏移，这真是我所始料未及的。不过这对我很有触动，也很有启发。起初我看到义勤兄在谈到文化语境时很快就转向对作家自身问题的思考，就激灵了一下，后来看到大家的讨论越来越深入，也便多做了点思考。我以为，一方面我们要看到目前文化语境中的种种问题，比如主流意识形态的文化诱导与文化规约、消费文化的利益诱惑，我们都不用讳言，当然也有值得改进的必要；但另一方面，我们也得承认我们的文化宿命，任何时代和任何国家的作家实际上都有着被文化制约的问题，谁都无法彻底地摆脱它。所以我们务实的选择，可能在尽力改善文化环境的同时，更应该加强作家自身的持守。我们都应该承认，在古今中外的文学史上，即使是在黑暗和专制的时代，一样会出现伟大的作家，远的不说，就说在前苏联时期，他们出现了那么多杰出的诗人与作家，这也是人们时常用来批评我们中国作家的一个比照。这样一想，我们就能认识到，虽然我们的文化对我们的文学有着很大的制约作用，而且正如王尧兄所说的，二者之间，文学似乎更处于弱势，但我们的作家一方面要认识到自己的创作同样也是一种文化实践，它与文化语境间的张力与冲突，或者是媾和，本身就有文化意义的，因此文化环境的改善也依靠文学自身的努力，我们不能总是指望靠以往那样的文化革命来解决问题，在此意义上，我们的作家对自己所不太认同的文化，就应该拒绝，而不应该同流合污。我很认同义勤兄所说的，只有当中国的作家和知识分子能够强大到真正“物我两忘”，真正凭内在的力量完全超越外在环境，而外在的环境对作家的内心也丝毫无法撼动之时，中国文学才会有大的希望。

异邦的荣耀与尴尬

——“新世纪文学反思录”之五[①]

新世纪以来，我们有一个非常突出的感受，就是我们的文学界更加重视中国文学在海外的影响。在如今这样全球化的时代，无论是我们的意识形态和文学体制，还是我们的作家和诗人自身，或者是我们的出版机构，都很积极地在世界范围内努力扩大我们的文学影响。而且，我们也能经常性地看到，这样的影响还在不断地扩大，“利好消息”不断传来。但是在另一方面，我们也得正视这样的现实，那就是目前的现状离我们的理想实际上还非常遥远。在全球性的文学场域中，由于种种主客观的原因，特别是由于我们的文学还存在着种种亟待解决的问题，尤其是其中一些相当突出的瓶颈性问题，使得它还处于很明显的弱势地位，与我们的宏大追求特别是与我们的“经济崛起”相比，似乎还有点尴尬，远不相称。但我以为，也正是在这样的意义上，对此进行认真深入的讨论便显得非常

① 参加本期讨论的另有苏州大学季进教授、作家李洱、中国作协创研部李朝全研究员和中山大学郭冰茹教授。

必要与非常迫切。

全球化时代的文学突围

这几年来，我和诗歌界的联系比较多些，能很明显地感觉到像北岛、多多、杨炼、王家新、翟永明、欧阳江河、西川、于坚、柏桦和张枣等一些诗人实际上已有着国际性的影响。这些影响，一方面表现在一些比较重要的国际性的文学奖项为我们的诗人所夺得，比如去年，诗人多多就获得了美国比较重要的纽斯塔特文学奖，要知道与他一起竞争这一奖项的，还有另外一些我们所熟知的世界性作家；另一方面，他们中的很多诗人已经成了国外学者的研究对象并被这些学者所高度评价，像这几年来在我国很有影响的德国学者顾彬对他们的推崇大家都是很清楚的。我们知道，我们的很多诗人还很经常被邀请参加一些比较重要的国际性的文学活动，或者去担任一些国外大学的驻校诗人，参加一些国外学术机构或基金会的写作计划……这都充分地说明了中国诗歌的国际影响。实际上，诗歌之外，小说和戏剧的世界性影响也不可忽视，像莫言、阎连科、王安忆、残雪、阿来、苏童、余华、毕飞宇和李洱等很多作家都以他们的创作实践获得了很多来自异邦的荣耀。记得是前年吧，德国总理默克尔来华访问，赠送给温家宝总理的礼物就是李洱兄的长篇小说《石榴树上结樱桃》，这在当时的《南方周末》中有很详尽的报道，我以为这在中国文学的世界影响中应该是一个很有意味的标志性事件。说到这种标志性的事件，以及当代中国文学在世界上的影响，非常重要的，还有新世纪之初高行健荣获的二〇〇〇年度的诺贝尔文学奖。至今我都认为，无论我们对高行健的创作有何不同的看法，对于他的获奖，很多国人的反应都是很有问题的，最起码是太过小气，或者是太过促狭……但不管怎么说，新世纪以来的中国文学在全球范围内产生了越来越大的影响，我们的文学也越来越自觉地突破本土性的影响，出现了越来越强烈的突围冲动和走向世界的诉求，这是明显的事实。李洱兄是这种影响的当事人，朝全不仅对这个问题有专门性的研究，而且以他的工作岗位和特殊身份，也应该算是当事人了。冰茹目前置身于国外，季进兄也时常地内外穿梭，体会都比我深，了解的情况也比我要多，在掌握和了解大量事实与现象的同时，对于新世纪以来中国文学世界性影响的基本情况肯定会有更好的把握。

我们的瓶颈与局限

前面我说过，我们的文学目前所具有的世界性影响和它在世界上的地位离我们的理想还很遥远，这差不多成了我们的文学体制和我们的作家与诗人的共同焦虑，对此，所有关切的人们特别是我们的批评家和不少海外学者都有很多不同的意见，比如有人认为我们的翻译比较落后，很严重地制约了中国文学的海外影响，因此国家就启动了耗资巨大的翻译工程；也有人认为，中国文学的国际性影响离不开积极活跃的国际性的文学活动，因此通过走出去和请进来的方式，名目繁多的中外文学交流活动便次第展开，反正现在"中国崛起"了，我们有的是资金。但我认为，这些事情虽然具有一定的意义，毕竟还只是表面性的行为，难中要害，难以治本。还是那句老话，所谓的"酒香不怕巷子深"，表面性的宣传攻势虽然也可能在短时间内奏效，尘埃落定后，最终胜出的，还应该是那些品质可靠的"好酒"。还是以我们的酒业来作比方，这些年来，以"秦池酒"为代表的一家又一家"央视标王"虽说靠一时的宣传风靡一时，但在最终，还不是纷纷退出了我们的记忆？始终处于不败之地的，还是那些以品质取胜的品牌。所以说在根本上，还是靠品质。品质不好，再大的资金也撑不了多久。以此来看，我以为我们最应该追问的，就是在世界范围内，我们的文学之所以在总体上还处于比较弱势的地位，是否是我们文学的品质出了问题？我想只有从这个方向来追问与思考，才会具有建设性的意义，也才能真正有效地帮助我们摆脱目前比较尴尬的境地。

诸位所谈的大都属于文学出版和资金资助等“机制性”的问题，但我以为，我们文学的自身品质也不能忽视，实际上这可能更加重要。说到这方面的问题，我觉得首先要检讨的，就是我们的价值观。我以为我们文学最根本的问题，就是在价值观上的种种局限。作为一种价值实践的文学实践，新世纪以来的中国文学仍然存在着种种迷误，需要我们深入地去清理与反省。在此方面，我忽然想起了顾彬教授对我们的批评，其中有一点，那就是他所说的“对中国的执迷”。他认为现代以来的中国文学有一个非常突出的问题，那就是难以在对中国的关切之外作更超越性的思考。他在《二十世纪中国文学史》中指出：“‘对中国的执迷’表示了一种整齐划一的事业，它将一切思想和行动统统纳入其中，以至于对所有不能同祖国发生关联的事情都不予考虑。作为道德性义务，这种态度昭示的不仅是一种作过艺术加工的爱国热情，而且还是某种爱国性的狭隘地方主义”，他认为，这样的文学与“意味着一种超越时代和民族，所有人都能理解和对所有人都有效”的“世界文学”显然在观念上“相左”。上一次在与清华他们讨论新世纪以来的中国文学时，我们也都认为我们的文学“超越性”不够，所以对顾彬的观点我是赞同的。对此问题的讨论王家新有一篇很好的文章，叫做《“对中国的执迷”与“世界文学”的视野》，很值得参考。不过，在此之外，顾彬的批评还指出了中国文学语言上的问题，我也很赞成。朝全在前面说到，我们的长篇小说往往会被国外大幅度地删节出版，这种情况顾彬在南京时也曾指出过，但他将原因归结为我们长篇小说的文学品质，认为我们的很多作品语言太差，只会讲故事，而缺乏鲁迅那样的高度凝练，我想这很值得我们思考。最起码是有则改之，无则加勉吧。

意义与可能

回过头来，讨论一下在全球性的文学背景中新世纪文学的基本意义。当然，我们的讨论还应该围绕着那些已经在世界上产生影响的文学实践，比如像作家莫言、阎连科、阿来、苏童、余华、毕飞宇、李洱和诗人北岛、多多、杨炼、王家新、翟永明、欧阳江河、西川和于坚等人的创作。我个人认为，中国文学的世界性影响起码具有一方面的意义，那就是它说明了汉语的成就和汉语的影响，我们的文学所得到的国际性奖项，无论是高行健的诺贝尔奖，还是多多的纽斯塔特奖，都是我们汉语的光荣，这一点应该是毫无疑问的。在世界性的文学背景上，特别是针对我们的文学现状和其中的种种问题，我们还应该讨论一下我们文学的可能。一方面，我们要讨论一下基于我们目前的状况，我们拥有着怎样的可能？另一方面，我们还要讨论一下为了实现这样的可能，我们还应该作出怎样的努力？或者说，是否有一些开拓性的方向亟待我们去努力？

“拿来”的必要与急切

——“新世纪文学反思录”之六①

新世纪以来，我们的外国文学翻译与出版工作非常繁荣，国外的很多文学作品，毋论地区、年代与国别，都受到了我们不同程度的重视。很多翻译实践，甚至在翻译界、文学界、文化界以至于整个社会都引起了反响，形成了一个又一个引人注目的热点。我们现在越来越认识到，翻译文学实际上是我们汉语文学中的一个相当重要和非常独特的组成部分，而且它对我们的汉语写作和我们整个民族的精神与生存都有着不容忽视的影响，所以我们对“新世纪文学”的反思，理应包含着翻译文学。简单来说，借用鲁迅“拿来主义”的说法，我以为首先比较重要的，还是要回顾一下新世纪以来我们究竟“拿来”了些什么？我们又如何去“拿来”？“拿来”以后，即这些作品在翻译过来以后，又有着怎样的意义与影响？

---

① 参加本期讨论的另有中国人民大学王家新教授、《中国比较文学》杂志副主编、上海外国语大学宋炳辉教授、《世界文学》杂志副主编、中国社会科学院外国文学研究所高兴研究员。

我们拿来了什么？

炳辉所提供的数据，充分显示出我们在文学翻译问题上的严重“逆差”。在经济领域，我们现在与美国往往是“顺差”，但是在文学，以及在更加广泛的文化领域，“逆差”却更加严重，这种情况，无疑应该引起我们的思考。这些年来，我们的文学翻译浩如烟海，难以计数，要问究竟拿来了什么，其实是很难说清楚的。各位都是翻译界的业内人士，而且处身于一定的高度，在统计学的分类意义上，肯定会有很好的把握。但在我的阅读和了解中，这些年来，除了那些对外国古典文学名著的常规性翻译，我以为比较重要的，一是对每届诺贝尔文学奖得主作品的及时翻译；二是对某些作家作品的集中译介；还有就是由于种种原因而对某些作品的着力推介。其中第一个方面，二〇〇一年以来的历届诺贝尔文学奖得主，从二〇〇一年的奈保尔，以及后来的凯尔泰斯、库切、耶利内克、品特、帕慕克、多丽丝・莱辛、勒・克莱齐奥、赫塔・米勒，一直到二〇〇〇年的秘鲁作家略萨的作品，我们都有集中的翻译，而且往往都很及时，比如赫塔・米勒，二〇〇九年十月宣布获奖，二〇一〇年九月，我们很快地就翻译出版了她的十卷本作品集；第二个方面，像诺奖之外的如昆德拉、赫拉巴尔、克里玛、菲利普・罗思、村上春树、卡佛、奥兹、马内阿和阿多尼斯等作家与诗人，国内都出版了他们规模不等的作品集，并且产生了很大的影响；第三种类型，像胡赛尼的《追风筝的人》和施林克的《朗读者》这样的作品，或者是靠其实际上的文学成就及在国外的影响力，或者是依靠奥斯卡获奖电影的改编所形成的巨大的辐射力量，也被我们及时地做了翻译。实际上，这两部作品的品质相当不错，也幸亏这种特殊的影响力，才使我们没有错过。好像译林出版社以前就曾出版过《朗读者》，借助强大的奥斯卡效应，它终于从众多的翻译作品中脱颖而出，摆脱了险遭埋没的命运。我的这些观察，基本上都属于现象性的泛泛而谈，没有什么深度，我想更重要的，也许是对这些年的翻译文学作更本质的把握，或者是突出一些更加值得重视的翻译实践和更具体的译作。

我们如何去拿来？

在谈到翻译的时候，我们会用“盗火者”或李文俊先生所说的“半个先知”来形容翻译家和翻译家的工作，我以为这样的说法非常突出地表明了翻译的意义。在著名的《拿来主义》一文中，鲁迅先生要我们“运用脑髓，放出眼光，自己去拿”，非常强调翻译的主体性，强调在精神上有所承担、有所关怀的“拿来”。他说：“总之，我们要拿来。我们要或使用，或存放，或毁灭。那么，主人是新主人，宅子也就会成为新宅子。然而首先要这人沉着，勇猛，有辨别，不自私。没有拿来的，人不能自成为新人，没有拿来的，文艺不能自成为新文艺”。前几天翻资料，读到沙博理先生的一段话：“做文学翻译也要有立场、有观点、有世界观，知道自己爱什么、恨什么”，说的也是翻译家的精神承担。我想面对无边无际的外国文学，我们具体地去拿来什么，肯定是要有所选择、有所关切的。以此来反思一下新世纪以来的文学翻译，虽然也有些问题——比如译介的过于急切和文学出版市场化的影响导致翻译界出现了种种乱象——但是很多可贵的努力还是应该肯定的，比如像对昆德拉、凯尔泰斯、赫塔·米勒，赫拉巴尔、克里玛和马内阿等人作品的翻译热情，我以为在精神上就很值得尊敬，体现出了先知和“盗火者”般的“沉着”与“勇猛”。某种意义上，我们的精神、命运与生存与他们有着特别的相似，在这种相似中，他们的成就——我所说的，当然不只是获奖这样的“成就”——不仅让我们羞愧，让我们清醒地认识到巨大的落差，更是构成了精神资源的意义。到底我们如何去拿来？我以为还是鲁迅先生说得好——“新主人”、“新文艺”和“新宅子”，也许这正是我们所应坚守的关切。实际上，诸位在上面所提出的我们的文学翻译所面临的“大语种文学”与“小语种文学”问题、我们对翻译的选择与我们自身的命运与处境之间的关系问题等，都显示出我们的翻译所必须的关怀与承担，当然，除了这些，由于翻译还是一种专业性很强的工作，文学翻译更有其非常特殊的地方，所以说，文学翻译的承担，在精神文化之外，还有其应有的专业性要求，这是“我们如何去拿来”所必然面对的问题。

拿来以后

记得在《朗读者》刚出新版的时候，作家须一瓜就曾向我竭力推荐，要我一定得看，于是我马上就去买回了一本，读后果然如其所说非常优秀。我想这是对我们很有价值的书，对于我们如何去面对和书写我们自己的历史和我们历史中的人性与罪恶，都有着非常重要的意义。这些年来，像昆德拉、凯尔泰斯、赫塔・米勒、赫拉巴尔、克里玛和马内阿这样的作家，他们对我们在精神上的唤醒、激励和鼓舞，应该说是巨大的，新世纪以来的很多作家开始意识到“当代史叙述”的重要性，纷纷将题材集中于“文化大革命”这样的历史灾难，这和我们对上述作家的翻译不无关系；但是在另一方面，从现有的文学实践来看，我们和他们之间的精神落差还是很大的，需要作出很大的努力。在中文版的《赫塔・米勒作品集》中，赫塔・米勒曾经有一段“写给中国读者”的话。她说：“对于我既往的全部作品，能在世界上人口最多的国度出版发行，这无疑是一种莫大的荣幸。我相信很多中国读者对西方文学的阅读和体验，会丰富他们的当下生活，甚至会使他们对人性的省察与对社会现实的感知，具有了‘另一种技巧’。但我宁肯你们把我视为您身旁的一位普通写作者，你们都可能是我诸多书中人物的命运共同体。我们以相似的姿势飞翔，也极可能以相似的姿势坠落”。这样一段意味深长的“致辞”不仅揭示出我们和赫塔·米勒及其作品中的人物命运上的相似，更是近乎明确地提醒我们，我们对于自己人性的“省察”和对我们社会现实的“感知”，应该具有“另一种技巧”。

适者生存的文学时代?

——“新世纪文学反思录”之七①

新世纪以来，随着中国社会以至于整个世界的历史性变化，中国作家与中国诗人的精神与生存置入了新的背景，他们的生存状况也出现了很多新的变化，这些变化，特别是其中一些突出的方面与特殊的个案，甚至引起了大众传媒和整个社会的广泛关注，多次形成社会性的文化热点。有一点我们应该很清楚，那就是作家们的生存状况与他们的文学创作之间肯定存在着非常深刻的联系，某种意义上，它们对创作甚至会有决定性的影响，所以，我们对新世纪以来中国作家和中国诗人的生存状况做一些讨论，肯定也是很有必要的。不过在另一方面，大家对这个问题的看法自然也会有分歧，会有不同的认识角度和精神立场，我很希望这在讨论中有充分的展示，也很希望我们的讨论会因此而更加丰富和更加深入，并且在对我们的生存进行反思的同时，提出更加美好的构想。

① 参加本期讨论的另有《人民文学》主编施战军、中央民族大学教授敬文东、《收获》杂志编辑叶开。

新世纪作家的生存状况

说到新世纪作家的生存状况，我们一下子就会想起很多事件，比如诗歌界的“裸诵事件”、诗人余地的自杀事件、作家洪峰的“乞讨事件”、一些作家的“退会事件”甚至是他们间有几位的互相斗殴……这些都是作家和诗人们在新世纪以来生存状况的特殊案例和特殊反映。除此之外，还有像余秋雨、郑渊洁、二月河、韩寒、郭敬明等作家进入“富豪榜”；铁凝和贾平凹等作家纷纷荣任文学官员；王安忆、阎连科、刘震云和多多、王家新、柏桦、张枣等作家与诗人进入大学等文学现象，都反映出这些年来中国作家与中国诗人不同以往的新的生存动向。如果将网络作家和网络诗人也都算上，中国的作家与诗人也许会有上百万的规模，对于他们生存状态的把握肯定会有不同的角度，比如在这些年来越来越常被用而且也很有效的以财富的多寡来进行社会成员的阶层分析，如果用它来分析中国的作家与诗人，甚至是循此来进一步分析他们的写作，肯定也很有效并且也会有独到的发现的。但我以为，是否归属于现有的文学体制还是一个非常重要的角度。这些年来，中国的作协体制越来越呈现出不断强大的趋势。体制的功能在不断强化，边界也在不断扩大，它对写作者的吸引力或吸纳能力也在不断增强。记得在一九八〇和一九九〇年代，作协屡屡传出将要被取消或者被解散的“噩耗”，可是在今天，情况已经完全不同，各级作协的重要性与影响力已经迥异于过去，它们已经财大气粗、活动频繁，与以往岌岌可危的时代相比，早已不可同日而语了。正是在这样的背景上，我将中国的作家与诗人大致上分为“体制性”与“非体制性”两种类型，我个人以为，这是他们的生存状况中最为本质的方面。

体制与市场的多重规约

“体制性”作家与诗人的一个最为本质也最共同的处境，就是他们面临着体制的规约，在意识形态、政治正确、精神立场、文化趣味、作品风格甚至是美学方面都有着多方面的规约，这些规约在各种各样的文学评奖、体制内的身份认定、职务升迁或者是作家作品的研讨与推介等很多方面都能体现得非常清楚，甚至从鲁迅文学院的高级研讨班到各级作协的读书班和采风活动等等，在资格上也一定是很有讲究的，这一切，都能充分地说明体制性的规约是多么严重与巨大，在当下中国的文学场域中，作为一个作家或诗人，只要你身在体制，是某一级作协的驻会作家、理事和会员，或者是哪怕还不拥有这一切，甚至连会员都还不是，但你对体制的很多方面如会员身份和文学奖项等等有所企求，你的创作就会面临体制的规约，你在写作时——我想从构思就会开始，一直到修改、投稿与发表——也就会考虑如何才能符合体制的规约。这个问题大家都清楚，也不用回避。但这只是问题的一个方面。另一个方面，我想说的是，我们的体制虽然在本质上已经延续了六十多年，还是一九四九年以来的文学体制，但与“十七年”时期相比，甚至是与一九八〇年代和一九九〇年代相比，毕竟还是有所不同的，总体上说，体制性的空间还是有扩大，具有了更多的弹性与包容性。在这样的情况下，一方面，所谓的“适者生存”，按照法国社会学家布迪厄关于文学场的理论来分析，我们应该看到那些适应或符合了体制要求的作家与诗人在体制中不断“加分”，占取了有利的位置，也获取或掌控了更多的体制资源；另一方面，我们也应该很理性地看到，在目前相对扩大和相对地具有较大的弹性与包容性的体制空间中，很多作家和很多诗人并没有能够充分地利用这样的空间，将自己的探索发挥到极致，我以为这是要认真检讨的。我们不能总是愤青般地将自己思想的贫弱、才能的匮乏和自己创作的局限简单化地一味推给体制，说实话，很多作家和诗人，即使置身于我们所理想的彻底的自由处境中，也不一定能写出什么像样的作品。所以说，我们一定要破除守株待兔般的思想迷误，在现有的条件与空间中理性和坚韧地发挥自己的才能，奔向自己可能的极致。

我们刚才都在拿体制说事，但在实际上，谈到新世纪以来中国作家的生存状况，不能不说到市场。新世纪以来，日益繁荣的文化市场——现在越来越多地说到的，已经是文化产业了——不仅催生出了很多富豪作家，使很多作家因为自己的版税而致富，跻身于富豪的行列，也改变了很多作家的生存状态，码洋和版税，成了很多作家进行创作的一个相当重要的驱动性力量。也可以说是“适者生存”，不少作家由于对市场的成功适应或迎合，以文致富，大大地改善了自己的生存状况，某种意义上，这都无可厚非甚至是值得高兴的。但正如我们在反思体制性生存的问题时所看到的，市场其实也是有规约的，对于文学，诸如“卖点”、“可读性”、“可改编性”、“获奖的可能性”、“产业化的可能性”等等，其实也很充分地体现了市场的规约。如果将市场也看成是体制，是一种市场体制，那它和文学体制一样，对作家的规约也是很严重的。这些年来的中国作家，有刻意迎合体制的，也有刻意迎合市场的，很多都陷入了严重的误区。我一直以为，即使是在强大的文学体制和市场体制的规约下，我们的作家还是具有一定的自由的，现在的问题是，我们有没有非常充分地利用和珍惜这种有限的自由，或者甚至是，我们有没有在某种程度上过分滥用了这点有限的自由？

我们需要怎样的生存？

战军所说的“飞来飞去”和在“闺阁里”、“高楼里”及“有限的资料边”等倒也真的是新世纪以来不少作家与诗人的生存状况，这样的生存从而也很必然地决定了他们创作的文学品质或内在诉求。我们从上面的讨论中既然认识到生存的种种问题，认识到我们必须主动和被动、愿意和不愿意地去适应来自体制和市场等方面的种种规约，我们便很自然地就会去想像或渴望某种新的生存。我们当然渴望彻底的自由，渴望那种摆脱了来自体制和市场双重规约的彻底自由！但是在目前的历史语境下，这样的渴望很难实现。而且在事实上，这样的“自由”似乎只是乌托邦，极不现实。前面我说过，我们的作家与我们的诗人不能守株待兔般地坐等自由的实现，而且在我看来，彻底的自由并不存在。所以我认为，中国的作家与诗人们最为切实的选择，就是在目前的时代不断地增强对他们的生存进行批判与反思的自觉与能力，在现有的生存处境中不断增强自己的主体性，像叶开兄所说的那样加强“内修”，提升自己的生存境界，以他们的智慧、才能和他们的坚韧让这种宿命般的生存更有价值、更有尊严。

虽然我们的看法略有不同，但在根本的问题上，我个人以为，我们的认识还是很一致的，那就是在目前的时代，尽管我们的生存还面临着不少问题，而在这些问题中，最主要的，又都是来自体制与市场的种种规约，这也是我们宿命般的现实处境，无以逃避也无以选择。在这样的生存现实中，有一些作家“适者生存”，风光无限，完全遵从体制或市场的标准去写作，获“益”多多；但也有一些人并不“适应”这样的现实，而是与这样的现实存在着紧张、疏离、抵御或者是冲突等等较为复杂的关系，可以说是“不适者也得要生存”，只是这样的生存需要更多的坚韧、智慧与顽强，也对我们的内在精神提出了更高的考验与要求。我们不能一味抱怨，幻想着某种理想化的时代，更不可能等这种理想化的时代到来之后才去进行我们的写作，我们应该非常清醒地认识到并且能够非常切实和勇敢地承担起我们的生存重担。承担起生存重担，并且写作，这是我们的痛苦，也是我们的宿命，但是在某种意义上，我以为——也更是我们的幸运！

乡土中国的再度书写

——“新世纪文学反思录”之八①

对于乡土中国的关切与书写是现代以来中国文学的重要传统，在此方面，曾经出现过鲁迅和沈从文等在世界性的文学格局中都有着重要地位和重要影响的经典作家和他们一系列的经典作品。新世纪以来的中国文学对于乡土中国的关注仍然很充分，像贾平凹、阎连科、王安忆、莫言、张炜、韩少功、范小青、阿来、迟子建、苏童、余华和毕飞宇等很多作家，和雷平阳、杨键等很多诗人，都曾出版或发表过相当优秀的乡土文学作品，这是新世纪文学不可忽略甚至可以说是最为重要的组成部分，在中国现当代文学的历史脉络中，我将这样的写作称为“乡土中国的再度书写”。对这样的书写，很希望能有认真的总结，我想这对其进一步的发展和达到其所应有的高度一定会很有意义。

① 参加本期讨论的另有浙江大学姚晓雷教授和渤海大学周景雷教授。

何谓乡土中国？何谓文学中的乡土中国？

晓雷和景雷兄到底是学院派，在讨论问题的起初就力图对我们所讨论的问题做一个逻辑性的界定。其实我在提出讨论这个问题的时候，想得倒不是那么多，更是没有如此的深入，只是想在文学史的脉络中对新世纪中国的乡土写作直接做一些总结与反思。不过，这番讨论倒真是非常重要和非常必要的，也很自然地引出了一个相关的问题，就是如何看待新世纪中国乡土文学中的“乡土”内涵？这个问题，我在好多年前随丁帆老师比较研究中国大陆与台湾的乡土小说时就曾经遇到过。当时我的任务是比较研究一九七〇和一九八〇年代两岸的乡土小说，非常明显地感觉到两岸乡土小说概念的差异。我们都知道，在一九七〇年代的台湾，曾经发生过规模巨大的乡土文学论战，乡土文学的基本内涵是论争的一个主要焦点。在那场论争中，有人坚持乡土文学的乡村性，认为只有以乡村为空间的写作才应该是乡土文学，有人则认为，乡土文学也应该包括都市，认为“都市也是乡土”，“乡土文学，就是根植在台湾这个现实社会的土地上来反映社会现实、反映人们生活和心理愿望的文学。它不是只以乡村为背景来描写乡村人物的乡村文学，它也是以都市为背景来描写都市人的都市文学。这样的文学不只反映、刻画农人与工人，它也描写、刻画民族企业家、小商人、自由职业者、公务员、教员以及所有在工商社会里为生活而挣扎的各种各样的人。也就是说，凡是生自这个社会的任何一种人、任何一种事物、任何一种现象，都是这种文学所要反映和描写，都是这种文学作者所要了解和关心的”。这样的定义与我们以往的理解差异极大，实际上几乎取消了乡土文学的边界，所以，这段话的作者接着就承认：“这样的文学，我认为应该称之为‘现实主义’文学，而不是‘乡土文学’”。实际上，在当时台湾的乡土文学写作中，也呈现的是这样的状态，像陈映真、王拓、王祯和、杨青矗和洪醒夫等人的小说，几乎涉及了当时包括城市在内的整个台湾社会，绝对不限于“乡村”。当然，这与当时台湾社会具体的社会、政治、经济与文化背景特别是工商性的社会转型有关。而到了今天，到了我们这里，正如景雷所说的，由于一九九〇年代特别是二十一世纪以来中国的社会转型，乡土文学的内涵很自然地像当年在台湾一样，有了很大的扩展，“乡下人进城”，成了很多作家和诗人关注的重点，有关的写作，也很自然地进入了乡土文学的基本范畴。不过在另一方面，这也带来了另外的问题，就是那些关于“乡下人进城”的作品，实际上与“都市文学”或“城市文学”产生了交叉，它们似乎也可以算是“城市文学”或“都市文学”。这样一来，在具体的文学研究和文学批评中，很容易产生概念的混乱。所以说，比较表面的空间性和题材性的拓展并不能够确定那些关于乡下人进城的写作是否是乡土文学？一个精神性的标志，即作品的精神关切与精神立场是否指向或归属于乡村或乡人，便显得尤为重要。一部作品，哪怕写了很多城市里的农民，如果它的精神关切和精神立场并未指向或归属于农民，那也不能算是真正的乡土写作，只有这样，才能避免出现当年台湾的乡土小说在无限泛化的同时取消自身的危险。至于二位所讨论的“中国”问题，我有点不太明确，不知道指的是作品题材的“中国性”，还是作家的“中国意识”与“中国立场”，或者是我们批评家和研究者的“中国”问题意识？反正我认为，新世纪文学中的“乡土中国”，已经不限于乡村题材，而是包含有大量的书写都市中的农民们的精神、生存与命运的文学作品，而且它们的精神关切与精神立场应该明确地指向或归属于乡村与农民，蓬勃和丰富的文学实践已经修正了我们既往的概念，这就是我们现时代文学中的“乡土中国”！

繁荣中的成就与问题

二位说的是新世纪文学中乡土写作的基本成就。对于它们的成就，应该会有很多不同的总结方法。我最看重的，是它们对乡土中国历史转型的密切关注和批判性书写，这在很多大家熟知的作品中都有突出的体现。不过在这里，我忽然想起迟子建的中篇小说《布基兰小站的腊八夜》。这篇小说在迟子建的所有作品中算不上最有影响，但正是这样，才最具有充分的典型性与说服力。第一次读到它，是在林建法先生所编的《2008 年中国最佳中篇小说》中，记得当时初读后，被它深深地震撼。和迟子建的很多小说一样，《布基兰小站的腊八夜》也散发着浓烈的乡土风情。作家写到了十来个人物，他们在一个腊八夜聚集在一家鄂伦春客店里，人物先后出场，形貌各异，各自有着独特的性格与命运，说实在的，这真是一种高难度的写作。但就是在这样一篇中篇规模的小说中，迟子建却讲述了云娘、顺吉、刘志和一对为死去的儿子做冥婚的夫妇的故事。它们都是关于伤痛的故事：顺吉的伤痛，来自于她打猎时动物的袭击；而那对夫妇，却是因为儿子的牺牲；作为一位萨满的后代，继承父亲衣钵的云娘因为擅于通过作法来呼风唤雨、消灾减难和主持正义，而被人们普遍地尊敬与爱戴，但在其内心，却有着难以尽数的伤痕和哀痛。父亲的死、丈夫的死，还有母亲的死，这些穿越岁月、深埋内心的伤痛，至今仍使人“无不为之泪垂”……而构成小说主要内容的，却是一个“罪案故事”，写的是一位下岗了的叫做刘志的前林场工人因为贫困所致的盗窃，而盗窃的物品，只不过是用来度过年关的一袋面粉和一条猪肉。随着小说对真相的揭示，我们发现了刘志令人震惊的艰难生存。正是出于对刘志的同情，警察老刘隐瞒了真相。但是老刘的宽宥，却使过于憨厚和鲁直的刘志羞愧得斩断了自己的三根手指。而其断指的成功再接手术，必须尽快赶到省城哈尔滨才能完成。但很不幸的是，铁路的提速却使得布基兰小站不再有快车的停留，如何使刘志搭上呼啸而过的快车，成了腊八夜人们共同的焦虑……张新颖在谈论迟子建的小说《世界上所有的夜晚》时，曾经指出作家具有将“个人的生命伤痛和更多人的生命伤痛连到了一起”，从而使个人的哀伤扩展为广阔生活的基调，变得更加厚重、基本与普遍的特点。我以为这样的特点在《布基兰小站的腊八夜》中表现得同样明显。那么多的哀伤，那么多的痛苦，都在腊八夜人们的互相关切中得到了抚慰。

不过，迟子建在作品中对伤痛的书写，却又不止于此。在作品人物的种种伤痛中，她所更加着力书写的，实际上是刘志的伤痛。而且更重要的是，她还对刘志的伤痛进行了追问。我以为在现实生活中，刘志的断指悲剧本不该发生，就他的品格而言，他也绝不该发生盗窃的行为，但是在实际上，这样的悲剧不仅已发生，而且在他的下一代——他的儿子豆瓣身上，出现了同样的行为——豆瓣偷窃了孙镇长保佑自己官运亨通的大红宫灯。如此一来，作家就将对伤痛的追究扩展和深入到对社会现实的严厉批判，如果再联系到作品中的老齐和顺吉等人对于镇干部的痛恨与反感，作家乡土批判的意图便显得十分强烈。迟子建在这篇小说中的主要意图，实际上就是揭示和书写乡土中国的现实伤痛，并且通过这种伤痛，进一步批判乡土中国的某种现实。在这篇作品中，作家以其相当独特的构思将这种现实缩略于布基兰小站的腊八夜，缩略于这样一种非常特殊的乡野时空，实际上寄予了相当深刻的社会内涵——火车提速，这样一个蛰居山野的布基兰小站在提速中“成了火车线上的毒瘤”而被很当然地“切除”，快车不再在此停留。而“布基兰”，这一萨满教中神衣上的喇叭实际上便在发出这样的呼喊：时代的列车再怎么迅猛，也不应该忽略这里的人们，也不应该忽略遍布和隐伏在乡土中国最深处的巨大伤痛。这就是迟子建的《布基兰小站的腊八夜》所作出的深刻和独特的中国书写。之所以花费那么多的篇幅不无烦琐地详细解读这篇小说，我是想说在新世纪文学的乡土写作中，它其实有着相当突出的典型意义。一种对现代化的历史转型中乡土中国的深切关注，特别是对其中社会现实的批判性书写和对广大的乡土人物性格命运及精神伤痛深厚和广阔的人性关怀，不仅是这篇作品的基本特点，实际上也是新世纪文学中乡土写作的基本经验与基本成就，非常值得肯定与继承。

“复杂性”、“无限的经验”及“广阔和综合的视角”，都意味着当下中国乡土写作极端的难度，意味着某种简单化书写的无效。刚才所说的迟子建的小说，由于注意到了这些方面，便具有了特别的分量。乡土写作的重要性人所共知，但这一切，又都提醒着人们它所具有的极大的挑战性与诱惑性，我们提出的种种问题，不过都是冰山之一角，实际上应该还有很多，希望都能够引起注意。

新世纪文学乡土写作的艺术成就与艺术问题，确实应该好好总结，实际上也是一个很大的课题。我个人的想法，还是应该肯定作家们的艺术努力，特别是其中的艺术探索。大家想一想，像贾平凹、阎连科、王安忆、莫言、张炜、韩少功、范小青、阿来、迟子建、苏童、余华和毕飞宇等一些已经成名的作家，他们在新世纪的创作，无论是在思想内涵上，还是在艺术探求上，其实都在竭力求变，艰苦探索，我们真的不能无视和抹杀他们的努力。至于对不同作家的一些非常具体的艺术探索，我们的评价特别是一些否定性的意见还是应该非常慎重的。比如对贾平凹的《秦腔》，陈思和老师曾经写过《论〈秦腔〉的现实主义艺术》这样一篇很长的文字，对作品的“艺术”进行专门性的讨论，我当时读了深受启发。在这篇文章中，陈老师提出《秦腔》所采用的实际上是一种“法自然”的现实主义艺术，而且这样的艺术也并不是由贾平凹凭空创造，而是有其深厚的艺术传统。所以我认为，虽然种种时代性的问题会影响某些作家的创作心态，但在很多严肃的作家那里，他们的创作还是很认真的，对于他们无论是失败还是成功的艺术探索，我们的艺术观念与艺术趣味既不应该一味盲从，也不应该故步自封，而是应该在相当宽阔的“艺术史”视野中来深入思考，我以为只有这样，才能作出比较严肃和比较负责任的艺术评判。

重要的是写作伦理

晓雷对《受活》过于苛求了。我一直以为，阎连科是我们这个时代非常重要和非常独特的作家，他的创作充分吸纳了乡土民间甚至是更加原始的精神资源，在精神表达上，具有非常突出的生命力量和正义激情。《受活》等作品还对国际共产主义运动和我国的社会主义实践有着非常自觉的历史思考，风格上虽然夸诞，精神上却很冷峻，总体上，其实对历史有着相当大的理性批判精神。我们表面所看到的一切，其实是以这样的精神作为基础来“垫底”的。不过对“写作伦理”，我还是同意晓雷兄的说法，即将写作伦理具体地视为写作者的精神立场与文化立场。在这样的意义上，我以为新世纪文学对乡土中国的再度书写最为突出、最具历史性的新意和普遍性的方面，就是很多作品所具有的新左翼倾向。对这样的倾向，我并不是一味地赞同，我只是想指出这种倾向的客观存在和它所具有的普遍性与影响力。所以我在一篇文章中，曾经认为在新世纪中国的文学界，“新左翼文学”不仅是一股相当强劲的文学思潮。更为重要的是，它甚至已经构成了新世纪中国的文学主潮。在鬼子的《被雨淋湿的河》、《瓦城上空的麦田》、陈应松的《太平狗》、刘庆邦的《卧底》、罗伟章的《我们的路》、北村的《愤怒》、迟子建的《世界上所有的夜晚》、胡学文的《命案高悬》、李锐的《袴镰》、《樵斧》和张炜的《刺猬歌》等很多乡土写作中，新左翼精神都有非常突出的体现。它们基于新左翼的精神立场对于乡土中国的权力与资本进行了相当自觉和有力的揭示与批判，具有非常强烈的现实精神和正义激情，无疑是乡土写作在新世纪以来的重要变化，颇值重视。

二位都对北村的《愤怒》持有非议，我的看法倒有不同。基督教的精神立场在中国的精神空间中有其非常特殊的处境，对于真诚的基督教的精神立场，我们应该有充分的尊重。有一点我们应该很清楚，对于包括乡土写作在内的所有的文学创作，作为批评家和研究者，我们一方面要坚持自己的精神立场，并在这样的精神立场上进行我们的文学研究与文学批评，另一方面，我们也应该避免形而上学，即以自己的精神立场模式化和机械般地“强套”在每一部作品的头上。实际上，我们应该持有这样的心态，就是在我们这样的时代，我们其实是要与作家们一起，共同探寻某种精神的出路与可能。在此意义上，我们虽然要有一定的坚持与固守，但也应该胸襟开阔，充分尊重和合理吸纳多方面的精神资源。所以说，我们乡土中国内在的精神资源和来自于西方的精神资源，我们都应该批判性地吸纳。

多元博弈的文学评奖

——“新世纪文学反思录”之九[①]

与一九九〇年代特别是与一九八〇年代相比，新世纪以来的中国文学有一个非常突出的变化，那就是文学评奖的类型、方式、功能与意义及它们的社会影响越来越具有新的特点，也是文学界经常性的公共话题和私议焦点，有的时候，甚至会在整个社会掀起一场轩然大波，对于我们的文学生态以至于整个文化生态和精神生态都会产生重要影响。前不久，第八届茅盾文学奖刚刚公布，评奖的影响余波未息，虽然在我们的“新世纪文学反思录”中原来就有这方面的议题，要讨论一下新世纪以来的文学评奖，但我们在这个时候一起来讨论，也许会有着相当特别的现场感，有些认识和有些体会，也许也会更加深切。

① 参加本期讨论的另有江苏省作协创研室主任汪政、中山大学教授谢有顺和同济大学教授郭春林。

庞大的政府奖体系

我以为在新世纪以来，我们的文学评奖大体上可分为两大类型：一是“政府奖”，二是“民间奖”。这样的分类当然很粗略，有些评奖，实际上“杂糅”了政府和民间等多方面的因素，很难明确地将它们归类。我个人以为，反思和总结新世纪以来的文学评奖，应该联系于中国更加宽广的政治、经济、社会和文化语境，某种意义上，正是这些语境制约和决定了文学评奖的诸多方面。首先来看“政府奖”。实际上自一九九〇年代开始，相应于国家意识形态和文化战略的变化与调整，特别是随着国家经济实力的增强，国家在文学场域建立了一套规模庞大的“政府奖”体系，以文学评奖为杠杆来引导和促进文学生产，形成了一种具有新的特点的文学生产机制，这一机制在新世纪以来越来越突出，越来越被强化，越来越具有影响。为了方便，我曾经将这样的机制非常简单地概括为“抓评奖，促生产”。这一机制的基本特点，便是国家文学奖励制度的建立。这一奖励制度，主要是以从国家到地方所层层建立的“五个一工程”奖作为主干的“政府奖”体系。在国家层次上，这一体系主要由中共中央宣传部主办的“五个一工程”奖和中国作家协会主办或联合主办的“茅盾文学奖”、“鲁迅文学奖”、“全国少数民族文学‘骏马奖’”等组成。在地方层次上，“政府奖”体系则由地方党委主办的“五个一工程”奖和地方政府或作协主办的形形色色的文学评奖组成，比如北京市的“老舍文学创作奖”和我们江苏省的“紫金山文学奖”等等。任何文学奖，其实都是某种文学标准和文学理想的倡导、重申和确立，当然也是对那些相异于此的文学实践的排斥与规约。如果借用法国的社会学家布迪尔的理论，在新世纪中国的文学场域中，“政府奖”运用其强大的动员能力与丰厚资源，对于合乎其文学理念与文学标准的文学实践进行了相当有力的“激励”，其对新世纪中国的文学生产影响巨大。

民间奖的活力

除了我们上面所讨论的政府奖，新世纪以来，形形色色的民间奖对文学的影响也不能忽视。在我的印象中，较有影响的有像《南方都市报》的“华语文学传媒大奖”、青海省的“金藏羚羊国际诗歌奖”、唐晓渡和西川他们的“中坤诗歌奖”和我们这几年所主办的“柔刚诗歌奖”及“刘丽安诗歌奖”、“在场主义散文奖”等。政府奖之外，这些民间奖的影响其实很大。前面我说到，我们讨论新世纪以来的文学评奖，应该联系更加宽广的政治、经济、社会和文化背景，我以为民间奖的运作和它们的重要影响，和这些年来民间资本的壮大极有关系。比如“中坤诗歌奖”，就是由诗人黄怒波的中坤集团出资设立的，还有像武汉的“闻一多诗歌奖”，依托的也是阎志的卓尔集团。我们目前主办的“柔刚诗歌奖”，则是由诗人柔刚个人出资。这些民间奖的经济实力差异很大，有的非常雄厚，有的则很单薄，但是在对很多作家、诗人和他们作品价值的确认方面，绝对不亚于政府奖，某种意义上，他们所推崇的文学理念也许更具个性，也更加纯粹，在各种各样的文学评奖中充满了活力，它们的意义决不能低估！

春林提醒我们注意各种民间奖的出发点和他们的内在诉求，这里面的复杂性确实值得我们进一步深究。但正如诸位所共认的，民间奖的意义仍然不可低估。其中一个很重要的方面，就体现在它们与政府奖之间的复杂关系，我以为这用“互相补充”和“多元博弈”来概括也许比较恰当。一方面，民间奖是对政府奖的一种补充。很明显的就是在诗歌方面。应该说，政府奖中较有影响的还是像“茅盾文学奖”这样的长篇小说奖和“鲁迅文学奖”中的小说奖，“鲁奖”等各种政府奖中诗歌奖的权威性远远不够，这样一来，民间奖中种类更多的诗歌奖便成了一种很好的补充。很多诗人的创作难以得到政府奖的认可，倒被民间性的诗歌奖所确认。比如我们这几年来所操持的“柔刚诗歌奖”，先后给被政府奖所忽略的北岛、白桦颁发了荣誉奖，给柏桦、潘维和写了《安魂曲》的沈苇等诗人颁发了主奖，在诗歌界都产生了很好的影响。“华语奖”的“年度诗人奖”先后评给诗人多多和欧阳江河，诗歌界也是十分认可的，这也增强了“华语奖”的权威性。还有它将二〇〇二年度的“杰出作家奖”颁发给史铁生，现在看来，尤其令人钦佩与感动。还是按照布迪尔的说法，在各种“资源”角力和占位的文学场中，史铁生可是没有“资源”的人，他惟一的“资源”，就是他的创作和他的人格。所以说，民间奖对政府奖的“补充”，意义相当重大；另一方面，民间奖和政府奖之间，也是一种“博弈”。无论是在主观上，还是在客观上，民间奖和政府奖在文学场域中都形成了相当复杂的张力。它们在根本上所追求的，还是在于以自己的文学理念从很多方面——比如作家或诗人的文学史认证及经典化和对创作实践的导向等等——影响或引导文学。所以，这种“博弈”非常深刻，实际上是不同的文学理想和文学价值理念之间的深刻“博弈”。

权威如何确立?

与往届相比，第八届茅盾文学奖由于在评奖机制上做了改进，建立了由六十多人组成的“大评委”制度，再加上一轮又一轮投票的实名公开，努力体现主办者所追求的“公开”、“公平”和“公正”。我个人认为，许多年来，茅盾文学奖一直未能建立其充分的权威性——包括其自身所期许的权威性。如果我们回溯一下以往各届的获奖名单，便会发现在每一届的获奖作品中，起码都会有一部甚至是两部的水平其实很差，按照我一位朋友的话来说，有的甚至连发表或出版的水平都不太够。但这一届的获奖作品，还是很有说服力的。当然，我也认为，实际上不少被刷下来的作品，也完全够得上获奖的水平。这次“茅奖”之所以在机制上作这么大的改进，应该说是耗费巨资，不惜代价，完全是为了树立甚至是挽救“茅奖”的权威性。从实际结果来看，似乎权威性确实得到了增强，不再像以往那样会评出一些很不靠谱的作品了。但以我个人比较“农民意识”的观点来看，为了保证“茅奖”的权威性，是否一定需要兴师动众地花费如许的资金、时间和精力呢？因为比如像诺贝尔文学奖，与我们的“茅奖”完全相反，采用的是“小评委”制，而且完全是匿名的评审，具体情况要到很多年以后才能解密的，不是更加具有权威性？所以，这一届的“改进”，也并不是没有值得“改进”的地方。当然，包括像“鲁迅文学奖”等其他奖项在内的整个政府奖体系，以及各种各样的“民间奖”，也许都需要不断改进。

我们在思考和探索建立文学奖的权威性时，一方面要看到评奖机制这些“硬件”的方面，但我以为更加重要的，是要进一步思考，我们应该建立怎样的权威性？或者说，形形色色的文学评奖所应该追求和理解的“权威性”应该具有怎样的内涵？我以为，这才应该是问题的关键。前面我曾说到，包括政府奖和民间奖在内的形形色色的文学评奖，实际上是文学场域中不同的文学理想和文学价值理念之间的深刻“博弈”。有一点我们应该承认的是，就是在目前的各类文学奖中，还没有哪一种评奖已经获得了被充分认可的权威性。世界范围内，最最权威的文学奖应该是诺贝尔文学奖了，其他像英国的布克奖等也有巨大的权威性。但是在我们国内，似乎还没有这样非常服众的文学奖。比如像“茅奖”和“鲁奖”，基本上没有被大学系统的文学教育、文学研究和文学史编撰所“买帐”。有关的获奖作品如果不被转化和纳入到文学研究和文学史的知识体系中去，其生命力是非常可疑的。因此说，各种文学奖在经过充分的“博弈”，是否能最终胜出，最根本的，还是取决于其文学理念和文学价值标准的纯粹，而这，也许就是——也是我所理解的文学奖的权威性所应该具有的真正内涵。

是啊，我很赞同这样的说法。无论是体系庞大的政府奖，还是“百花齐放”的民间奖，主观和客观上都是在以评奖这种相当独特的方式来表达各自的价值观，这对一个国家和一个民族的文学生态与精神生态，无论如何都是件好事。它们之间当然是一种博弈，但我以为，而且也很希望，通过这种长时间的多元博弈，最终胜出的，不仅仅只是某一种或某一些具体的文学奖项，而是我们的文学、文化和精神生态的健康与成熟。

复杂的代际张力

——“新世纪文学反思录”之十①

新世纪以来，我们的文学界包括我们的文学批评与文学研究界的代群意识越来越突出，特别是在对“八〇后”文学的关注之中，这种意识表现得非常强烈，很少有人会怀疑对于这些写作者们代际命名的有效性。我们完全可以说，新世纪以来的十年，是“新时期”以来中国文学中的代群意识表现得最为强烈的一段时期。一方面，我们应该承认，如果从代群的角度来考察新世纪以来的中国文学，新世纪的文学确实是由不同代群的作家与诗人们的文学实践所共同构成的，他们之间各有特点、互有差异，形成了丰富复杂的张力关系；但是在另一方面，我们不仅很少追问“八〇后”等不同代群中所谓“代表性作家”的“代表性”，更少追问每一代群内部的差异与张力，而代际命名的局限与问题，也很少被我们深入地去反思，诸般问题，非常值得进一步讨论。

① 参加本期讨论的另有华东师范大学教授罗岗和《钟山》杂志主编贾梦玮。

代际焦虑的进一步凸显

文学史从来都是人才辈出和长江后浪推前浪的历史。“新时期”文学的一个非常重要的特点，就是作家代群意识的突显和在后来的不断强化。如果说，“新时期”之初的“右派作家”、“归来者”诗人和“知青作家”的群体性出现和被批评界与文学史的指认，更多突出的，还是他们的政治历史身份的话，那在当时的“青年作家”和“青年诗人”，他们的大量出现和被指认，所突出的才是他们的年龄。实际上从那时开始，“新时期”文学的代群意识越来越自觉、越来越被不断地突出与强化，这在后来对“第三代”诗人、“晚生代”作家（或称“新生代”作家）、“七〇后”作家、“中间代”诗人和“八〇后”作家与诗人的一系列命名中，表现得非常明显，以至于形成了一种非常突出的“代际焦虑”。批评家们动辄对作家作代际命名，很多写作者也都会很自觉地为自己寻找代际归属，随着“八〇后”的长大成人，已经又有人关注起所谓的“九〇后”了。

梦玮用“下策”这样的说法来批评和反思目前所盛行的代际命名，这一点，其实我非常同意。“代际”思维只是一种社会学的把握方式，属于文学社会学的范畴，虽然有其一定的意义，但像这些年这样如此盛行，特别是被我们如此轻率地频繁使用，也是有问题的。对于我们的文学和我们的作家，我们应该探讨新的把握方式。不过，理论上是一回事，事实上又是另外一回事。就这些年我们的文学现实特别是包括媒体批评在内的文学批评现实来看，我以为正如前面我说的，“新时期”文学的一个非常重要的特点，就是代群意识的突显和它在后来的不断被强化。新世纪以来，这种意识演变得愈加强烈，以至于形成了一种具有一定的普遍性的代际焦虑。一方面，很多作家与诗人都有着非常强烈的代际认同，会很自觉地在文学界的代际格局中来定位和理解自己，代际归属成了他们的一种非常突出的自我认识；另一方面，批评界甚至整个社会往往也会在代际区分的意义上来指认我们的作家与诗人，他们的创作成就和他们的问题与局限往往也会被在代际区分的意义上来考察与理解，表现得最为明显的，一是在对“八〇后”的命名与阐释中，二就是诗歌界的“中间代运动”。“八〇后”的出现和对他们的命名与讨论大家关注得比较多，我在这里想说说“中间代”的事情。新世纪之初的二〇〇一年，诗人安琪和黄礼孩编选了一本《诗歌与人：中国大陆中间代诗人诗选》，在后来的二〇〇四年，他们又和诗人远村合作，主编出版了一部规模更大的《中间代诗全集》，这部《全集》厚达两千五百多页，收入了二十二位诗人共计两千二百多首诗作，以精装本的豪华形式分为上、下两卷出版。我们知道，诗人潇潇和万夏曾经在一九九三年主编出版过类似规模的《后朦胧诗全集》，不仅为对“后朦胧诗”的研究提供了权威与全面的选本，还为“后朦胧诗”的经典化起到了很大的作用。《中间代诗全集》无疑借鉴了潇潇他们的成功经验，它在书籍勒口上特别刊列出包括朱自清编的《中国新文学大系·诗集》、阎月君等编的《朦胧诗选》和潇潇他们的《后朦胧诗全集》等在内的“中国现当代诗歌史进程中的六部重要选本”，而且将自己纳入其中，非常强烈地显示出“中间代”的代际焦虑，而且这种焦虑已经强大到要强势进入诗歌史的程度。按照安琪他们当时的说法，“中间代”是“一批出生于上个世纪六十年代的诗人”，他们“在八十年代末登上诗坛，并且成为九十年代至今中国诗界的中坚力量”。他们的诗歌道路虽然和“第三代诗人”平行与并列地展开，但却并未被纳入“第三代”之中，而在年龄上又不属于“七〇后”，可以说是被此起彼伏的代际命名所忽略了的一群，所以说在这样的意义上，安琪他们所做的，是一种体现出非常巨大的代际焦虑、并且为一大批诗人寻找代际归属的命名实践，它能获得大批诗人的热烈呼应与支持，则更是说明了这一点。

这套《全集》放在我的书橱中，每次看到，都能特别强烈地感受到它所包含与体现着的代际焦虑。至于其他代群作家与诗人们代际焦虑的具体体现，以及形成这些焦虑的复杂原因，诸位定有更好的看法。

代际格局与代际差异

不管我们代群意识的强化始于何时，是在罗岗兄所说的“晚生代”那里，还是在梦玮所说的对“七〇后”的命名中，他们总归都是目前文学的重要力量。总体来看，新世纪文学的代际格局非常清楚，像以“知青作家”为主的“五〇后”们、以一九八九十年代的“先锋派”、“晚生代”作家等为主“六〇后”们和“七〇后”、“八〇后”的作家与诗人，构成了新世纪中国文学创作的主体性力量。当然，我这样的描述与把握方式肯定是很粗疏的，实际上在这些代群之外，还存在着许多非常重要的写作，我们决不能忽略。我们知道，由于历史际遇和成长背景的不同，每一代作家与诗人在精神特征、文化性格、美学趣味、叙事方式甚至语言风格等很多方面都有差异，这些差异，不仅会很明显地体现于他们的创作，形成他们具有鲜明代际特征的写作特点，而且还在呈现为清晰的代际格局的文学场域中，分别体现出疏离、补充、差异、对话或者是冲突的复杂关系。在对作家代际特征的研究方面，洪治纲兄曾经有专著专门研究过一九六〇年代出生的中国作家，应该说是这方面的代表性成果。在这部专著中，洪治纲很精辟地比较分析了“六〇后”作家与其前后的“五〇后”和“七〇后”作家的多方面差异，认为在精神向度上，“无论是书写历史还是表达现实，从五十年代出生作家群到七十年代出生作家群，他们的精神视野和使命意识，无疑呈现出一种‘递减’的趋势。与此同时，他们的主体意识，包括作家对大众经验和现实秩序的规避姿态乃至质疑姿态，却呈现出一种‘递增’的倾向。”几年前，贵州的《山花》杂志曾经开辟过一个叫做“聚焦七〇后”

的专栏，专门探讨“七〇后”作家的问题与局限。记得是在一个晚上，时间已经很晚了，突然接到当时的主编何锐先生的电话，要我赶一篇开栏的文章，选择一个“七〇后”的代表性作家深入解剖，以揭示这一代作家的典型性问题。至今我都很清楚地记得何锐先生非常著名的贵州方言中对“七〇后”作家的拳拳之心和对他们问题与局限的深切焦虑——这样的心情和这样的焦虑，无疑也是代际意识的体现。后来我写的是魏微，也很突出地感受到治纲兄的上述发现。

代际共识的必要与可能

正如梦玮所一再指出的，我们总是以代际思维的方式来把握文学，其实是一种“下策”。所以我们目前要做的，就是要去努力探讨和寻找一种“上策”，要去寻找一种更加有效和更加有意义的新的文学把握方式。在这样的意义上，让我们再来检讨一下。首先，我还是认为新时期文学存在着“代际分野”的现实，而且这样的“分野”还是很有意义的。这些年来，文学格局中的代际差异即使会导致冲突，比较剧烈的时候，甚至还会发生像当年的“断裂事件”和新世纪以来著名的“韩白之争”之类的论争与分歧，但我认为在根本上，这些差异还是非常必要的，是健康与正常的精神文化生态和文学生态的一种反映。我们都应该记得在“文化大革命”时期，虽然在自然年龄的意义上存在着代群之别，但是在精神上，青少年一代惟一的精神特征和精神选择，就是做“共产主义”和“无产阶级革命事业”的接班人，他们与“革命前辈”在精神上完全同构、完全整一，这在实际上已经完全取消自己的代际特征，这样的精神格局无疑很可怕，是一种令人恐怖的“精神虐杀”。但是在另一方面，如果我们反思一下“新时期”包括新世纪以来越发突出的代际焦虑，特别是，当我们每隔十年就会几乎不加思索地以十年为一个时间段落来命名新一代作家或者新一代青年——比如现在对“九〇后”作家和“九〇后”诗人的命名正在慢慢浮现。这种对代际差异和代际身份的过分热衷、过分强调甚至是很刻意地去寻找与放大，无疑也是很有问题的。所以我以为，我们在正视种种代际差异的同时，更加重要的任务，倒可能是要努力地去寻找和建立共识。在当下中国的历史文化语境中，每一个代群的作家虽然都有其自身独特的精神特征及命运与道路，但是，我们几代人和几代作家与诗人毕竟共同处身于同样的历史文化语境中，在这样的语境中，我以为我们最应该建立的基本共识，就是我们在历史压力中的自我意识。在共同的历史空间或历史压力中，每一个生命和每一个代群，实际上都会有着共同的命运和共同的感受，从而在更高的层面上，还应该有着基本共同的历史使命和历史任务。在这样的意义上，我以为我们无疑应该降低诸如“七〇后”、“八〇后”和“九〇后”之类的代群意识，在减弱我们“自然身份”的同时，在对我们的时代做出深刻的历史理解的基础上，努力寻找、逐步明确和突出我们的“历史身份”。当然我也得承认，这样的任务其实很困难，单是要对我们的时代做出相对准确的历史理解，就有很多文章好做。所以，我们不妨先借用一下两个已经显得相当陈旧的身份概念——即“知识分子”和“公民”，希望我们不同代群的诗人与作家，在自己的身份认同中能够自觉认识到自己的身份结构之中实际上还包含着“知识分子”和“公民”这两个身份，这是因为，正是这两个身份会使我们与历史、与未来和与我们的民族国家产生相当深刻的关联。

看来我们和梦玮达成了共识，这就是要努力寻找一种新的把握方式，不能总是停留在代际思维的层面，像梦玮所批评的，“拿年龄说事儿”。这些年来，在我们屡屡使用“六〇后”、“七〇后”和“八〇后”这样的方式来划分我们的作家之后，一想到紧接着——而且好像已经有人开始了——就要用“九〇后”这样的说法了，真的让我们感到头皮发麻，让人厌恶。

前面罗岗兄说到过，一九八〇年代的中国作家毋论年龄、不分代群，在共同的“时代氛围”和历史语境之下，形成过共同的“态度同一性”，只是这种“态度同一性”后来发生了解体。梦玮刚才也说，一百多年来中国无数志士仁人想要解决的问题大多并未彻底解决，鲁迅等前辈作家开始的批判改造任务远未完成，中国人的心灵与社会现实之间的矛盾关系还没有得到明显的改善，这是中国目前男女老少作家们所共同面对，也是必须正视、无法回避的现实。最近各地都在纪念辛亥革命，孙中山先生的遗言“革命尚未成功，同志仍须努力”，仍应该在我们的耳边常响。所以说，目前我们最为重要的，是要在对我们的时代作深刻理解的基础上，重新建立我们的“态度同一性”，然后再在这样的前提下，明确我们跨越不同代群的共同身份。最近，我读到了被认为是“七〇后”代表作家魏微的新作《胡文青传》，就是在对“文革”和“改革”作新的理解，这样的努力，非常值得我们赞赏，我以为也是我们很多作家的共同任务。不过，有一点要指出的是，鉴于“态度同一性”易于解体的脆弱性，我以为我们新的身份和新的共识的建立，应该是在更加牢固和更加深刻的理性的基础上，所以，我们所要寻找和建立的，不能只是“态度同一性”，而应该是我们的“思想同一性”，是要在“思想同一性”的基础上，重新召唤和突出我们作为“知识分子公民”的身份意识和身份认同，并且以此展开我们新的文学实践。在这样的意义上，我们的任务真的很重！

—台湾诗人十二家—

“包容那幽渺的与广大的……”

——陈黎读札

最早读到陈黎的诗，是在马悦然、奚密和向阳主编的《二十世纪台湾诗选》（台湾麦田出版，二〇〇一）中，这部权威性的诗选从台湾早期的老一辈诗人杨华、覃子豪、纪弦、周梦蝶，以及洛夫、余光中、痖弦、郑愁予、杨牧，一直到一九六〇年代出生的中青年诗人陈克华、鸿鸿、许悔之等，一共收录了五十位台湾诗人的代表性作品，而陈黎，便是其中收录作品较多的一位。

实际上，不只是在台湾，我以为在整个中国的新诗史上，陈黎都应该具有重要的地位。在陈黎的一首题为《太鲁阁·一九八九》的作品中，我曾经读到这样的诗句：“包容那幽渺的与广大的 / 包容那苦恼的与喜悦的 / 包容奇特 / 包容残缺 / 包容孤寂 / 包容仇恨 / 一如那低眉悲慈的菩萨……”。陈黎翻译出版过很多诗集，其中又以拉美诗人的作品为多，他的创作，也受到了拉美诗人的许多影响。读他的《太鲁阁·一九八九》，我便能感受到其中所具有的巴勃罗·聂鲁达一般的壮阔与柔情，以及聂鲁达所惯常使用的诗学策略。但我在这里所更想指出的，却并不是陈黎的创作所受到的外来影响，而是上述诗句中所明确体现出的他的悲悯情怀与包容精神。某种意义上，“包容那幽渺的与广大的”，正是陈黎的诗歌在精神上与美学上最为核心的特质，陈黎的诗学，实际上就是“包容的诗学”！

在我们的新诗史上，很少有哪一位诗人能够像陈黎这样在精神上具有如此巨大和如此繁复的包容性。一方面，陈黎对我们的存在和我们的个体生命宿命般的处境有很深刻的体验，现代主义诗歌所通常具有的诸如荒诞、神秘、孤独、绝望和死亡等幽深的基本主题在他的诗歌中所在多有；另一方面，从人间亲情、日常生活和社会世相到民众命运、历史转型，以及到台湾本土的族群、历史与文化等更加广阔的题材，在陈黎的诗歌中，也都有着非常丰富的书写。

在陈黎的作品中，我非常喜欢一首叫做《秋歌》的诗。“秋”是古今中外的很多诗人非常偏爱的题材与主题，但是《秋歌》却有独特的精神。在诗人看来，向死而在的我们固然会死，“我们紧握住的手”，固然也会突然“在暮色中松开”，但是在另外的意义上，我们又不妨将我们的生（“漫漫长日”）和我们的死（“漫漫长夜”）看成是一对“孪生兄弟”，在这样的视野中，天空、远方和代表着死亡的黑暗，也许不过就是我们生命另外的居所，一个更加广大、更加永恒的居所。所以，“当亲爱的神用突然的死 / 测验我们对世界的忠贞”，我们的最为切要和最旷达的选择，还是应该“甘心”去“修补”那“感情的墙”。陈黎的《秋歌》亲切无怨、高远放达，一如冯至先生的《十四行集》，表现出对生命的挚爱与哲思；与《秋歌》的抽象与抒情不同，《小丑毕费的恋歌》在题材上具有了一定的社会性取向，很多人都曾经在陈黎关注“小人物”命运处境的意义上肯定过这篇作品。而我在深以为然的同时，更想强调它对我们个体生命的荒谬处境—— 一种在现代社会更常具有的萎弱无助甚至自我作践的异化处境——的反讽性表达。

陈黎的很多作品都属于如上所述的第二个方面，即对台湾本土的社会、历史、文化和广大民众精神与生存的自觉书写，《拟泰雅族民歌》、《葱》、《牛》、《太鲁阁 · 一九八九》、《最后的王木七》、《纪念照》、《岛屿边缘》、《花莲港街 · 一九三九》、《岛屿飞行》和《白鹿四叠》等，都是这方面的代表性作品。也因如此，陈黎的写作才被有的学者概括为“本土诗学的建立”（奚密）。陈黎生长于花莲，处岛屿边缘而忧怀天下，浩歌向洋，在心系家国的同时且问念苍生。譬如在《岛屿边缘》中，自比为像“针”、“线”一般纽弱与渺小的诗人却与广阔的世界和深邃的时空竭力关联，从而在孤悬边缘的处境中激发出令人动容的悲情，阔大沉雄。不过我以为，这种悲情和这种阔大沉雄的精神气象，在诗人《最后的王木七》、《牛》和《纪念照》等作品中，由于更加具体和均据本事地记载与书写了台湾民众的苦难命运，而在情感上显得更加充沛和坚实。陈黎很善于从具体和坚实的细节——那些通过诗人的凝练、提升从而被赋予了精微幽渺的诗性的细节出发，在丰富广阔的社会、历史、文化、日常生活和诗人自身的人生经历与精神世界中展开联想，腾挪跌宕，异质混成，以其来路复杂、操练自如的诗艺策略和其变幻莫测的语言魔术，营造出精妙无比或又开阔深厚的诗的世界——“包容那幽渺的与广大的”，陈黎的世界，会如此也！

“当日光隐入层云……”

——陈义芝读札

自一九七七年第一部诗集《落日长烟》以来，陈义芝已经先后出版了十来部诗集，这些实绩，充分奠定了陈义芝在台湾诗歌界“中生代”代表的地位。在对陈义芝的阅读与阐释中，余光中、杨牧、痖弦等老一辈诗人和萧萧、陈黎、罗智成、孟樊、焦桐等陈义芝的同辈诗人均曾经从不同的角度颇多解说，特别是杨牧，他在为陈义芝诗集《青衫》所作的“序言”中，不仅对陈义芝诗歌的创作特点有很精准的把握，更是对陈义芝的“诗歌史”意义有高度评价。杨牧先生是在“植根传统”的意义上来肯定陈义芝的。他说：

“我读陈义芝的诗，特别为他之能肯定古典传统并且面对现代社会，为他出入从容，不徐不疾的笔路情感而觉得感动。他到目前为止的大半作品，总透露出尝试宣说却又敦厚地或又羞涩地想‘不如少说’的蕴藉，一种坚实纯粹的抒情主义，尤其植根于传统中国诗的理想。

“认识传统，尊敬传统，并以这种信心和功力开辟现代诗的天地，不偏激排斥，也不拘泥执拗，则题材无所谓新旧，文字浩瀚终于殊途归来为我所用，这是我们对现代诗之必然将长远地发展下去，这是我们之所以能对现代诗寄托重大之心志的原因，最基本的原因。在这种情况下从事诗的创作，我们觉得庄严坦荡，左右逢源。即使我们的作品失败了，最多只是技巧上有所不逮，在文化上我们永远不至于失败”。

杨牧先生的这一段文字虽然发表于一九八四年，今天用来概括陈义芝迄今为止的大部分创作，仍然显得非常准确。我一直以为，在台湾以“余（光中）、杨（牧）、洛（夫）、郑（愁予）”并称的几位老一辈诗人中，杨牧的成就，在我们大陆被严重忽略，这也是我在这篇短短的“读札”中较多引述其相关文字的另一层原因。

“蕴藉”的、“植根于传统中国诗”的“一种坚实纯粹的抒情主义”，在陈义芝，更多地是表现为一种特殊的情感姿态。面对我们的个体生命，我们的记忆、情感、想念，和与我们的生命息息相关的外部世界——诸如我们的亲人、家庭、家园、家族、社会、历史、祖国、大地甚至是遥远的异邦……，陈义芝不避其中“丰富的痛苦”而又能以坚忍与旷达出入其中，让我们对生命和对我们的人世仍然有爱，仍然有信念。台湾的著名诗人和诗歌评论家孟樊先生曾经在“家族诗”的意义上来讨论陈义芝的写作，诸多洞见中，我对其所发现的陈义芝关于父亲的作品中“光”的现象最有感佩。实际上，不仅是在这一类作品中，在陈义芝的很多诗作中，“光”，都是一个非常重要的意象。苍天之下，大地之上，众生对于大地的信托和对光的仰望，是我们最为根本的生命情态。陈义芝所着重表现的，经常就是生命中晦暗的时刻，是“当日光隐入层云”，生命经受着悲哀、痛楚或者是错失的时刻，而即使是在这样的时刻，对于“光”的期待和想望，仍然是生命根本的姿态。《蒹葭》中的诗人在“心痛”、“疼惜”和“始终低回”的同时，仍不忘“为夜空系上一颗颗 / 晦涩的星结”；在他著名的组诗《川行即事》中，这样一种精神姿态或心路历程表现得最为突出。陈义芝生长于台湾，实为川籍，属于台湾第二代的“外省作家”，作品中所隐含着的深切复杂的身份认同至为突出。一九八八年，他随离乡多年的父亲回四川省的忠县老家，从起初的“西飞重庆”，到后来的“离地向南”，半个月的时间，经历了一段在他的人生中一定是非常难忘的“温暖而又百感交集的旅程”。《西飞重庆》中，我们能很强烈地感受到诗人返乡的狂喜和“奔突的心”；而到了《麻辣小面》，诗人不禁为一位与自己年龄相仿的女性的勤苦和命运所感慨——“她自称‘被耽搁的一代’/年岁与我相仿，看去却老很多/讲起抄家下放的经验/三言两语能辣出人的泪”，“我唏哩哋噜趁热吞下//像长江一般久长的麻辣面哟/吞下历史的龙蛇文化的水怪/将我心扯紧/不教痛，但教堵住胸口/说不出一句话”，隐忍的悲情中，历史文化和同代人命运的错谬与反差，教人愤怒，也教人动容；《破烂的家谱》中，堂哥的形象以及堂哥一家三代人的苦难命运，则更是让人唏嘘不已——“从来万物本乎天……”，堂哥的无奈与顺命，以及诗人对这一切的表现所包含着的精神内容，很值得我们进一步思考；《待决的课题》是十首《川行即事》中的最后一首，归乡以来的复杂感受被诗人“填到嘴里/都咽进肚里”，酸楚难言。但也正是在这样的悲情中，“飞机继续爬高/穿破云层……”，那“隐入层云”的日光，正在被诗人所接近，我们从而也很自然地相信，大地之上，终将有阳光！“当日光隐入层云”，不过是历史晦暗的时刻；其他诸如《秋天的故事》、《我思索我焦虑之三》和《仰光》等篇什中的“秋光”与“阳光”，莫不具有丰富的内涵。在一部诗集的“自序”中，陈义芝曾经这样描述过自己对“光”的执念——

虚清、辽阔，在天与水之间，即使黄昏，暗下来，我仍然感觉到那世界的洒金，明亮。在远方，在它深层，潮水似隐藏一巨大的帮浦，不停地推移着人生的离合。一波波，又像记忆、痛苦和慰藉，把现实推开，浮现出令人难忘的光影。

——是啊，生存之上，有光永恒！

“隐匿的王后”，或“以暴制暴”的写作

——夏宇读札

“把你的影子加点盐 / 腌起来 / 风干 // 老的时候 / 下酒”——在夏宇的诗作《甜蜜的复仇》中，如此短短的五行诗句很多人都熟知，很多人也都非常喜爱。这首写于一九八〇年夏宇二十四岁时的作品，无疑是中国新诗史特别是女性诗歌史中的经典之作，绝望、执顽的情感和奇特的构思与“暴力”，使人读之难忘，也在一定程度上体现了夏宇诗作的基本情状。一个小女子，可能因为爱，因为一种无望的爱，而只能“捕得”所爱者的影子，然后将其“腌”起来，将其“风”干，再留待自己“老的时候”，以其“下酒”。一连串的动词，施“暴”于人影，复又备念自己的老时，爱恨交加，地老天荒，这是一种怎样的伤痛，怎样的一种刻骨铭心而足以致其终老难忘的情感？！这种情感，不仅将贯穿和影响“小女子”的一生，关于它的表达，则更是在根本上颠覆了以往女性诗歌中的女性形象，为我们塑造出了一个全新的主体——一个暴力的、激烈的、甚至不无佯狂、颓废（“酒”）与虚无的女性主体。

夏宇在一次回答关于她的诗歌是否是一种“语言游戏”的提问时曾经指出：“我认为语言是，应该是有其规则体制的，每一种叙事办法都是一个‘新的世界的可能’，规则等因之有了独特专制以及被无限质疑的魅力。游戏没什么不可，我赞成游戏，‘如果我可以用一种填字游戏的方式写诗，但保证触及高贵严肃的旨意，让比较保守脆弱的人也同样体会到阅读的深刻乐趣……，（一九八四札记）我赞成游戏，但我不认为我的诗都是语言游戏，相对于某一层面的人格结构，可能在方法上有点倾向于‘以暴制暴’”（万胥亭、夏宇：《笔谈》《夏宇诗集・腹语术》）。我以为这是我们了解夏宇诗歌观念和诗学策略的一段非常重要的谈话。

夏宇的诗歌，确实有着非常突出的语言游戏的色彩，因此很多人——比如台湾著名的诗歌研究者和诗评家孟樊——都认为夏宇的诗歌属于非常典型的后现代主义的语言诗，是台湾后现代主义诗歌的先驱者和典型代表。在夏宇漫长的诗歌生涯中，无论是其早期诗作，还是在其晚近出版的诗集《诗六十首》（二〇一一）中，游戏精神都贯穿其中。一方面，夏宇的诗集在设计与制作上都非常刻意，具有较为突出的游戏风格，其最甚者，莫过于诗集《摩擦・无以名状》；另一方面，则正如孟樊所指出的，夏宇的诗歌具有“语言的物质性与非指涉性”、“构句的随兴与反叙事”、“意符游戏和读者参与”等基本特点，其游戏或颠覆性与解构性的文本指向，常常针对以往的诗学成规，呈现出她自己所说的“以暴制暴”的风格与策略，极端的如《在阵雨之间》、《降灵会・Ⅲ》、《失踪的象》等等。特别是在《降灵会・Ⅲ》中，夏宇通过对众多汉字的拆分和众多汉字偏旁部首的排列组合，强行拼贴出一个无有指涉的诗歌文本，“暴力”中断了指涉性的成规与可能。而在《某些双人舞》中，“恰恰”这一单纯的节奏性符号被夏宇强制性地嫁接在诗的叙事中，与叙事既有互文，又构成了滑稽和反讽的游戏风格。《诗六十首》是夏宇最新出版的诗集，在这部诗集中，暴力与游戏呈现出粗鄙化的趋向，很多代表身体与性事的语言诸如“屌”、“鸟”和“Fuck”等等赫然在目，比如《你是狗我是你的母狗》——“众神无处不在 / 祈祷一无所获 / 最屌是狗 / 狗并不想寻找自我 / 它找吃的然后找另外一只狗 / 它闻闻它摇着尾巴 / 我替它翻译 / 它说的是：真好 / 我是狗你是我的母狗”——这些写作，无疑是在新的层面继续着诗人的解构事业。

但是，夏宇的事业并不只是解构，它还有着内在的庄重，一种隐匿不彰的“高贵严肃的旨意”。一般人都认为，夏宇是目今台湾最为杰出的女性诗人，似可视为“诗歌大姐大”或“诗歌王后”。在她的国度，尽管只有“一张 / 牵强附会的地图”和那些“出走的铜像不被履行的 / 遗书和诺言识破的陷阱 / 混淆的线索和消灭中的指纹以及 / 所有遗失的眼镜和伞等”（《隐匿的王后和她不可见的城市》），但她在同时，也有不无郑重的“计划”和“永不悔悟的心”。《野餐——给父亲》和《逆风混声合唱给 C 》同样是两首庄重与严肃的作品，在这两首作品中，无论是诗人对父亲的感情，还是“混声合唱”地表达着爱，都有动人心魄的力量，显示着夏宇丰富——和复杂的诗学。在这样的意义上，在“暴力”和“戏谑”的表面之下，实际上隐匿着庄重的夏宇，一个“高贵”与“严肃”的夏宇。

“诗是一种对抗生活的方式”

——鸿鸿读札

在我所认识的诗人朋友中，很少有谁像鸿鸿这样，能够多界跨越，综合全能，在戏剧、电影、小说、策展及编辑出版事业方面均有所成，具有重要和广泛的影响。单是将他在上述领域中的诸多实践扼要列举，我想便要很多文字。鸿鸿的世界，是一个丰富、广阔和充满活力的世界。不过在另一方面，鸿鸿的世界也有一个精神的核心，有一个据以和外面的世界对话与对决的基本性的东西，那就是他的诗学，他的直击世界、介入与反抗的精神与诗学。在鸿鸿全部的文化实践中，诗歌是其中最主要的部分，也是最能透显和表达其精神内核的艺术形式，所以我们阅读鸿鸿，首先便要读他的诗。

鸿鸿的诗作，经常出现“世界”这样的字眼，不单是其很多作品中的诗句，他的不少诗作的标题，其实径直就会如此，比如《分离的世界》、《幻觉主宰世界》、《世界》、《诗与世界》、《同一世界同一个梦想》、《新世界》和《简单世界》等等。当然，我这样来作简单的列举会显得有点机械和表面，实际上，不管是否有“世界”二字，鸿鸿的诗作所表达的，大部分都是他与世界的关联，是他在这个世界的种种经历、感受，以及他对这个世界的奋力介入、反抗甚至短兵相接的正面直击。早在一九八一年，鸿鸿就开始在台湾著名的《现代文学》和《创世纪》等刊物上发表诗作，三十多年来，他已经出版了《黑暗中的音乐》、《在旅行中回忆上一次旅行》、《与我无关的东西》、《土制炸弹》、《女孩马力与壁拔少年》和《仁爱路犁田》等六部诗集，实绩颇丰。关于他的诗歌创作，前辈诗人吴晟先生在为其诗集《仁爱路犁田》所作的序中曾经说过：“我从鸿鸿每个阶段的诗作中，发现某种微妙的风格转变，即‘来自文字、音韵牵引出的朦胧美感，一种抒情氛围’的诗作渐少，关注社会，直接针对某些社会议题、事件或现象，‘表达意见’的诗作，明显增多。语言风味一面延续‘高克多式的幽默、冷峭、敏感、故作正经、假装没事人、好心眼的使坏，以及一点点狡猾’的笔调之外，讥讽、嘲弄、乃至直率的愤怒语气，越来越鲜明”，这样的概括，非常准确。

早期的鸿鸿，诗常抒情，亦多感伤，有青春性（如《请听》、《树》、《分离的世界》、《环岛旅行》、《昨夜的游泳池》，或也会有单纯明朗的童稚气息（如《画家的回忆》、《写给诺诺的童话诗》、《超级马利》），个体生命的精神与体验是彼时鸿鸿最主要的关切，这时期他的很多作品都为我所喜爱，像《日记》、《城市动物园》、《小童和大龙》和《市景》等对都市文明的批判，和在这种批判之中所同时隐含着的对于我们精神与生存的反思，题旨深刻，令人警醒，甚至会引发我们进一步的联想，即使在现代性的城市化进程仍然迅猛推进的今天，我们何尝又不是鸿鸿所写的“城市动物园”中的一个个动物，宿命般地在劫难逃？！而其他诸如《环岛旅行》、《昨夜的游泳池》和《紫风筝》等“青春诗篇”，在在又显示出彼时鸿鸿的理想与激情——“是昨夜的游泳池 / 是昨夜树叶间传来的歌声 / 是温柔的水 / 将我那样紧密地拥抱 / 不计深浅地，向黑暗游去 / 而时时有着岸的惊喜”，这是当时鸿鸿笔下的“泳者”；而“此刻 / 像一枚勋章，安静地 / 别在风上 / 我们

全无法想像 / 你在上头的激烈和颤抖”，写的则是一枚“紫风筝”，我想无论是“泳者”，还是“风筝”，都体现出青春时代的鸿鸿对于世界奋身投入的激越与豪情，也很自然地会唤起我的青春记忆。

但大概是从第二部诗集《在旅行中回忆上一次旅行》开始，鸿鸿的视野渐次扩大，譬如其中的《一滴果汁滴落》，从一个极其微小的生活事件，旁逸斜出地展开想像，繁复、奇妙、丰富、广阔，诗与世界的联系愈发切实，诗人的个体生命与历史（“下放”）、时代（“全球化”）及生态问题紧密关联，使得诗作包含了多重性的批判主题。而到了《与我无关的东西》，特别是《土制炸弹》这部诗集后，鸿鸿对世界一下子显示出更加明确和更加突出的积极主动的介入姿态，他的《恐怖分子》、《六月》、《远离耶路撒冷》、《土制炸弹》、《流亡》、《阿拉伯少女》、《边界封锁》、《与四名库德族青年同车下山》、《威尔斯在什么地方》、《哈利波特》、《拿起杯子的时候》和诗集《仁爱路犁田》中的诸多作品，所涉及的，都是我们这个时代和台湾岛内极为重大的社会历史事件，战争、暴力、文化、族群、弱势群体、社会底层等问题和对政治独裁、经济掠夺、生态灾难、资本主义全球化问题的敏锐揭示与批判，成了其中最基本的主题，因此在这样的意义上，鸿鸿的写作已经具有了非常明显的“革命意识”和“新左翼”色彩，比如《立陶宛的姑娘》，批判了暴政、侵略与独裁，歌唱了独立与自由；《湿地的歌诗》，直接表达了对于台湾的国光石化落脚彰化和损害生态的强烈抗议，是一首对于政治与资本强权的非常有力的反抗之声；而《赞助者》，则很精辟地揭示了我们这个时代资本的逻辑和它深隐不露的欺骗性本质；至于《开门七件事》、《不管我在哪儿》和《革命前夕》，则更是书写了革命，反思了革命在今天的可能和它的处境……在谈到自己的创作时，鸿鸿指出：“写作不是为了添加世上原已车载斗量的文字，而应以更精简的方式直命要害”，“诗是一种对抗生活的方式”，要能“和这倾斜的世界相抗衡”（鸿鸿：《〈鸿鸿诗精选集〉· 代序》，二〇一〇，台北新地），我以为在某种意义上，这正是我们急需的诗学！

“在沉默的佛陀面前……”

——许悔之读札

是在台北的一家书店里，第一次在一本诗选中，我读到了许悔之的诗，具体地说，就是他的《肉身——缅甸和平反抗者翁山苏姬(AungSanSuuKyi)》。这些年来，我一直想为翁山苏姬——这位我所钦佩的伟大和美丽的女性写一些文字，但却总未遂愿，所以一当读到许悔之的诗，便很有兴趣，不仅认真读完，还在后来多方搜读了诗人的其他作品。

许悔之少有诗名，二十多岁时，便已先后出版了《阳光蜂房》、《家族》、《肉身》和《我佛莫要，为我流泪》等多部诗集。青年时代的许悔之，一方面向内，着重挖掘和表现个体生命的精神体验，内在自我的紧张、焦虑与冲突以及青春时期的孤独、感伤、虚无、颓废、绝望以至于喜悦，在彼时的作品中多有表现，其中的《禁绝之夜》、《加冕异教徒》、《一切沉沦》、《秋天在台北》、《恐惧吞噬心灵》和《绝望嘉年华》等篇什，尤其以对情爱、欲望、色异、身体与死亡的独特书写而令人难忘；另一方面，海峡两岸的历史悲情也往往会被许悔之突出关注，诸如《当蚊子飞入米罗的画里》、《年代》、《一九六六》、《关于蚂蚁的笑话》、《和梦和时间赛跑的人》和《孩子们》等作品，充分显示出了诗人胸怀社会和介入历史的意图，诗人能有介入，能有承担，使他的诗歌创作在早期便显得阔大而坚实，极富历史内涵。

不过，也就是在早期，在不无激烈的自我冲突和对它们的复杂表现中，许悔之的诗歌出现了“神”。在《沉渊尽头》中，“有一头哀伤的/兽……在沙漠中/它对我显示/无所不在的大火/它说：来来！孩子/我带你到/沉渊的尽头/那诸神永不降临的处所……//我拒绝/但是，我点头”；在《颓废的浪漫主义者》中，诗人写道：“颓废的/浪漫主义者/不在乎被诅咒/因为神/神窥伺在很远很远的角落”；而在《迷路的鲸鱼》中，诗人却在“为将到的诸神，放喉歌唱”。不管是对神的“拒绝”与“不意”，还是对诸神的欢呼与歌唱，“神”的出现并且在后来愈发清晰和明确地显示为“佛陀”，不仅对许悔之来说具有决定性的意义，我以为对整个汉语诗歌，均都意义重大。

诗而有“神”，有佛陀，有基督，甚至有穆罕默德，这在汉语诗歌中并不少见，当然也更不是由许悔之所首创。但是在许悔之这里，神即“佛陀”，却有着相当特别的意义。“在沉默的佛陀面前……”（《肉身》）——在沉默的佛陀面前来关注人和书写人，并且对人的精神、肉体、灵魂与命运，以及对人的包括政治、历史、伦理在内的种种实践，甚至是人所面临的巨大灾难（如其关于台湾九一二大地震的《余生》、《载记》）予以观照与表现，是许悔之诗作的重要特点。所以，奚密认为许悔之的诗作“不当仅以一信徒之礼赞视之；更多的是诗人透过佛家的寓言世界对人生的苦苦探问”，“诗人从人性来印证佛性，而非否定人性以求一超越的佛性”，“诗人苦苦探问的主题是人皆不可避免的生与死、肉与灵、欲念与寂灭、无常与超越”。许悔之自己也认为，他只是“一个人间的困惑者”（许悔之：《遗失的哈达·自序〈以人身为法器〉》），在在关切和表现的，实际上还是人的一切。因此，我们读他《有鹿哀愁》和《遗失的哈达》等诗集中的很多作品，印象深刻的，还是写人，特别是写人的身体的部分。比如《哀求者》、《白蛇说》、《天之将冷》和《荒废的肉体》，以对我们的身体、爱欲、甚至是同性爱欲（《白蛇说》）的极端表现而给我们很大冲击；《我佛慈悲——阿难悔忏》则从释迦牟尼十大弟子之一阿难的口吻与角度，来书写近乎痉挛般的身体爱欲的挣扎与痛楚；甚至在《眼观鼻》中，我们所看到的，竟然是佛陀"那无比丰饶的躯体"……人所关切的，向来也为佛所关切，许悔之从佛的视野中，在沉默的佛陀面前来书写人，书写人的身体与灵魂，无疑是在为我们的汉语诗歌开辟着新的向度和新的可能。

但是在许悔之的许多作品中，我最想多说的，还是他分别写给其父亲和翁山苏姬的两组诗。许悔之在父亲许英勇先生（一九四〇——一九九八）因病去世后，曾经写下过《欢喜》、《自在》这两首献给其父亲的诗篇和一篇题为《我一个人记住就好》的散文，这是我所读到的关于父亲和关于亲情的最为深沉动人的文字之一。而关于翁山苏姬，除了《肉身》，他还写有《斋饭》，分别书写了翁山苏姬起初的绝食和后来囚居的结束，诗中的"身体"深深铭刻和交织着性别、爱欲、家族、伦理、亲情、民族、国家、政治、权力、斗争、暴力、自由、民主和历史等异常丰富和复杂的主题。在沉默的佛陀面前，翁山苏姬由《肉身》中的"绝食，绝食 / 舍身饲虎"，而到《斋饭》之中"走出囚室"，"去淘米取水 / 煮一钵斋饭 / 献奉给噬人的饿狼 / 和三世的诸佛"，一种捍卫价值，度一切苦厄的高广深厚的伟大情怀回荡于诗篇。在佛陀面前，在自由面前，在一颗无比美丽的灵魂面前，我们的汉语和我们的汉语诗歌终未缺席。

“嬉闹着荒腔走板的岁月”

——焦桐读札

焦桐的诗，并不是一开始就有突出的嬉闹感。他和我们很多人一样，青春时代，多的是单纯的热烈、明净与感伤，比如他的早期诗作“《花季》系列”，其中就有这样的诗句：“每一朵花蕾，在春天，/都从萧萧地等待里/醒转；/每一只蝴蝶，在人间，/都颤颤地扑动/希望的新翅。……我们一同散步去赏花，/花开的季节像年轻的心情，/年轻的心情像风筝，/高高地飞哪，/慢慢飘……”（《花季·一九八一》），这种我们同样曾有过的“年轻的心情”，是何其地纯净、动人和令我们深深地怀念。正是本着这样的“心情”，即使面对艰辛，面对苦难，我们的坚持和我们的同情，也都非常明确与单纯。这在前者，比如在焦桐早期的代表作《蕨草》中，那一株身处“困顿”的蕨草，“在庞大的黑暗,/黎明的边缘”，仍然“坚持在狭窄的泥土，/抵抗郁苦的霜寒”，“……上升/追求一种信念”，“远远仿佛看见，/看见阳光的草原，/草原的呼唤”，隐忍、谦卑但也断然与坚毅地奋力生长着；而后者，他在一首矿难题材的《怀孕的阿顺仔嫂》中，从罹难者妻子的角度，抒写了灾难所导致的人间悲剧，表达了他对民众的同情，其中的情感，诚挚深切，令人动容。后来像《怀孕的阿顺仔嫂》一样，关注与同情小人物，书写他们的悲欢、苦难与酸辛，成了焦桐诗作中的重要内容，特别是他的一批如《她的一生》、《她的故事》、《她的母亲》、《茶花女》、《小菊》、《小媚》、《老娼》和《钱夫人》等妓女题材的作品，其所关切的，“从地下炼狱的矿坑转到地上炼狱的妓院”（余光中语），很有影响。

但是随着岁月的流逝和诗人人生感受与阅历的增长，特别是随着他对社会的丰富观察与介入，他的诗作中越来越多地开始出现自嘲和反讽等嬉闹性的风格，这种风格，起初较为集中地表现在他的诗集《咆哮都市》中。这部诗集如题所示，书写的大多都是都市人的精神与生存。相对于大陆，台湾在社会、经济和文化等很多方面的转型都要领先一些年，都市化进程及其所导致的种种问题，无疑也比大陆出现得早，焦桐敏感地对这些问题率先做了批判性的揭示，“咆哮都市”中人的仓皇与焦虑（《咆哮都市》、《留学》、《分期付款》等）、职场人生的生存面相与种种不堪（《薪水袋》、《座谈会》、《名片》、《超级市民》、《等因先生》、《奉此小姐》、《台湾雅辈》、《路过西门町》、《OK，老板》、《年终奖金》和《失业》等），这些我们一九九〇年代以来才逐步遇到的问题，在焦桐一九八〇年代的作品中就已有着充分的书写。不过我以为，焦桐所揭示的这些问题在今天的台湾并没有消失。我个人的感觉，台湾市民的文明素质普遍要高于我们，在很多公共场所，人们都鸦雀无声，文明有序，而不像我们这里牛喊马叫地喧腾无比，但是在另一方面，自焦桐《咆哮都市》发表的一九八六年以来，那里的都市仍旧在“咆哮”，别的不说，就说那里城市中的“摩托凶猛”，就让人印象深刻，像当年的焦桐那样“用棉花来巩固听觉城堡”得有一眠的经验，我也有很多。基本上，焦桐所揭示的，其实是现代病，是现代性进程中似无良方和无药可救的种种顽症，因此，焦桐只有反讽，只有以嬉闹般的笑谑风格来表现其不满。当年的那一株虽陷于“困顿”与“霜寒”，但却仍然昂扬向上，“追求一种信念”，并且向往着“阳光的草原”和“草原的呼唤”的蕨草，如今已经像《薪水袋》中所写的那样，只是牵挂着存折上简单的数字，在下班的车轮与人群中，“紧紧揣着薪水袋”。想一想我们的实际人生，往往都只是像这首诗所感慨的那样，“今天的胸膛不像以前饱满/昨天的抱负愈来愈矮/想到一直亏空的岁月/风中的头发啊开始飞白/银行的存折还牵挂简单的数字”——时间飞逝，理想“紧缩”，岁月已荒腔走板，不复如昨，我们莫衷一是、进退失据，差可取用甚至是自我保护的精神姿态，也许只有嬉闹，只有反讽。

焦桐嬉闹得最为杰出的作品，还是他的《完全壮阳食谱》。我个人以为，《完全壮阳食谱》完全够得上是现代中国为数不多的几部奇书之一，仅以此书，焦桐便可以荣入正典，享有我们的尊敬与喜爱，该书出版后的好评如潮，已很清楚地说明了这一点。在这部诗与食谱文类杂糅，将政治、情色、食欲与文化烩于一炉的奇书中，焦桐精彩纷呈，极其夸张、荒诞与戏谑之能事，以其出色的想象力和食、色方面行家里手般的高超技艺、广博才学，颠覆迷思，解构神话，拆除种种貌似庄严的“堂皇叙述”，其效其力，请看谨录于此、作为二十四道食谱之开篇之作的《日出东方》。

“用着喑哑的嗽声呼喊土地”

——向阳读札

自中学时代迷恋上诗歌并且开始诗歌创作，一直到今天，向阳出版了十多本诗集，一九九九年“洪范版”的《向阳诗选：1974 ~ 1996》，是其以往各部诗集的精选，在这本诗集的“自序”《折若木以拂日》中，向阳曾经这样来表述自己编选这本诗集时的心情：

“我坐下来，在三更已过的钟声里，回头整编二十二年诗的书写历程，碑记一样，我看到我的生命，在岁月沉埋的甬道中，由浪漫、华美、典丽，折若木以拂日，向着当代、台湾、土地，九死而不悔。但这也使我难免寂寞悲凉，在黑幕沉甸、人声沉淀的夜里，我的叩问，似乎很难期待回声。在非诗的年代中，我执意于萤火稀微，用着喑哑的嗽声呼喊土地，是否真能被听见呢”。

在上面的文字中，向阳的心情满是悲凉，但仍多壮怀，基本上体现了他一贯的诗歌精神。向阳诗歌的基本主题，即“在非诗的年代中”，执意于“用着喑哑的嗽声呼喊土地”，也在其中表述得非常明确。无论是在早期，还是在现在，向阳的诗歌都有着突出的土地意识，比如在《种子》中，他写“种子”——“除非毅然离开靠托的美丽花冠 / 我只能俯闻到枝丫枯萎的声音 / 一切温香、蜂蝶和昔日，都要 / 随风飘散……”，以天地之空阔与广大，即使足可飘飞其间，“种子”所一心寻求的，仍然只是“适合自己，去扎根繁殖的土地”。实际上，我们都很清楚，我们的生命源于尘土，亦终于将归于尘土，这一点，诚如诗人的诗作《爱贞》所说的——“终有一天我们将再度 / 与泥土结合”、“有一天我们和我们的 / 爱，都要归属于大地 / 那时草必腐灭，一切声音 / 缤纷的颜色也必然同时隐退”——只有这“尘土”，才应该是我们最根本的关切，也应是我们最基本的精神立场。所以在《立场》和《泥土与花》这两首诗中，向阳径直以诗的方式明确表达了自己的“土地诗学”，特别是后者，其副题被向阳很明确地标示为“语言与诗的思考”。

说到“土地”，说到我们的诗人对于“土地”的感情或“土地诗学”，我们很容易会想起艾青，想起海子。但向阳诗中的“土地”，却并没有他们诗中的“土地”所具有的苍茫与辽阔，没有那种抽象的“大地意识”。对于向阳来说，“土地”具体而微，坚实沉厚，更是其自身以及其祖祖辈辈和广大台湾民众生长于斯的亲切与宿命的所在，所以在另一方面，向阳在以很多诗作书写土地上的花草树木、鸟兽虫鱼甚至是四时物候（特别是其关于二十四节气的诗集《四季》）的同时，还很关注彼岸土地上的民众生存与历史风云。

在诗集《土地的歌》中，《阿爹的饭包》和《阿妈的目屎》写的是父母，《搬布袋戏的姊夫》写的是亲戚，而《村长伯仔欲造桥》、《议员仙仔无在厝》等诗作，却写的是乡村世相，中有深情，也有辛辣的讽刺与批判，显示出向阳“土地诗学”的人间情怀。作为这种情怀的独特体现，向阳的诗歌还瞩目于政治、瞩目于历史。《土地的歌》中关于乡村社会的作品其实已涉及政治内容，而他的长诗《雾社》则更是直接取材于台湾历史上泰雅族人民反抗日本侵略的著名的“雾社起义”，非常强烈地体现了那种源自土地、捍卫土地和捍卫民族尊严的伟大情感。一九八○年代末期以来，中国社会的诸多世变包括彼岸的“解严”和随后的历史进程，特别是诗人置身其中的复杂感受，形成了向阳诗作中相当突出的“乱世之感”。二○○三年，向阳同时出版了以“乱”为主题的诗集《乱》和散文集《安住乱世》——“这是一个怎么样的年代？怎么样的一个年代？”（《咬舌诗》）——对于“乱世”的揭示与追问使向阳的写作体现出一种“乱音”的迷惑与沉痛，面对这地上的“乱世”，“用着喑哑的嗽声呼喊土地”，至此显得尤具悲情。

向阳的土地情怀和他的“土地诗学”，并不仅仅表现在他的精神层面，在具体的诗学策略和诗歌技艺上，他的“十行诗”和他的“台语诗”，也同样是其土地情怀和“土地诗学”的突出体现。在一九七○年代以来台湾本土的历史文化语境中，向阳转向本土，“呼喊”或“自创”出一种“非西方”的诗歌形式（“十行诗”），同时又很自觉地实践“台语诗”写作，并将这种写作深深扎根于台湾的本土语言与中国传统（可参证其“台语诗”《阿妈的目屎》等的“附注”），不仅在当时以及现在的台湾影响深远，即使是在整个中国的新诗史上，意义也非凡。

“那些缤纷起落的卑微梦想……”

——方群读札

方群本名林于弘，我更习惯于按他的本名称呼他为“于弘”。于弘是一位典型的学者诗人，别的不说，单从其诗集的编排方式，就能看出他学者的一面。前一段时间，我在编选我所主编的一套《二十一世纪中国文学大系（2001 ~ 2010）》中的“诗歌卷”，最为苦恼的事情，就是搞不清楚很多诗人诗集中作品的创作与发表时间，特别是这些作品的原发报刊与出处，这不仅会给编选工作带来困难，更不利于进一步的评论与研究。而于弘的诗集，却很严谨地或者在每首诗的篇末予以注明，或者像在《航行，在诗的海域》和《纵横福尔摩沙》中所做的那样，在诗集的后面附录一个“作品发表索引”，详细注明每一首诗的原发报刊与发表时间，我想，这不仅对诗人自身来说是一种严肃认真的总结和梳理，更是体现了于弘的学术素养与非常严谨的工作习惯，具体于我的编选工作和此番“读札”，则真的是利莫大焉。所以我这番话，也算是对诗人朋友们编选诗集时的一点建议。

不过，于弘学者的一面并不只是体现在如上所说的一些非常可贵的细节，他不仅出版有关于初唐诗歌的学术专著《初唐前期诗歌研究》和关于台湾当代诗歌的《台湾新诗分类学》，还主编着台湾最为重要的诗歌研究与评论刊物《台湾诗学学刊》，特别是《台湾新诗分类学》，在精深和典范性的诗学研究方法之外，还运用文化研究与社会学的方法，全面和系统地研究了当代台湾诗歌界的“诗社与诗刊”、“诗集、诗史与诗论”、“文学奖与年度诗选”及“政治诗”、“都市诗”、“生态诗”、“台语诗”、“女性诗”、“小诗”、“后现代诗”和“网路诗”等重要的诗歌现象，可以说是我们深入了解台湾当代诗的导论和导读。

学者于弘热衷于诗，学术之外，一九八四年的青春时代，他就开始发表诗作，迄今已出版了四本诗集。于弘的诗，有学者的从容与宽阔，但却完全没有学者所容易患有的“知识”与“文化”的毛病。一方面，他很自然与真诚地体味与表达着自己对个体生命与周遭世界的感受与思考，按照他的“新诗分类学”，好像除了爱莫能为的“女性诗”和“台语诗”，诸如“政治诗”、“都市诗”等许多类型，他都有过丰富的实践。在我和很多朋友的印象中，于弘都是一个顽童一般风趣、乐观与阳光的人，但读他的诗，上述之外，却不时地出现或潜隐着一些灰暗、感伤或生命的痛楚，令人唏嘘与共鸣。比如他的《孤独》、《花格子衬衫》和《超级马利》，着实道出了我们人生的实况。我们的人生，实在就如于弘诗中的陀螺，在种种有形无形力量的捆绑、束缚和抽打之下，“带着生涩的殷切期待”，在别无选择和注定有限的生命时空中，“微微颤抖地”站立、跌撞，保有自尊，而又向死而在，隐忍坚持（《陀螺》）。在谈到自己的诗歌写作时，于弘曾经用“努力写下，那些曾经缤纷起落的卑微梦想”来概括与形容，我以为这并不是自谦，而是实情，是于弘对于我们生命的卑微与起落充分体验后的真实表达。于弘忙矣，吾侪也忙，忙碌终生，谁又能逃脱陀螺一样的命运？如此黯然的结局，隐伏在我们缤纷多彩人生的背后，真真地不知道情何以堪？所以，于弘又多梦想，又多以梦想来丰富、超越或救度我们这似颇不堪的人生。于他而言，坚持写诗，实际上就是坚持梦想的一种很特别的方式，我以为这对理解于弘的诗歌写作非常重要。

但是在于弘，他的坚持梦想的另外一种方式，则是旅游，是到一个惯常生活之外的另外一些所在奔波与悠游，并在此后以诗的方式勤勉“纪梦”，因此于弘还写了大量的“旅游诗”。于弘有一首很有趣的“旅游诗”《过沙庇岛浮潜有感——沙巴纪行之二》，其中写的是热带鱼——“千千万万穿梭往来的热带鱼 / 无视于异物的入侵 / 依然，自由自在地追逐着 / 凝聚欢乐的无菌气泡 // 一吐一吸 / 我也如鱼般的快活 / 在靛蓝的天底纹下 / 阳光梳理我细腻的鳞甲 / 片片，晶莹闪光 // 于是就这么沉沉地睡了……/ 带着一本逾期的护照 / 悠游于瑰丽的珊瑚群礁 / 兑换充足的喜悦氧气 / 来回，漫游 / 在无限延伸的缤纷洋流”。以我个人对于弘的印象，他就像是一尾热带鱼，很开心地周游世界，足迹所到，遍及台岛大陆、欧美日韩，特别令我钦佩的是，近几年来，于弘频繁出入和往返于海峡两岸，单是大陆，他所到过的地方，已经远远胜过于我，很多地方，都留下了关于他的美丽传说。比如他的护照何止是“逾期”，哪怕是被不慎遗失，他仍然是沉着淡定，悠游如仪，并且在之后或同时，写下一首又一首的“旅游诗”。实际上，不只是在台湾，就是在海峡两岸的诗歌界，如此自觉地书写很多“旅游诗”，于弘怕都是第一人。“旅游”在于弘，已经完全不是简单的“应景”，而是天地之间人生逆旅的存在方式或生命本质，因此他处处所感，都是人生，都是生命，令我们读后常有启悟。

“她方”造访之时……

——颜艾琳读札

颜艾琳在其诗集《她方》的“跋”中曾经指出，她的写作，实际上就是对“她方”的追寻——在“写下诗的第一行时，我无法得知意念能行多远？多久？这是我追求的远方。不，是在我现实之外的‘她方’了”，她认为在自己的“诗思”中，有一个不同于现实的“我”之外的另一个“我”——“存在着一些些的‘我’，因此‘我’在杳不可知的空间里过着另一种我纯然不了解的生活。……当‘我’忽然想回来看‘我’的时候，也就是‘她方’造访之时。”另一个“我”所在的“她方”，在颜艾琳，是作为女性主体的诗人所神思与建构的另一个世界，在这个世界中，现实与历史中的男性文化得以被嘲弄，或是被解构，一种不同于以往的诗歌主题和诗学策略得到了非常充分的展现，所以我初读艾琳的诗，很是震惊与讶异。艾琳的诗歌，很多都属于“情色诗”的范畴，我所震惊与讶异的，主要也都是这些作品。按理说，我对女权主义的理论与创作亦有涉猎，自己所一贯固有的所谓男权文化的阅读经验也时常被“颠覆”和“解构”，但读艾琳，比如她的这些诗句——“有些男子，利用可口可乐的空瓶 / 自慰并射精……”（《玛丽莲·梦露》）、“肮脏而淫秽的橘月升起了。/……/ 以她挑逗的唇勾，/ 撩起所有阳物的乡愁”（《淫时之月》）、“阳具非她所生，/ 却进入了幽闭的产道，/ 成为她短暂的肉中之肉”（《阳具属阴》），着实还是吃惊不小。

这些年来，女性主义写作是海峡两岸诗歌界的一个非常重要的潮流，“情色”取向也是它们的共同特点，但在彼岸，这一特点似乎表现得更加突出，也更加激进与激烈，像夏宇，像江文瑜，都写过不少令人惊骇的“情色诗”，江文瑜《男人的乳头》、《你要惊异与精液》和《白带》等诗，其很直接的震撼效果与艾琳的诗相比，甚至要远为巨大——当然也更加直白。基本上，女性写作所建构的“她方”，虽于“她们”诚属理想，或者是一个深深神往的话语或语言的乌托邦，但于作为男性的“我们”而言，却是总嫌不适，“她方”造访之时，需要我们严阵以待，调动“我们”关于女权主义的知识、理论和学养来接受与理解，于此，女性主义所建构的意欲“颠覆”男性霸权的“她方”，非常吊诡地便被男权所接纳或肯定，进入了“男权主义”的诗歌史、文学史或文化史。

在我的女性朋友中，艾琳的性格热闹非凡，爽直仗义，是一位出版、演出、演讲、授课、主持和策展样样精通、样样全能的多面手，这几年来，又为海峡两岸的诗歌交流做了很多工作。和不少女权主义者一样，艾琳也曾有一个“太妹时代”，按其诗中所云，这是一个“念高职的太妹吊车尾的太妹 / 写诗的太妹恋爱马虎的太妹 / 大嗓门的太妹夜游的太妹 / 喝生啤酒的太妹混地下舞厅的太妹 / 穿尖头鞋的太妹补考的太妹 / 说黄色笑话的太妹……”（《初恋的重逢》），这样一种“太妹形象”，实际上就是不甘“淑女”的精神反叛。由早年的“太妹”而成为今天的这样一位台湾第四世代（一九六〇年代）女性诗歌的重要代表，这其中的精神反叛一以贯之地迄至于今，所不同者，只是其反叛的行为与实践，已经不再是早年简单的“吊车尾”、“混舞厅”和“喝啤酒”等懵懂言行，而是其中写诗一面的专精与发展，我们所看到的，更多地还是“写诗的太妹”。

“写诗的太妹”能够直面与揭示女性最真实的现实处境，常常以一种“非道德”的方式，单刀直入，径抵核心，一方面嘲弄男性权威，挑战男性霸权；另一方面，又在诗中一反我们通常所称的“他方”为“她方”，一整改写或“攻占”、“夺取”了我们此岸的现实世界之外的另一个世界。比如在《玛丽莲・梦露》中，艾琳借一位不明性别的“A 教授”之口告诉我们：“其实，玛丽莲・梦露 / 是纯粹波普主义的作品”，就很精辟地揭示了玛丽莲・梦露这样一位在很多男性的心目中都被视为女神的真实的历史人物，其实不过是“作品”，而且还是一件“纯粹波普主义作品”的真正本质。这在使我想起西蒙娜・德・波伏瓦关于女性不是天生而是被“造成”的观点的同时，进一步联想到，其实历史和现实中的诸多“女神”，也不过都是些男性的“作品”。然而艾琳的揭示还不止此，“女神”被“制作”后的波普主义真相和她的处境与结局，却更加是让人感到不堪与哀叹，这不仅显示出艾琳的精辟，还很突出地显示出了她的深刻；而在《黑暗温泉》、《淫时之月》、《超级贩卖机》、《诗人》、《潮》和《阴田》等诗中，“她方”世界女性的主体性和“她”对男性的“诱引”、“挑逗”、“温润”与“包容”，有效颠覆或“翻转”了“他方”世界和历史与现实中的性别关系。对于艾琳，以及对于我们来说，“她方”造访之时，恰是女性主体得以确立，男性权力濒临瓦解之时。

—主持的事情—

“诗人讲坛”主持人的话①

关于王小妮

“诗人讲坛”的设立，源于我们在南京、大连和沈阳等地几次会议间的深入交谈，在这些交谈中，诗歌是我们最感兴趣的话题，如何为中国当代诗歌和中国当代诗歌研究做一点事情，也是我们最为重要的关切。《当代作家评论》的“小说家讲坛”栏目曾经在中国当代文学的创作界和研究与批评界产生过重要影响，鉴于这样的经验，似乎是顺理成章地，我们便想到了开辟“诗人讲坛”这样的栏目。当然，这一栏目的设立，还出于我们其他方面的想法。

我们一直以为，在中国当代文学的几大文类中，诗歌的成就并不一定亚于小说，在某些较为具体的方面，甚至为小说所远为不及。一些不能被我们所忽视的重要事实是，在“朦胧诗”以来的不同时期，中国当代诗歌一直走在文学潮流的前列，无论是在艺术探索还是在精神表达方面，它都

① “主持人的话”由我和《当代作家评论》主编林建法先生共同署名。

起到了引领先锋的作用，而且它在这两个方面所达到的高度与深度，以及它的丰富性、生动性与复杂性，它与中国当代历史和民族精神之间的深刻关联，丝毫不亚于小说。中国当代诗歌有着不容忽视的世界性影响，有具有世界性影响的杰出诗人。尤其值得重视的是，在当代中国的文学场域中，诗歌的自主性似乎更高。这一切，都使我们不得不对诗歌有着特别的尊重与期许。

但在另一方面，面对诗歌的成就，我们的中国当代文学研究与批评界也应该不无愧意。在整个中国的当代文学研究与文学批评领域中，诗歌研究与诗歌批评仍然处于较为边缘甚至是少人问津的位置。除了一些不多的学者仍对诗歌保持着关注，并且取得了相当的学术成就外，中国当代文学研究界的很多学者都对诗歌日渐冷淡，丧失了热情。可以说，在很大程度上，当代诗歌已经淡出了我们很多人的学术视野。身为当代文学的研究者而漠视诗歌，似乎已是见惯不怪和理所应当的事情。除了少数几个具有深厚的诗歌研究传统的大学，很多院校中国现当代文学的学科规划中，诗歌研究基本上不被考虑。很多从事中国现当代文学批评与研究的“新进者”们，也不把诗歌研究规划入自己的“学术生涯”。这样的状况，自然带来了很多严重的问题。相对于小说而言，中国当代诗歌的历史与现实有着特殊的意义和特殊的丰富性与复杂性，我们的冷淡与漠视自然影响了我们揭示的能力，从而也造成了我们对诗歌史与诗歌现实的遮蔽与扭曲，使我们的很多“文学史叙述”和我们对文学现实的“呈现”变得可疑，充满了盲视与偏见。需要指出的是，我们对诗歌的冷淡与漠视还使我们的很多“文学研究”实际上只是不包括诗歌的小说研究或散文研究，这些研究关于中国当代“文学”的很多全称判断，实际上也相当可疑。在此意义上，丰富复杂的诗歌历史与诗歌现实相当有力地质疑着很多“文学”研究的“文学”品质和学术基础，质疑着它们的合法性。“诗人讲坛”的开办，正是想努力修补我们的上述局限。

这一栏目将邀请一些中国当代诗歌史上的重要诗人就诗歌问题发表演讲，同时约请研究者和批评家们对他们的诗歌实践进行较有分量的研究。和以往的“小说家讲坛”一样，“诗人讲坛”也有着“高度”，是我们对中国当代诗歌和当代诗人的一种特殊的经典化努力。我们希望，它将是对中国当代诗人的创作成就和中国当代诗歌研究和诗歌批评学术实力的双重展示。我们也希望，它将对中国当代诗歌的历史与现实有着进一步的接近，希望它能在一定程度上补充甚至重构我们既往的“文学史叙述”。

本期“讲坛”，我们邀请的是王小妮。这位在“朦胧诗”时期便已走上诗坛的著名诗人，一直保持诗歌写作的纯粹性和独立性，保持着对社会、自我、日常世界及诗歌艺术的积极探索，取得了相当突出的成就。从上世纪九十年代中期提出要“重新做一个诗人”，到今天对“今天的诗意”的思考，她的关切与思考更加深厚、更加广阔，也更加根本。李振声和耿占春的论文对王小妮的研究，也使我们对诗人的成就和诗歌史地位有了新的认识。我们期待着将有更多的诗人来到“讲坛”，发表他们关于诗歌的精彩演讲；我们也期待着将有更多的诗歌研究者和诗歌批评家在我们的“讲坛”发表他们的重要成果。

关于王家新

“诗人讲坛”“歇业”近一年，重又开张。

实际上，在这一年中，我们的“讲坛”并没有真正歇业，而是在实实在在地展开着，也取得了很多令人高兴的成果。

“诗人讲坛”开始于二〇〇八年四月。当时在渤海大学，我们邀请王小妮做了题为《今天的诗意》的演讲，演讲稿并李振声研究王小妮的论文一起发表于《当代作家评论》二〇〇八年第五期的“诗人讲坛”栏目。在迄今为止的一年多时间里，我们先后又举行了三次活动。先是在二〇〇八年十月三十一日，依然是在渤海大学，我们邀请到了王家新和宋琳；二〇〇九年四月十八和十九日，我们又在四川师范大学，邀请到了翟永明、周伦佑和柏桦；前不久的十一月十六日，在南京大学，我们在南京今年的第一场大雪中，又请来了于坚和欧阳江河。从东北，到西南，再到华东，“诗人讲坛”气势宏阔地展开着。这在我们这样一个非诗的时代，真的是一个可以“自诩”为壮举的事情。但我们又深深地知道，这样的壮举，实际上又全赖于诗，全赖于深深地热爱着诗歌、支持着诗歌的朋友们。“讲坛”的举办，获得了很多朋友的关注与支持，很多诗人、学者、批评家和很多热爱着诗歌的同学们为它的成功付出了努力，在此，我们真诚地向他们致谢——以诗的名义，为了诗！

本期的“诗人讲坛”栏目是关于王家新的专题，发表了王家新在渤海大学的演讲《我的诗歌历程》、他与何言宏的对话《回忆与话语之乡》、吴晓东对他的研究文章《“一个种族的尚未诞生的良心”》，还有他的两首代表作《瓦雷金诺叙事曲》与《回答》。王家新在演讲中不仅回顾了自己的诗歌历程，还指出“一个诗人，不仅是写出了一些好诗的人，也不仅是提供了某些名句的人，还是为他那个时代带来了某种美学气质和精神性的人，或者说，是一个能够在贫乏的年代为我们拓展出诗的精神向度的人”，我们认为，这是对我们这个时代“诗人何为？”这一问题的最好回答，非常精辟地指出了我们这个时代的诗人所应具有的承担与意义；他与何言宏对话的主要内容，虽然是关于青少年时代和亲人们的回忆与怀念，但并不是通常意义上的“往事漫忆”，而是在很深入地追溯和考辨自己精神起源的基础上，针对目前知识界所存在着的精神堕落与精神迷失的现象，倡导一种严峻和特殊的“记忆的审判”；吴晓东的论文通过对王家新的诗歌中“雪”和“黑暗”等“基本词汇”的分析、通过对诗人在“诗片断”和“长诗”等方面诗体探索的讨论，特别是，他通过对王家新诗歌的精神承担及其晚近诗作所表现出来的对于生活伦理学的思考与重建意义的揭示，在开阔的诗学视野和精神背景上对王家新做了极具分量的研究。自本期起，“诗人讲坛”栏目将以一定的篇幅和规模选发诗人的代表作，以展示诗人和当代中国的诗歌创作所取得的突出成就，这在我们的学术刊物中，无疑是一个创举和壮举，之所以如此，我们同样只有一个非常重要的理由，那就是为了文学，为了诗！

关于周伦佑

江湖上，一直有着关于周伦佑的种种传说。比如柏桦，他说周伦佑的内心“装满了支配性里必多的抒情权势”，是“一个有综合才能和有抱负的文人，一个不知疲倦的激昂的演说家”；而陈超，则说“这位偏隅于西昌小城的知识分子，竟日苦读、思考、写作和摘录”，“反复无常”、“炫耀”而“雄辩”，认为“他的遗世狂傲和吁求拥戴的心理令人惊异地扭结在一起”，是一位“潜在的‘极权主义者’”和一位更为“根本的‘左派’、无产者，战略家”，“是我们这个时代少数的精英之一”。而实际上，除了这些，在关于第三代诗歌特别是关于“非非主义”的很多史料及一些有关的回忆性文字中，我们都能读到关于周伦佑的种种记述。总体上，“霸权”、“激昂”、“雄辩”、“暴力”、“狂傲”与“英雄情怀”，似乎成了周伦佑的典型形象。

二〇〇九年四月十八日，在四川师范大学的“诗人讲坛”活动中，当我们在台下聆听着周伦佑慷慨激昂的演说时，一直在用眼前的他印证着种种关于他的传说。应该说在某些方面，陈超和柏桦等人关于他的描述确实很准确，但是在另一方面，当我们看着他在灯光下不时闪现的白发，再想到他曾经遭受的磨难，我们最为强烈的感受，就是我们的英雄更多了沧桑，这位据说曾无比强大的“非非”领袖真的已经是饱经沧桑！

不过，饱经沧桑的英雄依然是壮怀激烈，这在他的题为《向诗歌的纯粹理想致敬》的演讲中表现得非常清楚。在这篇演讲中，周伦佑古今中外地旁征博引，雄辩滔滔，讨论了一个对于诗歌来说最基本的问题，那就是什么是诗？周伦佑是通过对“诗意”的厘定来回答这一问题的。他认为所谓的“诗意”，便是我们从日常生活或艺术作品中所体验到的某种“只可意会不可言传”的神秘意味，是我们人类所独有的一种审美体验，而所谓的诗，当然就是对这种诗意的语言表达。他的具体阐述，从发表在这里的这篇演讲中，我们自可以能够清楚地领会。

本期的“诗人讲坛”，还发表了一篇对周伦佑的“访谈”。在这篇“访谈”中，我们不仅能够进一步了解周伦佑的人生经历、创作道路和他的诗学主张，从他对很多问题的回答中，还能很真切地感受到他所独有的性格特征。

我们很荣幸地发表了林贤治先生的《论周伦佑》。在这篇专论中，林贤治通过对周伦佑的诗歌道路和诗学特征的把握与分析，认为周伦佑对中国新诗的主要贡献，就在于他暴力性的“反暴力修辞”。正是在这种独特的诗学与修辞中，周伦佑以“个人性”的语言暴力反抗和打破了传统文化制度以及种种现实性与观念性的合法暴力，这不仅维护了基本的正义，他的隐藏于精神深处的“坚不可摧的自由感”，还像是一枚果核，给一九九〇年代以来弥漫着逃避主义精神氛围的整个“失败的季节”保留了信心，从而也与“五四”时期对个人与自由的争取一脉相承，成了那个狂飙突进时代的一个遥远和孤独的回响。

关于于坚

于坚应我们的邀请来参加南京大学中国现代文学研究中心举办的“诗人讲坛”活动，是在二〇〇九年的十一月十五日。他和欧阳江河分别从遥远的云南昆明和大洋彼岸的纽约，又各自从深圳与北京先后辗转飞临南京，在去年南京的第一场大雪中，与我们一起，实现了一次诗的聚会。实际上，

“诗人讲坛”的每一次举办，都是一次诗意盎然和令人难忘的聚会。我们往往因诗而约，又会因为诗歌而各自克服诸多的困难，怀着一种诗意的向往与冲动，不无急切地相聚在一起。

当然，参加这种非常美好的聚会的，并不只有与会的诗人和我们几位具体的操办者，还有很多同学，还有很多无比赤诚地关注和热爱着诗歌的“诗爱者”们——在我们这个时代，诗歌其实并没有沦落。在南京大学举办的“诗人讲坛”活动中，我们非常惊讶也很感动地得知，有一位热爱于坚诗歌的朋友，竟然专程从北京赶来，参加这一美好的聚会。十一月十六日下午的活动非常成功，也非常感人。在南京大学“逸夫楼”的学术报告厅，外面是漫天飘雪，道路泥泞，到处是积雪。而在室内，在王彬彬教授的主持下，我们却都在非常认真地聆听于坚的演讲，聆听他用云南方言朗读自己的诗作——“这是少女于果一生 / 第一次当众朗诵 / 她爬上一把椅子 / 降落在我们之上 / 轻轻地勾一下头发 / 就进入了仙女的行列 / 一首诗随着她飞翔起来 / 我们在下面洗耳恭听 / 青海湖 / 塔尔寺”（于坚：《于果朗诵》）。老南大，逸夫楼，我们在下面洗耳恭听，少女于果穿过普通话所可能造成的遮蔽与屏障，通过他的父亲具有独特发音与韵味的方言，像是一位仙女，真切生动地“降落”在我们面前。对于我们来说，以方言的方式朗诵诗歌，是一种完全新鲜的诗歌经验与语言经验，它所带来的极其丰富和异常美妙的感受与思考，甚至是震惊，对于我们重新思考汉语诗歌以至于汉语文学的过去与未来，确实具有相当重要的启发性意义。那天下午，于坚接下来又朗读了《在漫长的旅途中》和《只有大海苍茫如幕》等十多首诗歌，带领我们一同浸入了奇妙无比的语言世界。可以非常肯定地说，在所有有幸聆听了那次朗诵的朋友们的记忆中，于坚都是一个非常难忘和非常美好的“朗读者”。

不过，当然，于坚也并不只是一个非常独特的“朗读者”，他还是一个诗人，是一个相当自觉地思考着诗歌、并且具有着自己极为独特的诗学观点的诗人。这一期的“诗人讲坛”栏目发表了于坚的《尚义街六号》、《感谢父亲》和《对一只乌鸦的命名》等代表作，篇幅所限，著名的《0档案》和《飞行》等等，只能存目了；他的题为《道成肉身》的讲演，集中体现了近十年来他对诗歌的思考，也很突出地体现了我们的诗人“为天地立心”的伟大抱负，对于我们思考汉语诗歌的现状与问题，同样也深具启发；傅元锋根据他与于坚的对话和他对于坚的研究，提出了“日常生活的神性”等问题，涉及的已经不仅仅是汉语诗歌本身的问题，而是关涉我们这个民族的精神与生存等更为重大和更为根本的方面，其于诗歌，意义自然重大。

关于欧阳江河

说实话，在准备邀请欧阳江河和于坚一起来南京大学中国现代文学研究中心做“诗人讲坛”之前，我们真的还有点担心这是否合适？因为在一般的诗歌史叙述中，他们两位可是分别属于“知识分子写作”和“民间写作”两大阵营的，而且于坚还应该是“民间写作”的精神领袖，在当年不无意气的激烈论争中，即使江河并未怎样的参与其中，但他属于“知识分子写作”的重要诗人，却是毫无疑问的。更何况，在一九九〇年代的中国，诗歌写作之与“知识分子身份”紧密关联，与江河的一篇影响甚大的名文《89，后国内诗歌写作：本土气质、中年特征与知识分子立场》不无关系，种种原因，对诗歌界的有些情况并不熟悉、甚至有很多误解的我们，便很可笑、也很想当然地出现了以上的担心。但在事实上，我们的活动在从开始与他们联络一直到最后结束的整个过程中，不仅是非常顺利，而且有很多令人难忘的细节，充满了诗意，充满了美。这样的担心，自然也显得十分的多余。在上一期（《当代作家评论》二〇一〇年第三期）的“主持人的话”中，我们对欧阳江河和于坚与我们在南京大学的相聚曾经有过这样的描述，说他们“分别从遥远的云南昆明和大洋彼岸的纽约，又各自从深圳与北京先后辗转飞临南京，在去年南京的第一场大雪中，与我们一起，实现了一次诗的聚会”。情况确实如此！至今想来，那都是一次令人难忘和十分美好的“诗的聚会”。两位在诗歌风格、诗学观点和性格特征等诸多方面差异甚大的著名诗人让我们充分地感受到了在坚定的同时，人生所应具有的温厚与开阔，还有诗意。我们度过了愉快的两天。这次活动，还使我们想到更多的东西，想到了当代中国的知识分子、文学家和艺术家们在因种种分歧而激烈论争以至于冲突的同时，是否应该认识到他们在根本上其实有着共同的方面，正是这些根本上的共同，需要也决定着他们最终的和解。套用一句图图的话来说，那就是没有和解就没有未来。不管那些论争与冲突关乎着怎样的利益和怎样的所谓话语权，与我们的根本利益和最高的话语关切相比，实际上都微不足道。

在诗歌界，欧阳江河以雄辩著称。在二〇〇九年十一月十六日晚的那场演讲中，欧阳江河仍然对我们展开了语词轰炸，滔滔不绝，排山倒海，纷至沓来的精辟见解与旁征博引，“异质混成”为一场不无豪奢的诗学盛宴。他的朗诵也高亢热烈，充满激情，具有很强的感染力。在我的记忆中，那天晚上特别地寒冷，骤然来临的大雪使我们猝不及防，很难一下子适应。但也王如我们在上一期“讲坛”中所说的，在南京大学“逸夫楼”的学术报告厅，外面是漫天飘雪，道路泥泞，到处是积雪。而在室内，在王彬彬教授的主持下，却气氛热烈，诗意盎然，我们都一起在承受“轰炸”的同时，享受着难得的“盛宴”。现在，当时的“盛宴”便以文字的方式和诗人的几首代表作及其他两篇文字一道奉献给大家。

限于篇幅，本期专辑所发表的欧阳江河的代表作是他的《汉英之间》、《玻璃工厂》和《傍晚穿过广场》，他的在我们看来同样杰出的《快餐馆》和《时装店》等其他作品，只能割爱了。但即以这几首诗作，我们已经能够充分地领略到欧阳江河对“世间一切崇高的事物，以及事物的眼泪”的广阔与细致的关怀；而他的题为《诗歌写作，如何接近心灵和现实》的演讲不仅继续了布罗茨基的对于相关问题的思考，更是提出了现代汉诗进一步接近心灵与现实的两个非常重要的向度，特别是他所强调的第二个向度，即“诗歌一定要有一种当代的活力，而这种活力来源于我们对生命的基本感悟，来源于我们对现实的认识，我们的接受程度，我们对它的反省和怀疑程度、抵抗程度，也包括对现实的敏感、超越，甚至有时是低于这个现实”，非常具体地阐述了诗歌与现实间的复杂张力，且有很强的现实意义；何同彬对欧阳江河的访谈《若无死亡冲动，别去碰诗》和他对欧阳江河的专论《亡灵的声音与晚期的界限》不仅提供了诗人在时下重返八十年代的潮流之中对于那个时代的独特思考，还为我们进一步了解诗人的创作以及他的诗学观念，提供了很多新的东西，“亡灵”、“死亡”与“晚期”，这些触目的词语所意味着的新的视角，也许能够更加有效地帮助我们进一步深入和抵达欧阳江河的诗歌最为核心的地带。

关于柏桦

作为一位杰出的抒情诗人，柏桦在诗歌界享有盛名，他的诸如《表达》、《活着》、《往事》、《望气的人》、《在清朝》、《演春与种梨》和《惟有旧日子带给我们幸福》等诗篇一直为人们所喜爱，也在实际上影响了很多年轻的诗人。特别是其发表和出版于二〇〇八年的《水绘仙侣》，不仅进一步奠定了他在诗歌界的地位，更使其极为独特的诗歌形象得到了进一步的确立。

说到柏桦的诗歌形象，我们首先想起的就会是江南，是他对江南的生活、风致与光景的沉迷与歌咏。根据柏桦自撰的文学年谱，其虽川籍，自幼生长于重庆，但却与江南有着很深的诗缘与情缘。一九八八年八月，他在结束了一段“退学”、“幽居”、“日夜论诗”、“猛烈喝酒”和远赴海南的“荒唐的生活”后，来到他“心中最美丽的城市”南京，并且任教于南京农业大学，一直到一九九二年返回成都。这是柏桦的生命中快乐而又难忘的重要时期。正是在这一时期，柏桦的创作与翻译进入了一个新的阶段，开始在诗歌界产生实质性的影响，并且开始具有了国际性的知名度。对他来说，我以为在实际上可能更加重要的，是他在这一时期的交往与游历使他在精神、生活与美学上对江南有了很深的认同与契合，也在根本上决定了他日后的生活趣味与诗歌取向。

在我们与柏桦的交往中，有一件非常难忘的事情。那是二〇〇八年的秋天，在成都举行的一次会议的晚宴上，我们和柏桦兴致很高地饮用着醇美无比的红花郎酒。一边饮用，柏桦还一边赞叹着酒瓶的精美，近于疼惜地不断摩挲着弃置的空瓶。欢散之后，酒意颇深并略有踉跄的诗人竟然起身抱起了两只空瓶，仿佛是不忍舍弃，不忍它们被酒店的员工随意处理。就这样，我们的诗人在我们的搀护下，左右臂弯各自夹抱着一只精美可爱的红花郎瓶，念念叨叨，兴兴头头，在天有微雨、汹涌澎湃的成都的夜晚，街头打车，一起赶往翟姐（翟永明）著名的“白夜”。在那样的时刻，我们的诗人就像是一位真正的“红花郎”，精美、纯真、可爱，又像是一位来自古代的江南才子，清瘦、细弱，而又风流。而到了“白夜”，在与翟姐的谈话中，不知何故他又向翟姐谈起了扬州，谈起了扬州著名的“烫干丝”。让我非常惊讶的，是他对这道著名的小吃从选料到刀工、佐料、造型、下箸和口味等等津津有味和不厌其烦的反复谈论，费时良久，而他的神情，又是那样的沉醉与投入，欲罢不能。“红花郎”，就在他身后的书架上。也就在那样的时刻，我们终于非常真切地体验而又理解了柏桦对江南的感情，理解了他为什么会暗中发愿并终于写出了一本“献给江南”的《水绘仙侣》，并且在给北岛的一封邮件中，近乎皈依般地把江南称为“伟大的江南”。

正如一位诗评家所指出的：“江南，是柏桦心里的一个结”。对于柏桦，以及其他很多的诗人与作家们的“江南情结”，起初我们并没有能够充分地估价与理解，认为那不过都是对江南风光与江南生活的表面欣赏与即兴把玩，当不得真，也不觉得会有什么深意，待到遇到柏桦这样刻骨的人，才认真地去思考并且逐步地认识到“江南的意义”。对于这样的问题，柏桦曾有过阐述，其他一些诗评家和诗人朋友们也曾有谈及，但我们认为，在当下中国宏大的精神背景与历史进程中，对于江南的沉缅与追怀，一定有着非常特别和更加复杂的因由与意义，伟大的江南以其沧桑、以其明媚，见证了那么多王朝与个人的繁华与伤痛，诗人的歌咏，定有怀抱！

本期的“诗人讲坛”除了刊出柏桦的《水绘仙侣》等代表作，还发表了他在四川师范大学的“诗人讲坛”活动中所做的题为《现代汉诗的现代性、民族性和语言问题》的演讲，演讲讨论了现代汉诗所面临的“现代性”、“民族性”和语言资源等方面的重大问题，也涉及了与它们有关的比如文言文、白话文、方言口语、“翻译体”与“毛文体”等很多具体的方面，生动可读而又启人深思；唐小林教授与柏桦《关于柏桦诗学的对话》，则更具体地讨论了柏桦诗学的诸多方面，对于了解和把握柏桦的诗歌写作提供了很多重要的参考；而李振声先生的论文所充分揭示的柏桦《水绘仙侣》的“野心”——即是“想尽其所能，重建诗组与其所直接指涉的那段历史世界之间的关联”，并且“还想借此机会，在诗组所指涉的那个历史世界与诗人此时所栖身立足的当代世界之间，构架种种纵横交错的关联”，“努力促成诗与文、与整个庞杂的历史、与纷繁的当代现实之间，俨然形成一种彼此指涉、辩证，互相触发、互为注释的泛‘对话’的关系”——无疑是对这一独特文本之诗学意义的最好阐发，颇值重视。

关于翟永明

自二〇一〇年第一期开始，一直到本期，今年我们的“诗人讲坛”栏目从未间断地逐期刊出，先后发表了关于诗人王家新、周伦佑、于坚、欧阳江河、柏桦和翟永明的专题，加上此前二〇〇八年第五期刊出的关于诗人王小妮的专题，我们的栏目共已刊出七期，发表了关于当代中国著名诗人的七期专题，无疑已经初显规模，并在文学界包括诗歌界产生了很大的影响，较好地推动了当代中国的诗歌研究，同时也在不断接近着我们这个栏目设置的初衷。

这个栏目之所以能如期刊出并且取得阶段性的较好成果，应该非常感谢共襄此事的诸位著名诗人、著名学者和有关的批评家，感谢曾以不同的方式关注与帮助过我们的各位朋友，我们将一如既往地以这样的方式致力于对当代中国诗歌的关注与研究。

本期刊出的是关于诗人翟永明的专题。翟永明应邀参加我们的“诗人讲坛”活动是在二〇〇九年四月，在位于成都静安路的四川师范大学。与很多人的想像——特别是通过翟永明的诗歌所做的想像不同，作为当代中国女性主义文学（而不止是“女性主义诗歌”）的一位最具代表性的人物，诗风激越、诗学理念和艺术趣味均属前卫的翟永明实际上非常“随和”与“朴实”（周瓒语），在那天的活动中也非常诚恳、非常坦率和认真地回答了同学们的很多问题。正是通过这样的活动，我们和现场的同学们一样，对于诗人的写作与人生有了更加真切和更加全面的认识。

在本期的专题中，我们发表了翟永明写于二〇〇五年的作品《鱼玄机赋》。翟永明是一位经常会发生阶段性变化而且又每臻极致的诗人。二十一世纪以来，翟永明和她那一代的很多诗人一样，在诗歌风格和诗学理念上发生了一定的变化，《鱼玄机赋》，便是她在这一段时期的代表性作品。

除了《鱼玄机赋》，我们还发表了翟永明的一篇题为《诗人离现实有多远？》的演讲。诗与现实之间的关系一直是当代中国的诗歌实践与诗学理论中的核心问题，在此问题上的批评与反诘、探索与思考构成了当代中国诗歌史中的重要内容，也是当代中国的诗歌发展与变化的内在动力，并且还在一定意义上充分体现了中国当代诗人的精神历程和他们对当代现实的深切关注与复杂思考，对于翟永明的这篇演讲，我们正应该作这样的理解。我们认为，在对翟永明和在对当代中国诗歌研究的意义上，这是翟永明在二十一世纪以来的一篇最为重要的文章。

在与何言宏的“对话”中，如何“从最无诗意的现实中寻找诗意”并且在诗歌与现实之间建立“一种更紧张和更明确的关系”，也是翟永明最关心的问题。“对话”不仅呈现了翟永明的有关思考，对于她在近些年来愈益自觉的有关实践，还有着非常充分的展示。长期以来，在不少人的心目中，翟永明的诗人形象都被非常片面地简化为一个“女性主义诗人”，她的更加开阔和更加丰富的方面却被以讹传讹地严重遮蔽，我们这里所发表的她的演讲以及她与何言宏的题为《从最无诗意的现实中寻找诗意》的“对话”，对于我们更加全面地认识翟永明应该具有非常重要的意义。当然，“对话”同时也展现了翟永明作为一位“女性主义诗人”的一面，展现了她二十一世纪以来在女性主义的诗歌写作和诗学思考方面的最新变化，告诉了我们近些年来翟永明的“现实”。

罗振亚教授的论文《诗人翟永明的位置》全面论述了翟永明直到二十一世纪以来的诗歌创作，对于翟永明的诗歌道路和她的诗歌史地位做了认真深入的研究和极高的评价，高屋建瓴，开阔大气，持论中肯稳健，谨予推荐！

关于多多

几次想邀请多多参加我们的“诗人讲坛”活动，几次又都因为这样那样的原因而未能如愿，所以总是觉得很遗憾。在我们所认识的很多诗人中，多多有着非常特别的个性与风采，他的率性、他的坦诚和他的在我们看来显得无比“高古”和“傲然”的满头银发，与他的诗歌创作和他富有传奇色彩的诗歌生涯一起，更是增强了他在当代中国文学界的孤绝之感。

多多是孤独的、卓绝的，甚至是卓异的。这样的孤独与卓绝，其所对应的精神背景，甚至不只是当下中国，也不只是我们自己的国度。早在“文化大革命”时期的一九七二年——那是他诗歌生涯开始的一年——他就写有像《当人民从干酪上站起》和《蜜周》这样“无论语言和形式都奇特无比”（黄灿然语）的诗作，接下来的几年间，他又陆续写出了《少女波尔卡》、《无题》、《诱惑》、《祝福》、《能够》、《在秋天》、《致太阳》、《手艺》、《玛格丽和我的旅行》和《日瓦戈医生》等在精神意识和诗学特征上都无比卓绝和勇敢的作品。这些诗作，即使放在今天，也仍然具有很大的力量。它们的魅力和它们的价值，无疑已经超越了时间。他是当代中国诗歌非常重要的先驱者之一；另一方面，我们越来越觉得，当我们讨论像多多、北岛、顾城、杨炼、王家新、欧阳江河、翟永明、于坚、西川、张枣和宋琳等很多诗人的文学实践时，中国背景之外，世界性的精神文化背景已经越来越成为一种非常必要的认识前提。这不仅是因为他们的舞台和他们的影响早已扩展至国外，更是因为他们的作品中所包含着的精神内涵早已经与世界产生了深刻的张力。在这样的意义上，曾经寓居国外而且在今天还时常“流散”于国外的多多，无疑也是孤独与卓绝的，这从他的很多诗作中都能看得非常清楚。

本期“讲坛”，我们发表了多多自创作以来不同时期的一些代表性作品，发表了多多二〇〇四年获得第三届华语文学传媒大奖年度诗人奖和二〇一〇年美国纽斯塔特文学奖的受奖演说，还发表了李章斌论多多的文章和诗人凌越为我们的栏目专门与多多所做的对话。非常感谢多多和朋友们对我们的支持。发表在这里的多多诗作和他的两篇受奖演说，无疑能够在某一个方面体现出诗人的成就与风格，而他与凌越的对话，则包含着更加丰富的内容。在这篇对话中，多多的创作经历、诗学追求和他对诸如“存在”、“现实”、“经验”、“批判”、“介入”、“现代”、“传统”、“母语”、“词”和策兰与夏尔的创作等很多问题都有相当充分的涉及，也给了我们丰富的启示。特别是他在“介入”问题上的看法，不仅使我们与凌越一样感到“吃惊”，更是使我们对诗人多了一份特别的敬意与理解。自从一九八〇年代的“萨特热”退潮后，“介入”这样的字眼似乎已经被人忘却，它也成了高蹈与“深刻”的人们所刻意回避与嘲笑的精神姿态。但这样的姿态，却很出乎我们意料地被多多所肯定，而且他所肯定的方式，又是我们这个时代和我们的作家、诗人和形形色色的知识分子们所更加缺少的“羞愧”——“介入的羞愧”！在这篇对话中，多多是这样来坦陈自己“介入的羞愧”的：

但是在介入这一点，介入一词，让我感到，怎么说呢，我并没有批判这个词，我觉得这个词很重要，可是它让我感到羞耻，因为我介入得不够，而非相反。我为何不够？那就由我们这里的情况所决定。所以说我在反省这件事情。我一直是这样。

……我们从词语的介入上来讲，我从不回避，我是介入者。可是我们说到的是勒内·夏尔。他最重要的一个句子——“我们没有行动”。当然作为一个诗人，你的写作就是行动，可是仅此还是不够的，这就是我羞耻的原点，我终身都有一种羞耻感，我觉得我做得不够，我行动不够，我不是勒内·夏尔式的战士。

——这就是“多多式的羞愧”，是他在面对和意识到作为一位诗人自身所应具有的承担与行动时所产生的不无严厉的自我批判与自我反省，在当下中国的精神背景上，又一次显示出他的卓越与独特，显示出他的精神先觉与他直取我们精神核心的批判性、针对性及其所独有的力量。

关于西川

我们的“诗人讲坛”关于西川的专题真的是费了一些周折，也因了一次非常美妙和非常可贵的机缘。前两年间，我们想约请西川参加我们的“诗人讲坛”活动，他不是在加拿大，就是在德国、美国，或者是在世界其他的什么地方，着实让我们很具体地“领教”了一位“世界诗人”的忙碌和他巨大的活动半径，所以在时间的安排上，我们总难调出共同的档期，颇费周折地一拖再拖。所幸的是，二〇一〇年十一月举行的“中国当代文学·南京论坛”恰好邀请到了王家新和西川两位著名的诗人，他们俩无论是在观点，还是在内容与风格上都很独特的高水平发言，不仅让人非常钦佩，非常惊奇地重新发现了被自己轻忽已久的诗歌与诗人，从而也唤起了人们对诗的敬意，还让人们印象深刻、难以忘怀，至今都还时常被谈起。也就是在这次活动中，我们和西川终于确定了这个专题。

本期专题，我们发表了西川的《传统在此时此刻》、德国汉学家何致瀚（PeterHoffmann）关于西川的专论《散文体作为诗歌的形式：试论西川》和诗人马铃薯兄弟与西川的对话《保持一个艺术家吸血鬼般的开放性》。

在《传统在此时此刻》中，西川所着重讨论的，是在我们这样的时代如何去理解和面对我们的传统这个问题。在开阔的历史文化语境和知识视野中，西川认为，对于诗人来说，“传统不仅仅是唐诗宋词，正史、野史、书札、笑话、诸子百家，全是传统，全都必须面对”，甚至，现代以还我们的“革命”和我们特殊的“社会主义经验”，不仅构成了我们相当切身与独特的“现实感”，也应是我们不该“忘却”的传统。在此意义上，我以为我们的诗人与西川所特别强调的东欧诗人在精神处境和诗学立场上，应该有着深刻的联系。西川赞同列奥·斯特劳斯（Leo Strauss）的观点，认为“忠诚于传统并不在于单纯地保持传统，而是在于维护传统的连续性”，在于如何“激活传统”并以这种“维护”与“激活”为我们的文学开拓出更加广阔的未来。

何致瀚的论文不仅在中国的社会文化语境及诗歌史脉络中揭示出一九九〇年代以后西川的诗歌写作向世界的敞开，更是以文本细读的方式对西川的与这种“敞开”相应的“散文体”策略进行了相当深入的阐发。在这种阐发中，西川的《厄运》、《近景和远景》和《鹰的话语》等重要作品，也得以借助西方学者的独特理解而向我们和向世界进一步敞开。而马铃薯兄弟和西川的对话，则对二十一世纪以来西川的诗歌创作、诗学思考和他丰富的诗歌活动做了很好的呈现——“保持一个艺术家吸血鬼般的开放性”——如此“生猛”的说法非常突出地显示出西川“开放”的决断与果敢，同时也对我们——包括我们的诗人、我们的作家和我们形形色色的所谓学者和知识分子——仍然存在的种种封闭形成了相当大的冲击。

在这期专题中，我们还发表了西川的《在哈尔盖仰望星空》、《广场上的落日》和《致敬》等不同时期的代表作。正如我们从他的对话中所看到的，西川有很明显的“悔其少作”的倾向，并不主张我们发表他的早期作品，但没办法，我们的这个栏目起初就曾确立了这样的原则，立意要向大家展示诗人们在不同时期的代表性作品，所以真的很是抱歉。但是在另一方面，“近作”与“少作”的一并呈现实际上更能够“对照”出诗人的阶段性变化，揭示出这些变化中的坚持与恒定和它们的背后所隐含着的复杂的东西，因此在同时，西川又很理解与支持了我们的想法，谢谢西川！

关于小海

我们的“诗人讲坛”自开办以来，已经以近五十万字的篇幅先后做了十期关于王小妮、王家新、周伦佑、于坚、欧阳江河、柏桦、翟永明、张枣、多多和西川等十位诗人的专题，本期所关注的，是诗人小海。

小海是第三代诗歌运动特别是其中“他们”诗派的重要成员。但与一些“运动型诗人”不同的是，小海一直以其恬淡与沉静置身事外般地与“运动”保持着距离，平心静气地读书、思考与写作，并曾主编过很有影响的诗歌选本，这除了与其沉默内敛的精神性格甚至与其特殊的职业身份有关外，足够的定力、自信和对世事、人事乃至于对诗与文学的更加深远的参破，也许才是更加重要的原因。这些年来，小海近乎隐居般地生活与工作于苏州——这个被于坚称为“中国人的教堂”的所在，潜心写作，中年“变法”，先后推出了大型诗剧《大秦帝国》和长诗《影子之歌》，令人惊叹！

一九九一年，小海有一首题目叫做《田园》的诗，开头有一段这样的诗句：“在我劳动的地方 / 我对每棵庄稼 / 都斤斤计较 / 人们看见我 / 在自己的田园里 / 劳动，直到天黑 / 太阳甚至招呼也不打 / 黑暗早把它吓坏了 / 但我，在这黑暗中还能辨清东西 / 因为在我的田地 / 我习惯天黑后 / 再坚持一会儿 / 然后 / 沿着看不见的小径 / 回家”。如果再联系到后面的内容，这样的诗句应该能有更多的阐释。但是在这里，我们以为它单独成篇，实际上也已经包含了非常丰富的内容。小海在发表于本期的《关于当代诗歌语言问题的思考》中，曾经谈到过米沃什的《天赋》，非常欣赏诗人“物我两忘，宠辱不惊，悠然自得，淡泊明志的智者气度”。说实话，在米沃什此诗的诸多译本中，还是西川和张曙光的题为《礼物》的翻译（“尘世中没有什么我想占有”、“没有一个人值得我羡慕”、“任何我曾遭受的不幸，我都已忘记”、“在我身上没有痛苦。直起腰来，我看见蓝色的大海和帆影”）更让我们会心。但不管怎样，小海所欣赏的诗人“物我两忘”等“智者风度”，基本上都有充分的传达。比较一下米沃什的诗和小海的《田园》，能很明显地发现它们在精神上的契合。只是在小海的诗中，诗人所从事的是更加平凡并且也许和生计也更加相关的田野间的农事与劳作，意味着更多的艰苦和坚韧。他对庄稼的关切与认真（“斤斤计较”），他对黑暗的坦然没入与对天色的无视，特别是他在黑暗中的坚持和对“家”所具有的相当明确的方向感，这都是米沃什的《天赋》（或《礼物》）中所全然没有的。而这，也许正是小海所具有的相当独特的精神性格。

不过在实际上，我们对小海的《田园》也许只是做了一次不着边际或自抒块垒般的“误读”或“过度阐释”，本期发表的何同彬关于小海的论文《忠实于我的时刻越来越“多”》和小海与何平的对话《“使自己真正成为这个国家的诗人"》对于更加准确和更加全面地理解小海的创作，提供了更多颇有价值的内容。而小海《关于当代诗歌语言问题的思考》，虽然谈的是语言，但所关涉的，与其精神，与其性格，深在，并且也良多。

我们同时还发表了小海的一批代表作，除了其早期的"村庄组诗"，还有他"变法"之后《大秦帝国》的节选，力图体现其诗歌世界的基本面貌特别是他在这几年来的巨大开拓，值得关注！

关于张枣

张枣曾经是我们的"诗人讲坛"计划邀请的诗人，但很不幸的是，他却在二〇一〇年的三月八日因病去世，永远地离开了我们。在他去世将近周年的时候，我们特别刊出关于他的专题，以此作为我们的纪念。张枣去世后，从国外到国内，各地自发举行了各种不同形式的悼念活动，对于诗人的追忆和对诗人遗作的整理与出版，以及对诗人的作品及其诗学思想的研究，都取得了很多成果。我们这个专题，也正是在作这样的努力。

诗人之死一直是我们这个时代的一个相当独特和引人瞩目的重要现象，海子之外，先后还有蝌蚪、戈麦、方向、顾城、余地和张枣等诗人，他们的去世，不仅在诗歌界，还在整个社会引起了不同程度的震动与反响。对于我们这个偏执地以金钱为中心的物质主义时代来说，作为不同于其他一些文学艺术门类及其实践者的更加突出和更加纯粹的精神性存在，诗歌与诗人正是我们时代的"异类"，诗的语言，永远在很顽强地表达着时代的"异见"，而诗人，正是我们物质主义时代最为坚定和最为痴愚的"异见人士"，他们不仅昭示给我们别样的生存，还对我们的生存提出了批判，亲证与坚持着生存的精神性维度，诗人之死，从而便成了我们这个时代远不寻常的精神事件。

我们在筹划这个专题的时候，何言宏恰好去张枣生前供职的中央民族大学参加会议，见到了张枣生前的同事与朋友敬文东教授和张枣的学生颜炼军博士。正是在他们的支持与帮助下，我们才很顺利地编好了这个专题。张枣去世后不久，颜炼军就以最快的速度编辑出版了基本上收集了张枣全部诗作的《张枣的诗》，这个专题的编辑，也幸赖有炼军的帮助，特别是他为我们整理和提供了两份张枣的演讲。

《秋夜的忧郁》是张枣在中央民族大学研究生讲义中的部分内容，曾经张枣本人整理，也是其准备撰写的《〈野草〉考义》一书的开篇之作。《文学史、现代性与鲁迅的〈野草〉》，则是诗人为在苏州大学演讲所做的底稿，原题《文学史……现代性……秋夜》，此次发表，据文章的内容改成了现题。这两篇演讲，其实有一个共同的主旨，那就是通过对鲁迅《野草》的重读，不仅发掘和寻绎出中国文学中“现代主体”的起源与发生，还进一步奠定了鲁迅“新诗之父”的历史地位。在德国汉学家顾彬教授最近发表的关于张枣的文字中，在深沉的悲伤与怀念之外，还有他对张枣过于疏懒的亲切的抱怨，但是在这里，在这两份篇幅不长的演讲中，“疏懒”的诗人却为我们提供了很多含义丰富与相当深刻的见解，可以说是句句耐读，胜过许多空阔的宏文。

在本期专题所发表的诗人代表作中，除了张枣著名的诗作《镜中》、《刺客之歌》、《悠悠》、《卡夫卡致菲丽丝》和《大地之歌》，我们还发表了诗人写于二〇一〇年一月十三日的“绝笔诗”《灯笼镇》，作为我们特别的纪念。

张枣去世后，他最亲密的朋友和兄弟如诗人北岛、宋琳、柏桦、陈东东、钟鸣和朱朱等人曾经撰写出一系列怀念张枣的文字，本期专题，我们发表了宋琳《精灵的名字——论张枣》一文，对张枣的诗歌和张枣的诗学贡献与诗歌道路作了较为全面和相当精深的研究。斯人已逝，知己伤怀，已经“藏到自己的死亡里去”（张枣《鹤君》）的张枣若能有知，一定会为有这样的知己和这样情谊而感到安慰与幸福。

关于雷平阳

记得在第一期“诗人讲坛”的“主持人的话”中，我们曾经说过，我们这个栏目“是我们对中国当代诗歌和当代诗人的一种特殊的经典化努力”。说实话，对于一切都还处在现在进行时的“当代”诗歌特别是“当下”诗歌来说，这样的说法和这样的努力，显然都是一种巨大的冒险。因此在这样的意义上，我们这里关于雷平阳的专题，同样也是在冒险。但是在另一方面，我们仍然希望——甚至相信——我们的努力和我们的判断能够获得文学史的认同，使我们的努力和诗人的创作一起，能够获得超越时间的力量。

当然，诗人对时间的超越靠的是作品，是其作品中无可质疑的经典品质。我们以为，在雷平阳的大量作品中，仅仅是《杀狗的过程》这一首作品，就已具有了相当充分的经典性，应该会是诗歌史的经典。在《杀狗的过程》中，狗的死亡和它的被屠戮，有着相当巨大和相当深刻的思想内涵。一方面，正如很多读者所容易理解的，这首诗写的是作为动物的狗被杀戮的过程，即使是在这样的层面上，这样的过程也惊心动魄、令人发指，让人生出对生命的无限悲悯，何况是在动物尊严和动物权利等生态意识不断被强调的今天，这样的内涵将更加突出，更加具有很强的时代色彩；但是在另一方面，我们以为这首诗最主要的内涵，还是在于它的隐喻意义。在这样的意义上，喧嚣的市场、伪善与残忍的主人、围观的庸众和狗的奴性与蒙昧，还有狗的以喷溅的鲜血所形成的标志与符号，无不具有明确的所指，它们所共同意指着的历史、现实、“主人”、“奴众”与庸众，共同在上演着一幕生命与历史的悲剧。诗人对这幕悲剧的书写，不仅接续了鲁迅以还启蒙主义文学的基本主题，而且还在客观上有所深化和有所拓展。在狗的精神性格中，既有着我们明显能看到的奴性，更有着诗人以令人震惊的方式所深刻揭示的潜隐在它的生命深处、并且决定了这种奴性的狗的鲜血，这种它本来和应该具有、但却已经被彻底改造了的奴化的“血性”，才是它的最大悲剧。这种悲剧性的精神、命运与生存，不仅体现于它和主人之间屠杀与被杀者的关系，还体现在它和围观者之间的买卖关系，“买卖”这种颇具时代性特点的社会关系构成了狗与主人和围观者之间最为真实和最本质的联系，从而也使得《杀狗的过程》成了诗人对现实与时代内在真相的愤怒揭示和有力指控，这种揭示与指控在深含悲悯的同时，还以围观者们孱弱的见证，预告了时代潜伏着的不祥——“因为等待，许多围观的人/还在谈论着它一次比一次减少/的抖，和它那痉挛的脊背/说它像一个回家奔丧的游子”。在诗人的笔下，死亡的狗，成了一个“回家奔丧的游子”，“家”所面临与潜伏着的灾难与凶险，无疑已经是昭然若揭！在《杀狗的过程》中，雷平阳以布罗茨基所具有的“纵横捭阖的历史想像力”，以其沉着、坚忍的叙事和坚实有力的细节，为我们的诗歌史奉献了经典——也许，现在与未来的很多人，会质疑我们对这首诗的经典化认定，但是在内心里，一定不会怀疑我们的严肃和我们的真诚，这一点，我们深信不疑！

雷平阳的写作和他的诗人形象，似乎已经被固定。“地方性”和“云南性”，似乎已成了理解雷平阳的惟一思路。在本期所发表的罗振亚与雷平阳的对话和傅元峰关于雷平阳的文章中，对此也有丰富的展开。虽然我们非常认同这方面的许多观点，但是我们的诗人和我们的批评家，在对“地方性”的关注和对诗人“地方性”形象的指认与认同中，切忌不能形而上学，忘却诗人“历史想像力”的自觉与展开。因为这在诗人同期发表的《我诗歌的三个侧面》中所深深赞同的佩索阿“以位卑之躯处蜗居之室，竟一人担当了全人类的精神责任，在悖逆的不同人文视角里，始终如一地贯彻着他独立的勇敢、诘究的智慧以及对人世万物深深关切的博大情怀”

中，无疑也应该包含着历史，包含着在某种意义上作为历史造物的人的命运与生存。

关于特朗斯特罗姆

本期讲坛，我们关注的是特朗斯特罗姆，这也是我们向这位伟大诗人的一种特别的致敬。

许多年来，特朗斯特罗姆一直都为我们的很多诗人所尊敬与喜爱。他的诗作，早已成为我们心目中的经典，是我们与世界其他各地特别是瑞典人民共同分享的精神财富。在此方面，我们应该特别感谢让这位大师进入汉语的北岛、李笠、柔刚和董继平等“诗人翻译家”，正是因为他们的翻译，我们更多的人才得以认识特朗斯特罗姆，如同“汉语中的里尔克”、“汉语中的叶芝”和“汉语中的曼德斯塔姆”一样，一个“汉语中的特朗斯特罗姆”才形象鲜明地得以确立，并为我们所熟知。无论是在政治上还是在文化上，特朗斯特罗姆的世界都与我们迥然不同，照理说，著名的福利国家和斯堪的纳维亚的文化传统作为特朗斯特罗姆写作的社会文化背景，应该会使我们对他的接受存在着隔膜，但在事实上，却完全相反，特朗斯特罗姆一进入汉语，就被我们的诗人们高度接受并深深地喜爱，而且其程度，要超越很多其他在世俗声誉上要更加突出的外国诗人。仅仅以其不多的诗作，特朗斯特罗姆早已就很彻底地征服了我们。

在当下中国的知识界，特别是比较“精英”和偏于“文艺”的知识界，有两位伟大的瑞典人，一位是英格玛·伯格曼，另一位就是特朗斯特罗姆，他们的影响非常深刻，也非常值得我们进一步思考。一个非常有趣的问题是，伯格曼和特朗斯特罗姆的创作，虽然一个是电影，一个是诗，但是在精神甚至是在美学上，却有着令人惊奇的相似，而且在一九七五年，伟大的伯格曼也曾经被提名为“诺贝尔文学奖”的候选人。以一种几乎绝对的精警、凝练和冷峻，在极度克制和内敛的语言（电影语言和诗的语言）中，包蕴着对存在的深刻洞察和追问，并且在这种洞察与追问中表现出对孤独、黑暗、救赎和死亡等主题的复杂思考，是他们的共同特点。上帝说："要有光"，就有了光。对于光的强烈渴求，几乎也是伯格曼和特朗斯特罗姆基本一致的主题。伯格曼说："我的电影从来无意写实，它们是镜子，是现实的片段，几乎跟梦一样"；特朗斯特罗姆说："诗是某种来自内心的东西，和梦是手足"，"一首诗是我让它醒着的梦。诗最重要的任务是塑造精神生活，揭示神秘"（李笠：《特朗斯特罗姆诗全集》译者序）。对于我们黑暗的生存，这两位来自北欧的大师就像是上帝的使者，分别都以他们超现实主义的梦幻风格，给我们引来上帝的光，并且借以这样的光来塑造和影响着我们的精神生活。

正如大家公认的，特朗斯特罗姆不多的诗作，几乎每一首都很完美。让我们来读一读目前在对特朗斯特罗姆并不很多的汉语阐释中还不太被注意的两首诗作——"有时我的生命在黑暗中睁开眼睛 / 感到人群盲目焦虑地 / 穿越大街，向奇迹涌去 / 而隐形的我站在原地不动 // 如同孩子惊恐地入睡 / 聆听心脏沉重的脚步 / 久久，久久地，直到早晨 / 把光束塞进锁孔。黑暗之门打开"（《主啊，怜悯我们！》）、"窗外是春天长长的动物 / 阳光那透明的巨龙 / 如郊外一辆没有尽头的火车——我们没看上它的头部 // 岸边的别墅向两侧移动 / 像傲慢的螃蟹 / 太阳使雕塑闪耀 // 宇宙疯狂的火海 / 被土化成一段抚摸 / 清算的时刻到了"（《光芒涌入》）。也许，"清算的时刻"应该到了，想一想世界，想一想现实，再想一想今年的春天吧，"光芒涌入"，让"黑暗之门打开"，这位伟大的诗人在无意之间，道出了我们多么深切的渴望啊！正是在这样的意义上，特朗斯特罗姆的诗作，对我们作出了多么有力的"精神的唤醒"！特朗斯特罗姆，还有伯格曼，我们对他们的研究并不很多，他们对我们的重要意义，也并未被我们所充分地发觉与发掘，本期讲坛，算是我们的初步努力，希望这也是我们在此方面应做工作的起点。

所以，我们非常感谢李笠，感谢他在二〇〇一年翻译出版了《特朗斯特罗姆诗全集》之后，又很及时地为我们翻译了诗人的最新诗作《巨大的谜》等作品，他对特朗斯特罗姆两首诗作的深入解读，相信对我们进一步研究特朗斯特罗姆，也一定会很有意义。

关于宋琳

二〇〇八年四月，我们的“诗人讲坛”开坛于渤海大学，邀请的是诗人王小妮。二〇〇八年十月三十一日，仍然是在渤海大学，我们的第二次讲坛，就邀请了宋琳和王家新。关于王家新的专辑早在二〇一〇年第一期便已刊出，可是在随后的两三年时间里，左等右等，宋琳的演讲稿总是难以整理出来，世易时移，我们差不多已经丧失了信心，起初想配发的对话与专论也只好都作罢。但就在我们的栏目将要“打烊”的时候，我们可爱的诗人，忽然又齐整整地传来了他已经基本编妥了的“代表作”、“演讲稿”与“诗人论”等，因此便又有了本期“专辑”。

由于这样那样复杂的原因，中国当代文学史甚至是专门性的诗歌史及相应的文学（诗歌）批评与文学（诗歌）研究工作一直存在着一个不容忽视的缺陷，那就是对文学（诗歌）史实际在一定程度上的遮蔽，有很多作家与诗人的创作成就都没有得到应有的重视，在这之中，宋琳的创作，便是一例。一九八〇年代，在上海的宋琳就是当时大学生诗歌运动和城市诗派中的代表性人物，他的诗歌创作也很有影响，后来宋琳漂泊海外，先后辗转生活于法国、新加坡和阿根廷等国，足迹遍及世界各地，他的身份因而便“流散”，成了一个典型的“流散诗人”。但正如北岛、多多、顾城、杨炼和张枣等人一样，不管自己的身份多么“流散”，也不管故国的人们怎样对待与评价他们，他们对祖国，永远都有着非常坚定和明确的身份认同。对于他们来说，作为故土和文化的祖国，从来都为他们所深深地系念与关切。这些系念和这些关切，从他们的诗歌创作和诗学主张中，我们都能够有深切的体会。流寓经年，宋琳在后来终于回国，基本上结束了他的“流散”身份，更加频繁地在“国内”发表诗作，主持、策划与出席各种类型的诗歌活动，一个诗风温和、玄远高贵而又超逸华美的诗人形象重新又很切近地被我们所了解。在宋琳漫长的诗歌生涯中，在其早期的城市诗后，先后发表过很多具有迷人的冥想气质的抒情短诗，也有像《死亡与赞美》和《断片与骊歌》这样体制较大并且颇具实验性的长诗，这些作品都为很多人喜爱，这里所发表的“代表作”，当然只是其中的一小部分，希望大家循此对诗人有初步的了解；而其演讲稿《内在的人》则借用里尔克《转折》一诗中的说法，结合自己的人生经历与诗歌道路，提出在历史、文化、现实、语言和诗学的丰富背景与复杂张力中，诗人应该努力去成为一个“内在的人”这样一个非常严肃的诗学命题；张桃洲教授的论文《聆听的眼》侧重研究了宋琳“看”与“听”的诗学及其“逆流而上”的“韵府”理念，特别是后者，非常值得我们进一步思考。

“诗歌观察”主持人的话

一

新时期以来的中国诗歌一直走在文学变革的前列，取得了非凡的成就，出现了一些非常优秀的汉语诗人，为世界文学格局中的中国文学赢得了一定的声誉。新世纪的这几年来，诗歌创作和批评依然活跃，出现了很多值得期待的重要诗人和相当重要的诗歌现象，也产生了很多优秀的诗歌作品；但是在另一方面，我们对当下中国的诗歌现实却又总是处于相当隔膜的状态，诗歌版图暧昧莫明，诗歌现场生动活泼却又混乱无序、异常复杂，亟待我们及时地进行把握和清理，也需要我们及时进行有效的介入和引导。为此，我们以“诗歌观察”这一特殊的批评方式动态追踪诗歌现场，及时把握最新的诗歌现象和诗歌问题，同时推举优秀诗人，遴选优秀作品。

我们的“诗歌观察”将主要以六个部分分别对诗歌刊物、综合性文学刊物中的诗歌创作、民间诗刊、网络诗歌、翻译诗歌及关于当代诗歌的研究与批评动态考察，同时在每一部分的篇末向大家推举优秀作品。本期“观察”主要观察了二〇〇八年上半年的诗歌现状，以后的每期“观察”将主要观察上两个月的中国诗歌，陆续推出。应该承认，这样的方式完全是一种初步的尝试，一定存在着很多需要我们去努力改进的问题，所以在刊出后，希望大家能向我们提出意见，以便将它做得更好；另一方面，也很诚恳地希望能够得到大家的帮助与支持。特别是其中对“民间诗刊”、“翻译诗歌”和“诗歌研究与诗歌批评”的“观察”，都涉及甚至依赖于各地的民间诗刊，所以希望能够得到有关朋友的热情帮助和慷慨惠赠。

二

本期“观察”关注的是二〇〇八年下半年的中国诗歌。对于这半年的诗歌，人们的普遍感觉是力量的匮乏。像朵鱼在上半年所写的《今夜，写诗是轻浮的……》那样有力的诗歌，我们在下半年的创作中再难以发现。实际上，我们不得不很失望地承认，对于当下中国的精神与生存，我们的诗歌似乎已经丧失了其本应具有的回应的能力。

记得在《哀泣的缪斯》一文中，布罗茨基曾经说过：“在历史发展的某些阶段，惟有诗歌可以应付现实，它将现实浓缩为可以触摸、心灵可以感受的某种东西”。如果按照这样的理解，则我们诗歌的最大问题，正可能在于丧失了布罗茨基所说的“应付现实”的信心与自觉，也丧失了对于“现实”的“浓缩”意识和“浓缩”的方法与能力。虽然人们对“现实”的所指会有诸多不同的理解，这里所说的“浓缩”，也会涉及很多相当复杂的思想文化问题与诗学问题，但对它们的进一步思考，正可能是我们的诗歌走出困境和重获动力的关键之所在。我们的“诗歌观察”在发掘、展示和评述诗歌创作、诗歌翻译和诗歌研究与诗歌批评之实绩的同时，最好还应该发现其中的问题，只有在这样的基础上不断进行严肃认真的批评与讨论，我们的诗歌实践才会越来越接近其应有的境界，我们的“观察工作”，也才会更有意义，更有价值。

上一期“观察”在《当代作家评论》二〇〇八年第五期刊出后，在诗歌界和诗歌研究与诗歌批评界产生了很好的反响，我们也收到了很多相当有益的意见与建议，得到了很多相当具体的支持，在此，我们谨表示衷心的感谢！

三

上一期的“诗歌观察”，我们关注的主要是诗歌与现实之间的关系问题，在此基础上所提出的“我们的诗歌缺乏力量”以及我们所讨论的“重写诗歌史”的问题都产生了很好的影响，上海的《文学报》还以整版的篇幅予以“关注”。通过对当下中国“诗歌现场”的动态追踪及时发现和提出一些重要的“诗歌问题”，同时推举优秀诗人和遴选优秀作品，是我们的“诗歌观察”起初就曾设立的目标，本期“观察”的任务，显然也是在这些方面。

罗振亚教授通过对二〇〇九年上半年的《诗刊》和《星星》等诗歌刊物的“观察”，在揭示和肯定“当下诗人更注重从日常生活中攫取诗情，贴近现实世界”和“吸纳其他文类的笔法，来缓解诗歌内敛积聚的压力”等最新动向的同时，还对“过度的个人化使一些诗人将个人化写作当成回避社会良心”和“个人情感无限度的膨胀”、“鸡零狗碎”、“精神孱弱”等倾向提出了严厉批评。

张学昕教授在推举一些优秀诗作的同时，深切追问了如何发现和书写心灵在我们这个时代的诗意的问题。我一直以为，在《当代作家评论》二〇〇八年第五期的“诗人讲坛”中，诗人王小妮曾经提出的“今天的诗意”问题实际上非常重要，学昕在这里结合当前的诗歌创作又一次强调，使我很深地感受到，对此问题的进一步讨论真的应该很好地展开了。在这样的关切下，学昕还批评了近期的诗歌写作中所存在的“疲惫、乏味、拖沓、失意和情感失控”的现象，值得注意。

张清华教授所关注的主要是民间诗刊。自北岛等人的《今天》甚至是比其更早的《启蒙》以来，民间诗刊的文学史意义早已经是毋庸置疑，这种当代中国所独有的文学出版现象及其所体现的文学知识分子的精神传统生生不息、绵延至今。清华所重点推举的《诗歌与人》、《活塞》和《后天》都是我们不应忽视的代表性“民刊”，它们在今年上半年的主要内容及其价值在清华的文章中已经有着具体介绍和相当深入的分析，此不赘言。我想多说几句的是，清华提出了“70后”诗人经典化工作的迫切性问题，我很愿意将他对朵渔的推举视为是这方面的工作。实际上，这里的罗振亚教授——还有我本人，都曾对朵渔的写作高度评价。“网络诗歌”方面，何平关注和讨论的是网络怎样改变了我们的“诗歌生活”。他认为网络“私媒体”时代的“诗生活”已经不仅仅是自由“张贴”，而且还形成了一种只有借助网络的技术平台才能实现的新的批评与对话机制，这样的想法令人深思，非常值得进一步思考。

在诗歌翻译方面，王家新教授向我们推荐了发表于《中西诗歌》二〇〇九年第二期的雷蒙德·卡佛的诗。作为短篇小说大家的卡佛为我们很多人所热爱与熟知，但作为诗人，我们却并不一定了解，该刊发表的二十五首卡佛的诗，不仅使我们了解了卡佛诗人的一面，还会让我们进一步思考其短篇小说之所以取得重要成就中“诗”的方面的原因。卡佛之外，家新教授非常及时、而且也很坦率地讨论了出版于今年上半年的阿多尼斯诗选《我的孤独是一座花园》、斯蒂文斯诗文集《最高虚构笔记》和孟明翻译的《策兰诗选》。阿多尼斯诗选的出版以及他的中国之行是今年的诗歌界与翻译出版界的一大盛事，而被以绝对的“精英”与“严厉”著称的布罗姆称为“我们时代最好和最具代表性的诗人”的华莱斯·斯蒂文斯，他的诗文集的翻译与出版，无疑也非常重要，家新教授所及时做出的深度“观察”，对于这两位诗人在中国的接受与影响，必将具有很重要的意义。而作为第一部策兰诗选的翻译者，他对孟明所译《策兰诗选》在翻译伦理等方面的批评，真诚、坦率而又相当切实，显示出对最最基本的学术伦理的可贵坚持。

至于我本人在“观察”中对长期以来一直支配着人们看待诗歌及诗歌批评与诗歌研究的基本方式——即“边缘”意识形态隐含问题的揭示与批评，在此不赘。

四

在这期“诗歌观察”中，大家不约而同地关注的共同问题，居然还是诗歌与现实、时代和生活之间的关系问题。我们在前面的一次“诗歌观察”中，也曾经是不约而同地关注过它——这个对我们这个时代的诗歌写作乃至于整个的文学写作来说都可能是最为根本、甚至是最为致命的核心问题，实际上一直在“纠缠”着我们，让我们念念不忘、放心不下，催迫着我们有力的回答。也许可以这样来说，如何有效地解决好这个问题，几乎成了我们文学界共同的“心病”。我们对当代中国文学的很多不满，都源自这个问题的没有解决。

罗振亚教授用“及物”这样的说法来指称诗歌与时代现实和社会生活之间的关系。他在肯定诗歌写作“及物性”的同时，很明确地提出了“及物”的限度问题，认为诗歌写作的“及物”应该选择合适的对象，不能放弃精神的提升与艺术品质。以此质之于诗歌现实，他以“喜忧参半”的说法提出了委婉的批评。实际上在我的观察中，有一些诗歌刊物特别是《诗刊》，“及物”往往会变成简单肤浅的“应时”和“应景”。每一年的第三期、第五期、第六期、第七期和第十期，几乎都是相应的“妇女节”、“劳动节”、“儿童节”和歌颂中国共产党、歌颂祖国的专号，另外还会有各种各样的诗歌活动的专题与专刊，空洞乏味和应时应景的诗作时有所见。

张学昕教授所追问的，是我们诗歌写作的美学压力，他认为这样的压力不仅来自伟大的汉语诗歌传统，还来自现实。他认为著名诗人杨炼的话——“现实太沉重太逼人了——这正衡量着诗人的质地：你有多大的能力，能把它转化成纯粹的形式？”——道出了汉语诗歌写作贫血状态的根本原因。基于这样的认识，学昕对我们的诗歌现实多有不满，认为我们的诗歌出现了整体性的平庸，没有产生出多少我们所期待和令我们感到震撼的诗句。对于这样的诗歌现实，我很同意学昕开出的“药方”，即“诗学的问题最终还需要在精神的层面破题”，首先要做的，可能还应该是要穿透杨炼所说的“太沉重”和“太逼人”的现实。

与罗振亚和张学昕教授不同，张清华教授通过对大量“民刊”的观察，却发现了我们这个“鄙俗时代”精神与道德价值的守护者。——“鄙俗时代供鄙俗的人享用着，但却给不鄙俗的人提供了留下自己精神形像和墓志铭的机会……年来我收到的诗歌民刊之多、质量之高，使我对这一点深信不疑，而且我也在惊奇和敬畏着这些守护者。在这个多雪的冬天，翻检着这些出自鄙俗时代的诗人之手的印刷品，我手心时时有出汗的感觉——如此地亢奋、激动、充满赞佩”。反复阅读着清华的话，我也真是有很多同感。对我们的诗歌，清华是满怀信心的。他告诉我们，在这个鄙俗的时代中，“神性写作”不仅可能，而且已存在。

王家新教授《在一颗名叫哈姆莱特的星下》向我们推荐的，是赫伯特和扎加耶夫斯基两位东欧诗人和阿多尼斯这位阿拉伯诗人。一个真正的诗人与时代和现实之间应该保持怎样的关系，其实是其最主要的关切。在此方面，他很赞同阿多尼斯的主张，认为“一个真正的诗人别无选择，只有走上撄犯之路——去根本地、全面地撼动这个社会制度赖以建立的非诗歌的文化基础”。很希望因为家新教授进一步的突出与强调，“撄犯”这个词语能够进入到我们的精神深处与诗学语汇，使我们的诗人能够经常感受到那些伟大星辰的照耀、祝福与召唤。

何同彬博士批评了网络诗歌对空间的不合理使用掏空了其诗意构筑的能力，在无限复制和重复的原则下，极大地推进了诗歌的“碎片化”和诗意的“零散化”，使其陷入了艰难的瓶颈。实际上我一直认为，我们的国民并没有充分地珍惜和很好地利用网络所带来的自由，相反，却经常在很严重地糟践与滥用这种自由，在这样的网络行为中，很多国民都变成了情绪化和非理性的“网络大众”，严重缺乏具有必要的理性能力和责任精神的“公众意识”，网络诗歌正其一端。

我本人对近期诗歌研究和诗歌批评的观察，主要关注的是“诗歌史的写法”方面的几种意见，篇幅所限，未及讨论同样值得关注的一些对诗人个案的研究和对二十一世纪以来诗歌状况的反思，容有机会，再作详述。

五

自二〇〇八年第五期起，《当代作家评论》杂志每期都以十七页左右的篇幅刊出我们的“诗歌观察”，半年一期，到本期为止，已共刊出了五期。正如我在第一期“诗歌观察”“主持人的话”中所说的，我们的“诗歌观察”将主要以六个部分分别对诗歌刊物、综合性文学刊物中的诗歌创作、民间诗刊、网络诗歌、翻译诗歌及关于当代诗歌的研究与批评动态考察，努力以这一特殊的批评方式动态追踪诗歌现场，及时把握最新的诗歌现象和诗歌问题，同时推举优秀诗人，遴选优秀作品。两年多来，我们的努力取得了很好的效果，也在文学界与文学研究界产生了相当积极的影响，特别应该指出的是，我们的工作得到了《当代作家评论》主编林建法先生的大力支持。由于我们是集体作业，其中有一人的疏懒与忙碌，便会造成“观察”的拖稿，很多时候，也真的是急坏了建法先生，所以在这里，我想代大家深深地感谢建法先生，感谢他对我们的耐心与宽容，也感谢他对诗歌的关注与热忱。

我们的工作需要花费大量的时间与精力阅读资料、旁搜杂览和深入现场，而且还要非常及时地提出“观察”，基本上是一件学习“劳模”的事业，所以在此，我还要深深地感谢鼎力支持这一工作的南开大学的罗振亚教授、辽宁师范大学的张学昕教授、北京师范大学的张清华教授、中国人民大学的王家新教授以及先后参与此项工作的南京师范大学的何平副教授和南京大学的何同彬博士这两位年轻的学者，对于一直关注和支持我们“诗歌观察”工作的前辈、师友和同行，亦致谢忱。

经过我们两年多来的努力，当代中国的诗歌现场以一种较为特殊的方式被呈现在中国当代文学研究界面前，加之《当代作家评论》“诗人讲坛”栏目的成功创办，我们深信，对于中国当代诗歌的历史、现实和重要诗人的关注与研究，应该已经成了一种更加自觉的学术意识，这也是我们致力于这两项工作共同的初衷之一，因此我们想将“诗歌观察”告一段落，在以更多的精力做好“诗人讲坛”的同时，准备阶段性地集中研讨诗歌现实中的重要现象与重要问题，可以看成是对既往“观察”的拓展与深入，仍望得到多方面的支持。

“新世纪诗歌精神走向”讨论的主持人话

一

二十一世纪以来，中国诗歌出现了很多新的变化，这不仅表现在诗歌格局发生了变动，新的诗歌潮流、诗歌现象与诗歌事件此起彼伏，各种类型的诗歌活动也遍布全国，还表现在不同代群的很多新的诗人走上了诗坛，很多在精神和美学上堪称优秀的作品不断涌现，诗歌批评与诗歌研究也越来越活跃。在新的历史文化语境中，诸如诗歌伦理、诗歌语言和诗歌的存在与传播方式等很多问题日益凸显，并被人们所高度关注……在整个的中国当代文学界，诗歌界一直以其相对的独立、特殊和相对难有全面的了解而有着一定的神秘色彩。自本世纪初开始，中国诗歌已经走过了整整十年的发展历程，迫切需要全面深刻的反思和总结，也需要充分和自觉的自我认知，另一方面，整个的文学界以至于整个社会也对诗歌有着非常强烈的认知愿望。正是基于这样的考虑，我们开辟“当代中国的诗歌精神”这样的专栏，希望广大的诗歌研究者、批评家、诗人和关注诗歌的各界人士积极支持，参与讨论二十一世纪以来的中国诗歌，举凡对上述诸多方面的有关讨论与争鸣，皆所欢迎。

本期专栏，我们发表了著名的诗歌批评家、北京师范大学教授张清华的文章《多种声音的奇怪混合》，试图对二十一世纪以来中国诗歌的基本状况与精神特征做出把握，敬请关注！

二

我们在上一期所发表的张清华的文章认为，新世纪以来，我们已经置身于一个多种声音“奇怪混合”的诗歌时代，对这样的时代进行总体性的概括已经变得非常困难，而本期所发表的陈超的文章，却以“泛诗歌时代”这样的说法来命名我们的诗歌时代，并且以其“精英性”的诗歌观念和价值立场对于“泛诗歌”的种种表征提出批评，表现出对我们这个时代诗歌写作的深切焦虑与关怀。实际上，对于“泛诗歌”是否意味着我们的日常生活和精神世界具有真正的诗意，我也存有一定的疑问。而对“泛诗歌”时代诗歌的可能，陈超认为，关键还是在于要充分保持诗歌写作的“活力”和“有效性”，综合处理个人经验与时代生存之间的复杂关系。我们这个栏目旨在对新世纪以来中国诗歌的诸多方面进行较为全面和较有深度的立体观照，所以，我们一方面希望大家能够不断拓展问题的视野，不放过这些年来中国诗歌的关键性问题，另一方面，也希望能就某些重要问题反复讨论，深入交流，在争论或交锋中来丰富和加深我们对问题的理解，对于我们诗歌时代的认知、把握、评价和可能性的探讨，无疑是一个非常重要的问题，很希望能有不同的见解！

三

在新世纪中国的诗歌界，少君一直以其诗歌创作、诗歌批评和一系列的诗歌编辑与出版工作积极活跃地参与和推动中国诗歌的发展进程，并且产生了重要影响。与不少人对诗歌现状的忧虑与批评不同，少君不仅以其相当乐观的态度来看待新世纪以来的中国诗歌，还试图从中寻找某些“建设性的诗歌力量”，网络诗歌、草根写作和诗歌的地方性崛起尤其为他所重视，这在他本期的文字中又一次得到了鲜明的体现。实际上，不管我们分别会作出怎样的评价，这几个方面确实都是新世纪以来中国诗歌的重要现象，也很迫切地需要我们进一步研究。我们先期发表的张清华、陈超和李少君的这几篇文章虽然对问题的看法各有侧重，多有不同，但在是否能够以及如何才能从整体上来评价和把握我们这样的诗歌时代，特别是如何评价其中的诸如网络诗歌和草根写作等现象与潮流，已经不约而同地显示出初步的聚焦。比如在前一个问题上，无论是清华的“喜忧参半”，还是少君的“欢欣鼓舞”，抑或是陈超关于“泛诗歌”化的深切忧虑，都已涉及一个非常重要的问题，那就是如何在诗歌史和对诗歌现状深入了解的基础上来看待和评价我们这样的诗歌时代？至于对具体的诗歌现象比如网络诗歌，三位批评家也程度不同地有所聚焦，足以看出问题的重要与突出，这些问题，都希望引起人们进一步的思考。

四

新世纪诗歌的精神走向，是我们这个栏目所讨论的主要问题。罗振亚从新世纪中国丰富的诗歌实践中寻绎和发掘出以一批优秀的诗人为代表的

“既瞩望人类的理想天空，又能脚踏实地地执着于‘此在’人生，以宁静、超然的艺术风度传达‘灵魂的雷声’”这样一种主体性的精神走向，而这种走向，又分别体现于新世纪诗歌的“及物”意识、精神担当、介入生活的力量和诗艺的自觉等具体向度，而在其中，“及物”意识无疑又是核心的精神。罗振亚的概括建立于对众多诗作认真分析的基础上，是一篇既有高度，又非常“及物”的文字，颇为乐观。记得在另外一篇题为《“及物”与其限度》（《当代作家评论》二〇一〇年第二期）的文字中，罗振亚也曾具体和辩证地讨论过新世纪诗歌的“及物”意识及其所应有的“限度”，我以为这两篇文字，正可参读。至于新世纪诗歌最为主要的精神特征及其更加具体的表现，也许在罗振亚和我们此前发表的几篇文字的概括之外，尚有其他，我们热切地期待着！

五

自本期起，我们的讨论开始走向进一步的深入。

陈仲义教授在本期的文章中，一方面很具体地讨论新世纪以来的“草根诗写”，对李少君颇有影响的关于“草根性”的观点提出了不同的见解，认为所谓的草根性，应该包括“直取自然‘在地’，根系传统，注重生命冲动、注重底层经验和原生话语”等诸多本土内涵，是“根植于古老的乡土性的一次自然而深入的‘转身’”；另一方面，还对这种“转身”后的诸多新变与内在问题进行了深入的揭示与提醒。

陈仲义的讨论联系于张联、古马、雷平阳、杨键、江非和郑小琼等几位诗人的具体创作，实际上也是将他们作为“草根写作”的重要代表向大家推荐。雷平阳和杨键等人的创作已经为人们所重视，我想多说几句的是诗人张联——这位身处宁夏盐池县王乐井乡小阳沟村的真正意义上的“农民诗人”，长期以来坚持创作，写出了以《傍晚》为题的一大批相当优秀的作品。二〇〇八年，在《当代作家评论》杂志与渤海大学举办的“诗人讲坛”上，著名诗人王小妮在演讲之初，就以很长的时间向我们介绍张联的创作，这让我的印象非常深刻。而在这里，在陈仲义教授的文章中，张联又一次被很认真地对待。资深和著名的诗人与诗歌批评家不约而同的高度评价，足见张联的诗歌所达到的高度，不知道在目前的诗歌界，还有多少像张联这样被很多人所忽视的诗人等待着我们的发掘和我们应有的评价？

六

网络处境是我们讨论新世纪诗歌时不能忽视的重要问题，这在我们前面几期的文章中都有所涉及，而子川的文章，却对此作了专门的讨论。子川新任《扬子江诗刊》的执行主编，十多年前，就曾出版过关于网络的著作，对于网络，以及对于网络时代的中国诗歌，应该是颇多感受和颇有研究的。

记得帕斯曾经说过：“诗歌曾与所有的社会共同存在，并利用了这些社会为它提供的一切传播手段，从贝壳海螺到最精致的乐器，从一块砖上的雕刻到微缩的手迹，从图书到唱片和录音磁带”（帕斯《另一个声音》），网络时代同样已经为诗歌充分地“利用”并且产生了很多相当积极的影响，这在子川的文章中有很具体的分析。但是在另一方面，网络对诗歌所造成的种种问题，特别是它所激发的喧嚣与浮躁，和它对沉潜安静的写作所造成的新的“遮蔽”，却应该引起我们的高度注意。子川探讨了“去蔽”的必要与可能，并且主张“宁静致远”的诗歌精神，我个人以为，这样的精神，不仅是对网络时代中国诗歌非常必要的精神提醒，更是能在实际上预防、抵御和消除一些网络所带来的负面的影响，值得倡导！

七

在我的印象中，作为一种在一九九〇年代非常活跃和非常引人注目的文学潮流，女性主义写作在进入新世纪以后，已经泛化为大量个人化的非潮流意义上的写作。特别是在诗歌领域，一方面，翟永明等当年女性主义诗人的女性意识在发生变化，对这种变化，批评界和研究者们不仅不太注意，更未作为潮流性的动向而深入研究；另一方面，由于传播方式特别是网络传播的空前丰富与发达，一批又一批的女性作者加入诗歌界，使我们的女性诗人阵容庞大，前所未有地众多，因此而产生的种种现象，迫切需要集中的关注与研究。作为一位著名的女性主义诗人和女性诗歌的批评家与研究者，周瓒对新世纪中国的女性诗歌从“女性意识”新的自觉、女性诗歌的主要动向及女性诗歌的问题与可能等几个方面，及时地作了深入思考，非常具有启发性的意义。诚如周瓒所引艾伦娜·西苏所说的——“期待是绝对必要的”，无论是对未来的女性诗歌，还是对于未来女性诗歌的批评与研究，我们都怀有深切的期待！

八

记得在本专栏第二期发表陈超的文章《“泛诗歌”时代：写作的困境和可能性》时，我曾经在“主持人的话”中说过，对于我们诗歌时代总体性的认知、评价和可能性的探讨，是我们无法回避的重要问题，很希望能有更多的见解。本期发表的蒋登科的文章，便在新诗史的历史脉络中，通过对新世纪诗歌的多方面考察，将我们的时代明确定位为“诗歌的无名时代”。诚如蒋登科所说的，“无名时代”，一是指作者的无名，二是指作品的无名，它们都在最终导致了诗歌在一个特殊时代的暂时退场和沉寂。这种现象不一定代表优秀诗人和优秀作品的缺乏，它所暗示的，其实是作品与读者、与社会之间的缺乏共鸣。很显然，蒋登科是在广阔的社会文化语境中来考察诗歌的状况，如果这样的概括属实的话，那我们的诗歌或我们的社会都可能已经出了问题。希姆斯·希尼曾经在他非常著名的文章《诗歌的纠正》中指出，诗歌对社会、文化和对诗歌自身都有着双重性的“纠正”功能，这样的功能，也许正是我们目前的诗歌最应该自觉和最应该发挥的。

九

不管“打工诗歌”是否是一种严格意义上的诗歌“流派”，但作为“潮流”，却是我们在研究新世纪以来的中国文学特别是诗歌时所难以忽略的。我个人认为，无论我们在诗学和美学上如何看待“打工诗歌”，也无论我们如何看待“打工诗歌”的发生、发展和它们在现有的文化格局中的特殊处境，作为一种精神表达，我们的学术界和批评界确实应该对它高度重视。“打工诗歌”有它自己的题材取向、情感体验、精神特征和话语立场，有它自己的代表性诗人、代表作品和它自己的批评家，还有自己的传播媒介与社会支持……这一切，都需要我们认真对待，深入研究。作为一位“打工诗人”和较早产生社会影响的“打工诗歌”的批评家，柳冬妩的文章，不仅呈现出“打工诗歌”的丰富现象，揭示了“打工诗歌”的精神特征，还在“打工诗歌”已经得到充分发展的今天，对它作了新的审视，有些观点，很值得关注！

十

与我们以往所发表的几篇文章一样，在诗歌史的视野中来考察新世纪以来的中国诗歌，也是傅元峰《由单质诗语到复合诗语》一文的主要目的。不同之处在于，傅元峰是在代际变迁的意义上来进行诗歌史梳理的，虽然这也是诗歌史甚至文学史研究的常见方法，但是在傅元峰这里，“代际”的内涵完全不同于目前通行的以出生时间和年龄阶段所作的划分，而指的是更加切近诗歌本体的诗语特征，这便使他对现代汉诗的发展历程和对新世纪诗歌历史特征的把握非常独特，同样也可能更加接近诗歌史和诗歌现状的本体。傅元峰将现代汉诗历时性地划分为多有渗透和互有交错的四个“诗语时代”，并且认为新世纪以来的中国诗歌正处于由单质诗语到复合诗语的过渡阶段，具有值得期待的未来与可能，我以为这对扭转我们以往近乎无奈地按照年龄阶段所作的代际划分，同时启发我们如何进一步地从诗歌本体的意义上来思考我们的诗歌创作和我们的诗歌史与诗歌现实，无疑都有着重要的参考价值。

十一

这些年来，出版界盛行着“诗歌年选”的出版，这种在时间上与创作几乎同步的编选实践，实际上还是一种相当特殊的诗歌批评方式，它不仅是对上一年度诗歌创作的集中检阅，还是对诗歌现状的特殊与及时的引导与介入。正是在这样的检阅、引导与介入中，一个年度的重要作品得以确认，而一些值得重视的诗歌动向和重要的诗学问题也被编选者所突出与强调。所以我说，“诗歌年选”，其实还是一种反思，一种总结，一种对新的创作倾向与文学可能的揭示与把握。某种意义上，正是在这些很多方面，体现了一位选家独特的诗学眼光与精神关怀，也决定了一部诗歌选本的意义与价值。我一直以为，在文学作品的传播与接受、文学史格局的形成，特别是文学作品的经典化过程中，选本所起到的作用相当独特，“选家”们的独特贡献与他们的重要性，理应得到应有的关注。刘春的文章对新世纪以来各位“选家”的重要贡献深怀敬意，但也坦率地发表了自己的评价，时维年末，在种种“年选”正在紧张“生产”的当下，他的文章，非常及时！

十二

我们的讨论自开始以来已经陆续发表了十多篇文章，分别讨论了新世纪诗歌中的种种现象与问题，引起了诗歌界的广泛关注。我们所尊敬的诗坛前辈韩作荣先生又惠赐我们《诗毕竟是诗》，无疑是对我们的极大支持。我们非常感谢和珍惜韩老的支持，也很感动于韩老对新世纪诗歌和对我们这场讨论的热情关注。在这篇文章中，韩作荣先生不仅对新世纪诗歌下了一个我也非常赞同的判断——即新世纪诗歌是中国新诗所经历的最好时期之一，还对新世纪诗歌中的很多现象与问题——如“网络诗歌”、“打工诗歌”和诗歌语言的变化等等，都很坦率地提出了自己的见解，这些见解精微、透辟、深刻、独到，特别是他在提到目前诗歌界在诗歌观念和美学原则等方面的分歧时，认为“诗的本质应当超越这些不同的艺术观念和美学原则，可同时又从更大范围内涵括它们”，突出显示了一种高远、开阔和深厚、大气的精神境界，非常值得我们深思与努力。

十三

不同于我们上一期所发表的韩作荣先生的文章《诗毕竟是诗》，《星星》诗刊主编梁平先生在本期的文章中，对新世纪诗歌所提出的两点意见，则主要是诗歌的外部问题，诚如他自己所指出的，这两个问题——“诗歌生态”及“诗歌社会责任的担当”——似乎都不属于“诗学本身”的问题，但是，由于他对诗歌现实的深度介入和深入了解，使得他的“意见”有着非常明确的针对性，正好和韩作荣先生的文章相互补充，从诗歌的“内”、“外”等两个方面，帮助我们较为全面地认识我们的诗歌现实。

在谈到诗歌社会责任的担当问题时，梁平结合自己的创作经历，重点谈到了二〇〇八年的“地震诗歌”，认为正是在这场巨大的灾难中，我们的诗歌重新找到了自己的担当。梁平是“地震诗歌”中的重要诗人，他的《默哀：为汶川大地震罹难的生命》和他的长诗《汶川故事》都是“地震诗歌”中影响很大的重要作品，他的体会无疑很深切。我一直以为，无论是在怎样的意义上，二〇〇八年的“地震诗歌”都应该是我们这个民族和我们的诗人在以诗歌这样一种非常特殊的方式体现着我们的精神承担，它甚至会在很大程度上非常有力地冲击或修正我们一部分诗人中过于偏重“怎么写”之类的“诗艺”问题，而对“写什么”则严重忽略的诗学偏见。梁平的文章对此也做了深入的讨论，对于我们的诗歌界，无疑是很必要的提醒。

十四

新世纪诗歌几代同堂。老一辈如牛汉、郑敏、李瑛、邵燕祥、白桦和郑玲等很多诗人，他们或者坚持着自己的精神立场，褒有良知，力作不断，或者是“衰年变法”，精神与诗学上每有腾越，构成了新世纪诗歌中的一道独特、美丽和令人敬仰的风景；而“朦胧诗”一代、“第三代”诗人、“六〇后”诗人、“七〇后”诗人、“八〇后”诗人和被命名为“中间代”与“中生代”的一批诗人，则更是我们诗歌界的主力，都以他们各自丰富与独特的诗歌实践，共同创造了诗歌的繁荣。在这样的意义上，我们对于上述代群的关注与研究，就显得很有必要。本期我们先发表的，是霍俊明的关于“七〇后”诗人精神特征的文章。霍俊明在隐喻的意义上将“广场”视为“一代人个人化的历史想象力和文化反思立场的一种精神式的内在呈现，而非简单的关于场景甚至装置性‘广场’的直接比附”，我以为这样一种把握方式，除了是为了更好地揭示出这一代诗人的精神特征，还很有利于将这种特征置放于他们前后几代诗人的精神谱系中进行考察，并将他的考察与我们的市场化时代构成关联。至于对新世纪以来其他几个代群诗歌创作的关注与研究，我们非常期待！

十五

继上一期发表关于“七〇后”诗歌精神走向的文章后，我们这一期所讨论的，是“八〇后”诗歌的精神倾向。作为一位“八〇后”诗人和“八〇后”的诗歌批评家，杨庆祥的文章，实际上也是“八〇后”的自我反思。前不久，我刚和两位朋友做了一个关于新世纪文学中代际问题的对话，在这个对话中，我一再强调，我们在对“七〇后”和“八〇后”的命名中无视和忽略了他们和历史之间的深刻联系，这在很大程度上不是强化而是进一步弱化了他们本就薄弱的历史意识，所以读到杨庆祥的文章，确实感到精神一振，感到“八〇后”自身终于也开始认识到这个问题的重要性了。在这样的认识基础上，杨庆祥认为与那些虽很流行但却缺乏历史意识的“80后”小说相比，“八〇后”的诗歌“却在不动声色地肩负起重构历史和自我的任务”，并且因此表现为建构历史的“在场感”和建构切实的“个体自我”等精神倾向，对这些倾向，杨庆祥给予了很高的评价。对此，我当然非常赞同。我以为在我们这个时代，无论是对“八〇后”文学，还是对于我们整个的文学写作来说，重新“肩负起重构历史和自我的任务”，都是一种非常必要和非常急迫的精神选择，义不容辞！

十六

以往各期，以及在整个的诗歌界，基本上都是我们的诗歌批评家在对我们的诗人和他们的创作“说三道四”，而本期所发表的诗人江非的文章，则从诗人的角度对我们的诗歌批评提出了“批评”，这无疑有着独特的意义。江非所质疑的，主要是诗歌批评对于诗歌真实的隔膜与疏离。特别是在新世纪以来很多批评家所发明的种种概念与命名，它们在对诗歌现实进行把握时的内在动机和有效性，以及它们所带来的种种问题，都被江非一一指陈，而且，很多揭示都非常精准。我对他所提倡的批评家们应该深入文本，多进行一些关于诗人个案的研究，然后再在这样的基础上形成对于诗歌现象和诗歌问题的宏观认知，非常赞同。特别是他所提出的我们这个时代的诗歌实践由于个体性的不断加强形成了它所特有的“反概括”和“反命名”的品质与“能力”，这让我很受启发。如果我们继续沿着这样的思路来思考一下我们的文学现实，重新检讨和反思我们既有的文学命名，一定也会有新的发现。

十七

这些年来，民间力量特别是民间资本对于中国诗歌的支持一直很大，这无疑是中国当代文学中一种非常重要与独特的现象，理应引起人们的关注，也是学术界的一个非常重要的研究课题。但是在实际上，我们对其中的很多具体情况并不很清楚，更是谈不上对此进行学术研究的层面，所以我们以对话的方式邀请潘洗尘、阎志和张尔等朋友现身说法，来谈谈他们不仅投入许多资金，更是投入了大量的时间与精力来支持诗歌，在诗歌编辑与诗歌出版、诗歌研究与诗歌交流以及整个社会诗歌文化的营造与改善方面所做的大量工作，这些工作和他们的很多感想与未来展望，都让我们在无比钦佩的同时，也非常感动。不过我们更主要的目的，则是想利用这样的场合，并以这种与之前所发表的多篇专论不同的方式，一方面希望诗歌界和整个的文学界能对民间力量的文学贡献有所了解或进一步关注，希望能有更多的人士来支持诗歌、支持文学；另一方面，也是想以此为契机呼吁我们的社会、我们的文学批评特别是我们的文学研究界能够对此有所研究，在不只是对他们表示敬意的基础上，共同寻找和创造出某种更加科学、更加合理和更加具有普遍的社会参与和制度性保证的支持模式，唯此，我以为这将不仅有利于我们的诗歌和我们的文学，更是大有利于我们整个社会的文化发展与文化生态，确实应该说是利莫大焉！

读诗

形同一场辽阔的苦役，或者……

——九诗人读札

在这样一个美好的季节，在春天，在我们的集体梦想辉煌展开的时代，我却写下了如上的标题，也许显得不合时宜。但我在读到我们接下来将要讨论的九位诗人中叶丽隽的诗作《春水吟》时，特别认同于其中这样的诗句：

> 在我今天的这个年龄，开始明白，一生
> 恰似这一去不复返的波涛
> 一江春水，形同一场辽阔的苦役

“形同一场辽阔的苦役”，是我为这篇札记起初所拟借用的标题，我以为用它来形容人生和形容生命，非常贴切，似乎也很符合我一贯的生命感受。记得诗人王家新就曾一再以“伟大的精神劳役”来形容严肃的诗歌写作，我也一直深以为然，并且总是以这样的说法来鼓励自己，为自己的学术工作鼓劲和打气。所以在读到叶丽隽的诗句时，真的是感到别有会心，为其中的“辽阔”和其中的“苦”所深深打动。而且，以此来综观九位诗人的作品，真的能够发现，生命的苦痛确实是其中的基本主题，以此为题，应该说是殊为准确。但是，事情还有另外的方面，生命的苦痛感受固然为九诗人的作品所充分表现，而生命的其他很多方面，在他们的作品中，其实也有着丰富的书写。我们的生命苍茫辽阔，苦役感外，应该还包含着更多的内容，所以在最后，我又听从了友人的建议，“不要把题目搞得那么苦”，在题目中加上了“或者……”这样的字眼，以揭示出生命更多的东西。情形毕竟是，因为有“苦”，更因为有与“苦”相伴的其他一些生命感受，我们的生命才值得留恋，才值得我们倍加珍惜和体味。

还是来说叶丽隽，来说她的《春水吟》。

叶丽隽的诗作中，生命的俗在与停滞经常会在动的自然与动的世界中予以表现，并且与它们内在呼应。《春水吟》中，诗人表面上是在吟春水，其实却是在回答一个关于生命的追问——“‘我们有多少余生可以共存？’隔着几个省 / 你发来的询问依然湍急”。在接下来的回答中，诗人一方面以“一路翻山越岭而来”的瓯江来形容人生，并进而得出“形同一场辽阔的苦役”的生命启示；另一方面，诗人又跻身于“埠头的人群”，等待着在对岸抛锚的渡船，并且以其固执的等待而与永恒流逝的江水，以及江面上闪电一般“一瞬即逝”的鱼腹、“盘旋飞舞”的白鹭，还有春风等等动的事物紧相对照，来显示生命的暂驻。变动不居的自然万物还有流逝的水，以及生命的困苦与渡，甚至使得这一首诗有了宗教般的色彩与情怀。

当然，在叶丽隽的作品中，具有如此内涵的诗歌，除了《春水吟》，还有《此生》、《起风》、《我记得这茫茫芦苇》、《这城市的斜阳照在我身上》、《夜歌》、《唯有这流逝之音……》等诸多篇什，其中我最为喜欢的，是《我记得这茫茫芦苇》。正如我在前面所指出的，叶丽隽作品中的诗人形象，通常都会有生命的俗在与停滞的感觉，这一点如在《此生》中——“我的生活如此地一成不变”、“我，孤僻已久 / 深居在亚洲东部的一隅”、“在这南方山城寂寥的星空下 / 活着，且不知所措”；另如在《夜歌》中，诗人所拥有的，也是其所表述的“近乎停滞的岁月里”。《我记得这茫茫芦苇》唯美、纯粹，以回忆的方式展开抒情，“日渐黯哑的内心”因为“茫茫芦苇”，和“这一望无垠的 / 辽阔水面”，以及“一月的风”，和“在蔚蓝的天空和波涛之间”“突然跃起的鹤群”而由“黯哑”变为“安静”，在茫无际涯的辽阔人生中，叶丽隽非常善于“暗暗汇集”“生命中，这些涌自心尖的战栗”（《春水吟》），从而不断使生命获得新的质素。我以为正是在这样的意义上，生命的苦，才显得堪可承受，甚至也堪可珍爱。

与叶丽隽一样，作为这些年来出现的一位非常重要的女性诗人，娜夜也有一首为人所熟知的关于风的名篇《起风了》——“起风了我爱你芦苇 / 野茫茫的一片 / 顺着风 // 在这遥远的地方不需要 / 思想 / 只需要芦苇 / 顺着风 // 野茫茫的一片 / 像我们的爱没有内容”。在这首诗中，爱的苍茫与辽阔具有着某种本体性和宿命般的意义，它的“没有内容”，一方面显示出生命的苦痛，另一方面，也很突出地显示了诗人对于这种苦痛近乎宿命般的勇敢和坚决的承担（“顺着风”、“顺着风”、“我爱你芦苇”）。这种对于生命苦痛的正视与承担，是娜夜诗歌中的基本主题。但在娜夜，这些苦痛不仅存在于诗人自身，还更严厉地存在于更加广阔的历史与现实之中，而对它们的丰富揭示，非常自然地使她的写作具有了更加沉厚与广阔的内涵。在《写作》中，诗人的生命不仅具有“一条殉情的鱼的快乐”和“钩给它的疼”，而且还和茨维塔耶娃这样一位饱经苦难的俄罗斯诗人有着内在的精神认同——“我们是诗人——和贱民们押韵”！《上坡下坡》、《孤儿院》和《向西》便写了贱民，写了孤儿和穷人们浩大无边的苦难，所谓“辽阔的苦役”，更是他们的生存现实。正是在对这种现实的揭示中，诗人感到了自身的光荣与自身的责任（“唯有你辽阔的贫瘠和荒凉真正拥有过我”、“当我省略了无用和贫穷也就省略了光荣”）。不过，在现实之外，娜夜也常注目于历史，注目于历史中的死亡、悲怆与荒诞。《西夏王陵》写的是已成黄土与坟墓的盛大王朝，而《革命或〈动物农庄〉》，则是写“烈士”们荒诞的死——“革命/就是废弃一些标语//就是一些鞭子/被另一些鞭子抽打//……//就是一只绵羊和一阵北风/被追认为烈士//但很快/就被遗忘了”。娜夜对革命的认识或许简单，甚或也会为有些人所不允，但是她对革命悲剧与荒诞兼而有之的揭示，却无疑非常准确。

如果说，娜夜对历史和现实之中宿命苦难的揭示还往往停留于抽象和表层，那么，郑小琼的诗歌，则很直接地揭示出当下中国打工者们的苦难生存。在《无题》中，打工者“他们在陌生的地图上耕耘，播种/收获着灰白、潮湿、可怜的东西/直到死亡时，才解脱异乡人的身份”；《在医院》中，“疾病缠身的穷人”或蹲或坐“在医院的门口”，“躺在低矮的木床上/等待疾病吞食他落日般的生命”。郑小琼擅写女工的生存并以铁自喻，锻造出了在中国新诗史上具有非常重要和独特的意义与价值的铁的意象。在艰辛的劳作中，“她目睹青春沙沙地消失/像一块锈迹斑斑的铁，加剧腐蚀着”（《深夜三点》）；她“看见自己正像这些铸铁一样/一小点，一小点的，被打磨，被裁剪，慢慢地/变成一块无法言语的零件，工具，器械/变成这无声的，沉默的，黯哑的生活！”（《声音》）；题为《钉》和《铁钉》的这两首诗，可以看成是郑小琼的生存写照和精神自况——“在炉中，她把自己熔铸成一颗铁钉/在墙上安置好它有些孤独与冷清的/下半生，……/伟大的上苍把它/铸造成一枚铁钉，人生已是失败/现在她被固定墙上，这更是不幸/但她从不怨恨，她满怀宽恕地接受/命运，她知道生比死更勇敢而平静”（《铁钉》）。在我所读到过的当代诗歌中，中国工人尤其是中国女工的痛苦生存从未得到过像郑小琼这样的集中、尖锐和有力的书写。我曾经在当代中国文学中新左翼精神的意义上来肯定郑小琼的诗歌创作，实际上，政治/性别/流寓/异化/城乡冲突和现代性的内在悖论与紧张等复杂内涵，在郑小琼的诗歌中多有体现，对于这些内涵的揭示与讨论，不仅是我们的诗歌批评与诗歌研究的重要课题，其对当下中国的诗歌现实和未来的诗歌发展，也一定会提供有益的启示。

不同于前面几位诗人，沈苇的诗歌由于其独特的题材和他在新疆的广阔游历，在视野与空间上要更加辽阔，“苦役感”的表现要更加沉重。沈苇的诗歌在精神气质上倾向于节制，内敛、压抑、克制与在实际上深厚的历史、广博的空间和奔放热烈的情感构成了内在的张力，经常会收到异常动人的艺术效果。悲伤，是沈苇诗歌“苦役感”的基本特征与核心内容。《归来》是沈苇的写作中并不常见的处理日常生活的作品，写的是诗人从幼儿园接回放学的女儿，但正是在这样的寻常题材中，诗人写到了死，写到了必然赴死的我们根深蒂固的悲伤与绝望。仿佛与沙漠的辽阔、荒凉和对历史的埋葬相呼应，沈苇诗的悲伤经常源之于“失去”，“失去”亲人（《归来》）、“失去”历史和“失去”往昔的文明，是沈苇诗中的常见内容。在《叶尔羌》中，一位年老的诗人与歌者，“一再失去的 / 是他取自琴弦的旋律和韵脚 / 一再失去的，是他在丝绸与道路 / 美玉与躯体间寻找的比喻 / 还有他在麦盖提爱过的樵夫的女儿”；而在《月亮》中，诗中的老人在悲伤与荒凉的大地上，泥土一般沉默、孤独，他的一生，实际上也是不断“失去”的一生——“在泥泞人生中，不是伸手可及的一切 / 爱情，友谊，居所，窗外的草坪 / 影响了他的面容和个性 / 他发现，他是被失去的事物 / 被一只死去的月亮，创造着”。不断地“失去”自然有悲伤，但却在另一方面创造出了一个深刻动人的晚年。《细君公主》也是写“失去”，只不过她所失去的，是故乡，是故乡的江南丝竹、吴侬软语和年迈的亲人。沈苇乃湖州人氏，他的故乡，是我国著名的丝绸之府和鱼米之乡，他之远赴西域，实际上就是一次勇敢的丢弃与“失去”，而多年的新疆生活，也许也使他意识到，他在拥有了更加巨大的地理空间的同时，所深深感受到的，仍然是一种巨大的丢失。他的很多诗作，都写到了辽阔的沙漠对于伟大灿烂的西域文明的埋葬，我想这正是其丢失感的一个非常重要的精神源头。

说实话，我对牛庆国的诗歌并不很熟悉。但就我所读到这一组诗来看，他似乎很善于或倾向于书写那些底层农民们卑微与苦难的精神与生存。《字纸》所写的，是母亲弯下腰来捡起一张纸片，然后将其别到墙缝里的细节。敬惜字纸和敬重斯文，是中华民族非常可贵的精神传统。在如今这样斯文扫地和字纸泛滥与轻贱的时代，母亲的一个日常举动，就足以让我们无比羞愧。在牛庆国的作品中，底层的农民固然很卑微，也承受了卑微的人们所必有的艰辛、屈辱与苦难，但他们的灵魂，却有着异常动人的光辉。像《也算是交通事故》中的那位开拖拉机的小伙，其卑微、憨厚与善良，真是让人无比心酸，无比感佩。不过在牛庆国的诗作中，我最感动的还是他写亲人的几首。《毛驴老了》、《父亲与土地》、《那人就是我的父亲》都是写他父亲，一个对农事、对土地、对牲畜和对亲人都怀有深厚感情的农民在这些作品中得到了形象鲜明的塑造，特别是父亲的身上所体现出的苦役感，读了之后，我们很难忘记。在《毛驴老了》中，诗人写道："帮父亲耕了多年地的毛驴老了 / 它的老是从它前腿跪地 / 直到父亲从后面使足了劲 / 才把车子拉上坡的那天开始的 / 那天父亲搂着毛驴的瘦腿 / 像搂着一个老朋友的胳膊 / 父亲说老了咱俩都老了"。劳碌终身的父亲和他的毛驴一样，终至乏力和衰老，在苦役一般的漫长生涯中，他们不仅结下了深厚情谊，而且父亲还对他的毛驴产生很深的认同感，诗里面的情景，令人动容。

同样是写亲人，写亲人的劳作与苦，这在胡弦和张执浩的作品中又有另外的表现。胡弦的《记一个冬天》中的一家人，"……母亲 / 坐在门内纳鞋底"、"父亲一直在做家具"、"我在刘集镇教书，放寒假，闲逛，写诗"、"过罢年，小妹将出嫁，而在重庆打工的弟弟 / 还没有回来。母亲 / 常常走到门楼下朝村口张望"、"远处，祖父母的坟便依稀可见，/——他们去世多年，当时，已很少被提及"。一家人，就这样各自劳碌，各安本分地生存着，但在诗的结尾，祖父母的坟和他们"已很少被提及"的命运，作为一种背景，其实也作为一家人无可避免的归宿，使他们的生存很明显地带有了向死而在的悲情。张执浩的《与父亲同眠》也是写家人，写他的父亲和母亲，而且他对亲情的表现也是以亲人的死亡为背景。对于诗人来说，刚刚故去的母亲所留给他的记忆，都是刮锅底、生火、洗碗筷之类的家务操劳和“锄头”所象征着的田间劳作。劳苦的母亲已然故去，所以诗人才倍加珍惜活着的父亲，对父亲产生了一种深沉动人的情感。

这几年来，中国文学中的一种非常特别的现象就是写死亡，尤其会写到亲人的死。这里的牛庆国、胡弦和张执浩是这样，在很多作家那里，情况其实也是如此。记得在不久前，在一篇关于“七〇后”作家的“读札”中，我曾写过这样的文字——

这一阵很集中地阅读“七〇后”作家的一批作品，发现了一个也许是偶然的现象，同时也让我吃惊不小，那就是其中不少都写到了坟墓，还有死亡。有些作品，真的是不适宜在晚间阅读。这个现象如果能得到更多作品的验证，比较普遍的话，倒真的是值得我们认真思考，其中一定会包含着这一代作家非常独特的精神隐秘。

我以为这几位诗人——其实还可能有另外更多诗人的有关作品，确实是对我的上述发现的有力印证。但我要说，不管是令我感慨由生的“七〇后”作家，还是这里的几位诗人，他们的“精神隐秘”我仍未破解。也许在实际上，这样的“隐秘”并不存在于他们自身。牛庆国、胡弦和张执浩是“六〇后”诗人，他们与“七〇后”作家分属于两代，这样的状况提示我们，近些年的文学对于死亡尤其是对亲人之死的突出关注，也许隐含着时代性的秘密，那也许是一种更加深切、更加巨大和更加广阔与复杂的悲情！

这一篇札记，我接触了太多的“苦”，生命的苦感和我们的诗人对于它的丰富表现，昭示出我们生存苦役般的一面。但是在另一方面，不管“苦役”是否是我们生存的本质，我们都有理由相信，它并不是我们生存的全部。因为在苦役感外，我们还有欢乐，还有喜悦，还有生命中更加丰富和隐秘的东西。比如张执浩，比如胡弦，他们在上述作品之外，还写有《匠心》、《喂，稻草，人》、《秋日即景》和《造访》、《金箔记》、《讲古的人》及《传奇：夜读——》等很多相当优秀的作品，特别是胡弦的《传奇：夜读——》，它的奇妙，以至于诡秘，真的是令我着迷。宇向和苏浅都是二十一世纪以来重要和独特的女性诗人，她们的作品，各有其关切，像宇向《圣洁的一面》、《一阵风》和苏浅的《出发去乌里》、《赞美》、《和秋天一起来的》等诗作，在生命的苦役感外，拓展和表现了生命的另一些向度，其中既有浅浅的单纯和浅浅的美（苏浅），也有对于安宁与圣洁的奔赴和执顽（苏浅的《出发去乌里》、宇向的《圣洁的一面》），性别 / 语言 / 诗学 / 生存等复杂的问题交织在他们的作品中，确非我们简短的篇幅就能了然，时间关系，篇幅关系，希望能有另外的时机和另外的场合再作进一步的讨论。

……但足以自成一个国度

——关于沈苇诗的札记

一

沈苇自一九八八年奔赴新疆，算起来已经二十多年。沈苇系湖州人氏。湖州濒临太湖，依傍天目山，气候温润，风光秀丽，是江南著名的丝绸之府和鱼米之乡。由这样的温柔富贵之乡而投身西北，个中的因由以及其中的精神历练和艰难苦楚我一直没有问起过沈苇，但读沈苇的诗，读他差不多自"出道"以来所发表的所有诗作，我能够感觉到他对自己的"奔赴"从无悔意。对他来说，正是由于当年的"奔赴"，以及他在此后的二十多年间对于新疆的广泛游历与深入，才造就出一个现在的沈苇。现在的沈苇在中国的诗歌界——乃至于整个的文学界——都是一个非常重要和独特的存在。新疆这片广阔的大地需要得到诗性的书写，也需要得到充分和有力的精神表达。在整个中国，以至于在整个亚洲的版图上，新疆都绝不只是一个简单的行政区划，而是一个有着非常独特的历史文化传统和自然特征的伟大区域。它的风光、它的自然、它的历史文化和广大民众的精神与生存状况，迫切地需要一个歌者来绘写与赞咏。来自江南的沈苇却承担了起来这样的任务，几乎是责无旁贷和矢志不渝地充当起了这个歌者。我们难以说清这到底是新疆选择了沈苇，还是沈苇选择了新疆。我们毋宁说，这只是一种相遇，一种几乎是宿命般的相遇。而且我认为，无论是对沈苇，还是对新疆来说，这种相遇都是一种幸运。对于沈苇来说，新疆是他的“第二故乡”，正是新疆给了他以新的生命，他在很多场合都曾真诚地作这样表白。说实话，无论是谁，如此来理解自己在其中度过了人生宝贵年华的土地，都是一件极为正常的事情，因此我说，对于沈苇来说，他与新疆的相遇，肯定是一种幸运；但是对新疆来说，沈苇的“到来”，如果我们说成是幸运，这似乎会显得有点僭妄，有点冒犯，沈苇也可能并不很认同。因为面对新疆这片广阔的大陆，我们惟一具有的精神姿态，就应该是谦卑，或者是沉默。但是沈苇，他却选择做了一位歌者，歌者、诗人、赤子……这些我们经常会同时想起的字眼在我们读到沈苇的关于新疆的诗篇时，也经常会同时想到。因此在这样的意义上，新疆应该很幸运地感到，它能够拥有这样的歌者，尤其是拥有一位来自作为遥远“异域”的江南的歌者。某种意义上，我甚至是将这样的拥有看作是一次捕获，一次足以显示新疆之魅力的成功的捕获。不过我这样说，仍然没有完全说清楚沈苇与新疆——这个实际上就是被称为“西域”的所在——之间的关系。在本质上，我们应该很明确地认识到，沈苇对于新疆，仍然是一个他者。沈苇这个来自江南的书生与才俊，正是通过对新疆的广泛深入了解，不断塑造和形成着他的新的自我（也许，这就是耿占春在谈到沈苇时所说的“自我的地理学”），沈苇之对新疆的自然、历史、文化和新疆民众的精神与生存的每一次接近与深入，都对他的主体自我有所丰富和有所发明。实际上，这就意味着，新疆就是沈苇的精神资源，一个博大、深厚和永远不竭的精神资源。在一首题为《克制的，不克制的》的诗作中，沈苇曾把自我对象化为诗中的“你”，这样来总结和反思自己的新疆经历：

在沉寂和安详中度过一些时日之后
在游历了沙漠并拥有一张沙漠的床榻之后——

你是一座干燥的四面漏风的葡萄晾房
而心依然挂在体外，任凭风吹日晒
像一件苦行僧的袈裟，破烂不堪
会的，会有一件新的袈裟，一颗新的心
这是你向尘世最后的乞讨
这是时光屈辱的奖赏
……
尽管灵魂修修补补，但足以自成一个国度
……

与沈苇的很多其他作品不同，这首诗有一种令人讶异的沉痛与反讽，但也因此获得了冷静。我们不知道沈苇的沉痛与他的反讽因由何处，但我深信，这些年来，对自己的灵魂“修修补补”应该是沈苇的主要事业，而且在实际上，我以为对每一个从事精神事业的人来说，修补灵魂都应该是他的主要功课，对于沈苇来说，则更是如此。在这首诗中，我最重视的，是“但足以自成一个国度”这一诗句。这一沉痛后的转折无疑是安慰，揭示了一种相当可贵的精神真实。“足以自成一个国度”，喻示着相对于广阔的外部世界，相对于新疆，沈苇的精神和他的灵魂，实际上自成一个独立的王国。这一王国也许“像一件苦行僧的袈裟，破烂不堪”，破败、分裂，但仍有它非常强大的主体性。

二

前面我说过，对于沈苇来说，新疆就是一个资源，一个深厚博大和永不衰竭的精神资源。“漫游大西北，仰望中亚巍峨的高山，/ 我寻访一个地区的灵魂，学习福乐的智慧。/ 漫漫帛道供我们上下求索，去了解一点 / 生的秘密，爱的秘密，力与美的秘密。”（《新柔巴依 · 32》）沈苇对新疆这“一个地区的灵魂”的“求索”和“寻访”，目的是要“了解”和“学习”其中的“秘密”与“智慧”，这种主体意识时时清醒。比如他在《在奥依塔克冰上行走》这首诗中这样写道：“奥依塔克：群山中的凹地 / 一个高原襁褓，土库曼摇床 / 用来迎接一个人的孤旅和新生 / 我向着阿依拉尼什冰山行进 / 如同一名远道而来的朝圣者 / 五体投地，匍匐冰面 / 而冰山巨型的白色宫殿 / 徐徐升起——/ 它是，也一定是 / 心灵和自然共同建造的圣寺 / 继续超然于时空之外”。在原始广大的自然面前，诗人对于自然的“朝圣”不仅形成了自然的圣感，而且也因这圣感获得了自我的“新生”。徐徐升起的巨型冰山——这白色的宫殿和伟大的圣寺，实际上是由诗人的主体心灵和原始自然所共同建造完成。诗人的新疆游历，不仅使他“不可避免地成为自然的 / 一个小小的部分，一个移动的点”，而且也使他“像蛇那样，在度过又一个冬天之后 / 蜕去耻辱和羞愧的皮壳”（《自白》），不断地获得全新的精神生命和精神启示，从而实现自我的“新生”。

沈苇有一组体制较大的关于喀纳斯湖的组诗《喀纳斯颂》。在这首诗中，诗人以流畅曼妙和纯净透明的音乐般的旋律，歌唱了著名的喀纳斯湖。对于诗人来说，喀纳斯湖就像是圣母，给予诗人精神的洗礼——“喀纳斯，当我轻声念诵你 / 盛大的风景转过身来——如同仁慈目光下的一个襁褓 / 再一次，将我轻轻托举、拥抱 / 风景的爱意，被风景的四季承继 / 在风景的心

情和表情中绽放 / 在喀纳斯摇床上，我愿意变成 / 景物中遗弃的婴儿，用一声啼哭 / 去发言，去赞美、咏叹 / 去参与湖水的荡漾、群山的绵延——风景俯下身，贴近我脸颊：我啜饮它，也被它深深啜饮……”——这是《喀纳斯颂》纯净庄严的开篇，每一次阅读，我都仿佛在重新融入喀纳斯湖，接受它那盛大风景的神圣洗礼。《喀纳斯颂》的第七首《林中》经常被沈苇单独发表。我曾领略过春天的喀纳斯湖畔树林中各种草木混合形成的醉人芬芳，但对其中雪意的时刻，却无缘感受，《林中》所记，恰是喀纳斯湖畔树林中的冬景。这首尺幅简短、仅有十行的冬令小品因为其“大地无言，雪就要落下来。此时此刻 / 没有一种悲伤配得上万物的克制与忍耐”这样的诗句而让我印象深刻。在严酷的冬天，万物因为它们的克制和它们的忍耐而保有和体现出自己的尊严，在这样的坚韧面前，个体的悲伤真的会显得苍白与渺小，正是从自然之中，特别是从这里所绘写的“严重的时刻”中，我们会获得力量，获得非常深刻的精神启示。在生命的很多严重的时刻，我们所需要的，正是这种克制与忍耐，以及这种克制与忍耐中的自我的尊严。

有时候，哪怕不是在高山，也不是在荒漠或名湖，而只是在一株非常普通的石榴树下，沈苇也能获得启示，获得一个全新的“自我”——“盛夏。石榴花火焰 / 在高于头顶的地方绽放 / 混合正午的阳光粒子 / 涌动起伏，拍打低垂的天空 // 躺在石榴树下多么清凉 // 我感到了一点独处的幸福 // 阳光和尘埃打在树干、枝叶间 // 发出轻微的沙沙声 // 仿佛是什么在提醒：/ 过去的好时光正悄然重临 // 失去的一切又回来了 / 在茂密的枝叶间闪烁 / 突然垂挂下 / 一只只沉甸甸的红石榴”（《石榴树下》），这种完满、充实与火红的沉甸甸的自我的重新获得是一种多么令人陶醉的幸福！在沈苇众多的“自然诗篇”中，《石榴树下》尤为我喜爱。和很多人一样，沈苇的《开都河畔与一只蚂蚁共度一个下午》也为我所喜欢。但与《石榴树下》所具有的满足甚至是喜悦不同，这首诗的基本倾向却是悲悯，是在这种悲悯之中对于自然正义的感激与尊崇——“太阳向每个生灵公正地分配阳光”，这里，不仅有诗人对于人与蚂蚁同属生灵的醒悟与认知，更有一种谦卑，一种人在自然万物面前所应具有的平等不妄的精神姿态，而阳光的照耀，又使这种姿态特别美好，特别地具有精神的光辉、人的光辉！

沈苇有一首风格上比较特殊，更加接近于“生活流”的作品《阳台上的女人》。一般来说，我们很容易被其中的色情意味所诱惑与撩拨。但如果我们仔细阅读，就会发现这首诗的主题仍然是自然——起码很大程度上写的是自然。这是因为，正如作品所指出的，诗中的女人实际上是被阳台所“虚构”，是“种了几盆沙漠植物”的阳台虚构着这个令人迷惑的女人。“她的身体封闭着万种柔情”，但“她的呼吸”，却“应和着远方、地平线、日落日升”。诗人的瞬间情欲，实际上潜在地隐含着对沙漠和远方的情感与想像，因此在某种意义上，《阳台上的女人》是我们对诗人进行情欲的精神分析的绝佳文本。

三

除了自然，作为沈苇的精神资源的，还有灿烂辉煌的西域文明。在如何理解我们的传统问题上，沈苇曾有过这样的责问：“屈原是一个传统，沙漠何尝不是”（《沙漠端午节——赠树才》）。他的很多诗歌，都曾写过诸如楼兰、米兰、鄯善、尼雅和石头城这样的古城遗址。在他看来，沙漠就是“一个文明的大墓地”（《沙漠，一个感悟》），掩埋着伟大的西域文明，因此他说：“在塔克拉玛干深处 / 我愿做一只蠹虫、一个词 / 阅读这部浩瀚的沙漠之书”（《麻扎塔格》）。他的一首题为《旅途》的诗歌，曾经这样来形容自己的沙漠苦旅——“在旅途上 / 人很小，太阳很大 // 当我向着塔克拉玛干沙漠靠近 / 感到自己正成为沙砾的一分子 / 而太阳是天空唯一的皇帝 / 这使我丧失骄傲和自信 / 仿佛我是来清点各地渺茫的灵魂 / 因为当旅人的双手随便伸进哪个角落 / 都能抓出大把大把的苦难 / 神说，这就是你们的土壤”。

“神说，这就是你们的土壤”，诗人显然为有这样的土壤而感到骄傲，这样的土壤浸透了苦难、饱含着悲情，但也覆盖着伟大的文明。在古代历史上，曾经存在过无比辉煌的西域文明，这些文明很多都被掩埋于沙漠之中，也吸引了古今中外众多的历史学家、考古学家和探险家们的探究与好奇。沈苇的身份只是诗人，他所能做的，只是以其出色的想象与热情来复活和重建消逝了的文明，而且这种复活和重建，也只能是以一种想象的方式、诗的方式和语言的方式。我注意到，沈苇对于过去的复活意识非常强烈。比如在《楼兰》之中，他就曾以飞扬的才情和华美的语言“重建”过已然消逝了的楼兰——

灯盏亮了，罗布泊的大路通四方
楼兰的火，楼兰的粮
楼兰美酒迎远客，一路风尘到雅丹

雅丹的城啊，敞开的蜃楼
国王的灯盏抱怀中，国王的火种撒边疆
高高祭台下，七个女儿舞蹈到天亮

当然，往昔难追，如此华丽的复活和重建只能是一种悲剧性的想象，所以在最后，诗人只有面对名城毁弃、幻影破灭的真实——

黄昏沉落，灭顶的狂欢在逃亡
沙从天空倾泻而下，覆盖了楼兰
楼兰楼兰，你正隐身于哪一个时空
向着我们神秘地微笑？

破碎的花瓶，散开的木简，被风带走

挽歌之手抚摸楼兰的荒凉

哦，楼兰，思念与想象能否将你复活？

毫无疑问，“思念与想象”绝无可能将楼兰“复活”！但如果我们全面阅读沈苇试图重建与复活古代西域文明的众多诗篇，就会理解他为什么要明知其不可为地而执意为之？

正如我们刚才所引述的《楼兰》一诗对于楼兰古城的想象性重建所显示的，沈苇的“西地想象”实际上包含着对于我们当下文明的深切忧思。在他的想象中，西域文明是一种海纳百川和包容众美的开阔大气的文明。所以在《喀什噶尔》中，沈苇慨叹十一世纪时的喀什噶尔“突厥语、波斯语、阿拉伯语 / 交换内在的信物和光芒 / 正如小径交叉的喀喇汗花园 / 慷慨的百花交换各自的芬芳”；在《鄯善》和《沙漠残章》中，又赞叹当年的鄯善“包含了视野中的东西南北”，“为西方来的使团、东方来的商队 / 修通西域的路，架设瀚海的桥”，从而使得“东方和西方在这里找到了 / 相互进入对方的通道和跳板”(《鄯善》)，形成了一种诗人所“期待中的大融合”(《沙漠残章》)。“大融合”是沈苇的一种相当明确的文化理想或文化理念，这不仅表现在他的一些复活与重建西域文明的诸多诗篇中，还很突出地表现在他的《无名修女传》中。《无名修女传》写的是瑞典女传教士二十世纪初在西域传教多年无果而客死在返乡途中的悲壮故事。正是在这首诗中，沈苇提出了“综合的上帝”这样的说法，在他后来的题目便为《大融合》的诗作中，这样的说法又一次被强调。我们可以看出，即使是在文明的核心部分即宗教问题上，沈苇也持有综合开放的文化态度。我想这正是西域文明——这新疆往古的历史文化精神——滋养了沈苇，塑造了沈苇强调“融合”的文化性格。写到这里，我忽然想起切·米沃什曾经以希腊诗人卡瓦菲斯为例来强调我们深思过去，“并通过移情，穿透往昔世代的灵魂和全部文明的灵魂”，以认识自我和确立希望与未来的重要价值。沈苇对于西域文明的回访与重建，正具有同样的意义。

四

沈苇的诗歌经常写到死。他的《归来》、《坠落》、《清明节》、《郊外的烟囱》、《对话》、《吐峪沟》及《一个老人的早晨》等作品，屡屡写到死。这些作品中的死，经常会使我们的生存阴沉起来。比如在《归来》之中，本来一幅父女相携的甜美画面出其不意地被加入死亡，不由得会使我们怪罪和不满于诗人的扫兴与无情。但细一想，正是因为有了死亡的背景，生才显得特别的珍贵，作品中的寻常场景也才不致于单薄与轻飘，从而也获得了特别的重量。类似的还有《一个老人的早晨》和《坠落》。死亡在其中起到了一种反衬的功能，突出显示了生的价值。

《清明节》和《吐峪沟》是沈苇的死亡意识表现得非常突出的两篇作品。《清明节》中，死去的亲人纷纷归来，他们形貌各异，各具个性而又相安无事地聚集一堂，领取祭品；而在《吐峪沟》中，村庄与墓地此消彼长，“村民们在葡萄园中采摘、忙碌 / 当他们抬头时，就从死者那里获得 / 俯视自己的一个角度，一双眼睛”。“从死者那里获得”一个“俯视自己”的“角度”——即是从死亡的方向看，这是沈苇的死亡书写提供给我们的相当重要的“生的哲学”，这样一种生存哲学，我想一定源于沈苇对已然“沙埋”了的西域文明的想象与思考。实际上，从死亡的方向来看我们的生存，与从死亡了的西域文明来看我们现在的文明，并且从中寻求启示，二者在精神上是完全同构的。而且，沈苇在《楼兰美女》、《去龟兹路上》、《致克里娜・德贝纳》、《废墟》和《古尸馆》等很多作品中，书写过那么多的死亡、那么多的木乃伊和亡灵。在这个意义上，不同于其他很多擅写死亡的诗人与作家，沈苇对死亡的认识、强调与表现，明显地具有独特的“新疆背景”，得到了遍布新疆的很多特殊的死亡（如墓地、木乃伊等）的强化，沈苇自己就曾经说过，其实沙漠，本身就是“一个文明的大墓地”。

从死亡的方向看，不仅会使生显得珍贵，更会使我们对生变得开阔，变得充满悲悯与包容。在沈苇的《对话》中，答问者的回答所突出体现的，正是一种人不分南北、墙均应拆除的开阔风度。当他面对着“你站在哪一边？”这一我们时常会遇到的问题时，他的回答是“我不站在这一边，/也不站在那一边，/只站在死者一边”。死亡不仅会取消“这一边”和“那一边”的二元对立，更是喻示着二者的最终汇合，使得这种对立十足可笑。答问者的回答不仅有智慧，而且有真理。

我一直以为，《滋泥泉子》是沈苇的一首非常优秀的作品。这首诗并没有非常明确地写死。但我以为，如果没有诗人从死亡的方向来看待生存，它便很难具有如此深刻和如此动人的善意和悲悯。《滋泥泉子》将诗人所看到的民间生存置放在夕阳之中，这不仅使得作品的画面有一种审美上的凝重，更是体现了这种生存的荒古与无望。夕阳的目光有将别的慈祥，而诗人对待滋泥泉子人的生存的精神姿态，却是“一种隐隐约约的疼痛”，这都有一种深切的悲悯，这样的悲悯在沈苇这里，因为来自他建基于死亡的生存哲学，尤其具有深厚的内涵。

与广阔雄浑和气象万千的新疆的自然、与深厚博大灿烂辉煌的西域文明，以及与神秘无解永恒虚空的死亡相比，沈苇的努力显然是有限的，但是他的努力——即以其诗性与才情充分自觉地书写和表达着西域，与西域的自然、历史与文化交流与对话，并且在其中寻求启示，不仅借以形成、塑造和丰富了自己的精神主体，确立了一个开阔深厚的自我形象，同时还自成国度，建立了一个他自己的世界。也许，这就是沈苇这位来自江南的诗人在超越地域性的精神与文化局限，而决然和勇敢地超越、提升和拓展自己后，为我们所提供的非常重要的文学经验。

“堪称典范的严肃”

——王家新的精神侧面

我一直想写一篇题目叫做《开始诗歌生涯》的文字，记述自己这几年来“加盟”诗歌界的感受与经历。两三年前，由于一些必然与偶然兼而有之的原因，我开始更加自觉地关注起当代中国的诗歌状况。实际上，对我来说，这种关注更多地是学习，是一种怀有谦卑与虔诚的对于诗的进一步接近。对于真正的诗歌与真正的诗人，我向来都充满了敬畏。而对王家新，情况似乎尤其如此。

王家新的包括诗歌创作与诗学随笔在内的全部写作，还有我所了解的他的性格特征，实际上有着非常丰富的精神侧面——坚定、执着、勇敢、无畏、正直、坦诚、隐忍、良知、批判与承担……这些都是我在关于他的文字中起初就会想到的“关键词”，但在此之外，他还有着另外一个非常重要的精神特征，就是他的严肃，他的“堪称典范的严肃”。“堪称典范的严肃”是苏珊·桑塔格在一篇关于西蒙娜·薇依的文章中对薇依和克尔恺郭尔等思想家的精神概括，我以为这样的说法，也很能够体现王家新的性格。

王家新的严肃，我想从他的作品中大家都能很容易地感受到。这两年来，我与《当代作家评论》的主编林建法先生在主持着一个叫做“诗人讲坛”的栏目，计划请一些重要的诗人就诗歌问题发表演讲，同时约请研究者和批评家们对他们的创作进行较有分量的研究，我和王家新的最初见面，就是他和宋琳应我们的邀请来到位于锦州的渤海大学参加“诗人讲坛”的活动。其时他刚从黄山参加完一个诗歌活动，神情疲惫，又正感冒。但正是在这种疲惫的神情中，仍然透显出某种一丝不苟的认真与严肃。在当天晚上的演讲中，他忍受着低烧和“喉咙烧灼一般”的疼痛，给同学做了一个很长的演讲，接着又很详细地回答了同学们的很多问题。他的声音和语调低沉、缓慢但又明确、坚定，每一句话，都仿佛经过深思熟虑，精辟、睿智，也很明显感觉到他其实是在忍受着痛苦。坐在旁边，我真是感到非常非常的歉疚和不安。我知道现在的很多讲座都很追求现场效果，有的甚至成了近于小品的表演。而他的演讲，却是那样的诚恳、坦率，表现出对诗歌和对自己的诗歌道路的严肃思考。我知道，正是本着一种严肃负责的精神，使他能够坚持在那里，非常完美地完成了一场十分精彩的演讲。“渤大”所在的锦州以烧烤著名，活动结束后，我们又去烧烤。不知道由于怎样的话由，在一干人等的欢闹之中，他忽然和宋琳很认真地讨论起了策兰，讨论起了关于策兰、关于里尔克的翻译等很多非常高深的问题，这让我们兴味盎然却又莫知所云地难以加入，但是随着他们讨论的深入，嬉闹轻松的烧烤氛围逐步具有了严肃的感觉，那些玩笑和那些嬉闹本身，似乎也获得了别样的重量。那个聚会和那个夜晚，因此也变得不再寻常，具有了特别难忘的别样的意味。

同样是在《当代作家评论》上，我与北京师范大学的张清华教授、辽宁师范大学的张学昕教授和南开大学的罗振亚教授等朋友一起搞了个“诗歌观察”，每年两期，分门别类地追踪考察当下中国的诗歌现场。清华、学昕和振亚诸位都是兄弟，惟有王家新，无论是在怎样的意义上，都应该是我的老师。之所以会有违“伦理”地把他“绑架”进来，实在是因为对当下中国诗歌翻译的观察，在我们所熟悉的师友中，只有他才最为合适。经不住我的再三请求，加之兹事体大，确实也够有严肃的意义，他终于又“屈尊纡贵”地被我们所“裹挟”。每期“观察”，我的工作就是催稿、“收租”，统一体例，然后再煞有介事地写个“主持人的话”。但我在此真的要很抱歉地对几位兄弟说，每次编稿，家新先生的文字都最省我心，版面格式、字词句段、标点符号、引文注释……实在都无可挑剔，赏心悦目，省却了我这“准电脑盲”的很多事情，比如在版面上，清华兄的扁宋字标题和学昕兄的标题之下横贯一杠的文本癖好，在我统一格式的过程中都曾使我好一番折磨，几近于抓狂。所以，每一次我读了王家新的文本，都能在每一个细节之中非常充分地感受到他的几乎绝对的认真，和他的起码在我们中间“堪称典范的严肃”。也正是在那篇关于西蒙娜·薇依的文章中，桑塔格说：“只要我们热爱严肃性，又热爱生活，那我们就会为严肃性所感动，为它所滋养”。一九四八年，唐湜先生曾经在一篇题为《严肃的星辰们》的文字中，认为那个“严肃的历史时代”，不仅在向诗人们要求着属于那个时代的“严肃的声音”，同时也要求着一种“严肃的精神风格”和一种“严肃的气度”。王家新的严肃，不仅突出地体现在他的写作实践中，我们在和他的具体接触中，一样都能够经常感受到。我以为在我们这样的一个也许已经称不上严肃的时代，他的体现于“写作实践”中的“严肃的声音”，还有他的体现于“生活实践”中的“严肃的精神风格”和“严肃的气度”——他的“堪称典范的严肃”，更应该是我们的“滋养”。

诗歌正在悄然复兴！

长期以来，人们普遍认为当代诗歌处于低潮。随着时间的推移，当代诗在“朦胧诗”时代所曾获得的辉煌似乎已经难以再现，成了人们愈加渺茫的梦想。“朦胧诗”的时代，也成了人们时加追访却又杳不可期的“黄金时代”。而支撑这一判断的“诗歌现实”，似乎也是一仍其旧地严峻——诗歌刊物艰难撑持，诗歌读者日渐稀少，诗歌的发表和出版愈加困难，诗人的声望和地位每况愈下，诗歌研究仍处于边缘……顺理成章地，当下诗歌似乎已经淡出了世界，淡出了我们的精神生活，很多研究者也对诗歌丧失了热情。

近几年来，当代诗歌的现实和它所遭受的种种不公不断激发着诗歌自身的“复兴焦虑”。很多诗歌活动都在“诗歌复兴”的意义上理解自身，并将其作为自己的诉求。诗人和诗评家们的很多谈论，也都充斥着“诗歌复兴”这样的字眼。前两年，《天涯》杂志主编、诗人和诗评家李少君关于“文艺复兴首先需要复兴诗歌”的主张引起了诗歌界的热议。李少君的主张提出于思想文化界以《南方周末》为主要阵地所进行的关于“中国是否需要一场新的文艺复兴"的讨论背景上，我国的"诗教"传统和诗歌本身在艺术接受等方面的特征，也是其立论的主要依据，但是对当下中国诗歌现实的乐观与信心，则更是其提出这一主张的基本前提。"当下中国的诗歌现实到底为何？"，至于的问题，又一次很突出地来到了我们面前。我很同意李少君的判断。一个为我们的社会大众乃至于我们的文学研究界所严重忽视的重要现实是，我们的诗歌，实际上正在悄然复兴。这样的判断，自然有着相当充分的现实依据。长时期来，诗歌丧失了市场制度和严酷地体现着市场力量的出版机构的亲睐，总体上转入了"地下"状态，潜隐民间，成百上千的诗歌网站和民间诗刊成了诗歌相当重要的发表途径和存在方式，在严酷的市场环境中，诗以自己特殊的方式顽强坚持，终于开拓出一片令人鼓舞的崭新天地。"诗生活"、"诗江湖"、"天涯诗会"、"中国艺术批评网"、"南京评论"和《他们》、《非非》、《倾向》、《诗参考》等，都是已经相当成熟和极有影响的诗歌网站与民间诗刊，很多优秀的诗人与诗作，都是从这里起步，并且逐步取得了诸如《诗歌月刊》、《花城》、《作家》、《山花》和《天涯》等重要刊物和一些重要的诗歌选本的接纳与肯定。这几年来，"正规"的文学刊物更是出现了"诗歌复兴"的迹象。《钟山》杂志增设了"诗与诗人"的栏目，每期均以一定的篇幅推出几位诗人的重要作品。《人民文学》和《青年文学》等刊物都以其史所罕见的规模先后推出过"诗歌专号"。一个时期，《诗歌月刊》秉持和标举"大诗歌"理念，陆续推出主题性"专号"，产生了相当强烈的反响。《特区文学》自二〇〇四年起创办的具有较大篇幅和规模的刊中刊"联席阅读"，共有徐敬亚、王光明、陈超、唐晓渡、藏棣、李少君、谢有顺和周瓒等数十位著名的诗歌批评家和诗人共同对一些诗歌作品进行周期性的集结式阅读，共已撰写几百篇文字，深入细读了近几百位诗人的作品，此一现象，成了主持者徐敬亚所说的，"为几十年来的中国新诗史所罕见"。在社会大众甚至是文学研究者普遍丧失了诗歌阅读的耐心与能力的今天，这些实践，无疑具有诗歌启蒙的重要意义，相当突出。尤其值得重视的是，感应于令人鼓舞的诗歌现实和诗歌研究相对滞后的学术局面，在我国的文学界具有举足轻重地位的《当代作家评论》杂志，还专门开辟了“诗歌观察”和“诗人讲坛”栏目，一方面邀请像王家新、张清华、张学昕、罗振亚和何言宏这样的著名诗人、诗歌翻译家和诗歌批评家动态追踪与评述当代中国的诗歌现场，另一方面，先后又邀请了像王小妮、王家新、宋琳、翟永明、周伦佑、柏桦、于坚和欧阳江河等具有世界性影响的诗人分别到南京大学等高等学府作诗歌交流与演讲，同时重磅推出了有关他们的研究专题，努力推动中国当代文学研究界对于诗歌的学术热情……诗歌正在复兴！诗正重新返回我们的生活！生动有力的诗歌现实正在不断涌动，并将逐步去除我们的盲视与偏见。

在我看来，“诗歌正在悄然复兴”已是一个毫无疑问的问题，但这样的现实在给我们鼓舞的同时，也向我们的中国当代文学研究者们提出了历史性要求。我觉得我们的当务之急，是要重建我们必要的诗歌标准。如何重建诗歌标准，并在这样的标准下把握当前灿烂迷乱和丰富复杂的诗歌现实，将是我们的迫切任务。近年文学界的种种问题，其病因，其实都在于文学标准的模糊、混乱、丧失，或难以贯彻。在门槛较低、泥沙俱下和“海量”的网络诗歌以及很多诗歌批评与诗歌评选中，这样的问题更加突出。新世纪以来，文学界的很多争论，其实所涉及的，都是文学标准的问题。这一问题，被我们一次又一次地屡屡触及，却又被一次又一次地轻易放过，至今未能达成最为基本的共识。对此共识的必要与可能，也许会有人提出质疑，但我以为，一个时代或一个民族的文学，如果没有基本的标准，那就意味着，这个时代或民族的文学实践，丧失了最为起码的底线，文学或文化的真正复兴，也近乎于痴人说梦。对于诗歌而言，实际上同样如此！

怎样认识诗歌现实?

——评李少君主编的《二十一世纪诗歌精选·第二辑·诗歌群落大展》

新世纪以来的中国文学仍然呈现着丰富复杂和灿烂迷乱的生动景观。人们对文学现实的认识，往往更多地集中在小说方面，而对诗歌却相对隔膜，茫然无知。不要说在一般的中国当代文学研究界，即使是对一些当代诗歌的研究者来说，要想对当下中国的诗歌现实作出较为准确的把握，也都绝非易事。而与此相对的是，诗歌创作却表现出勃兴与繁荣的局面。除了官方出版物，民间诗刊和网络，特别是后者所包含着的文学（诗歌）网站、诗歌博客等，都成了海量诗歌喷涌不息的重要途径，再加上诗歌活动接二连三，诗歌事件此起彼伏，以至于有人相当乐观地认为中国诗歌正在呈现出逐步复兴的迹象，认为“诗歌正在悄然复兴”！这样一来，对于诗歌现实的准确把握和对诗歌版图的清醒认知就显得尤其必要。一方面，这自然是文学研究特别是诗歌研究的“学术需要”，在我们的学术视野中，诗歌现实特别是据说正在复兴的诗歌现实不能总是处于暧昧莫名的状态；另一方面，如果充分考虑到诗歌在本质上还是一种特殊的精神实践方式，我们就能认识到，对于诗歌现实的认识实际上也是对我们这个民族时代性的精神现实的把握，意义相当重大。因此在这几年来，一些富有责任心的学者和诗歌批评家们都在以不同的方式竭力把握诗歌现实，其中一种相当重要的努力，就是编辑各种各样的诗歌选本。在这之中，李少君的努力尤其值得重视。

作为一位直接处身于诗歌现场的诗人和诗歌批评家，李少君对当下中国的诗歌现实一直具有自己独特的理论认知和把握方式。除了以其一系列的兼具诗性激情和理性精神的评论文字而对诗歌的现实与未来表现出乐观积极的评价与期待外，他还以诗歌选本的方式直接呈现我们的诗歌现实。自二〇〇六年起，李少君在长江文艺出版社主编出版每年一辑的《二十一世纪诗歌精选》，“试图站在一种宏观的发展的诗歌史视野上和全球化时代里汉语诗歌的自主立场上，着重于介绍和研究二十一世纪以来有实力的成熟诗人，发现并支持具有活力和创造力的年轻诗人，讨论和分析新的诗歌潮流和具有典型意义的诗歌现象与诗歌活动”，并“将对于具备新的艺术因子、鲜活的创造性源泉以及对诗歌的可能性与多样性特别敏感的当下诗歌佳作做重点推介，深入发掘”。“出版说明”中的这段文字已很清楚地表明，《二十一世纪诗歌精选》不同于众多其他诗歌选本的是，它对当下中国的诗歌现实具有相当独特的把握方式。或者说，李少君所认识与揭示给我们的诗歌现实，有着相当独特的方法与特点。二〇〇六年推出的第一辑《精选》为“草根诗歌特辑”，以新世纪以来王小妮、杨键、黄灿然、雷平阳和潘维等二十五位诗人的作品，凸显出李少君所概括和把握到的现代汉语诗歌在新世纪以来的“草根性”转型。而二〇〇七年十月出版的第二辑《精选》则是“诗歌群落大展”，是李少君认识诗歌现实的又一次努力。

《二十一世纪诗歌精选·第二辑·诗歌群落大展》认识到新世纪诗歌的“群落性”特征，“以地域、民刊、网络为三大基点，试图展示新世纪汉语诗歌的真实面貌”。该书“前言”中，李少君曾有这样的感叹，自陈“要真实描述和呈现新世纪汉语诗歌的现状，是一件难之又难且费力不讨好的事情。所以编选这部诗选是我最费踌躇的一次编辑经历，几次确立了编选方式又全部推倒重来”。就我本人对当下中国诗歌现实的了解来看，我以为他在最后所慎重确立的编选方式无疑具有相当的合理性，而且三种视角互为补充，避免了单一性的编选视角所易造成的遮蔽。以地域为视角，少君将当下中国的诗歌群落划分为“江浙诗群”、“西北诗群”、“西南诗群”、“华中诗群”、“闽皖诗群”、“华北诗群”、“珠三角诗群”和“齐鲁诗群”等地域性的诗歌群落。而仅以地域来划分，对于诗歌现实的呈现显然又很不够。因此，少君又突出注意了几个以民刊和网络等另外的方式聚集的诗歌群落，集中展示了像“北大诗群”、“诗江湖诗群”、“若缺诗群”、“或者·平行诗群”、“剃须刀诗群”、“海拔诗群”和“象形诗群”等群落的创作实绩。我们在某种意义上可以认为，任何一种角度的作品选本都难免其不无武断的一面，像是对此有所警惕，少君在大胆地以“群落大展”的方式把握中国诗歌现实的同时，又以“群落之外”和“八〇后诗群”两个专题对那些难以归入群落的诗歌创作予以展示，使我们对诗歌现实的认识更加全面。

如果说，群落性地把握诗歌现实更多地还属于一种文学社会学实践的话，对于当下中国诗歌新的特性的发掘，则更具有诗学意义。一旦我们撩开群落的帷帐，进一步深入入选诗人的诗歌文本，就会发现，少君所揭示的诗歌现实，实际上已经具有很多诗学本身的新的特性，这些特性不仅表现在诗歌的基本情感方面，在诸如诗歌资源、诗歌伦理及诗歌的文体与修辞等诗歌策略方面，都有着相当突出的表现。比如我在不同群落的很多诗人的作品中都能强烈地感受到，“悲悯”成了新世纪以来中国诗歌的一种相当重要的情感基调。在杨键、雷平阳、庞培、黄梵、马铃薯兄弟、江一郎、江非、沈苇、蓝蓝、田禾、卢卫平和郑小琼等人那里，对于世界、自我、社会以至于我们的祖先与亲人的深厚广阔的悲悯情怀，是他们的不容忽视的精神特征。他们的悲悯，已经超越了传统诗歌比如“悯农”之类的社会情感而成了对世界的本体性姿态，是我们的诗歌精神走向进一步的博大、深厚与高迈的精神前提。正是这样的意义上，我以为这一选本除了有助于我们认识和把握诗歌现实，还能帮助我们进一步地把握当下中国的精神现实。

遴选佳作是大多数文学选本的基本任务，少君的选本自不例外。也正是在这一点上，我能看出少君的功力、眼光和相当独特的诗学观念与审美发现。他所选入的叶丽隽的《我记得这茫茫芦苇》、潘维的《立春》、雷平阳的《亲人》、《杀狗的过程》、杨键的《冬日》和张子选的《在伤心牧场上》等作品，不仅具有少君特别推重的“新的艺术因子”和“鲜活的创造性”，而且在我看来，也不乏一定的经典品质。在文学作品的经典化过程中，选本的作用相当重要。少君对此无疑是很自觉的。通过自己的努力竭力发现和推举当下中国的优秀诗作，正是少君的自觉追求，这既是凸显诗歌现实的内在需要，也源于他对中国诗歌的信心与热情。只有像少君这样保持着足够的信心与热情，我们对诗歌现实的认识，才会具有不竭的动力并且才能不断地接近真正的诗歌现实。

介入与超越

——读《李少君自选集》

近几年来，每隔一段时间，总是会收到少君出版的新书，有的是他个人的诗集或散文随笔的结集，有的则是他负责主编的图书。少君主编着在思想文化界卓有影响的重要刊物《天涯》杂志，又常组织和参与各种类型的思想文化和文学艺术活动，忙碌无比，但是他在个人写作和编创实践上，却又不断地能有丰硕的收获，不仅很让我钦佩与惊奇，也让我经常地为他感到高兴。

《李少君自选集》是李少君这些年来代表性作品的结集，既是他在思想文化批评和诗歌、小说创作等方面成就的较为完整的反映，还在很大程度上非常集中地体现了他的精神特征，体现了他在我们这个时代作为一个知识分子非常可贵和值得我们认真学习的精神姿态。我以为在这部《自选集》中，少君所体现出来的最为主要的精神特征，就是他的介入与超越，是他在对社会现实和思想文化积极关注和深刻介入的同时所突出具有的超越性的精神姿态。

少君的介入精神实际上在他主编的《天涯》杂志上表现得非常明显，《天涯》的重要影响和它在我国思想文化界重要地位的确立，也是因为它所独有的介入精神。而在《自选集》中，特别是在《自选集》“随笔文论卷”的诸多篇什中，李少君的介入精神则体现在两个方面：一方面，李少君在《诗歌的草根性时代》和《在自然的庙堂里》等文章中，深深地介入了当下中国的诗歌现场。我们知道，在新世纪中国的诗歌界，李少君一直以其诗歌创作、诗歌批评和一系列的诗歌编辑与出版工作积极活跃地参与和推动中国诗歌的发展进程，并且产生了重要的影响。与不少人对诗歌现状的忧虑与批评不同，李少君不仅以其相当乐观的态度来看待新世纪以来的中国诗歌，还试图从中寻找某些“建设性的诗歌力量”，而在种种“建设性的力量”中，尤其为他所特别看重的，则是新世纪诗歌的“草根性”特征。“草根性”不仅是李少君在观察和把握新世纪诗歌时所提出来的相当独特的诗学话语，他还以此为标举，分别以诗学批评和诗歌选本等多样化的形式，推动和影响着中国诗歌的基本走向，《诗歌的草根性时代》，便很集中和深入地阐述了他“草根性”的诗歌主张；另一方面，在曾经引起过广泛关注的《印度的知识分子》和《〈天涯〉十年：折射中国思想与文学的变迁》这两篇文章中，李少君通过记述自己与很多印度知识分子的交往，不仅突出赞美了“那些为底层民众而奔波的印度知识分子”，并为他们不畏艰难地介入现实和勇于承担的精神所感动，还很痛切地批判了我国知识界的一些丧失良知、“寡廉鲜耻”甚至“为虎作伥”的现象与行为。《〈天涯〉十年》是李少君对《天涯》杂志及其所聚集与围绕着的知识分子在一九九六至二〇〇六年间通过一场场对具体的中国问题的关注与讨论，以及文学艺术底层立场的确立与坚持所做的回顾与反思，着意标举的，仍然是很明确的知识分子的介入精神。

李少君是新世纪以来相当活跃的优秀诗人，他的《自选集》中收入了他在这些年来代表性的诗歌作品。如果说，他的随笔与文论明确和充分地体现了他的介入精神，那他的诗歌，则很突出地体现了他超越性的精神情怀。在《自选集》的“诗歌卷”中，像在诗歌界被很多人所熟知与喜爱的《抒怀》、《傍晚》、《二十四桥明月夜》、《神降临的小站》、《故乡感》、《春》、《春色》、《山中》、《四合院》和《咏三清山》等诗作，或者系念于故园与亲情，或者流连与栖泊于广大的自然之中，载欣载奔，沉吟与歌唱，他也因此被诗歌界公认为一位著名的“自然诗人”。相对于前面所说的介入，少君的诗歌似乎突出地显示出他向故园、向亲情特别是向自然“回退”的倾向，但我以为，这种“精神的回退”并不只是消极与简单的逃避，而是一种积极与自觉的超越。在“随笔文论卷”《在自然的庙堂里》这篇关于其诗歌的“创作谈”中，少君曾经对自己的诗学选择有过深入的思考与阐述。在他看来，中国诗歌不同于西方诗歌的一个根本性区别，就是它所具有的对于现实人生与尘世生活的超越性功能，“人们只要一吟诵起诗歌，就可以忘却忧伤烦恼”，诗歌既能“释放不良情绪与反应”，也能“提供精神依靠与寄托”，从而“给中国人提供了超越性的精神解释和价值系统”，因此在这样的意义上，“诗歌就是中国人的宗教”。在提出如此看法的同时，少君还认为中国古典诗歌的最高价值不在其他，而是在于它的自然意识，“诗人们在自然中流连，向自然学习，与自然为友，在自然中获得安慰与温暖”，“自然”便成了中国人的“神圣殿堂”。了解了少君这样的想法，我们便会很清楚地知道他在新世纪以来重新恢复对诗歌的热情并且在自己的诗歌写作中特别对自然情有独钟，其实有着深刻的原因，这种以诗歌复又进一步地以诗歌写作中的自然意识而对现实所作的“双重性超越”，实际上内在于他大量的诗歌写作之中。在现实人生以及如今这个时代人们的灵魂无有安顿，人与自然紧张对峙的精神背景上，这样的超越实际上仍然具有非常“现实”的精神针对性，毋宁说是一种更高层面上的精神介入。所以在根底里，我以为李少君的精神核心，还是介入的，而且还是一种比较丰富的富有层次的介入。

在文论随笔和诸多诗作外，李少君的《自选集》还有一个专门的“小说卷”，收入了他的《蓝吧》、《海口之恋》和《人生太美好》等代表性的小说作品。一个颇为有趣的现象是，李少君的小说有一个非常基本的叙事模式，就是作品的主人公会在对某一种环境或现实的深度介入后作出逃离性的选择，由于这种逃离实际上也是主人公在介入之后的精神醒觉与精神提升，所以在实质上，他的逃离便有了精神超越的意义，从而也使得这种模式与如上所述的李少君介入与超越的精神特征发生了同构，毫无疑问，这是一种非常有趣和非常深刻的精神印证与精神互文！

纯粹的抒情

——唐继东诗集《莲女子》序

二十一世纪以来，中国诗歌的一个非常重要的动向就是向传统的回归，我们这个民族本土传统的精神资源、诗艺、美学以及语言方面的经验与策略，在这些年来的中国诗歌中表现得日益突出，也日益焕发出它们生生不息的魅力与价值。我以为在这样的诗学取向与诗歌潮流中，唐继东的诗歌创作，具有非常突出的代表性。

唐继东的诗集名曰《莲女子》，诸如《八月莲》、《出水莲》、《秋来楚楚莲》、《莲与雪的对话》、《摘下所有莲花的影子》、《来世的莲花》、《轻晨》、《浅蓝午后》和《夜》等其中的很多篇什都是在写“莲”，即使是那些未曾直接写“莲”的作品，实际上所抒发的，也都是“莲”的精神与“莲”的情怀。当代中国的诗歌史上，特别是在其中的女性诗歌史上，有一度，我们关注较多、并且也较为推崇的，往往是那些“女性主义”的诗歌写作，在这些作品中，女性诗人的主体形象大都是迥异于传统、以颠覆和解构男性霸权为精神追求的“女性主义者”，所以，唐继东的写作以“莲”自喻，集中和很明确地以“莲”为自我形象，不仅显得非常独特，更是具有重要的诗歌史、特别是女性诗歌史的意义。唐继东的诗歌显示出，女性诗人并不一定要在与男性的二元对立中确立自身，对于理想高洁的女性气质和女性人格的向往与追求，和对美好纯粹的女性世界的建立与卫护，实际上对女性形象与女性自我的确立更加可靠、更加健康，也许也更有难度。因此我认为，“莲女子”，应该是唐继东为我国的女性诗歌所提供的一个非常重要的女性形象。在我国的文化史上，“莲”所具有的高洁与芬芳众所周知，也是古典诗文所经常歌咏与绘写的对象，因了佛教，她更是被赋予了无比圣洁的含义。唐继东在写到莲花时，偶或也会有佛教的气息，但是更多的，却是通过对“莲”的歌咏来抒发自己的情怀，这是一种寄托，也是一种精神上的自我绘写。在一首关于莲花的诗中，诗人曾经问过“有谁能读懂，层层叠叠 / 丰满的花语”（《八月莲》），亲近莲花，阅读莲花，也许正是我们了解和把握诗人精神形象的基本途径。

唐继东有一首叫做《出水莲》的诗作，诗的前半部分所歌咏的，大体不脱莲之“出淤泥而不染”的高洁品格，似无新意，但是在后半部分，诗人却通过对莲花的女性认同，陡转翻新，不仅赋予这一常见的文学题材以新的内涵，更是凸显出一位非常鲜明的“莲女子”形象——

你曾经睡在黑色淤泥里，寂寞 / 而安静。尘世里 / 风雨飘摇，你的梦 / 始终是不变的

颜色 // 时光翻开一页春暖花开的天气 / 桃花红了，李花白了 / 你依旧在梦里，不与争春 //

当那么多艳红的芳菲落尽 / 一只蜻蜓用轻轻一吻，绽放了 / 你纯洁的梦 / 那脱俗的皎洁令

月光羞涩 / 水面上，碎成 / 白色的流萤 // 你的前世定是一个女子 / 纤纤玉手，素素罗裙 /

脉脉幽香中鸣响一曲古筝 / 连托演奏的前倚音润饰着曲调 / 悠悠缓缓 / 一粒粒琼珠弹落的

清响 // 静默 / 尘世里不知这清音 / 可有唱和 / 一曲高山 / 一阕流水

实际上，我们就应该从这一朵莲花来想像唐继东，认识唐继东。高雅、脱俗，而又孤寂与静默，也许这就是唐继东的精神核心或自我期许。《莲女子》中有很多关于莲的诗句，优美、雅致，令人难忘。莲与诗与雪，还有月光，还有玉，还有其他一些品格高洁与纯粹的人（比如屈原、比如李商隐）与事，经常被诗人引为知音、引为同类，一方面与诗人有生命的交流，另一方面，则又与诗人一起洗濯俗尘、抗衡俗世，营建了一个美好的世界。在我们的人生历程，在我们生命的广大时空中，有这样的世界能够救助我们、超度我们和洗濯我们，那是我们生命的至福。在这样的意义上，唐继东无疑是幸福的。她找到了诗，找到了莲，找到了像诗与莲一样美好的事物，因此她的生命才变得完满，而且有光芒，有一种纯净、温暖和透明的光芒。《莲女子》中的第一首诗，就让我读之难忘。这是一首关于时间的诗。在这首题为《2012》的诗中，诗人将逝去的一年非常新奇地想像为书——“一本 365 页的书，轻轻合上 / 关闭了那么多喜悦，忧伤，还有惆怅 / 红尘黯淡”。时间永逝，令人伤怀。诗人“翻开过去的日子，却找不到 / 回去的路”。虽然感怀时间的消逝是中外文学中的永恒主题，但是由于现代性的时间观念所揭示的时间的直线性与一维性，这种消逝所引发的永劫难归的绝望将更加巨大，更具悲情。所以在这样的意义上，《2012》所处理的主题异常重大，也很抽象，而且以一首诗来处理，也可能会很困难，但这首诗却举重若轻，非常自然和很诗意地思考和表达了时间的主题，诗人写道：在时间永逝的黯淡与绝望中，“只有角落里的莲花，独自 / 明亮 // 把一句婉约诗歌，探进 / 新年的锁孔 / 空濛里，有水晶般的时光 / 就要滴落 // 是的。

即使忧伤，也要是 / 唯美的”。在读了这首诗后，我一直惊叹于诗人不落俗套地处理时间这一抽象主题的高超技巧与能力，并对“角落里”那朵“独自 / 明亮”的莲花难以忘怀。《2012》所表达的，实际上就是一位“莲女子”的时间观、世界观。以这样的观念来理解生命、照彻人生，即使人世间有再多的苦难、再多的纷扰，我们都能够活出明亮、活出美好。

唐继东的诗歌中经常出现“洗濯”这样的字眼——“想用诗歌的水，洗濯那么多 / 俗世的尘埃”（《春欲来》）、“夜色浓郁。时光淡下来。莲 / 端坐在月的中央，安静 / 有几分清高。用干干净净的水 / 洗濯清雅的词牌”（《夜》）、“……用诗歌里圣洁的水 / 洗濯洁白的纱布，祈祷善良的人们 / 远离伤痛”（《夜，就这么静吧》）、“用清澈的眸光，洗濯每一根 / 太阳的丝线……”（《周末 · 静》）……似乎有着精神的洁癖，诗人鄙弃俗世，向往圣洁，实际上与现实也有着紧张。在《金银花一样微苦的三月》中，她写“一种名字叫公务的 / 藤蔓疯长，密密缠绕莲 / 疲惫的淡香”；在《浅蓝午后》中，她写“一座与我无关的浮躁城市”和一朵“流浪在城市里的莲”；而在《我在一首小诗中感觉到了疼痛》里，她又怅然于“城市里 / 喧嚣的车声，缠绕着我曾经的单纯”……虽然在唐继东迄今为止的全部诗作中，直接书写这样的紧张并不很多，但这些内容无疑透露出一个非常重要的信息，这就是诗人虽然倾心于建立一个自足和完满的诗的世界，“这个世界，关闭了所有呈现不美好事物的窗子，可以任性地留住内心热爱着的单纯和宁静”（《莲女子 · 后记》），但是，诗人在诗中刻意地屏蔽那些不美好的事物，并不意味着诗人对时代没有关怀、没有承担。在《莲女子》的“后记”中，诗人曾有过这样的自问：“置身于这样一个时代，这个渺小如尘埃一样的自我，能够做一点什么？或许，自己所能做的，就是真正坚持自己应该坚持的，再用自己的坚持影响一些能够影响到的人，如此而已。如果能够因为自己的坚持和努力，让这个社会增加哪怕一点点美好，便得心安”。我想，这也许就是唐继东的诗歌世界无比脱俗、无比纯净的基本原因。在现实、时代和历史这些宏大、野蛮和不无俗恶与暴力的存在面前，诗人以其“莲女子”的心性与承担，以其“抽象的抒情”，试图营造一个不与关联的本体性的世界，与其说是逃避，不如说是抗衡，是欲以其纯粹唯美的诗的世界来烛照凡尘。也因如此，无论是在季节与自然中兴发感动，还是在日常生活中有所启悟，抑或是在天南海北的广阔游历中，诗人在《莲女子》的诸般题材和丰富内容中，时时所抒发的，都是“莲”一般的情怀——芬芳、高洁、忧伤、明亮，“散发出 / 沉静的光芒”(《沉静的光芒》)。

写到这里，我们已很明显地感受到，唐继东的诗歌，无论是对莲花这一我国传统诗歌形象的丰富、提升、转化与深入，还是其精神、情怀、情韵与修辞等情感抒发上的特点，都很自觉地继承与光大了我国的诗歌传统，抒情的传统。

前一段时间，我曾读到过台湾诗人杨牧先生的一段关于现代诗与传统的文字，谨录于下：

> 认识传统，尊敬传统，并以这种信心和功力开辟现代诗的天地，不偏激排斥，也不拘泥执拗，则题材无所谓新旧，文字浩瀚终于殊途归来为我所用，这是我们对现代诗之必然将长远地发展下去，这是我们之所以能对现代诗寄托重大之心志的原因，最基本的原因。在这种情况下从事诗的创作，我们觉得庄严坦荡，左右逢源。即使我们的作品失败了，最多只是技巧上有所不逮，在文化上我们永远不至于失败。

杨牧的关切，心志重大，非止于诗；唐继东的写作，返本开新，自然纯粹，颇多精品，无论是在诗歌上，还是在文化上，都是值得重视的收获，某种意义上，也足堪我们深远的寄托！

彼岸札记

台岛与大陆隔海相望，于我而言，自属彼岸。二〇一二年十月一日至三十一日，我应台北教育大学和中华发展基金管理会的邀请，在台做了为期一个月的关于二十一世纪台湾诗歌的访问研究，颇多见闻与感触，因有此记。

——作者

朋友们

二〇一二年十月一日傍晚，我乘坐的由南京起飞的航班在台北桃园机场缓缓降落。海峡两岸自开通“自由行”以来，往返越来越自由，同机赴台的大陆人员，无论是去台旅游的游客，还是那些看上去像我一样有所“公干”的人，看上去都是意态从容，平常松适。作为一种两岸行旅的制度设计，“自由行”所带来的，是人们精神上的解放与自由。这非常好！

办好手续后，出机场，方群兄已在出口处等我。我这次来台，非常感谢方群兄的帮助。二〇一一年，方群兄随台湾的一个作家访问团来大陆访问，在一次交流活动中，我们有缘结识。后来他又来大陆，我们又一起谈诗、谈文学，也谈学术，也喝酒，还在南京著名的先锋书店搞了场诗歌朗诵，很是开心。这两三年，我在为南京师范大学出版社主编一套规模较大的“二十一世纪中国文学大系：二〇〇一—二〇一〇”，共分“理论批评卷”、“长篇小说卷”、“中篇小说卷”、“短篇小说卷”、“散文卷”、“诗歌卷”、“杂文卷”、“随笔卷”、“报告文学卷”、“翻译文学卷”、“戏剧卷”和“史料索引卷”等十二卷，试图为二〇〇一至二〇一〇年间的中国文学做一次集成性的汇编与整理，卷帙浩繁，我自己又负责其中的“诗歌卷”，因为苦于自己对这些年来台湾诗歌以至于整个台湾文学了解得的不甚全面，便向方群求助。这次赴台，便是在方群兄的帮助下，应其所在的台北教育大学的邀请，并受台湾中华发展基金管理会的资助，肩负了以上的学术任务，所以，我自己将这次的台湾之行，名之为“诗歌之旅”、“文学之旅”和“学术之旅”，任务繁重。

但是在实际上，在“诗歌”、“文学”和“学术”之外，我的这次台湾之行，感受最深的，却是人情，是台湾的朋友和前辈们给予我的真诚、纯粹的热忱与感情。在台期间，麻烦最多的还是方群兄。我从生活安顿、教学安排、研究计划、经费取用到书店导游和台北美食，以至于如何申请Facebook、如何申请台北大哥大、如何购买便宜的二手书，一应俱全地麻烦着方群。方群是诗人、教授，也是台湾权威的语文教学方面的专家，经常会在岛内、大陆和国外参加各种类型的文化活动，演讲、研讨、学术交流，极为繁忙。有时我想到自己给方群带来了那么多的麻烦，不禁会想，如果我在大陆接待方群，或者是接待其他一些来自台湾的朋友，我是否能够付出同样的热忱？说实话，我真的不太敢肯定，这让我感到非常惭愧！

除了方群，台北教育大学的廖卓成教授，也真是被我劳烦不少。在台期间，方群曾经到北京和韩国开会，他便将我很认真地“托付”给廖教授，以上诸般，一应麻烦过廖教授。廖教授是一位堪称榜样的“新好男人”，他家里有一对小公子，懂事可爱，都正读小学，上学接送，在我看来已属不易，在我被他“接管”的那两段时间，却又时时关照我，要带我去这里，又要陪我去那里，至今想来，都感到非常温暖。

颜艾琳是我的老朋友，是台湾一九六〇年代生人中很有代表性的一位女性诗人，我们曾一同参加“青海湖国际诗歌节”和在云南大理举办的“2012·天问中国新年新诗峰会”。她来江苏盐城和安徽芜湖参加诗歌活动，曾和白灵、罗任玲等诗人一起，两度经过南京，缘得有聚。艾琳的性格热闹非凡，仗义爽直。记得在“青海湖国际诗歌节”上，我们同车旅游，车依祁连山而行，山脉与草原的壮阔与大美，还有不时出现的漫山遍野的牛羊，经常使她兴奋与惊呼，手舞足蹈得像是个孩童。不过在艾琳的言行中，最让我难忘，也是最得我心的，是她对我家乡美食的赞美。好像是前年，她来江苏参加盐城的一个诗歌活动，活动结束后，转道我的家乡淮阴，然后才到南京。我们在南京为艾琳一行接风，席间说到淮阴时，她很兴奋和很夸张地翘起大拇指，大声惊呼：“啊，好吃，淮阴的菜太好吃啦！”淮阴是著名的淮扬菜的发源地，有很多绝妙的美食，但因种种原因，声名总被扬州盖过，很是委屈，所以艾琳的夸赞，尤其让我高兴。

我到台湾后，艾琳对我的“推广”最卖力。她利用高超纯熟的网络技艺比如 Facebook 等等，迅疾展开媒体攻势——“大陆学者何教授来也！”在我看来，艾琳确乎为台湾诗歌界的人气女王，起码是之一，自从方群兄不厌其烦地教我注册了 Facebook 后，我更是能够非常及时地感受到艾琳对我的“推介”，使我迅速认识了很多朋友，或者说，迅速地为很多后来才有机会进一步交往的朋友所认识，非常有助于我对台湾诗歌界的快速了解。只是现在，在我回来后，再也无法登录我注册的 Facebook，很多朋友都难再联系，常有黯然，而且愤懑。

不光是在网络上，在现实生活中，艾琳也尽力抓住一切机会，让我进入台湾的诗歌界。很难忘记她带领和帮助我与另外的大陆朋友一路南下，去彰化、去台南，拜访吴晟先生，访问在台南的台湾文学馆；也很难忘她带着我们奔走在台北街头，先是到焦桐先生的“二鱼文化”，再到“远流”，又到隐地先生的“尔雅”，然后又途径“纪洲庵”，途中小吃，快速猎书，满载而归的畅快经历；更难忘记的是，重阳节那天，她与夫君钧尧邀请我去参加《幼狮文艺》与《文讯》主办的台岛文学界文学前辈的重阳聚会，在那场四百来人参加的盛大聚会上，艾琳带我穿梭会场，一一拜访诗界前辈。说实话，我的性格并不太适应这样的场合，在盛大的场合，我总是木讷、迟钝，不善言辞，但为了诗歌，为了艾琳与钧尧那么美好真诚的热情，我得豁出去，必须豁出去——那是我的一生中多么难忘的聚会啊，敬老，敬文，而且有那么热烈与纯真的友情！

——然而现在，我在此岸了，他们在彼岸。方群、卓成、艾琳、钧尧，还有杨小滨、洪淑玲、我的 Facebook 上的全世界的朋友，他们都在彼岸，我很想念他们！

前辈

抵台第三天，十月三日，恰逢台湾的中国诗歌艺术学会与“三月诗会”联合举办“海峡两岸中秋诗歌联谊暨三月诗会创立二十周年纪念会”，我与恰在台的另外两位大陆学者郑州大学的樊洛平教授、广西民族大学的陆卓宁教授都很荣幸地应邀参加。行前，方群告诉我，参加这次活动的，大都是前辈。二十来岁时，我曾经在老家淮阴的政协机关工作过，成天相处的，也都是前辈，所以，得知方群所说的情况后，我在内心中一方面告诫自己一定得要注意礼节，另一方面，我还对这些前辈生出了好多想像。

活动在台北的一家酒店举行。正是在这场活动中，我认识了台湾中国诗歌艺术学会的理事长林静助先生、文史哲出版社海峡两岸非常著名的出版家彭正雄先生、老诗人丁颖先生、向明先生、麦穗先生、张小千女士、《葡萄园》诗刊主编台客先生、《创世纪》诗刊的发行人、诗人方明先生、主编辛牧先生、著名画家慧松和蔡兴昌先生等。这次活动，非常难忘的是前辈们对诗歌的热爱与执着。像是孩童，像是一帮天真无邪的小学生们，他们将新近完成的诗作用笔工整地抄录、或者是复印，互相散发、欣赏、讨教，富有激情地朗诵，是那样的投入、单纯。活动中的很多前辈都来自大陆，都经历过无比深巨的家国创痛，所以在内心中、在情感上，都难以消除对历史的记忆和对政治的关切，这又让我时时感受到一种悲情，一种前辈们也许自觉、也许不自觉，也许有流露、也许在实际上没有流露的难以掩抑的家国与历史的悲情，这是我在与台湾的前辈们交往过程中经常体会到的一种相当独特的悲情。

活动结束后，我和陆卓宁、樊洛平一起随彭正雄先生去参观他位于罗斯福路上的文史哲出版社。说实话，我在大陆和很多出版社都有合作，对出版社的情况有一定的了解。在我们大陆学者的心目中，彭先生和他的出版社一直都是鼎鼎大名，颇为权威的，因此在去“文史哲”的路上，我自然有很多想像。可万万没有想到的是，彭先生的出版社并不是我想像的在高楼大厦中，而只是几间普通的房屋，空间拥塞，到处是书。一家出版了那么多重要的学术著作，在整个汉语学术界都很有影响的著名出版社竟然会是这样的情景，这不禁让我大为震撼，大为感慨。可是，彭先生对此却并不在意，他那天晚上非常高兴，兴高采烈和颇为自得地在电脑上向我们演示和教导他所发现的电脑录入与排版技术，还送了我们好多书。其中有些书，我曾寻访多年，非常珍贵。他自己的著作《历代贤母事略》和他的女公子彭雅玲教授的专著《史通的历史叙述理论》也让我很感兴趣。彭先生的著作，其内容，以及其对帮助我们进一步了解彭先生的意义自不必说。《史通的历史叙述理论》对于我近来在思考的文学史叙述方面的问题无疑会有启发，一握在手，翻读目录，便已很有兴味。彭先生是一位理想主义者，热情洋溢，独当重任，几乎欲以其一人之力，承担传承和深研我中华文化与人文学术的精神使命，每念及此，在令我深深感佩的同时，也很自然地会给我力量，让我感受到在如今这样的工商时代投身人文固然有艰困，也会有悲情，但他的坚定，他的热烈，他的吾道一以贯之的伟大情怀何尝又不是人世与人生极致的大美？！

十月七日下午，我们又应方明先生的邀请访问了《创世纪》诗刊社。在台湾的诗歌界，位于台北敦化南路上的“方明诗屋”非常著名，那是《创世纪》同仁和台湾文学界的很多文朋诗友经常聚会与交流的地方。“方明诗屋”离我所在的台北教育大学并不算远，因此我一路步行，很容易就摸索到了那里。一进“诗屋”，满室墨香，却原来张默先生正在把他用毛笔抄写的同仁诗作铺展在地上。我于书法并不很在行，但张老的字，我却甚是喜欢，时未斗胆请索，至今想来，都非常后悔。以书法恭录同仁的诗作，是张老近时有意在做的事情，从中我能体会到张老的仁厚和他与同仁间的深厚感情。那天在座的，还有林静助先生。是方明先生请来了两位前辈与我们交流，我们有幸，确也受宠。林先生以极高的热情在主持中国诗歌艺术学会的工作，同时又担任《艺文论坛》杂志的发行人与总编辑，言谈之间，总关乎诗。张先生是安徽无为人，以诗歌创作、诗歌研究和《创世纪》的创办而在中国新诗史上有着特别重要的地位与影响。那日得赠先生亲自编定的自选诗集《张默诗选》，非常荣幸，其中的一组“无为诗帖”，写乡情，有隐痛，读之令人无比感叹。家国之痛，对于台湾的很多前辈来说，无论如何都难以祛除了，因为那是——他们的命运！

实际上，痛与悲情，不仅只属于大陆来台的前辈，吴晟先生，台湾彰化人，我们同样能够从他的身上非常突出地感受到这样一种精神与情感。

十月十三日，方群与艾琳带我南下，去彰化拜访前辈诗人吴晟先生。我读台湾诗歌和台湾的诗歌史，一直好奇于吴晟先生以其独特不群的诗歌风格卓立诗坛。到了台湾，艾琳好多次向我说起吴先生的田野、吴先生的树林，还有吴先生的书房与吴先生的令人尊敬的家庭。我们是傍晚到的吴先生家，乘着天色，我们先穿过田野，参观了吴先生的树林，后来才回到吴先生的书房。吴先生的树林自让人钦佩，也让人喜爱，吴先生的书房，则超出了我们每一个人的想像。我想无论是在台湾，还是在大陆，都少有人有这样的书房：巨大的面积，独立的两层，很现代、很艺术和很清雅的设计，坐落于田野与庭院之间，大量的藏书不仅有我易于想见的中外文学包括诗歌作品，还有很多政治、经济、文化、法律等社会科学方面的书籍。吴先生的很多诗作都为我所喜爱，他对乡村、土地和对家人的感情，也很让人感动。但是说实话，之前我对他的社会关怀和现实参与却并不了解，这次拜访，让我非常切实地感受到，吴晟先生不仅是诗人，还是一位有着自己独特理念的思想者和行动者。他写诗，写散文，他还非常坚定地守护着被他视为永恒价值的土地伦理，以一种悲壮与激越的捍卫与抗争，组织和参加台湾的生态保护运动。土地使他沉着，阅读使他渊博，从田野，从家园，从世界的一个具体而微的所在出发，他其实有着广阔的承担。从他的目光和他的言谈中，我能非常强烈地感受到他对土地和对台湾社会深切的忧思。

——这就是我在台湾期间所曾接触到的几位前辈，在他们身上，热烈、悲情、坚定与承担，经常都会感染着我，使我躬问自己我们这一代知识分子和我们这一代文学人应该坚持怎样的价值，应该抱有怎样的情怀？在此意义上，他们真的应该是我们的典范！

当代中国十大诗人（一九七九——二〇〇九）：一个人的排行榜

北岛

对于北岛，我很同意一位海外学者所曾指出的，即他代表了中国的声音。他在中国当代诗歌史上的重要地位，目前还罕有其匹。他的诗歌，无论是其早期的高亢，还是在他去国之后的低回，都是中国的良知或者心灵的真实表达。北岛早期诗作中的人道精神、英雄情怀和他对世界勇于怀疑与挑战的精神姿态，与那个时代保持了应有的张力；而他去国以后的大量作品，即使有着难以掩抑的孤独、哀伤甚至落寞，但仍有着巨大的悲情，和他的祖国息息相关。在诗歌史的意义上，北岛开创了两个非常重要的传统，即以《今天》所开创的民刊传统和以其自身的诗歌实践所开创的反抗与介入的诗学传统。

代表作：《回答》,《宣告》,《钟声》。

顾城

“我也有我的梦，遥远而清晰，它不仅仅是一个世界，它是高于世界的天国”，“我要用心中的纯银，铸一把钥匙，去开启那天国的门，向着人类”（顾城：《学诗笔记》，《顾城诗全编》，上海三联书店，一九九五年）——对于顾城的诗学追求，很多人的印象一定都深刻。顾城以其孩子般的诗思和语体构造了一个诗的天国，这样的天国，正因为其高于世界，而又面向着人类，所以在实际上，又与我们的尘世存在着紧张。它不仅会安慰我们，也会在灵魂中撕裂着我们。

代表作：《一代人》，《我是一个任性的孩子》，《鬼进城》。

海子

海子是我们这个民族贡献给世界的一个天才型的诗人，他是一位诗歌烈士，也是一位诗歌王子，是一位“野蛮”、“悲伤”、烈火一般纯净与炽热的诗歌赤子。海子的出现，是汉语诗歌特别是现代汉语诗歌和我们这个民族的一种幸福。海子从太阳、天空、大地、黑暗与死亡那里汲取诗情，为其笔下的村庄、麦子、少女和母亲等一切事物注入永恒的神性，从而使他的诗歌世界充满着神异的光辉。这一浪漫、激烈和有着“前现代”精神的原初的美，客观上对我们的现代性生存构成了非常有力的质询与批判。“海子精神”和“海子诗学”，无论是对我们的诗歌还是对我们的时代，都很珍贵。

代表作：《亚洲铜》，《麦地与诗人》，《面朝大海，春暖花开》。

欧阳江河

正像欧阳江河在一首诗中所写的，他似乎对“世间一切崇高的事物，以及事物的眼泪”都有着细致的体察与广阔的关怀。从其早期的成名作《悬棺》，一直到后来的《汉英之间》、《玻璃工厂》、《快餐馆》、《哈姆雷特》、《感恩节》与《时装街》等大多数作品，欧阳江河都善于对“事物”进行精妙锐利的深入研究，并在这种研究中引入精神、文化、历史和社会的多重视角，在不无机智、密集复杂和出其不意的语词混成与能指转换中，完成某种抽象的提升和对时代与精神的知识分子式的批判。

代表作：《汉英之间》、《玻璃工厂》、《傍晚穿过广场》。

王家新

王家新的写作，一直具有坚定、明确的知识分子精神和诗学追求。他常自觉地将自己的写作置放于时代、历史和现实生活的巨大压力下，在深邃的精神关怀和开阔的文化视野中，通过对其个体生命和精神体验的挖掘与书写，不仅以诗的方式坚守着知识分子的精神立场，更是建立了其深刻、独特和相当有效的个体承担的诗学。我一直记得王家新在一次演讲中所说的话——“一个诗人，不仅是写出了一些好诗的人，也不仅是提供了某些名句的人，还是为他那个时代带来了某种美学气质和精神性的人，或者说，是一个能够在贫乏的年代为我们拓展出诗的精神向度的人。”我以为他自己，就是这样一个能够为我们这个贫乏和鄙俗的年代拓展出精神向度的杰出诗人。

代表作：《瓦雷金诺叙事曲》，《帕斯捷尔纳克》，《回答》。

西川

西川的诗歌兼有古典主义的均衡、高贵和超迈、激越的浪漫情怀，他的博学、智慧和他广阔的游历，他对时代、历史和对人类有史以来不同文明伟大的精神创造的浓厚兴趣与敏锐感知，不仅使他拥有了巨大的诗歌才智与无比非凡的创造力与想象力，又使他的诗歌带有着某种特别的神秘意味与玄学气质。他是当代诗歌史上不多的几位具有强烈的诗本体意识的重要诗人，果决、勇敢和开阔大气的诗体实验，屡屡为我们的现代汉语诗歌开拓出新的可能。

代表作：《在哈尔盖仰望星空》，《夕光中的蝙蝠》，《致敬》。

杨炼

当代中国的诗歌历史上，很少有人像杨炼这样非常自觉地从中国的精神文化传统中汲取资源，并且成功地将东方的宗教、哲学、精神体验与诗学思维方式和来自西方的诗学经验浑然天成地结合起来，以其非凡的文化、政治、精神和历史方面的洞察力和诗性的想象力，建构起辉煌阔大的诗学空间。尤为可贵的是，杨炼的写作避免了高蹈的可能与危险，在全球化时代的流寓文学中，承担起了对于故国、语言和诗歌的多重责任。

代表作：《礼魂》，《无人称》，《大海停止之处》。

于坚

于坚是一位在诗歌创作和诗学观念上对同时代的诗歌产生重要影响的

诗人。他在当代中国的诗歌史上较早发现了日常生活本身的诗意，他对这种诗意，不是在“发掘”，而是在“呈现”，去除了以往覆盖或强加于日常生活之上的政治文化内涵，因此其笔下的日常生活，反而获得了神性般的意义。于坚的写作创造性地采取了口语化的语言策略，努力避免另外一些语言资源所易混杂的文化污染，诗意与神性仿真还原，自动涌现，具有一种温厚、亲切的精神魅力。

代表作：《尚义街六号》,《对一只乌鸦的命名》,《〇档案》。

翟永明

作为当代中国女性诗歌的首席代表，翟永明的诗歌实践和诗学主张中的话语独白、黑夜意识和对男权文化的颠覆与反抗等女性主义特征，在得到文学史及诗歌史应有评价的同时，也对其整个的诗歌创作形成了遮蔽。实际上，在她迄今为止不同时期的很多诗歌中，诸如社会批判、文化反思和历史记忆等很多主题，不仅有着明显的体现，而且还在很多方面超越了女性写作所易固有的种种局限，从而为后者开拓出了广阔的空间。除了不多的一些可贵的和解，广阔的、有时甚至是很激烈的反抗与机智的反讽，是翟永明的诗歌最为主要的精神特征。她还是一位文体家，是一位在诗体结构、诗学修辞和随笔写作方面成就突出的文体家。在很多人的想象之外，实际上有一个更加丰富和更加深刻的翟永明。

代表作：《女人》,《静安庄》,《鱼玄机赋》。

周伦佑

作为中国当代诗歌史上的重要流派“非非主义”的首创者、理论家和代表性的诗人，周伦佑的意义重要且丰富。我一直以为，以周伦佑为代表的非非主义和他所主办的《非非》诗刊是当代中国诗歌史中的伟大暴动，这场暴动涉及到文化、诗学、词语以及诗歌体制等全部和根本的方面。他是一位坚苦卓绝的诗歌战士。作为诗人，周伦佑的写作犀利、饱满、激越，具有壮怀激烈的自由精神。他的介入的坚决、实验的勇敢，他从楔入历史的个体生命中所迸发与锻造出的诗篇，以及这些诗篇所充分体现的自由的诗学，无疑是我们这个时代知识分子精神的有力证词。

代表作 :《想象大鸟》,《第三代诗人》,《象形虎》。

读其他

全球化时代的中国启蒙

作为一个困扰中国现代知识分子百年的问题，启蒙主义的思想文化实践在当下语境已经处于困危之中，这一境况无疑是由八十年代末期以来政治意识形态的“重创”、“后学”思潮的反叛、“文化民族主义”的攻击、大众文化的消解和大众的冷漠与鄙斥所造成并以其作为表征的。启蒙主义的困危并不意味着其合法性的丧失，相反，“对比话语”新的强大存在倒是赋予了前者以新的生命与新的内容。应该看到，中国九十年代启蒙主义的“对比话语”与八十年代相比有着迥然不同的理论谱系，阻扼启蒙的现实力量也有所变化，它们均与“冷战”以后日益突显的“全球化”浪潮有着密切的内在联系。作为我们这个时代的一个最为重要的特征，“全球化”对于任何一个民族国家的冲击都是全方位的，我们的国际战略、政治运作、经济活动、文化主张以及生活方式均与“全球”有着关联，因此，当下中国的启蒙主义便应具有新的历史特征。首先，是它的“当下性”。我们应在深入反思近百年来中国知识分子启蒙主义历史实践的基础上，总结历史经验，以明确启蒙在“当下”的目标、任务与策略。其次，是它的

"全球性"。应该以充分的"全球性"眼光注意其批判对象的"全球性"背景，考察二者之间的复杂关系，如国际资本的"官僚化"、西方激进的后现代和后殖民主义思潮的"保守化"及麦当劳的"中国化"等。第三，便是其"中国性"。中国启蒙的思想文化活动虽然并不一定完全发生于中国的本土空间之中，但是其所思考的，显然应是中国本土的社会文化问题。

对于"全球化"问题的集中研究虽然兴起于八十年代的西方并且在九十年代的中国方始成为"显学"，但在实际上，资本主义的"全球化"行动却在其对世界市场的开拓及对其他民族的殖民统治之际便已开始。可以说，中国近代以来几乎所有的社会政治运动及思想文化实践，均与"全球化"有着深切关联，其中，自然也包含了中国近代以来的历次启蒙运动，这也是近年来启蒙话语易遭诟病的一个重要原因。应该承认，中国的启蒙主义在某种意义上确实是资本主义"全球化"的结果，启蒙话语也确实是对西方启蒙话语的某种"移用"，后者的自由、民主、科学、平等、解放及历史进步主义的价值吁求对于中国知识分子具有巨大的感召力量。但在反思"五四"和八十年代的思想启蒙运动的时候，某些论者操持"后殖民主义"和"文化相对主义"的西方话语所作的指责却是相当简单化的。他们不仅表面化地而且过于夸张地惊呼"近代以来中国知识分子的心灵和认识论曾经被半殖民的事实"（张宽：《文化新殖民的可能》，《天涯》一九九六年第二期），这种指责无疑缺乏辩证的和历史主义的态度。我们在考察话语"移用"的时候，一方面要考察这种"移用"的历史前提以检验这一"移用"的历史正当性，另一方面，还应考察"被移"话语在新的历史语境之中的功能和意义变迁。以此看来，"五四"和八十年代的启蒙话语在功能、意义和历史前提方面均与西方启蒙话语表现出一定的内在"差异"。西方启蒙话语所挑战的，主要是西方中世纪的"宗教神权"，而"五四"启蒙话语所批判的，却主要是中国本土的"封建礼教"。至于八十年代的思想启蒙，批判的又是以封建作为表征而实质却是一种现代性的极左意识形态。这样，这两次启蒙运动所针对的，无疑是中国本土的“切身”问题，而西方启蒙话语之中基于其独特的宗教背景的“博爱”倾向也遭到了舍弃。因此，“五四”及八十年代的启蒙话语已经不再是纯粹的西方启蒙话语。实际上，异质话语进入本土语境并且与本土内部的社会文化实践结合以后所发生的功能与意义变迁几乎是一种无法避免的宿命．正是在这个意义上，我们说马克思主义与俄国革命以及同样来自西方的马克思列宁主义与中国革命的结合才分别产生了被称为列宁主义和毛泽东思想的思想成果。“五四”和八十年代的思想启蒙所欲解决的问题的“切身性”以及其特殊的话语内涵决定了它们的历史“正当”，作为一种历史性的文化实践，它们也许存在着一定的历史局限，但是，这些局限可能并不在其话语，而在于其他。

在当前资本主义全球化的历史语境之中，“冷战”时期全球性的意识形态冲突虽然并未完全消失，但正如福山与亨廷顿所曾指出的，自由民主理念已经在意识形态冲突中取得了决定性的胜利，在未来的时代里，“文明的冲突”将取代“意识形态的冲突”而成为全球冲突的主旋律。实际上这也暗示着，以自由民主作为主要诉求的思想启蒙在全球范围内不仅将告完结，同时，在亨廷顿那里，由于作为西方价值观的自由民主的普世性意义遭到了自我怀疑。同此，世界上那些自由民主的意识形态未获制度性落实的民族国家内部的意识意识形态冲突的必要性，似也变得可疑。但在我看来，他们所道出的只是问题的部分实质，因为检验意识形态正当性的一个重要标准，便是它的制度化落实是否给人民带来福祉，是否能够带来最为基本的社会公正，在此意义上，中国启蒙的主要诉求仍然应是自由、民主、平等、科学等基本理念及其现实贯彻，不过，在新的历史语境之中，它与“五四”启蒙和八十年代的启蒙相比，应该具有不同的任务和策略。

全球化时代中国启蒙最为紧要的任务，便是着力于建设“高度文明，高度民主”的一个强盛的现代化民族国家，围绕这一点，启蒙主义应从紧相联系的两个层面开展工作。在社会政治层面上，启蒙主义应有这样一个明确的思想认识，即当下中国的社会政治问题与八十年代相比已经明显不同。八十年代的官僚主义、政治垄断、社会不公和官场腐败所借重与结合的，主要是封建的和极左的势力与遗存，而在当下，虽然这些问题依然存在，甚至在局部更加严重，但是，由于封建及极左势力的急剧衰落和中国对于全球化经济体系的竭力融入，这些“传统遗留的问题在全球化的结构中正在发生改变。今天的腐败经常表现在国际金融和贸易领域……官僚主义和政治垄断在今天的含义与过去相比发生了变化”（汪晖：《关于现代性问题答问》,《天涯》一九九九年第一期）。启蒙主义不管是考察政治垄断、抨击官场腐败，还是为社会弱势群体吁求社会公正，都应将自己的社会主张建立于对全球性的政治经济结构当中不同的社会群体与国际、国内资本与政治力量的复杂关系的考察之上。在全球化的历史情势下，即使中国最为封闭的农村所发生的问题如茧价下跌造成的农民利益受损，也有着复杂的国际背景。指出这一点，并不意味着我们否认中国既有的社会结构所产生的问题，实际上，国内众多的社会经济问题无不直接导因于前者，我们只是想强调，中国本土社会结构的存在与变迁均与全球化有着千丝万缕的复杂关系。

思想文化启蒙一直是中国现代启蒙最为重要的内容，以至于它曾经遭到“以思想、文化来解决问题”的批评。但不管怎么说，思想文化与社会存在（包括制度）之间的互动关系都是勿庸置疑的。因此，全球化时代的中国启蒙仍应继承这一启蒙传统，但在同时，又应充分考虑由于全球性的文化传达所造成的本土文化空间的复杂性。当下中国的文化空间主要是由政治意识形态活语、启蒙主义话语、文化民族主义话语、“后学”话语及大众文化等构成的异常复杂的紧张关系，不同的文化话语之间既有冲突，也有共谋。由于全球资本主义时代的来临，政治意识形态对于其和启蒙话语的冲突采取了沉着处理、心中有数的“不争论”策略，前者对传媒的有效控制也堵塞了启蒙话语借助“争论”影响民众的基本通道，同时，它还有效利用因为全球化的冲击而复活与兴起的文化民族主义话语、“后学”话语及大众文化对启蒙话语进行多重阻扼，这也是丧失魅力的政治意识形态寻求“增势”（empowerment）的重要策略。在这之中，由于“后学”话语缺乏广泛的民众基础，而大众文化即使获得了大量的民众喜好，也因肤浅和即时的“感官性”与“消费性”无法产生深刻而持久的思想与激情，因此，这两种话语本身并不能对启蒙话语构成足够的威胁，倒是文化民族主义话语应该引起重视。

任何一个民族的文化民族主义话语均有着深厚的历史与民众基础，共同的民族记忆、民族情感和民族利益，使其具有巨大的感召力与凝聚力，这也是部分“后学”论者转而从文化民族主义这里寻求“增势”的重要原因。当下中国文化民族主义的复活有着相当复杂的原因：一方面，中国古代的辉煌文明和中华民族近代以来痛苦的“被害记忆”使得民族主义已经变成了我们的深层情感；另一方面，当前全球性政治经济格局中的民族利益也促使着它的产生。同样需要指出的是，西方国家所盛行的“后殖民主义”话语和“文化相对主义”话语对于“西方中心主义”的批判，亨廷顿的“文明冲突论”所表现出来的对于非西方文明尤其是伊斯兰文明和中华文明的过于夸张的敌意与警惕，以及对于西方文明普世价值的自我怀疑，更使文化民族主义者获得了带有自我膨胀色彩的充分“自信”。因此，便产生了诸如“二十一世纪是中国的世纪”和“三十年河东，三十年河西”这样的“华夏中心主义”话语。实际上，无论是过去，还是现在，中国的启蒙主义都强调民族国家的基本利益并且希图通过建立一个自由、民主、强盛而充满正义的民族国家来显示我们的民族尊严，同时，它也并不一味地拒斥自己的民族文化，但在这一点上，它和文化民族主义却有原则性的区别。它清醒地意识到文化民族主义所将导致的危险。由于民族主义具有忽视民族内部冲突与差异的形而上学的偏执情绪，所以极易被民族国家用来掩盖本土内部的社会文化问题，并以“民族”、“国家”的名义来剥夺个人权利、压制个人自由，进而达到极权主义的目的，对此，安东尼·吉登斯曾经提出明确警告。他在《民族——国家与暴力》一书中指出，在民族国家内部，“用来鼓动极权统治的目标会与民族主义强烈地搅合在一起，因为民族主义情绪提供了基本的意识形态手段，把原本可以分崩离析的人口团结在一起。民族主义的重要性在于确保了极权主义之‘极’的一面，因为它携带着它自己的‘象征历史性’，为人民提供了一个神秘的来源，也为人民提供了一个为之奋斗的共同的未来归宿”（吉登斯：《民族——国家与暴力》，三联书店一九九八年五月版第三百五十四页）。

启蒙主义的方法与实质均是对于“蒙昧”的去除，当下中国一个普遍的“蒙昧”，便是以金钱意识形态作为突出表征的“物欲蒙昧”，对于这种状况的批判性探讨，将是中国启蒙的迫切任务。

在任何一个社会的文化空间之中，不同的话语力量实际上都具有强烈的中心化企图，否认这一点不是一种虚伪，便是出于一种策略上的考虑。真实的情形只不过是，各种势均力敌的话语力量在对话之中也许均未真正进入中心场地，但是不可否认，中心化企图正是话语言说的内在动力，文化话语正是在其进入中心的努力之中不断拓展自己的话语空间的。我们在考察话语冲突的时候，还应仔细辨证话语与体制之间的复杂关系。一种丧失民众支持的文化话语完全可以借助于体制的力量而在话语空间之中处于支配性地位。全球化时代的中国启蒙明确自己的边缘化处境，它并不隐瞒自己对于中心的真实渴慕，但是它在进入中心的艰难征途中，更应记取“五四”和八十年代的启蒙运动在对其他话语力量（如“民族主义”等）的“借势”或共谋之中所造成的自身势力的削弱与自身品格的丧失，从而避免再一次发生启蒙的“异化”。

生的执著与热情

——读陆建华著《汪曾祺的春夏秋冬》

我曾错过一次见到汪曾祺先生的机会，至今都很遗憾。十多年前求学北大，我在研究生会的学术部和几个同学负责张罗学术讲座，曾经邀请过汪老为我们做“文学漫谈”。当时他住城东南的蒲黄榆，距离北大相当之远，我本来该与另一位同学一起去接请汪老。但已记不清是什么缘故，我却未能去成，当晚的讲座也未听成。后来我请同学向我描绘汪老的形象，他只是说了这么一句——“一个老头子，眼睛特别亮！”就是这样简单的描绘，却让我对汪老愈加神往并想像至今，其憾其悔，也每见其深。但是，陆建华所著的《汪曾祺的春夏秋冬》（河南人民出版社二〇〇五年九月版）对于汪曾祺的创作历程和人生道路的全面书写以及对汪曾祺的形象真切生动的刻画，却让我在另外的意义上走近了汪老。更为重要的是，阅读陆著，我还更加深入地领略了汪曾祺的精神世界，特别是作为其精神世界之核心的“生的执著与热情”。

对于汪曾祺来说，沈从文先生应该是其最为重要的人生导师。陆著用了很多篇幅记述了汪曾祺和沈从文先生的交往，读来令人动容。一九四八年春，当汪曾祺在北平因为谋职无着而悲观苦闷的时候，沈从文先生曾经对他有过这样的劝慰："曾祺，不要这样，千万不要这样！重要的是对生活的'执著'，要对生活充满热情。即使是在严酷的现实面前，也不要觉得'世事一无可取，也一无可为'。一个人总该用自己的创作，使这个世界美好一些，给这个世界增加一点好的东西。在任何逆境之下，也不能丧失对生活带有抒情意味的情趣，不能丧失对于生活的爱"。一九五八年，在汪曾祺被打成"右派"下放劳动期间，沈从文先生又常写信，抚慰和鼓励他说："时代大，个人渺小如浮沤，应当好好的活，适应习惯各种不同的生活，才像是个现代人……热忱的、素朴的去生活中接受一切，会使生命真正充实坚强起来的。"因此，对于生的执著与热情，一直是汪曾祺对待生活的基本态度，也是其抵抗时生乖蹇的人生命运的精神资源。在西南联大的艰苦岁月里，汪曾祺博览群书，潜心阅读，开始了自己的文学创作；流寓上海任教中学期间，他独处陋室（铁皮小棚），也能自得其乐，读书写作；即使是在身为"右派"的四年中，"也不丧失对生活带有抒情意味的情趣，和对人生、对生活的挚爱之情"，满怀热情地去劳动，去接触中国的土地与农民，甚至是"坐对一丛花，眸子炯如虎"地完成了一部《中国马铃薯图谱》，而这样的精神，与沈从文先生《中国古代服饰研究》的写作，又是何其相似！身处逆境时况且如此，在较为顺遂的"新时期"以后，他的人生与创作，更是焕发出别样的光彩，最终成了驰名中外、令人敬仰的文学大家。

一般以为，汪曾祺先生最为"复杂"的经历，便是他在"文革"时期曾经担任《沙家浜》的主要编剧并且受到江青的"赏识"。陆著不为尊者所讳，在很忠实地记述汪曾祺先生"文革"经历的同时，又很详细和令人信服地揭示出，特殊处境中的汪曾祺并没有发生精神的畸变，他只是以相当平常的心态来看待自己的"知遇"。他"对江青既心存感激，又诚惶诚恐，有时还流露出知识分子的一点傲气和几分自得，但绝不奴颜婢膝，更不阿谀奉承”。所以他在《沙家浜》的“智斗”一场中不顾江青“江湖口太多”的指责，瞒天过海地保留了阿庆嫂“垒起七星灶”那一段后来被广泛传唱的著名唱词。一九七〇年五月，当他获得登上天安门的“政治殊荣”时，“也没有激动得‘热血沸腾’”，而是“看着铺在桌子上的一大摊改了又改的文章草稿，居然向军代表建议：‘能不能另换老杨去？’”这些记述都使我们认识到，汪曾祺所执著与热爱的，无疑是一种健康、纯洁与明净的人生。这样的人生，有着自己的尊严与底线。汪曾祺的精神人格，没有丝毫的心机与杂质，更是没有令人不齿的政治趋附。实际上，汪曾祺被陆著以“祸福相倚”所精当概括的“文革”经历，也在另外的意义上透露和诠释了他的“生的执著与热情”所具有的丰富内涵，提供了“拷炼”汪曾祺的精神与人格的“宝贵”机缘。这样一来，陆建华的著述，倒使我们进一步思考包括知识分子在内的每一个个体生命如何对待载浮载沉的自身命运。在运交华盖的时候，能够保持“生的执著与热情”自属不易，而在被权力难以逃脱地“恩宠”和“有幸选中”的时候，能够不骄矜、不忘形，从而保持清醒、坚守底线，执著于一种健康、明净和葆有尊严的“生”，则更加困难。我想这样的启示对于思考知识分子的当前命运，应该具有突出的意义。

汪曾祺的对于生的执著与热情，除了体现于他的命运遭际，还很突出地体现在他的文学实践之中，这在陆建华的笔下同样有着相当丰富的书写。对于汪曾祺先生包括《受戒》、《异秉》、《大淖记事》和《岁寒三友》甚至其早期小说《老鲁》和《羊舍一夕》等在内的几乎大部分重要作品，陆建华都很细致地叙述了它们的“生产过程”，诸如作品的生活来源、人物原型、创作缘起、写作历程和发表的经过，我们都能从中得到全面的了解。仅此一端，就已使陆著具有了相当重要的学术价值。而作者在结合这些叙述的同时对于作品的研究和阐发，则更是使我们认识到，“生的执着与热情”，同样也是汪曾祺的小说创作最为根本的精神特征。对于这点，还是陆建华的概括最为精当。他说，汪曾祺“在表现旧社会生活时，总是让一种内在的欢乐情绪始终弥漫在作品之中。这就使他的作品始终保持着一种健康的基调，引人向上，增加人们对于生活的信心”。如此说来，“生的执着与热情”，就成了包括生命历程与文学实践在内的“汪曾祺的世界”最为基本的精神特征了。陆建华的著述亲切随意，娓娓道来，细致温润且又富有诗意。阅读陆著，正是对于“汪曾祺的世界”的深深沉醉。“一个老头子，眼睛特别亮”！我正是以这样的方式走近了汪老，弥补了自己十多年前的遗憾——感谢陆建华先生！

精神自传的自觉

近几年来，对于一九八〇年代的重访与反思成了思想文化界的一个重要现象，有关图书一直是读书界的持续性热点，一九八〇年代的政治、思想、文化与文学也成了相关学科新近开辟的一个引人注目的研究领域。正是在这样的语境中，王尧《一个人的八十年代》似乎是适逢其时而又独辟蹊径地从“一个人”的角度书写“八十年代”，为我们对“八十年代”的重访提供了一种新的叙述，而且在思想史的意义上为个人记忆的书写带来了一种新的可能性。

在《一个人的八十年代》“自序”中，王尧开篇就申明：“这本书不是我的精神自传”。他认为自己“无论怎么论证”，“都不具备‘精神自传’的条件”。实际上，我倒是坚持认为，无论是在怎样的意义上，这本书都是他的精神自传，而且是一部真诚、坦率并且具有非常清醒的内在自觉的精神自传。王尧的表述其实只是一种低调的自谦，或者说，也可能只是源自他相对于自己更加全面和更加深入的自传构想的不甚满意与不甚满足——这样的自传，也许他正在酝酿或写作之中？王尧未能进一步言明精神自传到底需要怎样的条件，但他在具体写作中却呈现了精神自叙的脉络。我以为，对于精神自传来说，“一个人”，就已经构成了一个完全充要的条件。每一个个体生命和他的精神历程，都有着认真撰写的必要与价值，尤其是当他把自己的经历之于大时代背景之中时。“一个人”的精神自传对于某一个时代的纪录与反思，它在带有某些局限的同时，其实也可能更加独特、更加切实与可靠。某种意义上，我们甚至可以这样说，如果要展开对于某一个时代的纪录与反思，“一个人”的视角，则不仅可能，而且还非常必要。帕斯捷尔纳克在谈到自己的自传性随笔《人与事》时曾经说过：“我是从最小的生活圈子的中心着笔的，有意把自己限制在其中”、“这里所写的东西，足以使人理解：生活——在我的个别事件中如何转为艺术现实，而这个现实又如何从命运与经历之中诞生出来”。王尧的《一个人的八十年代》，实际上也是从他自己不无边缘的、“最小的生活圈子着笔”，并且“有意把自己限制在其中”，从容不迫而又真切细致地书写了一个“八十年代之子”精神诞生的基本过程。在这样的书写中，王尧记述了很多他所亲历的“个别事件”，和他在八十年代的“命运与经历”，正是这些“事件”和他的“命运与经历”，为我们了解王尧和“王尧们”的“精神现实”与它的“诞生”，提供了一种相当可靠的途径。帕斯捷尔纳克所回溯的，是他的“个别事件”和他个人的“命运与经历”如何诞生出了他的文学世界所包涵着的“艺术现实”，而王尧所回溯的，则是他的“精神现实”。所以说，《一个人的八十年代》，实际上有一种精神溯源的意义。

王尧在这本书的“自序”中指出：“重新返回二十多年前开始的场景，纷至沓来的种种既熟悉、又陌生。‘大学’是我八十年代以后的基本场景，我从这里往返乡村，穿行城市，于是，‘乡村’、‘大学’和‘城市’是我主要的叙事空间，而在‘大学’中出没是本书的一条线索。尽管记忆琐碎和零乱，但我试图概括，分而叙之，这就有了每卷之中的不同主题。”这里所说的“不同主题”，实际上就是王尧在分别面对“乡村”、“城市”和“学院”时所具有的不同的精神姿态，包含了他在由一个“乡村青年”成长为一个“学院知识分子”过程中的精神历程和他当下的某种精神现实。

《一个人的八十年代》分上、下两卷。上卷的内容，主要是对一九八〇年代乡村生活的追忆与重访，非常真切地揭示了王尧对乡村的复杂心态。在现代以来的中国历史上，一九八〇年代的转型性意义毫无疑问。王尧充分和自觉地追溯了埃里克森意义上的“历史转型”与其“个体生命周期”相遇与纠缠的时刻，非常真实地袒露和揭示了他对“乡村青年”身份的排拒心态和他对“城市”与“学院”的向往，丰沛的个体经验或个人记忆因此也有了相当深厚的精神内容。当然，和很多来自乡村的知识者一样，王尧对乡村有着很深的情感。于他而言，乡村不仅是一个生长于斯的所在，更因埋葬着自己的爷爷奶奶和外公外婆这四位老人而让他感到深刻的系念。他说：“我对乡村的怀念，与那里埋葬着这四位老人有关。我每年差不多回到村庄两次，一次是清明节，一次是春节。每次回乡，也就成为对四位老人的凭吊。在我离开自己的村庄时，我还没有意识到如果那个村庄葬着我的亲人，我是无论如何也走不了很远的。人到了一定的年龄，对自己故乡的怀念，在很大程度上是因为那里埋葬了自己的亲人”。读到上述文字时，我想每一个人都会为王尧对祖辈的深情所感动。实际上，与对自己的亲人一样，王尧对乡村里的很多人与很多事都怀有着浓厚的感情。他很真切地追忆与书写着他的位于苏中里下河水乡地区故乡东台的乡土自然、田野景观、村落结构、乡风民情以及他所热爱的农事、劳作与乡间游戏，回忆着他的“闰土”。这一卷中，我最爱读而且也是被王尧写得特别充分的，是他对诸如“电话机”、“大字报”、“供销社”、“文艺演出”和“写对联”等一九八〇年代（以及追忆中的一九七〇年代）乡村生活特别是乡村文化生活方式，以及对“白玉牙膏”、“凤凰自行车”、“飞马”和“大前门”香烟等日用商品中所体现着的城市想象的记述，我以为这些内容，完全称得上是关于那个年代饶有意味的“事物笔记”和“历史考古”。尤其重要的是，他在“现代化”的转型中，将这些“事物笔记”和“历史考古”与乡村人文结构的变化联系在在一起，而他个人的思想与情怀也就落实其中。

不过，我以为王尧对于乡村的精神姿态中更加独特的方面，还不单纯地是对故乡的眷念，而是一些更加深刻和更加复杂的东西。王尧坦率地直面和相当真实地揭示了自己借由恢复不久的高考制度离乡进城的经历，袒露了他在其中极为真实的精神历程。“离开那座村庄，是我八十年代的开始”，在《一个人的八十年代》开篇，王尧就如是指出。实际上，这样的道白或强调不仅适用于王尧，对于命运与经历与其相似的很多人来说，情况都是如此。“文革”后中国高考制度的恢复是当时社会历史转型的重要方面，这一制度对于“回乡知青”“囤积”多年的离乡冲动的释放和鼓舞，无疑是巨大的。在中国乡村当时的身份结构体系中，同为“知青”，上山下乡的“知识青年”和土生土长的“回乡知青”在身份上存在着近乎“天然”的不平等，一九八〇年代，“下乡知青”返城有期，“回乡知青”进城无望。除了参军入伍并且在部队中立功提干，“回乡知青”基本上没有可能摆脱自己的“农籍”身份。在这样的户籍壁垒和严重的城乡差别面前，“回乡知青”的愤激与绝望便很自然地产生了，伴随着这些，试图通过高考这一带有个人奋斗色彩的途径摆脱农籍，成了很多人的惟一选择。这一点，正如王尧自己所坦陈的：“那个年代不想离开故乡的人肯定是狗日的”。在这样的命运、经历与心态之中，每一个“回乡知青”，似乎都成了作家路遥笔下高加林一样的人物。

精神命运的上述经历形成了王尧对乡村“熟悉”而又“陌生”，渴望着“返回”却又要“逃离”的悖论性心态。这样一种心态，注定了他根本无法简单化地认同乡土中国的一切。乡土中国的历史与现在包括它们与王尧的个体生命息息相关的一九八〇年代，都很自然地置于他既有着关切与深情、而又有着清醒审视的目光之中，我想这样的精神姿态，正是知识分子独立意识与理性精神的充分体现。再进一步，如果我们考虑到类似于王尧的精神悖论并非为其一个人所独有，对于在精神命运方面与其相似的很多人来说，其实都是如此，那么，我们就会很自然地发现，“文革”后中国的很多知识分子特别是农裔知识分子面对乡村时的精神悖论，正是他们的精神构成和精神起源之中不能忽略的重要方面。

一九八一年，王尧通过高考离开家乡，来到位于苏州的江苏师范学院（注：现为苏州大学）求学，从此开始了他的学院生涯。“学院知识分子”，成了他继“回乡知青”之后最为主要的身份形象。应该说，对于每一个曾经以高考的方式摆脱农籍的“回乡知青”来说，学院都是他们梦寐以求的所在。对于王尧来说，自然也是如此。王尧在本书的下卷记述了一九八〇年代他自读书时期的班长、系学生会主席、校学生会主席、市学联主席等“职业学生活动家”任上一直到后来留校担任学生辅导员的种种见闻与经历，很多人事，比如他因参加全国学联代表大会而初次进京、比如他为当时“女排精神”的振奋、他的绍兴游历与乡下采风、他在辅导员任上所开展的一系列学生思想工作以及因此而产生的思想冲突与困惑，还有他们先后邀请陈白尘、陆文夫、高晓声和张弦等著名作家来学院的演讲，都有着非常浓烈的一九八〇年代的时代气息。在我看来，这些经历不仅发挥或锻炼了王尧出色的组织才能，更是显示出，即使是在相对边缘的苏州以及在大学体系中较为边缘的江苏师范学院，他在精神上还是很深地楔入于那个时代的。那个时代的理想主义与激情，在他的种种经历中已经有了非常明显的体现。而且，更加重要的是，这种理想主义终于积淀于王尧的精神深处，形成了他难以移易的精神内核。我自认为自己与王尧一样，都是“八十年代之子”。一九八〇年代为我们所塑造的理想主义的精神性格至今都在支配着我们，影响着我们于人于事的评价标准。而在理想的烛照之下，种种现实、特别是我们置身其中的大学现实自然免不了会让我们感到失落、悲哀以至于愤激，从而也构成了我们与它的紧张。正如王尧自己所说的，虽然《一个人的八十年代》主要的叙事场景包括了“乡村”、“城市”

和“大学”等三个部分，但“在‘大学’中出没”，则是该书的一条非常重要的线索，这便形成了作为该书主要内容的“大学关切”，而这种关切所基于的，毫无疑问地是王尧内心深处的“大学理想”。

基于自己的大学理想而与大学发生的紧张关系开始于王尧的“前学院”时代，这一点或许是我们要特别注意的。他在书中这样来描述自己得知被当时的江苏师范学院录取时的情形：“这是一九八一年的暑假，在收到录取通知书后，我为自己的失败声泪俱下。在进入这所大学之前，我在心里已经和它构成了紧张关系。我以极不愉快的心情去和这所大学谋面，直到现在，我还认为我一生中的最大遗憾之一，就是被这所大学录取”。王尧就是以这样的心情开始他的“学院知识分子”生涯的。实际上，也正是从此开始，王尧在很深地融入自己所一直求学与供职的大学的同时，一直又在与它发生着丰富而又深刻的紧张关系，正是在对这些紧张关系的记述与议论中，王尧展开了对“学院”和“学院知识分子”的双重批判，这是王尧的书中最让我会心也是最有价值的方面。如果说，王尧在这里所说的与其母校起初的紧张关系还只是属于高考志愿之类非常具体的大学理想失落的话，那在后来的紧张，则有着更加深刻的内容。

王尧在书中随时出没，不止一处地批判了当下中国学院生态中的恶劣与卑琐，有时甚至难以掩抑地表露出他的愤激与厌恶，比如他在“天下公器”一章中就曾披露：“我在的这所学校有几年从上到下曾经盛行匿名信，有人写了匿名信后又设计栽赃别人，种种丑陋的言行几乎让人难以相信”。这样一种状况，不免使人非常自然地猜测王尧所处的学院生态之恶浊与险恶，所以，我对他在上卷中的一段文字便很容易地有了理解。这段文字是这样写的：“我一直设想，在退休之后，能够回到乡村去，不一定就是我所生活过的那个村庄。我想种地，过一种最简单的生活。……坦率说，我并不完全厌恶我今天的生活，虽然在我的周遭有许多令我厌恶的人与事。一个人难免不碰上自己厌恶的人与事，因此，你若是想让自己清净，只有尽可能不做令人厌恶的事情。但洁身自好其实也是很脆弱的，这犹如我小时候，再怎么爱干净，还难免一出脚就会踩到路上的鸡屎、狗屎之类。不管怎么说，乡村的生活总是简单的。我二十岁之前生活在乡村，虽然也有不如意的人与事，但从来没有估计到二十岁之后，会遇见恶到极处的人与事物”。我想一定是遭受了很多“恶到极处的人与事物”的伤害与污损，王尧的精神自传才会出现这样的文字。我一直以为，这些很节制的文字并不属于发泄私怨，它们所呈现出来的真实心态，正是一部合格的精神自传所必须与难得的坦诚与勇敢。官场恶浊，使人易生归隐之心，身处学院之中而能生出这样的念想，学院生态之恶劣与险峻，真的是不难推想的。好在在王尧的笔下，还有作为其精神背景的清明豁朗的八十年代，还有道德文章，仍然让我们感到有魂可招，健康正常的学院生态值得向往。

不同于那些“恶到极处的人与事物”，这些年来一直充斥和盛行于学院体制中的种种荒唐与种种弊端，同样被王尧不留情面地作了批判。王尧痛陈了学术行政化、官僚化和荒唐的学术评价体系所导致的学院知识分子的人格变异，揭示出一九八〇年代尚未建立而在这些年来“逐渐形成的学术评价制度以及世俗利益的诱惑，扭曲了我们的许多同行”，甚至还导致了“有些人为了获得什么荣誉称号，想方设法凑指标”的学术怪象，这些批判，不仅结合于他自己的精神历程及命运与经历，更是建立于他对一九八〇年代的精神追怀和对学术大师人格企慕的基础上。与他对学院生态的痛切批判一样，实际上是其大学理想受挫之后的另一种表述。

写到这里，我忽然感到王尧对“乡村”和“大学”这两个叙事空间都采取了“在而不属于”的冷静的疏离和批判性的精神立场。对于自己的母校和对自己的故乡，王尧在饱含深情的同时，实际上都有着足够的清醒。王尧在谈到该书涉及得并不很多的另外一个叙事空间“城市”时曾经指出：“知识分子和日常生活中的‘市民’的区别，就在于知识分子能够站在某一个角度来倾听、辨析城市的旋律。我们已经无法拒绝‘城市’，而且也没有充分的理由以‘乡村’作为参照系来审判‘城市’，然而这不等于说，以‘融入’的姿态生存就能重构‘城市’及‘市民’；因此，适当的疏离并保持知识分子的价值取向在今天是十分重要的。融入而又疏离，将使我们获得关于城市的新的理性和情怀……”。“在而不属于”、“融入而又疏离”、处身其中而又敢于批判，正是王尧面对“乡村”、“城市”与“大学”时所共同具有的精神姿态，这一姿态的来路与形成，特别是它与一九八〇年代的深刻关联，我们能够从王尧的精神追溯中看得非常清楚。不仅仅是关于“城市”，而且也包括关于“乡村”、关于“大学”，以至于关于我们的“社会”、“历史”和整个的“现实世界”，知识分子的“新的理性和情怀”的形成，都不能忽略甚至在很大程度上都应依靠于对一九八〇年代的精神追溯，对于在当代历史以及在我们很多人的生命历程中都无比重要的一九八〇年代，与此相关的每一个人、特别是每一个知识分子，都应该有着精神自传的自觉。

怎样看待“文革文学”？

这一段时间在断断续续地阅读一些“文化大革命”时期的“文学作品”，于我而言，有的属于初会，有的却是重读。阅读这些作品自然不是一件令人愉快的事情，它们经常使我哈欠连天、昏昏欲睡。在此之前，每每爱以诘倔聱牙的古书和一些滥竽充数、莫知所云的所谓“译作”作为睡前的催眠读物，于此，我才发现，这些文从字顺的“文革文学”的催眠功能与前者相比，甚至是有过之而无不及的。

阅读“文革文学”时的“困倦”之感实际上并非我所独有，我的几位朋友也曾向我道及类似的阅读体验。坦白地说，对于自己的“困倦”，我们似乎并不应该产生丝毫的羞愧之感，因为很显然，对于一大堆基本上属于“拆烂污”的“文革文学”，我们本就不应有着半点的敬重与热情，否则的话，那才是一桩应该警惕的咄咄怪事。但是，我们却不应避讳，我们之中的相当一部分人士对于“文革文学”的厌倦并不是从来如此，他们或者曾是它的忠实而热情的读者，或者甚至是它的积极参与者，设想一下，在“文化大革命”期间成长起来的“红卫兵”和“红小兵”们，有谁在当年未曾对“文革文学”表示过热情？对于自己曾经有过的热情，无论我在今天如何羞愧，作为个人生命历程中的真实存在，我都是毫不隐瞒的。我在向朋友或学生们描述自己的少年时代时，从不讳言自己在七十年代之初的几年里是怎样贪婪地阅读着《欧阳海之歌》、《黄海红哨》、《征途》和《金光大道》这样一些当时我万分敬重的“大书”，并以这样的阅读而沾沾自喜地自傲于只能阅读《阿福》、《火烧竹篱笆》等“小书”（即与“大书”相对的“小人书”）的同龄人之中。回首少年时光，在“文化大革命”那样一个物质和文化极度贫困的年代里，一个以“毛主席的红小兵”作为其政治身份的乡村少年，在慈善而富有远见的外祖母的娇宠之下购买了一大批至今已成文物的“大书”和“小书”而在打草捡粪之余手不释卷，每忆及此，常使我感怀不已。实际上，同样应该承认的是，正是“文革文学”构成了我们“红小兵”一代的主要阅读对象，在某种程度上，正是它参与了我们最为基本的人格塑造，如果要研究在“文革”期间进入社会的“象征秩序”的一代人，或者是研究其中的某一位个体，这无疑都是一个不应忽略的重要问题，少年时代的阅读对于成长至关重要的决定性影响在萨特的《词语》和纳博科夫的《说吧，记忆！》中有着相当突出的强调。现在看来，“文革文学”自然是一种充满“病变”的“文学”，但在上面一些意义上，对于它的研究，正是对一代人所受“哺育”的“精神乳源”的研究，而这代人作为目前的社会中坚所承受的又正是一种“跨世纪”的历史重任，中国社会和中国文化的现代性转换在很大程度上要有赖于他们去完成，这样看来，研究“文革文学”的重要意义便是不言自明的了。

很长一段时期，在“文革文学”“空白论”的“理论”标举之下，文学研究界对于“文革文学”基本上是不予理会的，实际上，我们毋宁将此视为一种集体性的“精神困倦”，在这种“困倦”之中，知识分子不仅丧失了对于历史的诊断热情，同时也丧失了他们的诊断能力，而一种应有的“历史责任”便在干脆利落的“彻底否定”之中推卸干净，于是，疯狂的历史以及其中的“文学”反倒在“禁区”中安然沉睡，其成因、其状态和其影响仍然未获深究，尤其是其于今未绝的历史残留仍然在时常作祟。

我对“文革文学”的感想自然是不止于此，但正是它们驱除着我的“困倦”，使我在“困倦”中有所惊悚，这样的惊悚不仅使我对自己的“困倦”深感“羞愧”，同时，更使我产生了对于历史的“诊断”热情。

知识分子的历史记忆与历史暴力

——读《刀俎之间》并致《书屋》主编周实

周实先生：

接读大作，正是在我心境黯然的时刻。我曾向你屡次提及的书稿，在经过九死一生、生而复死的磨难之后，终于难逃劫数般地走到了生命的终点。可以说是国内最为著名的地方性学术出版机构给我转来了其“婆婆”的一纸批文，批文只是以“不宜”这样的没有口实的理由宣布了她的死刑。我的那本书稿，只是研究了新时期之初的“伤痕”、“反思”小说，非常间接地表达了些微的“历史记忆”，但却被武断地指责为“不宜”。我曾想以手中的出版合同作为依据，学习“秋菊”(《秋菊打官司》)去讨个说法，但在最后，我还是放弃了这样一个近乎傻气的想法。我们这些百无一用的书生，老是要对民众进行自以为是的“启蒙”，但在实际上，我们何曾能有“秋菊”一样的勇敢、执着以及不平则鸣的幸运？

正是由于上面这种近乎不良的心境，所以我甫一读到大作的标题《刀俎之间》，最先在脑海中跳出的文字，便是“我为鱼肉”！“人为刀俎，我为鱼肉”，这样一种虽然不祥但却真实的感觉，在我读完全篇之后，仍然是挥之不去。我知道，在一个阳光灿烂、歌舞升平的时代里，这只是一种迫害狂式的自我妄想，为了证明这一点并且最终驱除这种不良的情绪，我又花了一整天的时间，仔细地读了几遍，试图在其中找到光明与喜气，但在最后，这种感觉不仅是越发强烈，而且还获得了“历史”的支持。在数千年的中国历史上，曾为鱼肉者，又何止像我这样的一介书生，贵为王公后妃者，不也一样地做了鱼肉？这样一想，我又是非常的心安，用一句鲁迅先生的话说，我真是开始自甘于“做稳了奴隶”。

你曾出版过多卷本的长篇历史小说《刘伯温》和《李白》，也曾主编过《长河随笔》这套历史散文丛书，好像对历史有着特别的亲睐。因此之故，我认为《刀俎之间》仍然以古代历史作为取材对象，正是你一贯的“历史关怀”的最新体现。说到“历史关怀”，我以为这是中华民族在当前最为紧要的一种品格，也是知识分子所要拼力坚持的。从大的世界性范围来看，我们与日本之间的时生龃龉，还不是他们不能够正视他们的民族曾经给亚洲人民带来过灾难的历史真实？我们愤怒于他们的不正视过去，也应该勇于正视我们自己的历史，要不然的话，一旦人家指责我们在“历史记忆”的问题上采取双重标准，我们只能是理屈词穷、哑口无言。还是列宁说得好：“忘记过去，就意味着背叛！”。我们忘记了民族的历史，是不是意味着我们背叛了民族？但很遗憾的是，目前有一种错误的倾向，就是千方百计地涂抹我们的民族记忆，想在民族记忆的问题上也单纯地采取正面宣传的做法，一方面把民族悲剧压抑于历史记忆的盲区之中，另一方面还要为那些帝王将相们树碑立传、歌功颂德，实在不知居心何在。这种做法的一个最具灾害性的后果，就是在不知不觉之间潜移默化地“改写”了我们下一代的“历史记忆”，使他们觉得我们的民族真正是万世太平，只有经验值得学习，而没有教训值得记取与警惕。正是在这样的意义上，我认为你的执着于“历史”，并且在现在的历史中表达知识分子的历史记忆，真是具有相当重要的意义。

宏论少发，还是来读你的小说。

不知道你是否介意，我认为你的《刀俎之间》仍然属于“新历史小说”的范畴，但在另一方面，又对既有的此类小说有所突破。九十年代以来，中国作家对于历史表现出了相当浓厚的兴趣（以我的感觉，这种兴趣将会愈发强烈），但在那些矫枉过正的“翻案”、动机不纯的“帝王颂”和一味的“解构”之外，我最看重的，还是那些对历史重新阐释的努力，而在其中，我又对以“权力”和“暴力”的话语所进行的历史阐释更有会心，刘震云的《头人》、《故乡天下黄花》和《故乡相处流传》，余华的《往事与刑罚》和《一九八六年》等等，便都属于这样的篇什。它们都以“权力”及其极端性的体现方式——“暴力”作为历史发展的驱动性力量和历史深层的永恒本质，这种阐释，由于抛弃了形形色色的意识形态偏见而更加接近本原。但我以为，他们的历史阐释和历史揭示方式，也有着另一方面的不足，这就是他们对历史真实和历史具体性的不甚重视，以及对人物主体和叙事主体生命情感的双重忽略与屏蔽，当然，这与他们后现代式的“真实”观及文本策略极有关系。而你的《刀俎之间》，却在这一方面做了非常明显的弥补。

我以为你写《刀俎之间》，完全是在自觉地担当着“刑罚史家”的角色。“刑罚史家”的意义就在于，他要对皇族正史遮蔽下的狰狞与残暴勇敢地现其真相，以揭露前者的欺谎与无耻。《刀俎之间》中十篇小说《人彘》、《鸩与绫》、《族》、《炮烙》、《定杀》、《腰斩》、《宫》、《凌迟》、《轘》和《殛》的题目，分别是我国古代最为著名的几种酷刑，每篇小说所选取的，刚好又是历史上最为著名的刑例。从尧舜之时的“鲧”被殛杀（《殛》）、战国时代屈原的“沉江”（《定杀》）、商鞅的横遭“车裂”（《轘》）、秦时的李斯被斩（《腰斩》）、汉时吕后对戚夫人的毒刑（《人彘》）、司马迁的遭辱（《宫》），一直到明代的宫廷争斗和惊天血案（《炮烙》、《族》、《凌迟》），你将它们逐一写来，正是我国几千年惨酷历史的高度浓缩及总体象征。却原来我国辉煌灿烂的古代历史，实际上还是一部惊心动魄的暴行史。历史的册页上不光写的是文明、仁义和帝王们的功绩，更有着令人发指的狠毒、暴戾和无耻，所谓的文治武功、德政仁政，同时也散发着弥天的血腥。读你的小说，时常感到带有血腥的历史悲风穿越而来，有一柄寒光闪闪的利刃高悬于天，使我的脊背寒气缕缕。这也无怪乎鲁迅要以“吃人”来概括我们的历史。陈忠实的《白鹿原》以揭示我国的民族“秘史”作为己任，我以为要说“秘史”，“暴行”与“屠戮”，未必不是其中最为接近真实的一种。正是在以“暴力”来阐释中国历史的特点上，我以为你与余华有着相通的一面。但以我粗浅的理解，余华的《一九八六年》和《往事与刑罚》等，对于“权力”却并不过于关注。而“权力”的争夺（《人彘》、《炮烙》）与巩固（《腰斩》）、甚至是大施淫威（《族》、《宫》），却是你在书写历史暴力的时候最为关注的方面。权力乃暴力之源，这正是我在读了你的小说之后相当深切的感受。

我读《刀俎之间》，最有触动的还是《人彘》、《族》、《定杀》、《腰斩》、《炮烙》和《宫》等篇什。《人彘》和《鸩与绫》所写的，都是争宠与夺嫡所致的人间惨剧。《人彘》中的吕后虽有女政治家的史称，但那更多的是历史学家的看法，在我们的民族记忆当中，她还是更多地以心狠手辣的毒女人形象流传于世。吕后将戚夫人废为“人彘”，固然是一出惨绝人寰的悲剧，但我每每也会有对戚夫人来说很不公平的想法，这就是假如她的儿子赵王如意得接王位，吕后母子的命运又当如何呢？按照惯例，吕雉为第一夫人，长子理当立为太子，而一旦是如意继位，必然要对她们母子严加提防或施以屠戮以免生变的，这也是宫廷夺嫡最为常见的行事模式，只不过戚夫人与如意的做法，不一定会像吕后这么惨毒。说来说去，我以为还是“权力”在作祟，在大一统的权力结构当中，任何对于权力的争夺，都必然是你死我活的，哪有什么宽容好讲？像现在的西方国家那样在争权夺利尘埃落定之后仍然相安无事的情况，绝不会出现于中国古代的专制国家。

作为一位知识分子，我在阅读《刀俎之间》的时候，很自然地会对有关古代知识分子的几篇小说最为关注。

屈原的故事是我们的民族记忆当中最为深固的一种。我以为哪一代统治者除了具有彻底禁绝端午风俗的本事，否则的话，作为中国知识分子高洁、正直的原型形象，屈原是要永远地存活在我们的民族记忆之中的。民族记忆的深潜与顽强，是任何外在的强力都奈何不得的。屈原的故事虽属常识，但我在读《定杀》的时候，仍然为其人格的光辉所感动。《定杀》中的屈原虽然“清楚自己性情太直”，常遭厄运，“但遇事却又忍耐不住”。对他而言，“在这个世界上，最难的莫过于不说假话”，虽然如此，他还是因为忠言直谏而为自己引来了杀身之祸。实际上，“说真话”之困难，古今同此，要不然当年巴金老人的呼吁就不会振聋发聩了。想一想屈原的悲剧，读一读中国古代的历史，统治者最为害怕的，倒并不是那些高深莫测的理论和得逞于一时的邪魔妖道，而是对真相与常识的揭示与强调。屈原的命运不正是说明了此点？《宫》中司马迁的悲剧，也是如此。

司马迁的罹祸，也源于他的秉性刚直和他读书人的天真：“他根本就没有认识到这种太极拳式的社会最吃亏的就是直性人。他是太自作多情了，太偏于幻想了，太透明了。”你的小说书写了“自作多情”和“偏于幻想”的司马迁横遭“去势”的详细过程，书写了他在其中屈辱与愤懑的内心痛苦。“去势”后的司马迁，“每念斯耻，汗未尝不发背沾衣”。而我在读你所写的司马迁的“去势”过程时，也同样具有“汗未尝不发背沾衣”的震惊与可怖。这绝不仅是生理或心理上的恐惧，而是因为，司马迁的“去势”通过你的放大与强化，使我忽然领悟到，他的“去势”与屈辱，实际上不正是亘古以来中国知识分子的命运象征么？担当道义也好，传道授业也好，秉持道统也好，以道自任的中国知识分子在大一统的强权政治当中，何曾有过自己的“势”？也正是在生理上的“去势”之后，司马迁才彻底地绝望于他曾“多情”并寄予“幻想”的统治者，发愤著史，续成了《史记》。“去势”之后司马迁的著史，已与此前截然不同。“去势”之前他的著史，只是“以求亲媚于主上”，而在“去势”之后，却是为了“通其狂惑”，以表达对统治者的抗议。在此意义上，我又以为，司马迁选择以其自身的立场书写历史、保存民族记忆的方式所作的抗议，无疑是知识分子在运遭无道的情况下所能采取的最有意义的行为。虽然韩非子曾经说过“上古竞于道德，中世逐于智谋，当今争于气力”这样的话，他也在当年十分感慨“仁义用于古而不用于今”，但在实际上，亘古以来，又有哪一个朝代不争于气力呢？知识分子手无寸铁、难成刀俎，实际上倒是常为鱼肉的，其与无道之君显然是难争气力，唯有以其历史书写来为自己的民族保存一份真实的历史记忆。正是在民族的历史记忆领域，知识分子在与统治阶级的钦定正史进行着顽强不屈的交战，想一想，这是何等的壮烈？

不管是时运如何，知识分子都有自己的事情要做。我以为屈原被黜后的行吟泽畔与司马迁在遭辱后的书写历史，都是对知识分子之“道”的自觉担当，与此相比，《族》中的方孝孺所表现出来的忠君气节，我却是有点不以为然的。我不是说方孝孺的铮铮铁骨不值得敬佩，但是，一想到他是为了“愚忠”而不惜牺牲八百七十三位族人的性命，这种敬佩便会锐减。其实，还是篡位的燕王说得好，宫廷内斗，不过是帝王的“私家之事”，这又干卿何事？也许方孝孺认为燕王的篡位不甚合法，但我要问，那些古代王朝，又有哪一朝不是争于气力，在杀伐与屠戮之上建立自己权力根基的呢？他们之所为，又有什么合法性可言？所谓的奉天承运，不过都是些刻意营构的骗人鬼话！鬼话只有帮凶与作魅的辅助作用，一点也解决不了权力的根本性问题，以我对历史不无片面的理解，那些古代帝王，最为看重的，实际上还是“武运长久”。我看抗日战争题材的电影，老是困惑于那些日本人，为什么不爱在墙面挂上诸如“大东亚共荣圈”一类的鬼话，而是喜欢“武运长久”？现在我才明白，这也如古代的专制帝王一样，最崇尚的还是武力，只不过日本人做得更加坦白或无耻而已。所以我说，方孝孺对先王的忠诚，真是有点过“愚”了，在他的刑例中，我最痛惜反倒不是他，而是其八百七十三位族人的无辜性命。

但是，话又说回来，在无道之君的强权政治之下，勇于表达自己的精神意志的方孝孺和屈原、司马迁们一样，都难逃其“我为鱼肉”的悲剧命运，在巨大的历史暴力之中，他们不过是蝼蚁般的渺小，这在同为知识分子的我们，真正是应该惺惺相惜的。

仅仅是上面几篇小说，已经非常突出地表现出你对遭受刑戮的人物命运以及性格世界的刻画，这也使得你的历史书写在对“权力”、“暴力”与“历史”进行着深刻思考之外，又有了真切逼人的历史具体性。通过你的小说，我们不仅见到了历史与思想，见到了你对权力与暴力的诅咒，同时也见到了人物的性格与灵魂和你对受戮者的普遍同情。另外，小说当中阴惨可怖的历史氛围以及人物的内心紧张，也使我时常想起鲁迅的《墓碣文》，这是被李欧梵认为的“现代中国最恐怖的文字”。《人彘》中吕雉对戚夫人的毒刑、《凌迟》中袁崇焕被凌迟和《宫》之中司马迁的遭受宫刑，都有着细致真切的书写，读来使人心惊肉跳、毛骨悚然。说实话，我不大喜欢大众性的恐怖电影与恐怖小说，但对你《刀俎之间》中的恐怖文字，却是十分爱读的，这与我对余华小说的阅读，有着大体相同的感觉，实在是有点匪夷所思。这几天来，我一边在阅读着你的恐怖文字，一边也在思考着这个问题。二十世纪以来中国文学中的“暴力”修辞，是一个相当突出而且是非常重大的问题，这在你的《刀俎之间》中又有了新的表现，对此问题，很愿意能有机会得蒙你的指教！

在很多人心目中，你所主编的《书屋》，无疑是我们这个时代的良知之一，我与我所有的朋友以及学生们都很爱读，让我们为她祈祷与祝福！

拉拉杂杂的一些想法，有点自说自话的味道，恳望谅解！不过在另一方面，关于知识分子的历史记忆与历史暴力的话题，确实还应作进一步的思考。

即颂

文祺！

何言宏

二〇〇一年六月

"生死场"中的话语关切

中央实验话剧院的导演田沁鑫根据萧红小说《生死场》改编并执导的同名话剧，自一九九九年六月上演以来，颇有影响，《读书》和《艺术广角》等著名刊物均有文字作出反应，无论这些反应的褒贬到底如何，均都是萧红小说之永恒魅力的又一次证明。当我们在新世纪之初回首二十世纪中国文学的时候，我们为拥有萧红这样的作家而感到幸福。当然，除了萧红，还有鲁迅、沈从文和巴金这样一些光辉的名字，共同为逝去的世纪增添着光彩，正是他们，使我的"中国现代文学史"的课堂讲授充满着沉实的内容，同时，也使得我们的精神与灵魂，时常领略着畅彻的洗礼。但是，当我在讲授"中国当代文学"的时候，却是时常地感到无比的心虚。我无法面对学生们这样一种不无偏激的质问："我们的教材、我们的关于当代文学成就的充满喜悦的巡礼和辉煌庆典，以及我们时有所闻的新生代作家的狂妄与自傲，面对着我们的现代文学，是否应该感到自己的'自欺'与滑稽？"实际上，不要说是鲁迅、沈从文和巴金等人，就仅以早逝的萧红而言，她在充满苦难的短短的十年间的文学创作，便足以击穿当前的种种虚狂。这样一种“有失厚道”、近乎愤激的谈论，并不是想故意地置人于难堪或者是抑人以自炫，在崭新的世纪之中，我们正应以去除“自欺”的正常心态，充分借鉴传统（特别是“现代传统”）的精神与文学资源，自信而又务实地从事文学创造，只有如此，我们才能在真正的意义上超越前人，而不是相反地只图一时痛快，口出狂言地要搬走鲁迅这块最大的“老石头”。

对于今天的文学写作来说，萧红的文学实践无疑有着极为丰富的思想启迪，一个最为重要的方面便在于：在有着多种话语力量的社会语境之中，文学知识分子应该如何确立自己的话语关切、并将这种关切艺术地体现于他们的作为“社会象征行为”的文学写作之中，从而建立自己独特的身份形象。

《生死场》是萧红早期的代表性作品，实际上，它也是一个交织着多重话语的“话语力场”。在这个“话语力场”之中，既有着最早出现的批判民众的愚昧与荒蛮的知识分子启蒙话语以及揭示民众苦难的“阶级话语”，亦有在后来愈益强劲的民族主义话语，同时，作为一个具有独特个性和丰富才情的女性作家，萧红的生命体验也自始至终地贯穿于文本之中。围绕着萧红在《生死场》中的话语讲述及其后来的文学创作所表现出来的话语变迁，存在着一个饶有意味的现象，即不同的话语主体均按照自己的话语期待或话语关切对其进行阐释与评价。在为《生死场》所作的“后记”之中，胡风肯定了作品中的启蒙话语对于底层人民生存状态（“蚊子似地生活着，糊糊涂涂地生殖，乱七八糟地死亡”）的深刻揭示，但在同时，则更加赞赏其中的阶级话语和民族主义话语所揭示的“日本人”和“中国的统治者阶级”对于人民的“压榨”与“杀害”、以及后者奋起反抗的“铁一样重的战斗意志”。在为萧红的后期作品《呼兰河传》所作的“序”中，茅盾先生也表现了同样的话语期待。他虽然肯定了萧红基于启蒙主义的话语立场对于那些“甘愿做传统思想的奴隶而又自怨自艾的可怜虫”和“愚蠢而顽固”

的众生的无情“鞭挞”，但却指出了作品在“阶级”以及“民族主义”方面的话语缺失：“在这里，我们看不见封建的剥削和压迫，也看不见日本帝国主义那种血腥的侵略。而这两重的铁枷，在呼兰河人民生活的比重上，该也不会轻于他们自身的愚昧保守罢？”田沁鑫的《生死场》及其上演时的观众反应，则更加强化了其中的民族主义话语。在话剧中，三条基本的故事线索恰好体现了三种不同的话语取向：金枝与成业的偷欢，正是启蒙话语对于愚蛮的民众动物一般地“忙着生，忙着死”的深刻批判；赵三及村民的刺杀地主，则是突显的阶级话语；而日本人的残酷杀戮以及村民们的最终觉醒与反抗，自然属于民族主义话语。如此种种，均与萧红的原作基本相似，所不同者，而且也是最为人们所诧异的地方在于，小说之中出场不多、然而却是承受着作家的启蒙主义话语的有力鞭挞的成业，这个“懵懂地生、懵懂地死”并且懵懵懂懂地杀害了自己亲生女儿的愚氓之代表，却被“改编”为民族主义之话语象征的“整部话剧的灵魂与旗帜”，获得了无比的光荣。在话剧的结尾，第三条线索及其所充分体现的民族主义话语隆重出场，“人物内在的矛盾、人物之间的矛盾，由等级尊卑、名誉耻辱、男女差异等等造成的复杂关系，以至各人不同的历史，都在对‘外敌’的确认下，化为一体。于是，只剩下日本人和中国人的对立；抽象的身份（注：即“民族”身份）暂时统摄一切”，“剧终时，众村民抗日情绪高涨，激昂陈词，不少观众报以热烈鼓掌”。显然，民族主义话语及其所必然激起的族群认同，不仅在小说与话剧之中均有表现，而且还在不同时期同时得到了文学知识分子和普通民众的高度重视。但是，在对萧红小说《生死场》的反应之中，却有着一个不容忽视的重要问题，这便是鲁迅先生对于《生死场》的阐释与接受。在为《生死场》所作的“序”里，先生虽然肯定了萧红对于北方人民的“生的坚强”与“死的挣扎”的“力透纸背”的表现，但却未有上述种种的对于民族主义话语的着力强调。缘何如此？

鲁迅的“序言”写作于一九三五年十一月十四日。那是一个民族矛盾和阶级矛盾空前激烈的时代，中国的广大民众和知识分子均在苦难之中生生死死，整个中国，实际上不正是一个放大了的“生死场”？在当时的社会语境之中，最为重要的话语力量便是国民党当局的官方话语、中国共产党人的革命话语和阶级斗争话语、民族主义话语以及知识分子的启蒙主义话语，而且在它们之间，还有着异常复杂的张力关系。其时，国民党当局以其政党意识形态（即“党义”）作为核心话语的文化霸权，不仅建立了严厉的出版检查制度以限制作为人的基本权利的言论和出版自由，而且还依托于强大的国家机器，通过追捕和暗杀等恐怖手段来消灭异质话语。在这样一种“生死”场境和话语境地之中，烈士们的鲜血、自身的艰危处境，均使得鲁迅的话语关切很自然地首先集中于知识分子的言论自由问题。在“序言”之中，鲁迅历数了《生死场》的出版在当时的文化霸权体系之中所曾经历的艰辛，并且对当时的书报检查制度进行了有力的批判，其所操持的，无疑是知识分子要求言论自由的启蒙主义话语。实际上，在此前的一九三五年三月二十八日，在为萧军的同样属于“抗日小说”、突出民族主义话语的《八月的乡村》所作的“序”中，鲁迅先生最为重要的话语关切仍然基于启蒙主义的基本立场，集中于对本土空间之内“人民在欺骗和压制之下，失了力量，哑了声音”和“一方面是庄严的工作，另一方面却是荒淫与无耻”的基本真相的揭示。作为我们的民族之魂的鲁迅，在为较早的两部突出民族主义话语的“抗日小说”所作的“序言”中，却并不强调作品的民族主义话语，而是仍然将其最为重要的话语关切置放于启蒙主义之上，显然有着特别的深刻与清醒，即使是在今天，仍然具有异常重要的启示意义。

鲁迅先生并不贬斥民族主义话语，这有先生的其他文字可以证明。同样的，启蒙话语和民族主义话语之间，也并不是水火不容的关系。在任何一个民族之中，民族主义均都有着极其深厚的历史与民众基础，共同的民族记忆、民族情感和民族利益，使得民族主义话语具有着巨大的感召力与凝聚力，因此，无论是在过去，还是在现在以及在民族国家仍然存在的将来，中国的启蒙主义均强调民族国家的基本利益，并且希图通过建立一个自由、民主、繁荣、强盛而又充满正义的民族国家以显示我们的民族尊严。但对抽象的民族主义话语，我们却应与先生一样，保持着足够的警惕。毫无疑问，我们应该将对“民族”福祉的真切关怀建立于启蒙主义的立场之上。因为对民族主义的片面强调，非常容易导致对于民族内部的差异及压迫关系的忽视与消弥，所以也极易被民族国家用来掩盖本土内部的社会文化问题，并以“民族”、“国家”的名义剥夺个人权利、压制个人自由，从而达到极权主义的目的。在此方面，英国著名的社会学家安东尼·吉登斯曾经有过相当精辟的阐述。吉登斯认为，在一个民族国家内部，“用来鼓动极权统治的目标会与民族主义强烈地搅合在一起，因为民族主义情绪提供了基本的意识形态手段，把原本可以分崩离析的人口团结在一起。民族主义的重要性在于确保了极权主义之‘极’的一面，因为它携带着它自己的‘象征历史性’，为人民提供了一个神秘的来源，也为人民提供了一个为之奋斗的共同的未来归宿”。三十年代，在那样一个充满着内忧外患而又是“风沙扑面、虎狼成群”的“生死场”上，萧红的小说《生死场》，在以民族主义话语肯定人民的奋起反抗的同时，仍然不忘启蒙主义的话语关切，而作为其思想导师的鲁迅先生，通过对《生死场》的阐释，又进一步突出了这种关切，更加令人深思的，则是后来的萧红在抗日炮火中的文学创作《呼兰河传》，作为其最为重要的代表性作品，却是自觉地规避了民族主义这一当时的主流话语，而把重点置放于对启蒙主义的基本关切之上，如此种种，对于我们今天的文学知识分子，在处理启蒙主义话语和形形色色的民族主义话语之复杂关系时，显然有着极为重要的启示意义。在我们这样一个时代之中，虽然是内需不张，物价低廉，人民群众安居乐业，但在生命的意义上，生生死死，前后相继，同样也是我们这个时代以及我们每一个生命个体的真实处境，更何况，在社会现实的层面上，贪污腐败、邪教肆虐等等关系到我们的国家以及我们的人民生死存亡的重大问题又是何其多哉，因此，在这个意义上，我们仍然生存于一个巨大的“生死场”中。在这个“生死场”中，我们的文学知识分子，应该具有怎样的话语关切呢？是要进行后现代式的另类游戏，还是要作民族主义的抽象煽情，抑或是以启蒙主义的精神关切，注视我们的真实生存？“生死场”里的众生，包括我们自己，期盼着我们切实有力的话语选择！

文化江南的历史追怀

《风景旧曾谙》是诸荣会先生新出版的又一本散文集，仅从书名，就能知道书的内容一定是关于江南的。“江南好，风景旧曾谙……”，这一几乎每个人都很熟悉的诗句，不知表达了多少人对于江南的记忆与梦想？！这些天来，我一直都在很认真地阅读荣会先生的这一本新书，先是以两三天的时间集中通读，后又将其中最为喜爱和会心最多的篇什反复细读，深深地沉浸在对江南的体悟、追怀与缅想中，更有意思的是，我还因为其激发与感染，带着孩子，冒着酷暑登临了书的开篇写到的南京阅江楼，领略了“一江奔海万千里”的壮阔与浩荡。许久以来，由于从事着所谓文学批评和文学研究的职业，某种意义上，我的阅读已经“养成”了某些职业性的毛病，似乎很难有陶然其中、欲罢不能的时候了，但是我对《风景旧曾谙》的阅读，却很强烈地体验到了自己的这种久已消失了的经验，唤醒或找回了那种阅读时的陶醉与沉迷。

余自客居金陵，忽忽焉已逾十五六载，虽然颇受江南的润泽，但对江南，根本上却又是相当隔膜的，荣会的散文，却通过对文化江南的历史追怀和诗意盎然的书写，满足了我对江南的进一步接近或深入的渴望。

在《风景旧曾谙》中，无论是那些占尽名诗的江南名山（《江南名山诗占尽》），还是那些“穿越时空”的江南名楼（《穿越时空的辉煌》）；无论是玄武湖和西湖这样两个形貌虽似其命各异的江南名湖（《姊妹命不同》），还是南京的乌衣巷、马府街和乌龙潭这样一些历史文化内涵实际上相当丰厚的“小地方”（《大都市中的几个小地方》）；无论是流传甚广的梁祝传说（《江南的传说与传说的江南》），还是紫沙陶艺（《乾坤一壶》）和被称为“百戏之祖”的昆曲（《飘散的笛声》；无论是名臣范蠡（《悲壮的逃离》），还是乾隆皇帝（《皇恩浩荡下江南》）；无论是宋时的周邦彦（《两个周邦彦》）、文天祥（《从零丁洋到金陵驿》）和清时的金圣叹（《一声叹息》），还是后来的胡适之（《他从山中来》）、徐志摩（《徐志摩的一九二一》）、黄宾虹（《在潭渡看见一道彩虹》）和瞎子阿炳（《月夜永罩的城市》）；无论是一场革命（《深入东王府》），还是一场情事（《徐志摩的一九二一》、《他从山中来》）……这些事关江南的众多物事、人物和这些江南历史文化的诸多方面，都有着相当丰富的书写。正如著名散文家王充闾先生在该书序言中所说的，诸荣会所描绘的，实际上是一幅“源远流长、意蕴深厚、独具特色的江南文化图谱”，循此“图谱”，我们正可以非常深入地了解江南、进一步地接近或亲近江南。

但在另一方面，该书的意义却绝不仅止于“文化图谱”的意义。诸荣会的散文相当深刻。他对江南历史文化图谱的描绘实际上是有着相当深刻的文化关怀与价值立场的。他的散文，经常会有令人耳目一新和令人击节的独特之处。比如现在的玄武湖，它的吸引力已经远逊于西湖，而在《姊妹命不同》这篇作品中，他通过对二者的历史考古和比较分析，发现了西湖“对人们的吸引力并非来自于它本身，而是来自于与它有关的那些真真假假、虚虚实实、远远近近的传说、故事和人物”，“来自于附着在它身上的文化”，很精辟地指出了这两个“姊妹湖”命有不同的根本原因，也很充分地说明了文化的意义与价值。最近南京正在准备重新“打造”玄武湖，打造的方案也正在征求人们的意见，我以为在这个问题上，真的应该听听荣会先生的想法。我举出这个例子，并不是因为这篇散文在诸荣会的这批作品中最为优异，而是因为南京这些天恰好正在忙着这样的事情，让我格外体会到诸荣会深刻的文化敏感及其散文的文化现实意义。实际上，此外他对梁祝传说、昆曲的命运和对宋词与江南之间关系的梳理与揭示、对从范蠡到朱元璋到乾隆到洪秀全到周邦彦到金圣叹到胡适之与徐志摩等无论是政治家还是知识分子文化人格的评判，都有很多令人叹服的见解。而在其中，我以为最为深刻的，还是《深入东王府》，作品从被誉为“金陵第一园”的南京瞻园入手，通过追溯其作为太平天国东王府的前身，再进一步深入到以天王洪秀全为中心的太平天国的内部，在对太平天国运动近乎荒诞的历史悲剧的书写中，从而揭示出所谓的“革命”与“反革命”之间周而复始和血腥报复这样一种“潜伏在中国历史的一个暗角”里的独特的政治文化，这和书中的《皇恩浩荡下江南》、《贡院的那些事儿》等一起，非常有力地拓展和深化了文化散文的基本内涵，超越了以往的很多作品。

我一直以为，在当代中国的散文历史上，文化散文的勃兴是一个最为重要的散文史现象，它的题材取向、精神内涵、体制规模和文体特征虽然正在走向成熟，但其强健和勃郁的生命力量在诸荣会散文创作中又一次得到了很好的体现。自散文集《最后的桃花源》、《秋水蒹葭》和《风生白下》后，诸荣会又向我们奉献出《风景旧曾谙》这样一本意蕴深厚、才情飞扬的新的散文集，当代中国的文化散文自余秋雨、王充闾和夏坚勇等人之后，诸荣会的散文也已经以其相当突出的成就而引人注目、蔚为一家。

现时代的“阳羡茗壶系”

——读徐风的《读壶记》

明人周高起，著《阳羡茗壶系》，紫砂茗壶始得有史，当年的供春、时大彬和李仲芳等阳羡壶人，也才得有各自的传记与谱系，青史留名；今人徐风，在他关于宜兴紫砂茶壶的系列小说《壶王》、《壶道》、《壶殇》和长篇散文《一壶乾坤》，特别是关于紫砂大师吕尧臣和蒋蓉的长篇传记《尧臣壶传》及《花非花》后，又出版了《读壶记》（重庆大学出版社二〇一二年四月版）这样一本关于当下宜兴著名的紫砂艺术家和他们代表性作品的文字，我在对他的勤奋多产和他对紫砂艺术的浸淫与热爱表示尊敬之余，一个非常突出的感觉，就是意识到他其实已经有一种很重要的自觉，他要为宜兴的紫砂写史，特别是，他要为当下宜兴的紫砂艺术写出一部类似于《阳羡茗壶系》那样的非常独特的历史著作。

如果说，徐风的长篇散文《一壶乾坤》（中国青年出版社二〇一〇年十二月版）曾以文学列传的形式讲述了宜兴紫砂自其鼻祖供春、时大彬等以来，一直到当代大师朱可心、顾景舟和蒋蓉等三十位在紫砂艺术史上具有重要地位的紫砂艺术家的艺术生涯，属于一种“历史讲述”的话，那他的《读壶记》，则应属于“当代叙事”，是对五十多位当代宜兴紫砂艺术家艺术创作的介绍与赏鉴，像季益顺、徐达明、吴鸣、吕俊杰、储集泉、蒋彦、查元康和周忠军等在当下中国的紫砂艺术界赫赫有名的人物，几乎都被徐风尽数囊括，非常详细地介绍了他们的艺术道路、创作风格和他们的代表性作品。虽然《读壶记》并不是一部关于当下宜兴紫砂艺术家的“大全”，而且我知道，徐风的写作也从未有过编写“大全”的意思，但是他们之中具有不同风格和不同艺术追求的代表性人物，我们差不多都能在《读壶记》中找到：像擅做素器的刘建平、高俊，擅做花器的姚志源、周忠军，擅做筋囊器的沈建强、李园林，擅做方器的施小马、华健、庄玉林，擅做绞泥的吴培林，擅做套件的蒋新安，擅做文人壶的鲍利安，擅长陶刻的蒋琰滨，擅长金银镶嵌之特种工艺的朱健伟，“石瓢壶”拿手的鲍峰岩，风格粗犷宏伟的蒋彦，善于将古典书画与音乐的韵味渗透入壶的储集泉，全手工薄胎壶堪称一绝的陈国良和风格现代、被称为是“新紫砂”的吴鸣和葛军……这些各有专擅的紫砂艺术家都在书中有所写照，而且与周高起的《阳羡茗壶系》一样，徐风的《读壶记》也很注重艺术家的师承，我们从书中能很清楚地知道很多陶艺家的血脉传承和他们与前辈大师之间的师从关系，比如李群和李霓的父亲，就是紫砂大师李昌鸿；范建军和范建华的母亲，是曹婉芬；吕俊杰的父亲，是吕尧臣；姚志源的母亲，是汪寅仙；万亚钧是顾景舟的“徒孙”；史小明是徐秀棠的“爱徒”；高俊却转益多师，先后跟从过吴群祥、周桂珍和李昌鸿等大家与名师……正是在这样的意义上，我以为说徐风的《读壶记》就是当代中国的《阳羡茗壶系》，一点都不夸张，而且，《读壶记》之不同于、甚至是明显高于《阳羡茗壶系》的地方，更在于其对紫砂艺术的充分阐发与品评。

《读壶记》传写人物、清厘谱系，更是深入堂奥，以高妙无比的艺术鉴赏的方式，非常充分和具体而微地揭示了紫砂艺术的奥秘与精髓。在徐风的美学观念或艺术原则中，壶品即人品，紫砂艺术和紫砂艺术家的人品与修为本质上同一。正是本着这样的观念与原则，他一方面非常侧重于描写每一位艺术家独特的人生道路与精神气质；另一方面，更是在对艺术家代表性作品的赏鉴与品评中，去体味与阐发每一件作品中艺术家的艺术追求与精神文化性格。这样一来，积淀着丰富深厚的精神文化信息的每一件壶品，都仿佛一个个具体的生命，不仅在开口向我们说话，同时也成了徐风和我们与艺术家们深刻对话的精神通道。比如在对季益顺《楚汉风韵壶》的赏鉴中，徐风写道："《楚汉风韵壶》，浓缩了大汉文明的精髓，融合了汉楚文化中玉器造型，以及马王堆出土的漆器图案特点。壶身运用刻绘、泥彩、镶嵌等手法，壶盖为两条螭龙，盘成阴阳太极状，一起一伏，雄风威起；壶纽为凹凸汉镜，尽显天地日月；壶身沉稳简约；飞把，冲流，前后呼应；仿佛楚歌汉乐，君臣起舞。世事的轮回，当在一把壶里，那壶，分明承载了太多的宦海沉浮、人世沧桑"（《读壶记 · 壶境》）；又比如他说陆虹炜的《婉玉壶》，"活脱脱一块璞玉雕成，是女儿家的一瓣心香。壶体砂粒如珠玉饱满，质地粗犷而归于浑朴。不枉东风吹客泪，豆蔻相思终有期。壶上梅蕊，冷艳冰雪。月未圆，天如水；研朱墨，情难开"（《读壶记 · 壶虹》）……这样一种精美无比的赏鉴文字，在《读壶记》中随处可见，它们不仅体现出徐风的"读壶"是如何的精到、专业与妥帖，更是告诉我们，要读懂一把壶，要读懂博大精深和美轮美奂的紫砂艺术，需要我们怎样的慧心、怎样的才情和怎样的精神文化修为。不过不要紧，就让我们先随着徐风，从《读壶记》开始，潜心读壶，并循此进入当下宜兴的紫砂世界，那一把把茗壶，终将会向我们散发出亲切的光辉，并与我们神秘交流！

拓展我们美的经验

《美文》所刊发的，并不只是我们通常所以为的那种“美文”。说实话，对于那种狭义的美文，即所谓的“艺术散文”，除了写得极好的，我很容易感到腻味。它们狭小的精神格局和往往程式化的写作套路，真的应了知堂老人起初的担忧，“落了窠臼”，“不大有生命”了。但也正如知堂当年所希望的，“卷土重来”，给他所倡导的美文“开辟出一块新的土地来”的，恰是我们的《美文》。

这些年来，“大散文”的理论倡导与编创实践，不仅使《美文》发表了很多在散文界以至于整个文学界和整个社会都很有影响的散文名篇，发现、培养和推出了很多散文作家，更是拓展了我们的散文观念，使我们对美的理解和对美的经验更加开阔和更加深厚。

在《美文》这一块“土地”上，“大散文”之“大”，不在篇幅，而在于精神气象和题材视野等等：历史沧桑、文化感悟、社会关怀、现实忧愤、日常悲欢、生命体验、世相大观、内心风景乃至于天地之道、哲性玄思与自然万象，都曾有着丰富的书写。在文体上，则同样显得丰富多彩，既有体制规范、文辞讲究的经典风格，也有随意挥洒和不无“放荡”的诸如“演讲”、“札记”和“书信”这样的文字，长篇与短制甚至是与“每月语文”这样的精怪文体异质混成、相得益彰，也使我们的阅读或者是正襟危坐，或者又取慵懒自适的精神姿态，享受与体验着充分的自由。

《美文》的本质就是自由。它开阔、大气、深厚、敏锐而又自由，实际上体现了散文真正的本质。对于我们美的经验，和我们关于散文与美的理解，它不仅有着巨大的拓展，更是一种可贵的坚持。

所以说，在新文学以来的美文历史上，《美文》的关于美文的实践，是一次成功与辉煌、而且也是非常美丽的“卷土重来”。

寻求一种可靠的伦理

——读刘荣书的几个中、短篇小说

这些天来，一直在断断续续地阅读刘荣书的几个中、短篇小说。近一段时期，虽然我的工作与生活都奔波忙碌，但刘荣书的作品，特别是其中的人物形象与人物命运，以及作品中的情感与立场，总是会不时浮现在心头。刘荣书的作品似乎有魔力，会以其独有的内涵与叙事特别是其中内在的情感与伤痛而让你欲罢不能，难以忘怀。

在刘荣书的这几篇作品中，我最喜欢的是《父亲的捕鱼船》。这篇小说构思奇特，写的是“父亲要造一艘捕鱼船，一艘能载他去天上捕鱼的船”——作品开头这样的第一句话，不禁会让我们感到匪夷所思，非常好奇地循着作品的叙事往下读去，以探个究竟。我们不知道这将是一篇童话故事，还是一篇魔幻或搞怪的荒诞小说。但是随着我们的阅读，我们发现，作者以其独特的构思、叙事和想像力所完成的，是一篇非常“真实”的小说。我在这里所用的“真实”，它的含义，应该非常接近于作家余华在他的一篇著名的“创作谈”《虚伪的作品》中所说的，是超越于“科学”的、

“经验”的、“新闻”的或“表面”意义上的所谓“真实”，它是一种精神的“真实”，想像力的“真实”，对于我们经验性的生存而言，它将是一种解放，同时也能直抵本质。

表面上，《父亲的捕鱼船》荒诞不经。在我们的正常生活中，不会有谁真的会荒诞到去建造一艘能够载他去天上捕鱼的船，在科技发达的今天，甚至连航天飞机和宇宙飞船也没有上天捕鱼的功能。而且，即使有谁出于疯狂，真的会有如此荒诞的想法和举动，也不会有哪一个家庭或哪一个村庄会容忍甚至协助他实践这样的行为，更不用说，这样的鱼船最终会得以升天。但这篇小说，正是写了这样的故事，写了父亲的捕鱼船不仅终于建成，而且还在家人与乡亲的帮助下终于升天，这无疑是作家的虚构，是以其叙事的“暴力”所强行虚构出来的故事。

但刘荣书的“暴力”却非常温柔，它所抵达的，是我们生命中的一种最温暖的“真实”，伦理的“真实”和情感的“真实”。《父亲的捕鱼船》有丰富的内涵，仅仅是其中河流的干涸和人们对天河的向往，我们就能从中读出很多象征，但我不愿意作过度的阐释，我最留意和最想强调的，还是其中最基本的“真实”。这样的“真实”，就是作品中的母亲、妹妹和我对父亲疯狂举动的容忍与支持。

出于生计，也出于性情，父亲对捕鱼情有独钟，但是随着河流的干涸，同时也因了天曾雨鱼的一则报间杂闻的诱导，父亲产生了一个异想天开的想法，那就是如小说开头所说的，他要建造一艘能载他去天上捕鱼的船。这无疑是一个荒唐的父亲，但父亲的荒唐，却获得了家人的支持，特别是母亲，竟然由起初的困惑、不解、嘲笑、恼怒、伤心与责骂，而终至于在后来的容忍和支持，其间包含着一位普通农妇对于荒唐丈夫的真切自然的感情。我们知道，母亲对父亲的容忍，肯定不是因为父亲一再向她作出的诸如“等着吧，我们会有好日子过”和“等我在天上捕到鱼，你会有很多钱”之类的承诺，实际上，嫁鸡随鸡和嫁狗随狗的乡村妇女们，大多都是这样无奈地对待和容忍着丈夫们的荒唐。我不想说其中是“爱”，而是更宁愿将其看作是“伦理”，一种此生注定和无由他择的伦理——“血亲伦理”。所以在作品的最后，当我们读到父亲的捕鱼船终于升天，母亲急切地为父亲准备着干粮，“手托着大饼向空中伸开双臂”，继而当父亲的鱼船在空中爆炸、碎裂，母亲和妹妹撕心哭喊，当父亲终无下落之后，母亲又开始惦记着父亲，“并为父亲没能带走一些干粮始终耿耿于怀”，“吩咐我在院子周围栽上高大的树木，期盼着父亲有朝一日返航时，那些高大的树冠能做捕鱼船停靠的码头”，此间种种，包含着多么深厚的情感。在这个世界上，永远有一个这样的“码头”属于我们每一个人，天无涯际、人世苍茫，这样的码头永远是我们可靠的依归。

刘荣书的这几篇小说，差不多都写的是这样的依归。由于种种复杂的原因，作品中的一些人物会错失亲人，甚至会对亲人有所怨恨和有所背叛，但是在最后，却总是会重新归来，重新皈依于命定与可靠的血亲伦理，从而，“出走”与“回归”，就成了这几篇小说中的一个基本一致的叙事模式。这一模式在《父亲的捕鱼船》中，表现为父亲的出走（“上天捕鱼”）和家人对他的期盼与等待这样想像性的“回归”。而在《马失踪》、《遥远的亲人》和《双生》中，却分别是来喜（《马失踪》）、马德的妻子“我”（《遥远的亲人》）和苏浅（《双生》）等人在或长或短地离开亲人后的最终回归。

《马失踪》也是刘荣书的一篇非常奇妙的小说，作品的主体，实际上写的就是哑巴少年来喜对于自己梦境的应验与经历——“在春天远未到来时——白马、黑色石头、火焰、脸庞黝黑的男人、流水样道路、星星、高过云彩的山峰，细眼睛女人——这些陌生事物，便在少年来喜梦境里交替出现”，“他不清楚它们预示着什么”，但是小说的叙述告诉我们，来喜后来的经历甚至他的人生都是对此梦境的应验与追逐，梦中的“白马”、“黑色石头”、“火焰”、“脸庞黝黑的男人”、“流水样道路”、“星星”、“高过云彩的山峰”和“细眼睛女人”，都为他的人生所一一经历，他为此而离开了家，离开了自己的父亲。而在最后，在他离家多年长大成人后，他还是寻父归来，回到了他的家乡。父子关系是刘荣书的这几篇小说所突出关注的主题，《父亲的捕鱼船》中父亲与家人以及和“我”之间的关系自不必说，《马失踪》中，是如上所述少年来喜的寻父归来，而在《换心》中，实际上有两对父子关系：一是在作品主人公范子增和其“身份不明”的生父之间；二是在山村教师刘老师及其死于非命并为范子增捐献了心脏的刘小光之间。

对于《换心》中的范子增来说，生父为谁是一个性命悠关的重大问题，所以他才少年杀人，以一种极端的方式“确认”了其曾为知青后来又在城里做官的生身父亲，而且我们完全有理由推测，小说中的那位与范子增保持着神秘联系并且神通广大、时时护佑着范子增的那位神秘人物，恰正是范子增的亲生父亲，虽然可能因为某种顾虑，他们之间的父子关系难以公开，但从范子增的特殊经历与命运来看，他们间的情感，其实很深厚。而在另一方面，范子增在做了换心手术后对心脏捐献者的寻找，我们毋宁可以看成是捐献者刘小光向其家人与父亲的回归——当然他所依托的是范子增的躯体。这是一种特殊的回归。死去的刘小光以其仍然跳动着的心脏在奔赴与寻找着自己的亲人。小说在写到刘小光的父亲为何会愿意捐献刘小光的心脏和角膜时，曾经有过这样的情节——

我知道会有人来这里的。刘老师看了范子增一眼。淡淡地说。

为啥要把儿子的心脏捐出去？范子增语音凝噎，终于道出内心巨大的疑问。

我是不想看着唯一的儿子先我消失在这世上。哪怕他的心脏跳动在别人胸腔里呢。这说明他还活着。不光他的心脏，还有他的眼角膜，我也捐出去了。我有时想，我儿的眼睛，还在看着这世界呢；我儿的心脏，还在这世上的某个角落跳动呢……

而当作品写到刘小光的母亲将自己的耳朵贴住范子增的胸腔，“静静地听着”，笑着说：“我儿，你的心跳得还是那么欢实”时，相信我们每一位读者都会因此而动容。范子增在随后所高唱的《我的太阳》，正可以视为对血亲深情的礼赞与颂歌。

由刘荣书的这几篇小说，我忽然想到一个很有意思的问题，那就是很长一段时期以来，我们的文学在伦理意识方面有一个很重要的变化，那就是由“五四”以来对父法的反叛与逃离，演变为对“父”的回归，“父”与其所代表与体现的血亲伦理开始成为一种价值，获得了很多作家与作品的肯定与认同，像余华的《许三观卖血记》、艾伟的《风和日丽》和苏童的《河岸》，以及雷平阳、陈先发和王夫刚关于父亲的长诗等等都在以不同的方式寻父，重新寻求我们生命的起源。“五四”以来，我们对封建宗法“制度”的批判与逃离由于过分的简单、偏执和形而上学，只是片面地看到了父亲作为封建宗法“制度”的体现者和执行人的一面，而忽视了其与我们之间更加难以割舍的根本性的血缘关系，造成了在伦理上“悬空”的我们被不同时代的政治伦理所吞没与收编的“伦理灾难”，伦理意识向“父”的回归，意味着我们已很清醒地将我们与“父”的关系与种种外在的政治、经济和社会伦理剥离开来，回归其血缘性的本质。在我们人类的种种伦理关系中，我以为血亲伦理最为本质、最为可靠，这样的观点谈不上什么进步与落后，端看我们的脑袋是否清醒和我们的人性是否纯正。

不过，“父亲”只是血缘关系的一种代表。在我们的血亲伦理中，祖孙、母子、兄弟和姐妹（我所说的是具有血缘关系的兄弟姐妹，而不是目前盛行于社会交往和酒席饭局之中的所谓“兄弟”与“姐妹”）同样是一些很重要的血缘关系。刘荣书的《双生》写的就是一对孪生姐妹苏浓和苏浅之间的爱恨情仇。由于在婚恋问题上受到姐姐苏浓的欺骗与伤害，妹妹苏浅离家出走，历经艰难，而在多年以后，知道姐姐由于身患血癌需要作为孪生姐妹的自己骨髓移植与配型，苏浅决然回家，救助姐姐。为了强化对于血亲伦理的表现，作品还特别设置了一个与苏浅佯扮夫妻的叫做周自明的人物，以说明血亲伦理之外社会伦理的功利与不义。无论是当年苏浅的负气离家，还是她对姐姐的救助与回归，抑或是后来姐姐对苏浅所产生的新的误解，其实他们所捍卫的，都是血亲伦理的纯正与尊严。

但是在刘荣书的这几篇作品中，血亲伦理还有另外的形式，那就是夫妻伦理。除了《父亲的捕鱼船》，对此表现得最为突出的就是中篇小说《遥远的亲人》。这篇小说写的是一位妻子由于一些复杂的原因而背叛丈夫马德与自己在工厂的师傅、对街邻居林水清隐秘同居的故事，从作品的内容中我们很容易看出，马德妻子的最终回归和林水清对自己妻子的不舍，实际上都是在“重申”一种坚固的伦理——夫妻伦理，这是一种近乎血亲的伦理关系，共同的生活特别是生儿育女和对子女的共同哺育，在很多夫妻之间建立了一种类似血亲般的伦理关系，出走与回归，在《遥远的亲人》中有另外的表现，同时也有着另外一层意义上的伦理诠释。我们这个民族，在经过革命时代的“革命洗礼”和工商时代的“功利洗礼”之后，伦理资源已近“亏空”，我们已经很难在某种稳定可靠的伦理秩序和伦理情感中安顿自己，血亲伦理，正如同在《父亲的捕鱼船》的结尾所出现的高大树木一样，它们的树冠，永远像是可靠的码头，随时等待着我们的“返航”。

七〇以后读札①

向死而在的村庄

（鲁敏《离歌》）

在我的乡村记忆中，每一座村庄，实际上都是被死亡包围，坐卧在周围的坟地中，或者甚至是，民居与坟包间杂错落，而与死亡同在——并不是在哲学的意义上，而是一种实情，我们的村庄向死而在。

鲁迅以还，一直到后来的余华与阎连科等人，现代以来的中国作家不乏书写死亡的大师，死亡书写也屡有佳作，而在女性作家中，有此胆略的，则是王安忆（例如她的《天仙配》）。与"鲁迅"的名字恰好相对的鲁敏，不料也加入到死亡书写的队伍，写出了这篇阴森可怖的《离歌》。

不过，《离歌》虽然恐怖，却未达到"至极"。作品中的"三爷"，还有

① 本札记原为应何锐先生所约为其所编《把脉七〇后》一书所写的简评，后以"七〇以后读札"陆续发表于《文学报》。

那个“彭老人”，虽然一个打小以来就专事丧葬并以此为生，另一个则“倾心死亡”，郑重——然而也是不无惶惑地——等待和筹备着自己的死。鲁敏以上世纪三十年代作家——类似沈从文——的笔法和语调，书写了她的“东坝”两位老人的故事。像是沈从文一样，鲁敏也突出了这两位老人对“职务”的忠诚。他们在“职务”上生，在“职务”上死，显示出一种沉着、勇敢的生命姿态，这样的姿态，因此也让不无恐怖的这篇小说充满了光明。向死而在，鲁敏触及的是一个多么“哲学”的主题，这样的主题，因为她的独特处理而让我们非常充分地领略到了人性的光辉和人性的尊严。

语感、情怀和我们与世界的关系

（魏微《乡村、穷亲戚和爱情》）

我之爱读魏微的小说，一个非常重要的原因，就是她的语感。不管是一位作家，还是一位诗人，抑或是一位作为我同行的文学批评家和一位学者，我对他们的阅读，首先看重的，就是他们的语感，这是决定我对他们是否读下去，如何读下去，以及带着怎样的感受继续读下去的根本性因素。语感对了，接下去的阅读，就自然而然，欲罢不能。所以说，只要是魏微的小说，凡是我所碰到的，我都能很自然地读下去。

《乡村、穷亲戚和爱情》是魏微的一篇代表性作品，某种意义上，我甚至将它看成是整个“七〇后”作家的代表作。在这篇作品中，魏微以她一贯的语感，以她的善良、诚恳与朴素，为我们讲了一个哀痛的故事。这个故事让我们哀痛，一方面是因为乡村的穷困，另一方面，则是因为作品中的“我”。

乡村的穷困浩大无边。在我们这个时代，能够在繁华无比的假象之外瞩目于贫穷，书写贫穷，真的是让人十分尊敬，因为在实际上，构成了我们这个时代更为基本的真相的，却还是贫穷，还是我们人民的贫穷。魏微的小说，如同诗歌界的杨键的诗，让我们瞩目于人民的穷，还有苦！

但是我说这篇作品是整个“七〇后”作家的代表作，则是因为其中的“我”。毫无疑问，“我”有来路，也有血脉，“我”甚至在对这些来路与血脉一度嫌弃后重又产生了强烈的认同，而作为这种认同的象征，就是“我”对陈平子的虚幻与唐突的“爱情”。与以往一样，这段“爱情”很必然地无果而终。我们发现，无论是对“土地”，对“乡村”，还是对“穷亲戚”，甚或是对自己的“爱情”，“我”都未能建立起足够切实与深入的关系，这是不是“七〇后作家”同样也存在的精神问题呢？在此意义上，真的也令人哀痛。

女性写作的公共承担

（金仁顺《松树镇》）

前几年在关于王安忆和魏微的文字中，我曾讨论过她们的写作与时代和历史的关系问题，希望她们能对历史有所介入，并对时代性的公共问题有所承担。但是在后来，我逐渐感觉到，对于一个女性来说，这样的要求过于苛严，也似乎有点错位。实际上，我更愿意从女性作家的作品中读到更多的诗意和更多的优雅。但在后来的诸如迟子建和葛水平等人的小说、郑小琼和蓝蓝等人的诗歌中，我却不断地读到我们这个时代广大民众的令人震惊的残酷生存状况，而金仁顺的《松树镇》，则仍然是致力于此。

《松树镇》中的人物主要有两批：一是来此拍片的“我们”；二是“松树镇人”。这两批人物的生存方式和精神性格很突出地有所不同，但也构成了明显的对照。正是在这种对照中，“松树镇人”的近乎黑暗的生存才被我们有所认识。他们不甘于自己的命运，不甘心像作品中所讲述的左拉见到的那匹老马，在黑暗中劳苦终生，迫切地向往着外面的世界。不过金仁顺所关注的，更多的是女性。在她笔下的女性中，我们很容易为孙甜的命运而慨叹和感动，但那个“老板娘”，则应该引起我们同样的注意与关切，正是她们，构成了“松树镇”中形形色色的女性命运中的两种典型和代表。金仁顺的关怀与她的承担，更加突出的，还是在女性。如果说，女性写作还应该有着公共承担，那这样的承担，才似乎显得更加适切。

若是恶咒有此灵验……

（阿乙《杨村的一则咒语》）

阿乙的小说好评如潮。

在我读来，阿乙的叙事如此之轻，如此之细致、尖锐，直击人性，充满了反讽。汉语小说在他这里，似乎出现了新的意味。但具体有什么意味，一下子我又难得要领。

轻的叙述，并不一定就没有暴力——故事的暴力，与叙事的暴力。阿乙毕竟做过警察，叙事之中，他对故事发展的线索、走向、场面、情态以及事物与人心的细微之处，多有“警觉”，表达得异常妥帖，一些语词的使用因为语境的压力而产生奇妙的变化，简直是妙不可言，比如作品开头煞有介事的“证据有二”、“两个问题”和钟永连的“下了判决”等说法，这些司法语言的运用效果奇特。

阿乙叙事的暴力还表现在作品中咒语的萌生和后来的应验，分明是靠暴力，阿乙控制了故事的情节，“决定”了两个“儿子”的命运……但是，最终决定了两位“儿子”的命运的，却并不是阿乙，而是时代，是我们所处的社会与时代。自从钟永连和吴海英作出恶咒，我们作为一个在人性深处仍然有恶的读者，实际上就在暗含期待地阅读下去——可以说，正是在这样的意义上，阿乙的咒语激发、揭示和反讽了我们的人性——我们当然不希望这样的咒语在任何一位“儿子”身上应验，但是结果，正如我们所读到的，一种我们这个时代社会性的罪恶，令人发指地使得这个咒语终于得到应验……如果恶咒有此灵验，我们真的应该诅咒这种社会性的恶！

成长的匆促与伤痛

（路内《阿弟，你慢慢跑》）

我的青少年时代是在乡村度过，而且是随着孤单的外婆，父母在外工作，所以对成长于城镇与都市，或者是成长于繁杂的家庭人际环境中的少年，一直都非常好奇。路内的小说可作种种解读，但我还是想很简单地把它看作一部都市成长小说——因为这最牵挂我心。

小说中的阿弟吴双峰成长于我国典型的大都市上海，而且是在一个关系“齐全”的家庭环境中。阿弟的诸如六脚趾、吊眼梢、平脚底、翘嘴唇等先天的缺陷，使得他在家庭内部和在学校与社会处于非常尴尬的境地。自小开始，阿弟就在精神和身体上饱受伤害，未曾受到应有的尊重，这正如小说所言——“阿弟的童年时代是在一片悲惨中度过的……”。所以，他在十二岁的时候，就很无奈地发出这样的心声：“姐姐，我认命了，随便吧”。我们不知道在此之前，在一个多有缺陷的少年十二岁之前的成长之中，他到底经历了怎样的辛酸，又经受了怎样的创伤？自此之后，“认命”了的阿弟一仍其旧地“畸形”成长，酗酒、早恋、疯狂健身……一直到他近乎无能地走上社会。路内沉着、细致，不厌其烦地书写了阿弟异常艰难的成长过程。那么繁杂、那么匆促，一个非常无辜的婴孩，就被塑造成了一个问题少年！

阿弟的成长经历了很多，但我非常惊讶地发现，他并没有经历过爱，更没有尊严。唯一算是爱他的，给他尊严的，就是四川女孩卢勤勤。但他错失了她。

写到这里，我忽然想起外婆，想起她所给我的人生之中最为尊贵的东西——而阿弟，他却令人心痛地没有。

为什么要传奇？

（盛可以《1937年的留声机》）

关于中日战争，甚至是更加具体的“南京大屠杀”，这些年的中国文学包括电影和电视作品多有表现，以至于形成了一股不大不小的题材热点。我所供职的校园，就是“南京大屠杀”时的“国际保护区”，我所居住的南京外秦淮河以西一直到并不很远的长江沿岸，是屠杀实施的主要区域，这在关于“南京大屠杀”的有关电影中都有反映。所以在实际上，我时常会感到，我与当年的亡灵其实很近，那场战争和那场屠杀，时常都会“前来找我”，强化着自己的历史记忆。也正因为如此，我对关于中日战争特别是“南京大屠杀”的作品特别注意，读了很多，但是说实话，很多我都并不满意。

读了盛可以的《1937年的留声机》，耳边与心头，时常会响起作品中的《雨夜花》这一歌曲，飘渺、感伤，有一种死亡的气息。非常明显，作品对战争作了诗意的处理。受辱的“我”和救护了“我”并且冒险对我精心看护的日本军官麻生之间所发生的故事，自然是在从人性的角度在控诉战争，这样的控诉自然有意义，也很永恒，但不知如何，我总觉得这样的故事过于传奇，难以切近战争的真相。因为在实际上，战争、屠杀、施暴，以及其中令人发指的种种罪恶，同样也是人性的恶性表现。对于这些，仅仅靠传奇，显然难有深刻的反思。所以说，对于战争，我更愿看到的，是直面惨酷并由这惨酷深入下去的更有力的书写，而不只是传奇！

令人窒息的生命景象

（田耳《坐摇椅的男人》）

《坐摇椅的男人》，最让我佩服的，是它的极端克制与从容的叙事节奏，它的沉着、细致与绵密，以及这样的叙事所营造出来的生命气息，这样的气息所充分显示的，则又是一种无比衰朽与荒废与的生存景象，田耳出色的叙事才能让我们不由自主地沉浸其中，经历了一段令人窒息的生命历程。

小说之中“坐摇椅的男人”实际上有两位：一位是晓雯的父亲老梁，另一位则是小丁。自小开始，小丁便对晓雯一家特别是对老梁十分好奇，随着后来的逐步了解，经过对老梁的愤怒与不满和他对晓雯一家的实质性加入，一直到最后对老梁的模仿，令人震惊地揭示出了晓雯母女所受到的男权的侵害。某种意义上，这篇小说实际上是对男权主义的控诉。当然在小说中，男性对女性的侵害不仅表现为作品所主要书写的老梁所具有并为小丁所“克隆”的生活方式，还表现为小丁和晓雯幼年时代就曾开始的性别游戏——这些表现告诉我们，女性所受的性别压迫与性别侵害实际上存在于人生的各个阶段，并且体现为形形色色的不同方式，晓雯母亲的改嫁和出走所反抗的，只不过是其中之一种。

我不知道这样的解读是否是一种过度阐释？

坚持“根本”的写作

（葛亮《泥人尹》）

葛亮生长于南京，现又为港人，且是在香港的高等学府供职，按理说，应该比较前卫、时尚、商业、文艺，但他的小说，却又显得非常传统。在我所阅读的这批“七〇后”作家的作品中，葛亮最中规中矩，最为本分，无论是在作品题旨、人物塑造和结构营建，还是在情节安排、场面书写和叙事语言等方面，都在坚持着某种根本性的东西。我认为这种不玩噱头、没有花哨的写作反而会显示出葛亮的周正大气，而且在某种意义上，它的难度可能要更大，更加需要非常扎实的修养与功力。

和他的《阿霞》等名作一样，葛亮的《泥人尹》又为我们塑造了一个令人难忘的艺术形象。“泥人尹”的精神性格我们很容易从作品中了解，我注意的，是其命运与历史的关联。文学写作肯定不同于历史，在对人性的深入挖掘、在对美的丰富表现、在对形而上的问题的深刻思考，甚至是在对语言魅力的展现和对语言的可能性的探索等方面，文学肯定有超越历史的地方，但是作为历史存在的人，文学的表现却不能忽略这一个方面。本来，这也是一个很简单的文学的常识，也是文学的根本之一，但是在很多“七〇后”作家中，葛亮对此却非常自觉，因其可贵，所以我很想特别地多说几句。

残酷生存中的少年梦

（徐则臣《伞兵与卖油郎》）

我一直以为，对于红五星、八角帽及军装、军裤、军用皮带的迷恋肯定终结于我们红小兵一代，随着一九八〇年代以后中国社会价值观的变化，上面的这些曾经具有超凡魅力的事物已经被其他取代，所以读了徐则臣的小说，确实感到有点吃惊。徐则臣的年龄要小我许多，我没想到他的少年记忆居然还与我类似。如果没有切身的记忆，我想他很难写出范小兵对于伞兵的迷恋。不过这也提醒我们，即使是到了一九八〇年代的中期前后，“文化大革命”的精神遗存仍然在中国有所体现——特别是在像苏北这样相对闭塞与落后的地区。

范小兵的少年梦想不同于一般的从军愿望，而是要做伞兵，这样的愿望因此便有了一种飞翔的诗意。对他来说，现实中的生存太过残酷、太多屈辱。作为一位退伍军人，父亲老范的光荣是建立在残废——一种男人所特有的残废，与屈辱——的基础上的，母亲的与人私奔也因此端，因此可以想见，范小兵一家的生活到底会有怎样的不堪，所以说，我们毋宁可以将范小兵的梦想看成是对生存的逃避与超越。

另外有一个值得指出的地方，这篇小说也透露出了那个历史转换时期中国的特殊情景，就是老范的尊严已经丧失了政治的保护，范妻的私奔不再会被作为政治事件而且遭到阻止——如果是在前不久的“文革”，一定不然！

为灵魂开课！

（朱山坡《灵魂课》）

这一阵很集中地阅读“七〇后”作家的一批作品，发现了一个也许偶然的现象，同时也很吃惊不小，那就是其中不少都写到了坟墓，还有死亡。有些作品，真的是不适宜在晚间阅读的——比如山坡的这篇《灵魂课》。这个现象如果能得到更多作品的验证，比较普遍的话，倒真的是值得我们认真思考，其中一定会包含着这一代作家的非常独特的精神隐秘。

读《灵魂课》，倍受惊吓倒是其次，最最重要的，是感到了愤怒，好多年前，我曾读过同样作为广西作家的鬼子所写的《瓦城上空的麦田》，也曾产生过如此愤怒的情绪，这就是进入城市的子女由于对金钱的追逐而丧尽天良，对于父母在精神与肉体上施暴与虐待。我想每一位读者在读到阙小安在“财富广场”拖拉母亲时，都会感到令人发指的愤怒。很多作家都在以自己不同的方式来关注时代，关注人心，给灵魂“开课”，朱山坡的这篇小说同属于此。《灵魂课》的内涵之深厚、关怀之深切、构思之独到以及叙述之成熟与精妙自不待言，也获得了不少人的好评，但我又会想，我们这个时代的“灵魂课”除了我们珍贵的传统道德资源和文学永恒的人性基点，是否还可以有其他更加有效的内容，否则的话，人心之恶肆虐无期，不知何世才是尽头？

“屌丝文学”的诞生

（曹寇《鞭炮齐鸣》）

这个屌丝，真的是大逆不道！

——《鞭炮齐鸣》，最引人注目的是它的语言，它的生猛直接和屌丝口吻的叙述方式。在我有限的阅读经验中，好像还从未读过这样的作品，极为贴切地表达了目前被称为屌丝阶层的精神与生存，所以在这样的意义上，我认为曹寇的小说，应该被视为一种新的文学，我称之为“屌丝文学”，而像《鞭炮齐鸣》中的这个主角，便是极为典型的屌丝人物。

《鞭炮齐鸣》中的这个人物，完全符合社会学意义上的屌丝特征，在已经基本固化了的社会结构中处于被压抑与排斥的生存境地，无论是在政治，还是在经济与文化上，都绝望得无有梦想，所以在生活上的随波逐流和在精神上的自我嘲弄与玩世不恭，便成了他们的典型特征。《鞭炮齐鸣》所显示的，就是他们即使是对待父母和老师，都大逆不道、吊儿郎当，缺乏最为基本的庄重。但是说实话，屌丝之如此，不过都是些情绪性的表达，内心之中，他们仍然有着根本的善。对于这个社会和这个社会结构性的一切，他们目前并不存在着挑战与威胁，更是缺乏理性的思考和精神反抗——在这样的意义上，“屌丝文学”的思考和表达空间，似乎还有很大的可能。——因此，对于曹寇来说，他还有的忙！

发烧状态的生活

（张楚《蜂房》）

不担心有植入广告的嫌疑，《蜂房》开始所提及的那家富丽华大酒店，我其实也非常熟悉，这也是引起我对这篇小说阅读兴趣的一个小小因素。《蜂房》所写的，实际上是一种发烧状态的生活。在这样的状态中，事物显得亢奋急促，略有夸张与变形。张楚准确地叙述了一个“发烧友”眼中的一个相当“发烧”的人物。作品中的“老四”，从其言语行为及其自我叙述来看，明显具有轻度的精神障碍，颇不着调，他对“老三”生活的强行进入，充分显示出生活的无可奈何和令人感到匪夷所思的方面，深厚的同窗情谊，又使叙事人以非常充分的理解、包容和自我解嘲的态度来对待或忍受着“老四”，充满着温暖与善意。作品的叙事角度、叙事口吻和叙事节奏把握得非常之好，特别是自始至终时常出现的蜂群异象，以及“老四”面对蜂群的情态，更是有效烘托与渲染了人们与生活的发烧感。生活荒诞，甚至是匪夷所思，但其中有那么深的情谊和那么多的温暖与善意——即使是在“老四”坚持离婚的妻子那里，我们也能体会到这些。小说的叙述相当老道，技艺高超且无比娴熟，特别是对“老四”夫妻的生活的描写，留给了我们很大的想象空间。

无良时代的道德拷量

（张惠雯《垂老别》）

《垂老别》所表达的，是一个基本的道德主题。我生长在农村，知道忤逆不孝非我们这个时代所独有，但是在《垂老别》中，王老汉的两个儿子对赡养义务的推托，却主要出于利益的算计，这就具有了时代性的内容。在我们这样的时代，在很多人那里，蝇头小利便会使其丧尽天良——不要说是农民，就是在知识分子和一些所谓的人民公仆那里，情况其实也同样如此。作为一位身在国外的“七〇后”女性作家，张惠雯所关切的，仍然是一个非常中国、非常乡土的道德主题，这让我非常尊敬。

不过，更让我尊敬和叹服，而且也感到非常新异的是，《垂老别》的叙事也非常“老套”。整个小说都是在我们对王老汉安置结局的牵挂之中缓慢推进，叙事方式——无论是叙事语言还是人物的形象修辞——也都极其“老套”，并无新意，但是其效果却非常强烈。正是在作品异常缓慢的叙事节奏和我们对故事结局的关切之中，一种强烈的道德义愤被不断激发，一方面，王老汉的懦弱善良客观上就在对儿子们的不孝构成了无声的谴责，另一方面，我们非常急迫的道德关切又和不无压抑的缓慢叙事形成了很大的张力，使这种义愤始终处于势欲爆发的临界状态，收到了很好的叙事效果。——主要依靠张力的艺术，这一篇小说非常有力地表达自己的道德主题。

生命的悲剧意识

（张学东《跪乳时期的羊》）

虽然在张学东的小说中，问世较早的成名作《跪乳时期的羊》不太被人经常提起，但我认为，相对于其后来的作品，这篇小说的生命力也许会更加强大和更加久远。

当我们谈到“生命”，谈到诸如存在主义所经常说到的“生命的悲剧意识”的时候，我们所说的“生命”，往往只是指我们“人”的生命，其中的人类中心意识非常明显。而《跪乳时期的羊》，则将上述主题无限拓展，提升到我们对整个世界的生命的思考。这篇作品虽然写到了自然，写到了羊，也渲染了“人畜共居”的温馨与美好，但并不是一般意义上的、非常廉价的“生态小说”。在《跪乳时期的羊》中，羊羔臼耳朵的个性与生命是那样的独特与美好，但却被人无情杀戮。在作品的整个叙事进程中，处处弥漫和埋伏着凶险与不祥，人与动物间表面的和谐之下，充满了血腥。作家没有简单化和时尚化地倡导什么“动物权利”和“生态意识”，而是有对动物处境的真实揭示，充满了悲悯。——在我们人的生命和动物的生命之间，实际上是一种相当复杂的悲剧性关系，这样的揭示，使得作品无比深刻，也给我们留下了难以忘怀的永恒的疼痛。

“寻根”仍在进行?

（乔叶《解决》）

两三年前，曾经评审过华东师范大学的一份博士论文，大致是讨论“寻根文学”之后的中国文学仍然存在着的“寻根”趋向，论者名之为“后寻根”，读了乔叶的《解决》，方又想起这样的观点，并且又一次深以为然。确实如此！“寻根小说”所经常会有的“一代不如一代”的慨叹和“种的退化”的悲哀在《解决》中清晰可见。

《解决》在乔叶的小说中不算最知名，但却有着突出的代表性。乔叶所惯写的家族史故事、女性命运、妓女形象和城市女性的婚恋困惑等等元素非常集中地出现在了《解决》之中，而且也都颇具内涵，但我以为，解读《解决》的关键，还是在于它的“寻根”趋向。

小说的主要内容是六爷的葬礼，正是这场葬礼中，形形色色的男女人物、错综复杂的人物关系和巨大的家族隐秘同时出现，一方面显示出乔叶相当高超的叙事技巧和场面布局与掌控能力；另一方面，以“我爷爷”、“我奶奶”、“六爷”、“三爷”等人的性格命运为精神映衬，充分显示出了我们儿孙辈的促狭与渺小。特别是就男性来说，虽为“公仆”但却嫖娼的“大哥”是那样的委琐——因此在这样的意义上，我将《解决》看成是对“寻根文学”在新的社会历史语境中的值得肯定的精神接续！

本心的保有与琴的哲学

（东君《听洪素手弹琴》）

像是在用琴的节奏和琴的语调，东君的《听洪素手弹琴》讲述了一个围绕着琴所发生的故事，琴音繁复，而且也曲折有致，向我们道出了一种非常独特的哲学——琴的哲学。

小说的主要人物虽然是洪素手，但以她为中心，却有一个较为复杂的人物体系，其中有她的老师顾樵先生、她的师兄徐三白和她的恋人小瞿（“蜘蛛侠”），还有顾樵的兄弟顾渔先生及唐书记、唐老板父子等等。顾樵先生在夸奖洪素手时曾经说过，洪素手之所以能弹出不亚于他的曲子，“是因为她没有失去自己的本心”，可见“本心”对于琴艺的重要。实际上，“本心”的重要不仅体现在琴艺方面，即使是对作为乐器的古琴本身来说，也是如此。所以顾先生在谈到琴的时候又说：“好的琴，声音都应该有下沉感，就像一颗去掉渣滓的心慢慢地沉下去，沉下去”——这就是琴的哲学，根本性的要义就在于对“心”的守护与保有。在小说中，虽然顾先生深谙于此，但他出于种种原因，却未对此有明确的坚守——他对唐氏父子的妥协便最为典型。对于这样的琴的哲学，与顾先生相比，洪素手虽然没有在语言上的表达，但却更加明确和更加固执地坚定践行，精神上的高洁处处可见，这也是顾先生对她无比钦佩的主要原因。

还挺哲学的!

（戴来《茄子》）

技术方面,《茄子》堪称完美，如此简约和精细的叙述却搞进了那么多的男女人物和那么错综复杂的人物关系，而且一下子满足了那么多人窥视的欲望——这其中既有小说中的人物老孙、小龙父子，也有戴来，还有作为读者的我们。应该承认，我们都不那么高尚，都有难以根除的窥视的欲望。那么这样一来，擅写窥视的戴来在《茄子》中，在又很成功地展示了一番她的叙事才能的同时，更有意义的，是和我们一起对窥视这种社会性的精神心理现象做了一番小小的思考，所以说,《茄子》不仅有趣，还挺哲学的。

无论是在个人，还是在社会方面，处处都存在着假象。比如一个表面上显得细巧文弱的江南女子，说不定其实酒量惊人，而“茄子”这一也不知道从何开始就被屡屡使用于照相场合的表情方式，背后所隐藏的，则更是千差万别的人生世相。《茄子》就从此入手，从老孙父子的视角，发现了一个风化故事，但是在故事的推进中，每一个人物又都表现出了各各不同的性格差异，这些背后其实又体现了相当不同的价值观念的冲突，以及每一位人物曲折深隐的微妙心理，颇耐琢磨。

作为精神资源的阅读

1. 高尔基 :《童年》、《在人间》、《我的大学》(连环画)

小学时最重要的读物。虽属模糊，但却较早领略了俄罗斯世界的生活、风情与俄罗斯民族的精神与生存，感受到了人生的苦难、奋斗与追求，奠定了一生的精神基础。由于自小随外婆长大，对其中的外婆形象印象最深。

2. 金敬迈 :《欧阳海之歌》

难忘当年对《欧阳海之歌》的狂热阅读，也难以忘记当年对英雄形象的神往与追慕。不可否认的是，正是《欧阳海之歌》、《征途》甚至《金光大道》等“文革文学”构成了我们“红小兵”一代相当重要的阅读对象，某种程度上，它们正是我们这一代人的一种不容忽视的“精神乳源”，并且参与了我们的精神塑造。对于这样的“精神乳源”，我们不应只一概回避，而是需要切实的清理与反思。

3. 施耐庵 :《水浒传》

在当年的“批林批孔”和“评《水浒》”运动中开始了对《水浒传》的阅读。啸聚山林，揭竿而起——对于专制、不义与强权的起义与反抗，大举进入了我的世界。

4. 西格里斯特 :《为人类工作 : 马克思生活记述》(罗章龙译)

一部关于马克思的传记。别具一格，是一部优美的长篇散文。我读过很多人物传记，它对我的影响，仍然最深。对于马克思的思想和他对人类社会的重大影响，不管我们怎么评价，但在我的心目中，他仍然是最伟大的知识分子。

5. 鲁迅著作

鲁迅的著作和关于鲁迅先生的传记，让我强烈感受到鲁迅精神的复杂。对于它们的阅读，使我的生命第一次获得深刻。

6. 聂鲁达 :《聂鲁达诗选》

十八岁时，第一次读聂鲁达的诗，第一次被一位世界性的伟大诗人所彻底震撼。他的壮阔与柔情，他的传奇性的个人命运和他对世界的深度介入，都经常激荡和吸引着我。很多年以后，又一本关于聂鲁达的书——《山岩上的肖像——聂鲁达的爱情・诗・革命》走进了我的生命。于我而言，这是命运，也是传奇。

7. 萨特著作和关于萨特的传记

萨特是我延续至今的偶像。他的著作，他的小说，他的戏剧，特别是他的《存在与虚无》与《辩证理性批判》等理论著作，以及关于他的各种传记、图片与影像，都是我所热衷的读物。他对世界的批判与介入，引领着我。

8. 罗曼・罗兰 :《约翰・克利斯朵夫》

“江声浩荡，自屋后上升……”和很多人一样，我永远都不会忘记《约翰・克利斯朵夫》的开篇之语，一个大气磅礴的英雄世界自此展开。对于这部书，傅雷曾经这样来推荐——“《约翰・克利斯朵夫》不是一部小说，——应当说 : 不止是一部小说，而是人类一部伟大的史诗。它所描绘歌咏的不是人类在物质方面而是在精神方面所经历的艰险，不是征服外界而是征服内界的战迹。它是千万生灵的一面镜子，是古今中外英雄圣哲的一部历险记，是贝多芬式的一阕大交响乐。愿读者以虔诚的心情来打开这部宝典罢！”世易时移，这样的书似已落伍，但我对它，永远都有着最初的虔诚。

9. 西蒙·波娃 :《西蒙·波娃回忆录》

在这部卷帙浩繁的多卷本长篇回忆中，我们能看到法国知识分子的精神世界与生存方式，特别是他们在困难时期一仍其旧的坚持与浪漫。特别是萨特！在他穷困得只能靠捡拾别人丢弃的烟头拼成烟卷时，仍然写下了那么多杰出的作品，也参与了那么多相当重要的形形色色的社会政治活动。我对他们深怀敬意，也对自身深感羞愧。

10. 帕斯捷尔纳克 :《日瓦戈医生》

一部关于知识分子、人道、爱情与革命的史诗性的伟大悲剧。仿佛一段悲怆的旋律，这几年来，一直萦绕在我的精神深处。从少年时代高尔基的《童年》，到目前的《日瓦戈医生》，俄罗斯文学，伴随着我的精神成长。

长篇小说三十年（一九七九——二〇〇九）：一个人的排行榜

张炜《古船》

我一直在想，在“文革”后中国的长篇小说中，有哪一部作品最为有力地直面和书写了我们这个民族在二十世纪后半期以来所遭受的苦难？这样的作品，必须雄浑、笨拙、悲怆、沉重而又有着苦难中的坚韧、诗意与承担；它必须很成功地塑造出我们这个民族灵魂性人物。在他的身上，既有我们的性格，也有我们的命运，而且还应该体现出我们的希望。在这些年来众多的长篇作品中，我想到了《古船》，想到了长期以来经常浮现在我的眼前的隋抱朴——这个在老磨屋中肩扛住黑暗并且终于在最后战胜了黑暗的人物。

张承志《心灵史》

我曾经对好多位朋友说过，如果要我来推举一位中国作家去获得诺贝尔文学奖，那我所推举的，肯定是张承志。当然我也承认，事情的另一个方面其实也肯定——那就是我绝不会具有这样的权力，他可能也绝不会获得和在乎诺贝尔奖。我用诺奖来比方，只是想说明张承志的写作所达到的高度——包括《心灵史》的高度。汉民族在现代以来的精神失败可能有很多非常复杂的原因，但我以为，信仰的匮乏肯定是其中最为根本的方面。《心灵史》以其相当独特的文体创造和对信仰的捍卫，实现了一次极为成功的“拟经”写作。

贾平凹《废都》

《废都》是贾平凹最好的小说。我以为它最好的方面，就是其中死亡的气息。在这部作品中，死亡的气息浩大无边，浓重、血腥、脏污、糜烂、诡异而又无孔不入，它不仅充溢于作为象征的“废都”这样一个极为广大的空间，更是渗透于作为小说主要内容的日常生活。小说开始于天有异象和埙声萦绕的“一千九百八十年间”，结束于纷乱破败的氛围之中庄之蝶的“死亡”，几乎已很明确地告诉我们，却原来此间所有的世事、所有的贪欢，不过都属于“向死而在”。我们经常用“对一个时代的总结与思考”来褒奖一部作品，贾平凹的《废都》，不正是一部这样的杰作？

莫言《丰乳肥臀》

《丰乳肥臀》气势磅礴和泥沙俱下的叙述在现代中国风云激荡、波云诡谲的历史背景上，书写了一位伟大母亲的命运。在宏大的历史进程中，不管政局怎样变化，不管战争如何混乱，也不管饥饿如何残酷，更不管她的女儿和女婿们分属于怎样的政治阵营、各自又有怎样的性格与命运，上官鲁氏都会像一头温柔而又勇猛的母兽，在他们需要的任何时候注入无私的母爱。在各路英雄、各种政治力量你方唱罢我登场，在仿佛是改天换地的朝代更迭之中，永恒不变的，惟有其近乎原始的母性。在她的原始母性面前，任何一种似乎宏大而又非常有力的事物和话语，都显出十足的虚浮、可笑和渺小。作为一种原始人性，上官鲁氏的母性深厚博大，完全超越了时间，超越了历史。《丰乳肥臀》是莫言对原始母性的伟大颂歌。

余华《许三观卖血记》

《许三观卖血记》是关于我们民族生存的一则寓言，更是20世纪后半期以来我们这个民族的生存现实。这样的现实，虽然被作家以近乎无奈的温和加以展示，从而使作品更像是一首跳跃着温和旋律的“很长的民歌”（余华语），但其所书写的人物命运以及现实本身，则是充满了暴力，充满了屈辱与苦难。实际上，余华平静与幽默的叙述实践不仅未能有效地缓解现实的苦难并且与现实建立起妥协性的关系，而且在更大的意义上，这样的叙述还使这首“温和”的民歌充满了残酷、辛酸与凄苦。正是在这样的残酷、辛酸与凄苦的复杂交响以及充满苦难的现实背景上，回荡与升腾着伟大而又温和的“父性”的旋律，从而，《许三观卖血记》也是余华的对于原始父性的伟大颂歌。

韩少功《马桥词典》

韩少功《马桥词典》的意义与价值，不仅在于以“词典”的方式结构和组织文本，开拓出了小说文体新的类型与可能，更在于它通过对马桥方言的释义与考古，来进一步挖掘和释放出方言的文化潜能，从而颠覆和改写了被普通话所严重覆盖与遮蔽的民间世界，这对中国当代文学来说，实际上具有根本性的意义。对于我们精神、命运与生存的书写与反思，如何追究到“词”的根部，《马桥词典》无疑是一部典范性的作品。我以为在某种意义上，它也为我们所有的写作指示了方向。因为，我们的写作只有不断地深入“词语”、追究“词语”和清理“词语”，才会变得真正地可靠。

阎连科《日光流年》

在《日光流年》的题记中，阎连科说这部作品是他给自己终将离开的世界、人类和土地留下的遗言。在这样的遗言中，我们不仅读到了浩大无边的苦难和阴森惨烈的病与死亡，读到了三姓村人绝望的挣扎与奔突，更是读到了作家愤怒的报复与诅咒。它没有宽恕。带着巨大的历史悲情和原始正义，它像是狂雷与闪电彻底地毁灭和抽打着这个世界，裹挟着血腥。它是阎连科对我们这个世界的伟大复仇。世无摩西，我们看不到那美好宽阔的牛奶与蜜之地，最为紧要的，我们先只能勇敢地复仇。

阿来《尘埃落定》

现代性对藏地世界的进入是《尘埃落定》的主要内容。阿来书写了从现代性的民族国家、现代政制、意识形态与精神、文化、伦理乃至于日常生活、日常器用和语词等现代性事物对藏地世界的全面冲击，书写了藏民族对这些冲击的种种反应。对于这一切，阿来在作真切书写的同时，还进行了相当深刻的批判性反思，也为我们的文学提供了一种超越性的经验。它提醒我们，我们对历史和现实的书写在应该具有足够的深入的同时，还应该有所超越，以进一步抵达对整个人类命运与生存的总体性思考。

刘醒龙《圣天门口》

不知道是出于怎样的原因，我向来崇仰和喜欢那些看起来显得笨重或笨拙的小说，特别是对长篇而言，尤其如此。《圣天门口》的体量巨大而笨重，完全对应于作家整体性地书写中国革命的气魄与雄心。我一直以为，在世界革命的历史上无比重要和独特，并且深刻和全面地影响了中国历史、中国社会和我们这个民族的精神与生存的中国革命，期待着一部史诗性的终极叙述，《圣天门口》便是对这种叙述的奋力冲刺。这部“后革命时代”的“革命历史小说”在精神立场（比如宗教精神）和文本探索（比如与《黑暗传》的互文）等诸多方面，既有可贵的坚持，又有勇敢的挺进，刷新了我们既往的革命想像。

王安忆《长恨歌》

虽然我曾批评过王安忆包括《长恨歌》在内的小说创作具有“强迫性的历史遗忘”、“现实悬置与日常幻觉”和“稀薄的人间情怀”等精神局限，并且至今还坚持这样的观点，但我仍然认为，王安忆是当代中国最为重要的女性作家，《长恨歌》也是其最为重要的代表性作品。至少，从它在这些年来的不断重印，就能够看出它所初步具有的经典性意义。而经典，我不要求它完美。

—谈话录—

“回忆和话语之乡”

最初的记忆与写作

何言宏：你是在一九五七年六月初出生于湖北省武当山下的丹江口市，什么星座？

王家新：双子星座。黑暗天空中的对位法，或“翻译的对位法”。不过，我对这些并不迷信。我只是喜欢这样的词语。

何言宏：能否谈一谈你对这个世界的最初记忆？——我一直以为，我们对世界的最初记忆会在一定程度上决定着我们的精神性格，也决定着我们对世界的基本态度，我自己就很深切地体会到这一点。

王家新：最初的记忆是在石头上磕磕绊绊的那种很黑暗、很模糊的感觉，二〇〇三年夏天重回我童年时生长的武当山下的“遇真宫”——据说那是张三丰当年练武当拳的地方，解放后那里变成了县二中，我父亲是那里的老师，我半岁时开始在那里长大，当我注意到宫院内那一道道高高的青石台阶，我这才明白了我最初的生命记忆是怎么一回事。你看，这还真有那么一点隐喻的意义，一个孩子，在黑暗的石头台阶上爬上爬下……

何言宏：现在回过头来看，这几十年，可能还真是这么走过来的。你的第一篇作品——也就是你的处女作，还有印象吗？

王家新："处女作"现在肯定是很难回忆了，如果有，就是在高中的时候，有一次，我记得我写了两首诗，那应该是我第一次写诗，便很兴奋地拿着这两首诗找到学校的教导主任，想请他看，因为据说他的文学水准全校最高。

何言宏：那他怎么说？

王家新：他一看，眉头一挑："嗯，这是不是抄的？"这就是说，他怀疑我也能够写诗！从此，我再也不把我的诗给任何人看了。也许，那就是我的"处女作"吧。

何言宏：那是哪一年的事情？还记得诗的内容吗？

王家新：内容完全记不得了。那是我上高一的时候，应该是一九七三年吧。

何言宏：上初中的时候，我倒是写过不少所谓的"格律诗"，现在想来虽然是不值一提，但是凑韵和拼凑字数之类的调遣、推敲和讲究语言的习惯，倒真是不无益处的。还是来说你的这首"处女作"的遭遇。现在想来，还真是一次不小的挫伤。

王家新：刚才你问我是怎样走上文学道路的，也许就是这样走上的吧，很孤独，也不被人理解。我父母都是普通的中小学老师，父亲最初是县中学老师，母亲是小学老师。

何言宏：他们教的是……？

王家新：他们都教语文。我父亲是解放前上的初中高中，是湖北省全省都很有名的中学。他的语文功底很扎实，而且还学过英语，现在还能说几句呢，其他老师都很推崇他，有什么字词不理解的都问他，尊称他为"活词典"。

何言宏：那他对你应该会有很好的熏陶。

王家新：肯定有影响，我父亲虽然对文学并没有什么特殊的才能和兴趣，不过他在我四五岁的时候就开始教我造句，每次他出词要我造句时，我就动脑子了：一定要造出一个最棒的句子来！这大概就是最初的文学训练吧。后来我进一步爱好文学，这可能有多种原因，比如说上小学四五年级开始写作文了，老师经常表扬我的作文，另外更重要的原因，就是和"文革"期间感受到的压抑有很大的关系，因为我父母出身都不好，他们的出身都是"地主"！

何言宏：当时写作文的情况你还记得吗？我想起捷克作家克里玛的一篇文章《一个如此不同寻常的童年》。在这篇文章里，克里玛记述了自己小时候在纳粹集中营里的一次作文的经历。在没有自由的集中营中，他却写的是森林里树木生长的自由。正是在这次作文中，克里玛体验到了写作所带给他的自由，"知道了写作可以给人带来难以想像的自由解放的力量"，从而也帮助他"确立了未来的召唤"。

王家新：小时候写作文的情况记不清了，但我很清楚地记得老师表扬我时的那种激动的表情和声调。可以让自己的老师变得很激动，在教室里走来走去地大声朗读，这可是一件了不起的事情！

"命运为我准备的一双怀抱"

何言宏：刚才你说到你父母的出身都是地主，这样的出身在那时的处境可想而知，能就此多谈谈吗？

王家新：我的爷爷奶奶、姥爷姥姥都是地主，但是实际上他们的命运无论在"解放后"还是在"解放前"，都很不幸。我的祖父在我父亲两岁的时候就因病去世了。

何言宏：那你的奶奶……

王家新：我奶奶就守寡啊，她一生首先就是一个封建礼教的牺牲品。祖父去世后，我奶奶独自带着我父亲，靠家里的几十亩地和小磨坊，同时依靠娘家的帮助，供养我父亲读书，非常非常辛苦。但到了“土改”时就不仅是辛苦了，那叫“打倒”！湖北省的“土改”非常严酷，那时家产超过六十亩地的地主都要被枪毙，不仅是要被剥夺全部财产，而是要被枪毙。

何言宏：湖北省的革命一直是很厉害的。

王家新：我奶奶因是妇道人家，人家对她稍微宽容一点，但是一切都被剥夺了，因为她留有一个戒指没有上交，后来还被告发了。我父亲因为高中毕业有文化，所以一解放就被征入“土改”工作队到外地搞运动，他绝对没有想到自己的母亲会在家乡那么惨。他后来才转入县中学教书。至于我的母亲，她的父母都在均州县城附近——丹江口市以前叫均县，明清时称为均州，唐代的时候就有了均州府，陈世美就是我们家乡出的名人啊。

何言宏：是吗？那你姥姥和姥爷他们的情况如何？

王家新：姥爷家解放前是当地的大家族，但到解放时已很破落了，因为我姥爷根本就不管家务，一天到晚泡在县城茶馆里听说书，可以说他是一个很有文化的地主，连讲起话来也之乎者也的，我的名字就是我姥爷给起的，因为那时讲“破四旧立四新”，我姥爷说“那就叫家新吧”。后来，因为建丹江口大水库，均州城一带要被淹，姥爷姥姥被迫移民到外县，姥姥跟我舅舅一起生活，帮助他们照看孩子，姥爷一人在异乡孤独生活，又是“地主”身份，备受压抑，姥爷便上吊自杀了。

何言宏：那是什么时候？

王家新：是在“文革”期间，我姥爷上吊自杀前给我舅舅留了一封信，信中说他一个人怎样孤独，在外地怎样受气，怎样不断被村干部喝斥……我姥爷可是一个特别讲尊严的人，他是那种可杀而不可辱的从“旧时代”过来的人。我和我妹妹们都特别喜欢我们的姥爷，特别喜欢他讲故事。在我的记忆里，他一到我们家来，就是我们的欢乐！

何言宏：那这种家庭的悲剧对你……？

王家新：对我当然有影响！你看，别的不说，我的奶奶几乎守了一辈子寡，在我的记忆中，从来没有见她笑过，她总是不自觉地流泪。这一点也遗传到我这里，直到现在有时我也是不自觉地流泪。

何言宏：小时候，你就是和你的父母亲还有奶奶生活在一起？

王家新：是的，父母有了我以后，就把我奶奶从老家接到了学校。

何言宏：奶奶一直带着你？

王家新：我的奶奶一直带着我，有一阵子实行配给制，吃食堂，我奶奶总是把她的那盒饭分一半给我，小孩子能吃嘛！奶奶就是这样把我带大的。在亲人们中，奶奶对我的影响最深。她是在"文革"期间脑溢血过世的。

何言宏：老人家是在哪一年去世的？当时你多大？

王家新：是一九七二年冬，我十五岁。奶奶是被草草埋葬的，在那个荒凉的飘着雪花的冬天，埋在学校后面一个山坡上，因为"成分问题"，所以不敢声张，也不能声张。

何言宏：是啊，按照当时的说法，她属于"阶级敌人"。

王家新：当时的那种"阶级斗争"氛围，我处处都可以感受到。比如有一次学校附近生产队的书记撬开我们家的厨房，公然把我们家的米、面都挑走了，挑走后还放出一句话来"他们家解放前过好日子，难道解放后还要过好日子吗？"你看，他说得是多么理直气壮！而我们只好忍了。奶奶去世时眼睛是大睁着的，这一点我一辈子也忘不了。奶奶去世后，我老是梦到她。第一次梦到她，把我吓出了一身汗。当时我们都还用蚊帐，梦中我感觉到奶奶进了我的蚊帐，开始是在蚊帐的上方，后来又在蚊帐的下方，我惊起后一身大汗，后来就不断地梦见我奶奶。

何言宏：我的外婆去世后，我也经常会梦到她。小时候我父母在外工作，我随外婆在乡下生活。外婆对我的影响，某种意义上，要远甚于我在后来所受的教育。

王家新：甚至我后来去英国那两年还不断梦到我奶奶，不是梦到奶奶，而是感到奶奶是去找我去了，就像当年她翻山越岭踮着小脚——我奶奶裹了小脚——在日本飞机的轰炸声中去我父亲的中学要把他领回家一样。我奶奶就这样踮着小脚，几千里几万里，在伦敦的黑夜里找到了我，我惊醒后发现自己几乎已是泪流满面："奶奶，你真能找啊"。

何言宏：现在还会经常想念奶奶吗？

王家新：我经常会在梦中很真切地感到我奶奶的臂弯的形状，我小时候就是在那样的怀抱中被抱大的。我想，这就是命运为我准备的一个怀抱。

何言宏：你的这种感受我能体会的。有一次在大连，麦城谈到自己的外婆时，也很动感情。

还有，耿占春有一本书，叫做《回忆和话语之乡》，就是写对外婆的怀念。我觉得"回忆和话语之乡"这样的说法非常准确。我们的外婆或祖母，不正是我们的回忆和话语之乡？

王家新：《回忆和话语之乡》这个题目就很好，我要找来看一看。的确，我们的一切都是从那里来的。这种幼年以来的经历，不仅是我们话语的来源，也决定了我们现在的立场，你说说，我怎么会认同……这样一种东西？！

何言宏：具体地说，你指的是……什么东西？

王家新：那种一切为极权主义和所谓"革命文化"辩护的东西！

何言宏：在我们的生活中，这些东西依然大行其道。

王家新：我写过一首关于我奶奶的诗，我还想再做些改动，这首诗主要就是写奶奶的沉默寡言，难道她就不属于那"沉默的大多数"？我老是梦到她，或者说，她在死后老是来找我，是不是要我为她讲话？

何言宏：是啊，这也许就是那些魂灵对我们的期望。

王家新：讲到这里，我想起了《哈姆雷特》，早年上大学时读《哈姆雷特》，总是觉得剧中父亲鬼魂的出现太怪异，前不久去丹麦，路过海边的克伦堡，据说那就是莎士比亚《哈姆雷特》发生的地方，我一下子就想到了这个问题，也一下子明白了：莎士比亚太厉害了，父亲的鬼魂太真实了、也太有意义了！我想也正是我自己的生活，使我理解了这其中所包含的昭示！

父母和早期的“文革记忆”

王家新：“文革”前后，我的父亲不断地调动，确切地说是“下放”，先是从县中学调到区中学，再从区中学调到偏远的山区学校，而且总把我的父亲和母亲分开。

何言宏：这个时候你是跟母亲和奶奶在一起生活，父亲来回奔波？

王家新：是的。父亲出身不好，解放前上中学时还加入过“三青团”。“文革”一开始，父亲因此就受到冲击，学生们批斗他。有一次父亲一回到家，就用木杠把大门死命地顶住，好像红卫兵们会冲进家里来一样。我帮父亲的忙时，我大妹妹在旁边吓得浑身发抖，不停地发抖。

那时，外面的红卫兵造反派武斗得很厉害，有一次我看到他们从我家不远处经过，都扛着机枪呢。

何言宏：“文化大革命”中湖北和四川的武斗都很厉害的，有一次我和丁帆老师在重庆的沙坪坝公园看到过好大一片的红卫兵墓地，令人悲叹。你家里一共是兄妹几个？

王家新：兄妹五个，我是老大，三个妹妹，一个弟弟。

何言宏：老二是男孩？

王家新：老二是大妹妹，我大妹妹比我小两岁，当时就是她吓得浑身发抖，止不住地发抖。

何言宏：他们现在都在哪里？

王家新：都在老家当地工作。你问过我对“文革”的第一印象，第一印象是班主任冯老师带领我们小同学穿过一个地方，在路边的树干上第一次看到“造反有理”的标语，还有冯老师那种很惊异、恐惧的表情，这些我都写进长诗《少年》中了。

何言宏：那时是一九六六年？你是九岁？

王家新：嗯，九岁，《少年》中的那些细节，大部分都是真实的经历。

何言宏：《少年》是你二〇〇三年写的，应该是你二十一世纪以来比较重要的作品吧，我读了非常喜欢。刚才你说的情况，其中也都写到了：“那一年我正好九岁 / 在那个盛大的夏天 / 父亲已不再检查我的暑期作业 / 和每天的毛笔大字了 / 开始我还觉得很怪，后来才知道 / 学校已开始批‘智育第一’”。不过，我想问一下，诗里的人名真实吗？比如陆海波，都有其人吗？

王家新：诗里的人物大都有真实的原型，有的名字有变化，有的人物是鲁迅所说的“几个合成的一个”，比如说冯老师最后变成了疯女人，这都属于“文学的嫁接”，是我对那个时代千千万万个无辜的牺牲者的哀歌。诗里的那个抬尸游行，也都是真实的，当然也可以说它是虚构。那个时代本身就是一个最大最超级的虚构。

何言宏：很癫狂、很恐怖的抬尸游行，这是《少年》第五部分的内容。它是从“巨大的冰”开始的：“然后我看到巨大的冰 // 我去县城里看舅舅 / 正好碰上了抬尸游行 / 死者是从河里捞起来的 / 我不敢看 / 因为死者肿胀的大腿 / 比水桶还粗 / 尸体已发出腐臭 / 混合着刺鼻的富尔马林味 / 尸体的四周 / 堆放着我从未见过的 / 巨大的方冰”。然后，这眩目的“冰”就隐现在这首诗接下来的第六、第七部分，直到最后，“一切都消失了 / 只有那冰山，仍在为一个孩子升起”。

我的感觉是，“冰山”在这里是一个威严、凶险和不祥的隐喻，包括你自己在内的一代又一代孱弱的“孩子”与“冰山”的对峙，将是他们永恒的宿命，不知道你是否同意？

王家新："冰山"到诗最后的出现，或者说从"深海"深处突然涌现，是我写这首诗之初没想到的。但它就这样出现了，这就是"命运之谜"。我一时也讲不清楚。这种种元素最后合成的这样一个意象，赋予了全诗以某种超验的、神话般的意义。也只有这样，才能表达我们对那个时代的惊异之感。这首诗，日本汉学家普美子教授读了很兴奋，说"文革"的东西她读了不少，但读了这首诗她才有了很切实的感觉，并说这种诗歌的叙事使她对诗歌表现"历史的个人化"有了更多的信心。

何言宏：这样的说法——"历史的个人化"——概括得非常好！另外，我也非常喜欢你诗中的那个滚铁环的意象，因为我在小时候也很喜欢滚铁环，滚得那个浑身是汗，除了《少年》，好像你在《简单的自传》这首诗中也说到你"早年的乐趣是滚铁环"。

王家新：当时我们任何没有玩具，除了一起玩打仗的游戏，也没有其他游戏。滚铁环是一个孤独的孩子玩的游戏。

何言宏：是啊，那是我们那个时代的游戏，是历史性的东西，现在已经基本上消失了。但对你来说，这个游戏无疑具有一定的象征意味，仿佛是西绪弗斯在推动着巨石："一个人，在放学的路上 / 在金色的夕光中 / 把铁环从半山坡上使劲往上推 / 然后看着它摇摇晃晃地滚下来 / 用手猛地接住 / 再使劲地往山上推……"你在《简单的自传》中，也曾以此来类比你后来的诗歌写作："他仍在那面山坡上推 / 他仍在无声地喊 / 他的后背上已长出了翅膀 / 而我在写作中停了下来"。

王家新：那个"后背上已长出了翅膀"的孩子已不属于我们自己了，已属于永恒的记忆了。

我们谈实际一点吧，那时的孩子都很强烈地要求"进步"，我也不例外。"文革"开始后，我就渴望加入"红小兵"，可就是加入不上。我们班上的很多同学都先后加入了，就是我加入不上，这使我特别受刺激。

何言宏：因此就形成了你的孤独感，那种被排斥在外的受伤、挫折和孤独感。

王家新：是的，完全被排斥在外面了，长大后的“入团”也是这样，就是入不上。原因就是“出身不好”！从小一块儿玩的青梅竹马的女孩，懂事后都不和我玩了，她们和那些出身好的男孩子玩了，你想想，能不受刺激！

何言宏：这一点，克里玛在那篇文章中也曾有过类似的记述。他是因为犹太人的身份而被禁止上学，非犹太人的孩子逐渐地都回避和排斥他，因此他感到困窘和羞耻，只能躲在家里，不敢出门。

王家新：后来的压抑就更多了。比如说，父母不断地下放，调到比较差的山区学校；上初中时填表，每当填写“家庭出身”这一栏时，我都痛苦万分。其实，那时正是“自我意识”觉醒的时候，我不想填地主出身，我认为那是我父母的出身，我的出身应该填“教员”，等等。

何言宏：这在你的长诗《少年》中都写到过。这样一种身份焦虑，一定把你折磨得痛苦不堪，也会使你产生很强烈的自卑感。不过在当时，是没有“教员”这个成分的。不可能有这个成分。小时候我随外婆长大，她的成分属于“中农”。填表时，谁都想填贫农，可她又不希望我撒谎，所以很尴尬。这种尴尬所造成的痛苦，至今都印象很深。

王家新：布罗茨基也谈到过撒谎是其自我意识的开始，在那种歧视犹太人的环境中。

何言宏：这种被歧视的感觉，或者说是羞辱，肯定会影响自己的性格。

王家新：所以在后来，我的性格渐渐趋于内向。其实在童年的时候，我也特别活泼，和一般的男孩子没有什么两样。渐渐懂事之后就越来越内向，越来越敏感。现在想一想，我真要感谢那个时代，是它给了我走向文学的全部痛苦和内驱力。

何言宏：这和克里玛走进文学的原因一模一样。他在由于犹太人的身份而遭到排斥后，只能从文学中寻求安慰。

王家新：这也就是奥顿说过的：寒冷造就了一位诗人。

“资产阶级个人奋斗”，或一种独特的“成人式”

何言宏：你初中毕业的评语上说你有“资产阶级个人奋斗思想”，根据的是什么？

王家新：那个老师眼光很准啊。因为我爱好文学，喜欢到处抄文学名言，其中有几句对我非常有影响，比如“只要沿着江河走，就一定能发现大海”，比如“君子不党”，还有“在田野上，只有狮子独来独往，而小动物们总是成群结队”等等。

何言宏：你后来的诗作《在山的那边》，或许和前面一句很有关系呢！你对名言和警句的敏感在你的随笔和言谈中表现得都很明显。我曾多次惊讶于你为什么会脱口而出和信手拈来那么多丰富和精辟的警句，原来是你在少年时代就已形成的习惯。后面这句格言的意思，我记得黄永玉在一个电视节目中也曾经说过。

王家新：这句话，对我太有影响了。从小我父母就说我太骄傲，在压抑的社会氛围之下，更是形成了一种孤傲的性格。所以在初中毕业时，我们姓肖的班主任给我的毕业评语是：这个学生什么都好，学习好，爱劳动，等等等等，但最后有一条，就是“有严重的资产阶级个人奋斗思想”！

何言宏：虽然这很“准确”，但在那个年代，这个评语对你的影响肯定很严重。

王家新：这个评语我当然无法看到，后来我差点没上成高中，才知道是这个原因。初中毕业后，我等了一个多月了，仍然等不到高中的通知书来。后来一打听，原来是毕业的评语问题。我父亲愁得不知道该怎么办。当时正下着大雪，我母亲像大将军一样说：“我找他们说理去！”我就这样在门口看着母亲拄了根树枝，翻山越岭，一个黑点，逐渐消失在家对面的雪坡上。几十里风雪路啊！母亲终于找到了区革委会管文教的副主任，这个副主任倒是通情达理，听了我母亲一说，就说“怎么能够这样无限上纲上线呢？小小的孩子怎么可能有严重的资产阶级个人奋斗思想呢？”就这样，高中的入学通知才补给了我。

何言宏：“资产阶级个人奋斗”，这可是一个致命的评语啊！记得我在高中毕业时填写“毕业生登记表”，班主任老师对我们说：“大家好好填，这可是要陪你到火葬场的！”话虽“恶毒”了点，但却是绝对准确，绝对道出了我们被档案、被档案所代表的权力所控制的生存真相。后来你上的是哪一家高中？

王家新：肖川高中。高中几年都是住宿，每个周末都翻山越岭地来回几十公里地走。生活也非常艰苦。我的父亲个儿挺高，我弟弟也比我高一头，就是因为我那时正处在发育的时候营养远远跟不上。

何言宏：你是老大啊！老大所承担的和吃的苦头得就要多一些。我家兄妹四个，我的姐姐小时候就比较苦，所以个头也最小。

王家新：初中时我是什么都爱好，包括数学、物理、化学，成绩都很好。但到高中后，就一头扎进了文学。那种强烈痴迷的爱，连我父母也很惊讶。当然也给他们带来了忧虑，因为他们深知这里面的危险。他们给我讲得最多的故事就是五七年“反右”时的经历：上面出题让回答是“以水为净”还是“以心为净”，结果有的同事选择了后者便被打成了右派，受了一辈子的苦！

何言宏：上次你在我们的“诗人讲坛”中也谈到了许多这方面的情况。特别是你所谈到的，你从《收获》杂志所连载的《大学春秋》的一个细节所受到的震动与刺激，或者按照我的说法，是一种启示，——你知道，我指的是小说中的大学生慷慨激昂地议论“为什么中国作家至今还未获得诺贝尔文学奖”给你的刺激。

王家新：是啊，当时他们认为这是一个民族的耻辱，这一段特别刺激我，我就是在那一瞬间知道我这一生要做什么了。那真是一个决定性的时刻。

何言宏：哈，这“资产阶级个人奋斗”的思想更加严重了。其实这很神奇，像是在瞬间获得了启示，获得了一种“召唤”或“神启”，从此也便开始了你的“永恒的精神劳作”。

王家新：不管怎么说，一颗种子就这样落下了。

何言宏：所以，我把这个时刻看成是你成人的时刻，是你的“成人式”。正是在这样的时刻，你终结了你的少年时代，开始像成人那样产生了自觉，产生了承担某种使命的自觉。但我想问的是，你当时是很具体地立志于要一雪我们民族的耻辱，去获得诺贝尔文学奖吗？

王家新：哈，你想想，那时还是一九七二年左右，我当时根本就不知道诺贝尔文学奖是怎么一回事。但从此和文学有了某种神圣的“契约”，这倒是真的。这使我献身文学并属于文学，而不管它给我带来的是什么。至于“一雪我们民族的耻辱”，那个时候也许冒出过这样的念头，但并没有这样强烈，因为即使在那时，我对文学世界的爱也要远远超过或盖过这类民族的概念。

“记忆的审判”

何言宏：实际上，我们从开始到现在的谈话，从你的出身，一直谈到你精神上的“成人”，我以为都在围绕着一个最基本的主题，那就是通过对你个人记忆的挖掘与呈现，来做出一种“精神回溯”，像我们都很喜欢的匈牙利作家凯尔泰斯那样，不断“坚忍地重返自己生命中决定性的事件”。当然对凯尔泰斯来说，这样一种“决定性的事件”主要就是他所着力书写的集中营的经历了。而对你来说，我以为这样的事件，却是前面所谈到的一连串的挫折、恐惧、压抑、歧视、排斥与屈辱等“精神事件”。正是在这些“精神事件”中，我们可以切实地感到你作为一个诗人的成长，感到一种命运的展开。

王家新：是啊，像我们这种出身的人，在“文革”期间就是犹太人！后来我为什么翻译策兰？我想这其中就包含了经历、身份、心灵上的认同。

何言宏：这也就是你在文章中引用过的茨维塔耶娃的一句话“所有的诗人都是犹太人”！另外我还注意到，除了对策兰，你对凯尔泰斯，还有今年的诺贝尔文学奖的获奖者赫塔·穆勒也很认同，你觉得是为什么？

王家新：用我《少年》中的那个意象来描述，他（她）们都是从“深海”内部突然涌现的那座“冰山”的见证者，他（她）们从他们的位置以他们的眼光见证了这一切。他（她）们的思想和语言又是那样厉害，真正是“一句顶一万句”。每一句都在撕开我们良知的创伤。能够做到这样的作家真是太少了。我不管他（她）们写的是奥斯维辛还是罗马尼亚，也不管他（她）们是犹太人还是德国人，我只知道——一眼就知道——我们是来自同一精神家族的人。

何言宏：是精神同类！我以为，他们都很固执和坚忍地重返各自生命中决定性的事件，可能是一个很重要的原因。凯尔泰斯坚持书写他的集中营经历，而穆勒，则同样坚持写齐奥塞斯库暴政下的罗马尼亚生活，这绝对不是有的人所庸俗化地以为的，是他们谋求在西方世界成功的写作策略，而是要通过这种不断的重返，来坚持和重申一种坚定彻底的精神立场。

王家新：这种“不断的重返”，也就是不断回到策兰所说的“自己存在的倾斜度下、自己的生物的倾斜度下讲述”。但问题是，对中国现在很多的写作者来讲，他们已回不去了。他们差不多已完全被这个消费社会给消费掉了。

何言宏：有一点不知你是否同意，就是人们在少年时代，往往就奠定了一个基本的精神立场，无论是对社会、对政治，还是对整个世界，而且，这样的立场还饱含着情感，让人在后来的人生中很难背叛，不知道对不对？

王家新：我在一个地方讲过，我在十二三岁的时候就了解了中国这个社会，我们在后来了解的，并不比那个时候更多。少年的眼光有时比成人还要厉害。所以我最近跟蓝蓝也谈过，说我们不要“忘本”啊！

何言宏：所以说，我们应该通过“不断地重返”，让少年的我们不断地拷问、不断地检验现在的我们。刚才你也说过，现在的问题是，对于很多写作者来说，他们已经回不去了，他们差不多已经完全被这个消费社会给消费掉了。我觉得，这可能只是问题的一个方面。另一个方面是，体制和它所抛出的种种诱惑。很多人在精神上，缺乏必要的坚定性。

王家新：你看得很全面。我们不仅要去“回忆”，要去触及那“话语之乡”，更重要的是要从这种记忆中释放出一种反思的和批判性的力量，甚至要真正有勇气和良知来从事一种彻底的自我清算。是的，清算，就是这么一个词。如果这样一个词仅仅属于东欧文学，那我们就彻底没戏了，写得再好也没戏。因为在我们这样一种历史中，真正有良知的文学只能建立在这样一种自我拷问的基础上。

何言宏：所以说我们缺少的就是“自我清算”，也缺少“记忆的审判”，“文革”时期的话语方式和权力意识仍然会支配着我们。我们这些“红旗下的蛋”，要剔除和清理掉那个时代的精神基因，真的需要有足够的勇气，还有内省。

王家新：所以说我们以上谈到的“记忆”也还不够深入。这几年我对迦达默尔特别感兴趣，也翻译过他的论策兰的长篇文章，他在他的晚年自述中这样写到：“不可能像有日益增长的遗忘那样也有一种日益增长的回忆。回忆总是一种降临于人的东西，向人们袭来的东西”。我想，当这种回忆向我们“降临”或“袭来”的时候，也许就伴随着你所说的“审判”。

（录音整理：魏元元）

二〇〇九年十一月，北京望京桔子酒店

从最无诗意的现实中寻找诗意

“白夜”，以及周边的事情

何言宏：上次在成都，我们所谈的主要是你早年的经历，包括你的青少年时代和你早期的诗歌创作，这次却主要想谈谈近十年来——或者说是二十一世纪以来——你的主要经历和你的诗歌创作，包括你在诗歌方面的一些想法。首先想知道的，当然是你这些年来的经历。

翟永明：我想这些年我最主要的经历就是除了写作之外，开了“白夜酒吧”。一九九六年，我出版了散文集《纸上建筑》。从此，我就准备做一个自由撰稿人。但中国稿费太低，所以对于我来说，一个自由、散漫、无拘无束，能挣点生活费又不影响写作的职业，是我一直向往的。因为这一念之想，我开了“白夜”。当然，“白夜”只是我的一个生存背景，我赖以生活的地方。而更为重要、更吸引我的，依然是写作。我一直认为，作家如果有其他营生，只会给他的写作提供一个开阔的视野和观察社会的机会。

何言宏：“白夜”已经成了成都的一个著名的文化景点了，人们去成都，宽、窄巷子一定得去，去了宽、窄巷子，“白夜”更得去了，但它是在宽巷子还是窄巷子？这我去过的人，也容易混淆的。

翟永明：窄巷子。十年来，“白夜酒吧”聚集过诗人、艺术家、媒体人、艺术爱好者，也举办过若干小型寒伧但个性张扬的签名售书和一些艺术活动。诗人们也常常在这里举办朗诵会，“白夜”让我的写作视界和对现实的理解都大大地打开了，并且让我的写作发生了根本的变化。从一九九八年到现在，我的写作可以说是非常自由和多变，这在很多时候都与我关心的事情发生改变有关。我认为作家的写作应该跟随内心，内在的思想和观念变了，写作一定会变。这些年我出了两本诗集、三本随笔。其中《白夜谭》完全是记录“白夜”和“白夜”周边的艺术群体。

何言宏：经常会从一些朋友那里听说“白夜”举行的各种活动，“白夜”已经成了中国当代诗歌史和艺术史的重要见证。你说“白夜”的很多活动“小型寒伧但个性张扬”，和咱们诗歌相关的这些活动比如有哪些？记得你还主持策划过诗歌节。

翟永明：那一届诗歌节发生了很多变故。我在这件事里也太天真，处事太幼稚。以为用民间的资金做一个比较纯粹的诗歌节，可以完全按自己的想法。但我确也没想到那些人会有这么大的能量，诗歌节被取消了。所以，后来我只好临时又安排了在“白夜”的诗会，从一个公共空间的诗歌节变回了一次诗人的小型聚会。

何言宏：我也操办过几次诗歌节。现在的情况是，我们的诗歌活动越是追求纯粹，越是容易与世界产生磨擦。相对于这个世界的强势性力量，比如权力、比如金钱，诗歌可能太弱小了。但是反过来看，这个世界又对诗歌那么在意，那么充满了警觉，不也正好说明了诗歌的力量？

翟永明：是啊。除此之外，这些年我也出版了一本关于美术建筑的随笔。书中文章部分属于兴趣所致，部分属于友情客串。我身边有许多从事艺术或建筑的朋友，有些朋友请我随意写些文字，我也就试着换一种形式写作，同时也希望扩展一下写作方式。策展也是这样的客串方式，虽然很早就介入艺术圈的策展和评论，但我不想作一个专业的策展人，尽管不少人来游说我。说起来，也是因为我对中国当代艺术已不像以前那样有兴趣，我觉得中国当代艺术现在正处于一个什么都不是的窘态，西方当代艺术已经都折腾不下去了，而大部分中国当代艺术家只是学了点皮毛。如今在商业运作的驱动下，更是充满了许多功利的元素，所以，我一直试图保持对当代艺术的警惕。

何言宏：关于美术建筑的随笔？指的是哪一本啊？策展方面主要有……？

翟永明：《纸上建筑》和《天赋如此》。策展方面主要有二〇〇二年策划并主持的“首届白夜·橡皮影音周”、二〇〇三年策划的“专·业·余当代艺术展”、二〇〇五年策划的“北大诗歌节·女性诗歌专场”、二〇〇五年策划主持的“世纪城首届成都国际诗歌节”、二〇〇五年策划主持的上海顶层画廊主题展“蜜”和二〇〇六年策划并主持的北京长征空间《别样》联展。这两年，我不太想做艺术策展方面的事了，因为就像前面说的，我一直试图保持对当代艺术的警惕。当代艺术现在是一个热钱滚动的地方，我不想过多地涉入其中。

何言宏：噢，这两本随笔我都有的。其实我和很多人一样，都很喜欢你的随笔，而且也都认为你是一个非常出色的文体家，好像沈昌文也这样说过。你对当代艺术的关注与介入，实际上与你的诗歌精神是很一致的，就是保持一种前卫姿态，体现了一种非常突出的前卫精神。那你觉得对当代艺术和建筑艺术的关注给你的诗歌带来了什么？

翟永明：我热爱建筑带给我的艺术感悟。对建筑的兴趣也使得我在写作中更注重空间意识和视觉效果，以及一定程度上的体积感。也许这可以解释我为什么喜欢写组诗。类似行为艺术、装置、现代雕塑、现代戏剧和多媒体艺术等，它们代表了更多的创新意识、实验性以及鲜活的状态，对于诗歌来说，都是触类旁通的。

何言宏：这些年来，你还参加了世界各地的很多诗歌活动，也做了很多旅行，与很多其他国家的诗人、汉学家，还有一些流寓海外的中国诗人多有交往，这对你的观念、视野以及具体的诗歌创作肯定很有影响的吧？

翟永明：对诗人来说，所有的事情都会对你的观念、视野以及具体的创作有影响。包括一些会被认为最没诗意的事情，实际上主要看诗人怎样从生活中寻找营养。

何言宏：对了，还有《二十四城记》！

翟永明：那也只是一些跨界行为中的一次。因为贾樟柯的原因，所以变得很有影响。但这只是一次尝试。不排除有机会时还会触电，但最重要最喜欢的还是写诗。

何言宏：那当然！这些年来，你对诗歌的认识——或者说是想法——有没有新的变化？你在首届中坤国际诗歌奖的受奖词中说道："作为诗人，也许我们的写作，比任何一代都更困难，正因为如此，诗是我们反抗一种无所不在的束缚的语言。这种束缚，过去更多地来自体制，而现在，除此之外，还有来自时代、媒体、高科技发展、商业以及语言本身有形和无形的掌控。文学写作的目的是获得自由和想象力，以及精确观察事物的能力……"我注意到了其中"反抗"、"束缚"、"掌控"和"自由"这样的字眼，也许在你的诗学观念、诗歌创作乃至于实际人生中，都是一些非常重要的"关键词"。

翟永明：我说"我们的写作，比任何一代都更困难"，是指在全球的诗歌边缘化背景下，作为诗人，我们比前辈诗人更寂寞。因为现在文学退居时代的次要位置，诗歌类似濒危物种。商业时代一切都围绕经济运行，诗歌完全无法进入经济轨道，既无法像艺术品一样产生经济价值，引来涌动的资本；也不可能像小说一样华丽转身，变成电影和电视剧的前奏。因此，诗歌当然也就成为大多数人摒弃的东西。我说"诗是我们反抗一种无所不在的束缚的语言”，这种束缚，不仅仅来自体制，也来自时代、媒体、高科技发展、商业；同时还来自文学圈内部的某种势力。最近我偶尔在电视剧《手机》中看到里面对诗人形象的恶意塑造，这已经不是第一次出现。诗人在商品经济时代保持自己的独立思维和精神自由，总是使某些作家心里面不舒服，必欲嘲弄、挖苦、抹黑诗人形象，以保持内心平衡和精神胜利。

何言宏：这样的见解真是很精辟的。诗歌无法进入经济轨道，实际上也成就了诗歌，使它在一定程度上保持了某种纯粹，保持了自己的尊严，因此现在越来越多的人们开始认识到诗歌的成就了。很多年来，众多的当代文学研究者和批评家们一直在追逐小说的热闹，可是转过身来一看，被他们冷落在边缘的诗歌却取得了很大成就，所以现在又都在以不同的方式关注诗歌了。刚才你说到了诗人形象，这在中国确实是一个很突出的问题，我不知道在国外怎么样？柯雷最近的一本专著就曾专门研究过当代中国的诗人形象问题，我还请朋友翻译发表过。长期以来，日积月累地，文学作品、影视作品和大众传媒分别塑造了当代中国各个阶层、群体的社会形象，比如官员、商人、教师、军人、警察和黑道人物等等，诗人虽不是其中的重点，但却是一个形象鲜明的独特群体，嘲弄、挖苦和抹黑诗人形象的情况确很常见，我以为，这一方面反映了你所说的是在借以保持内心的平衡和精神胜利，另一方面，也反映了我们这个时代和民族精神上的残缺、阴暗与粗鄙。

翟永明：清者自清，浊者自浊。

何言宏：但也应该看到，一些不太严肃的诗歌写作确实败坏了诗人的基本形象。不过，也有很多严肃的诗歌写作在不断地展示和维护着诗人形象，就你的观察和体会，当下中国的诗人形象大致地都有哪些基本共同的方面呢？——当然在个体和类型上也是有差异的。另外还有，可否描述一下自己的“诗人形象”？是否遇到过对你的误解或“涂黑”啊？在“诗人形象”方面，有没有什么自我期许？

翟永明：任何一行都有很差的或很没形象的人，不只是诗人。比如艺术圈，我不认为比诗歌界更干净或更有正面形象。只不过艺术现在有一个很主流很成功的集体形象，由于资本的介入，更有可能塑造出艺术家的正面形象。你可以看看最近这些年的媒体、杂志和各种新闻，艺术家正像明星一样耀眼。不要忘了资本时代，一切形象都是可以通过资本来塑造的。此外，流行文化也会出于自己的需要而嘲弄和蔑视一切边缘的群体。

“希望诗歌与现实有一种更紧张和更明确的关系”

何言宏：相比于一九九〇年代，你在近十年来的诗歌创作似乎发生了新的变化，好像更加开阔，更加具有社会性、历史感与现实精神？当然在其中一以贯之地非常突出的，仍然是你的女性意识。

翟永明：当然有很大变化的。首先就在于你观察社会的视野是完全不一样了，你不光是观察你自己的生活状况、你内心的感受。你也观察你自己周围的世界，你周围的女性世界，包括一些与女性有关的社会问题。你在“白夜”（也就是社会层面）看得越多，就会越有看法。我开“白夜”已经十三年了，在这十三年里面也经历了很多的事情。我的观察、思考、判断，都比以前成熟了很多。

何言宏：我在你关于“白夜”的文字中就曾读到过很多故事，所以说在客观上，你还是循此深入了社会、深入了生活。

翟永明：有时我回头看我以前的写作，觉得那时我更在乎的是我个人的感受；是我自己跟这个社会的关系；是我感受到的社会对于我自己的压力；或者说我跟社会有一种紧张关系。我想要把这种紧张关系释放出来，释放成一种诗，一种表达。

何言宏：是啊，你早期的诗比较“个人”、比较“自我”，现在却有明显的社会性，但我觉得，你与社会的紧张一仍其旧的。

翟永明：现在我写的东西，当然还有一部分是延续之前的主题，是表达个人感情。但是诗的触角已有很多是跟社会问题有关的。比如说二〇〇二年写作的《关于雏妓的一次报道》这首诗就来源于一篇新闻：我在报纸上看到了一个小女孩，她被拐卖到了色情场所，小女孩只有十三岁。但是，三个月内，共有三百多个男人以嫖客身份强奸了她。说“强奸”，是因为这个女孩完全是被迫的。小女孩没有任何的反抗能力，她只好在算术本上记录了那些人。那些人都没有名字。她只是记下了多少个，今天是哪一个，明天是哪一个。后来，等她的父亲终于找到她，是三个月之后，她已经得了十几种性病，并被切除了卵巢。她的父亲哭着说，我完全不能理解，每个人都有女儿，我的女儿那么小，那些人怎么可以做这种事。我是在报纸上看到这个消息的。当时我看了以后，触目惊心。对我的震动特别大，我觉得在中国还有那么多人完全没有概念。为了满足自己最私欲的要求，完全没有任何道德底线。但这样的题材我以前完全没有写过，它跟现实这么紧密，直接就是一个新闻。我从前觉得新闻是不可能直接写成诗歌的，诗也应该远离社会新闻以保持自身的诗意。但这个报道对我刺激特别大，我后来觉得还是要用我自已熟悉的语言来呈现。在写的过程中，我一边写一边就把我的疑虑写进去了。这首诗中的思考实际上是两方面的，一方面是这个消息对我的触动，另外一个层面就是涉及到诗歌的写作本身：我们今天的写作，是不是应该涉及这样的题材？是不是应该和社会发生那么直接的接触？我是不是应该这么写？我这样写，是不是把我的诗歌变成了另外一种东西了？

何言宏：这些年来有一种现象，就是很多作家和诗人都从新闻当中寻取题材，作家当中比如余华，据说他的《兄弟》就是取材于新闻报道。还有王安忆的《长恨歌》，也是取材于一个罪案报道。其实这在中外文学史上很正常的，关键是怎么处理，当然对诗歌来说，面临的问题可能更特殊。对了，有一本法国人写的书，叫做《杂闻与文学》，非常有趣，谈的就是这个问题，不过它所讨论的更多的是小说和戏剧。现在的媒体所报道出来的“中国新闻”，真的是我们文学的一个重要资源。

翟永明：后来出现的贵州习水糟蹋幼女案的结果，已无从查证，再后来的丽水强奸女生案似乎也没有引起网民们强大的关注。而且，“强奸”在法律上变成“嫖幼”，也就是在把责任往女孩身上推。在不仅是强奸女孩，更是强奸公众的智商。记得《关于雏妓的一次报道》这首诗在《诗刊》上发表时，题目被改成《部分的她》。也许，《诗刊》的主编也觉得“雏妓”二字太过刺激人的神经了。

何言宏：他是否觉得“雏妓”这样的字眼会损害“诗美”？！

翟永明：现在仍然还有许多人看重字面意义上的“诗美”。所以我觉得，这样一来，事情变得就像我在诗中所写的那样：“我们这些人 / 看了也就看了 / 它被揉皱 / 塞进黑铁桶里”。也许在中国，这样强烈的“魔幻现实主义”，让人们也都见怪不怪了。难怪中国人写不出像《百年孤独》这样的作品，因为现实中的“魔幻”，比现实更像现实。《关于雏妓的一次报道》写于二〇〇二年，今天读来仍像为当下而写，这是令人悲哀和切齿的。

何言宏：学术界有人总是研究什么中国文学中的“中国形象”，如果他们研究一下新闻报道中的“中国形象”，那才令人震惊，那才会知道文学的想象力远远赶不上现实。

翟永明：由于种种的现实现象，所以我在诗中处理的不仅仅是男女之间差异性所带给女性的一种伤害，还有因为这种伤害的普遍性而导致的无奈。此外，作为一个女人和作为一个诗人的愤怒和无力感揉合在一起，又带入了诗歌怎样介入现实和该不该介入现实这样一个古老而弥新的问题。诗的前半部分是描述了事情，后半部分呈现了我写作此诗的犹豫、矛盾的过程。这里面既有虚和实、又有重和轻之间的平衡。

何言宏：所以这首诗中有多种声音，如果细读的话，会发现它隐含着异常丰富的内在冲突。但我觉得，你在其中的“犹豫”其实暗含了我们这个时代的一个非常重大的“诗歌伦理”问题，那就是诗人如何处理好其与社会现实、内在自我以及诗学原则之间的关系？这首诗的发表境遇，实际上也暗含了这一问题。比如标题的改动，我想在很大程度上可能就是以为“雏妓”的字眼有损“诗美”。这时，随之而来的一个问题也许就是，我们是否应该对原所固守的“诗美”原则有所调整？不知道你在写出“那么多老的，丑的，脏的男人 / 要趴在她的肚子上”这样的诗句时，有没有感到“诗美”意识的不适？我想起码在潜意识中，你起初写出，或者是在后来修改定稿时，你的“诗美原则”是有调整的。

翟永明：当代诗歌的写作中“美”是有多种含义的，此外，当代诗歌也不能仅仅是“美”的欣赏者。当代人的情感也不仅仅是风花雪月。这一点，一个诗人应该清楚。我早就不会用字面意义上的“美”，来定义诗歌的好坏。同时，我觉得对现实的观察，有时对诗歌写作会有很大的帮助，对诗歌的变化也有很大的帮助，而且你跟这个社会的接触，也会导致你的写作观念发生很大的变化。我想这首诗是不是文学意义上的好诗我没有把握，但最重要的意义，在于它对我的诗歌观念变化所起的作用。所以，我本人很喜欢这首诗。

何言宏：我也喜欢这首诗，我以为它应该是你这些年来的代表作之一了。每一位熟悉你的读者读了它后，都会对你有新的认识，会有一种惊异，也会心生敬意。像《关于雏妓的一次报道》这样具有非常强烈的社会批判精神的作品，还有《儿童的点滴之歌》，表达的就是对“三聚氰胺问题乳品”事件的愤怒。不过，还有很多其他诗作的触角也跟社会问题密切相关，比如《洋盘货的广告词》所涉及的，就是我们这个时代的一种非常突出的社会文化现象或者说是问题。这首诗的主要策略，是用了大量的楼盘广告语言。

翟永明：这首诗也是我的一个试验，我其实有点喜欢在诗里边作一些这样的试验，那首诗里边，其实完全都是楼盘的广告，只在前面和后面是我自己写的，总体就是楼盘广告，我把它组合在一块，就完了。完完全全都是楼盘广告，我把那张报纸都留下来了，都是可以查的，诗里面的句子全是那张报纸里的。

何言宏：你在这首诗的题注中做了说明，是二〇〇六年六月四日和六月七日的《成都商报》，经你这么一写，那这份报纸就很有收藏价值了。“半山卫城”、“戛纳印象”、“香榭丽都”、“托莱多”、“菲森德”、“哈维特”、“米兰香洲”、“温莎岛”、“维也纳森林别墅”……其实在全国各地的媒体广告中都充斥着类似的语言。读这首诗时，我一下子就想到了“文化大革命”时代行政区划和城市街道的命名，什么“朝阳公社”、“东风大街”、“反修路”、“永红路”、“向东路”等等，只是在我们这个时代，这些“文革语言”被置换为如诗所写的这些时代性语言罢了，所以说，我很认同你这首诗中的嘲讽意识和批判意识。比如这一段：“‘在三千余年的金沙遗址旁’/有诺丁山现场/国际新区名叫米兰香洲/三十万常住人群二十万城市新贵/适合业态：法国酒吧/英伦书房美式咖啡馆/韩国烧烤日式料理/俄罗斯风情吧‘最炙手的是’/西班牙风情吧。”由你引号中的内心独白所指出的是，这个叫做“米兰香洲”的“国际新区”就“在三千余年的金沙遗址旁”。金沙遗址我去过的，在这首诗中，它分明与所谓的“国际新区”构成了某种嘲讽性和批判性的张力。其实诗中的“成都”这一本土空间和像“推窗见水”、“藏风纳气”、“百年大宅”这样一些具有本土意味的语词，还有你在诗歌结尾的独白，都很突出地体现了你的批判性。

翟永明：我目前的写作中都希望诗歌与现实有一种更紧张和更明确的关系，当然，必得是一种诗意的方式。一种现代的诗意，不是过去那种纯抒情的诗意。

何言宏：二十一世纪以来，你跟社会问题相关的诗作还有像《飞行》、《战争》、《登录》、《艺术》、《传奇》、《英雄》、《想未来》、《变性》、《对影成三人》及《橡皮的皮，网虫的虫》等等，它们的共同之处，就是写到了飞速发展的现代科技、现代医学甚至互联网之类的事物，其中的批判精神与反讽意识也很明显。

翟永明：是的，因为我觉得诗歌写作一定要与作者所处的时代有关。古人不能上天，所以他们写月亮写嫦娥，寄托自已的理想和想像，那也是一种时代气质。如果我们今天还要写嫦娥，就不能装作对月亮一无所知。我在诗中写到现代科技、现代医学甚至互联网，是因为这些东西今天深深地影响了我们。就像你说的，这中间有批判，也有反讽，此外，还有就是一种对未来科技发展的不知所措，不知道它到底会往哪个方向发展，或者它能够给我们这些人类带来什么后果，这些东西都掺杂在里边了。对了，除了你说的，还有《第八天》。

何言宏：《第八天》很有代表性的。你这些作品对科技的态度，比较丰富和微妙，并不是那种坚定、明确或激昂的批判，更多的是一种反讽，我觉得反而更加吸引人，比单纯的对科技的批判更吸引我，是不是这样？

翟永明：对，这是因为我学工科出身，所以我会认为：任何探索你都不能说它是绝对的好或者绝对的不好，或者它也没有什么对错之分，因为科技肯定会给人类带来一些特别好的东西，带来一些幸福，但它可能也会给人类带来一些困惑，带来一些不太好的东西，都说不清楚。而且尤其是，科技它总是在不断地发展，你完全不知道它将来会发展成什么样子，所以你去绝对地批判它就毫无意义，由于这种不确定，很难完全把握它。你只能去跟踪它，很难下判断。所以在我的诗里边都不会对这种东西下定论。

何言宏：是啊，注意到了它的复杂性，而且这样一来，诗的意蕴也更加丰富，更加富有张力，诗的内部有冲突、有歧义，有很含混的焦虑。

翟永明：对，我不会简单地去批判，我只是想表现一种困惑，比如说《第八天》里我就写到由于科技的发展产生的这种人对于基因的再认识。这里面肯定有很吊诡的东西，科技的发展丰富和改善了我们的生活，但最终也有可能毁了我们的生活。

何言宏：《第八天》是对目前生物革命的批判，揭示了它的非人性和荒谬性，而且是在很高的层面上来批判与揭示的。正像诗的开头所说的："第八天 / 我们创造了生物神话 / 第八天 / 科学家取代了上帝。"在《圣经》"创世纪"的开头，也就是《圣经》的开头，上帝以七日创造了世界，而在你的《第八天》中，科学家反而取代了上帝，在进行新的"创世纪"工程，创造了一个新的世界。在这个世界中，生物伦理完全混乱，荒谬无比。诗中频繁出现的诗句"我们必须学会与他们称兄道弟"，既是我们人类的苦笑和你的反讽，也是对生物革命的担忧及其荒谬性的揭示。《第八天》也告诉我们，僭越上帝的并不只是科学家，而是我们人类，科学家只是我们的代表而已。

翟永明：说到荒谬性，其实在《登录》、《艺术》和《变性》等诗中也有的。

何言宏：我忽然发现，你的这些涉及社会问题的作品已经进入了非常前沿和非常广阔的社会领域。《关于雏妓的一次报道》和《儿童的点滴之歌》，是你对当下中国社会丑恶现象的愤怒与批判，充分体现了一位诗人的良知，是出于良知与正义的诗的声音。《洋盘货的广告词》，是你对时代性的社会文化现象的敏锐把握与穿透，正如我们曾经谈过的，它在语言试验的层面上，还有着非常重要的诗学意义。我个人以为，你的一些"科技题材"的诗作，一方面它们极有难度，对于诗歌写作乃至于整个的文学写作来说，都有很大的挑战性；另一方面，尤其重要的是，它们是对世界性或者说对整个人类面临危机的敏锐反应，在我有限的阅读范围中，好像还没有哪位诗人，或者说是作家能够敏锐和集中地处理这样的题材，而且处理得还那么好。

“上一世纪的女人与本世纪的女人，并无不同”

何言宏：这些年来的很多作品中，你最满意的主要有哪些？

翟永明：《关于雏妓的一次报道》、《在古代》、《鱼玄机赋》、《盲人按摩师的几种方式》。《时间美人之歌》和《十四首素歌》。

何言宏：二十一世纪以来的就前面三首吧？我认为像《关于雏妓的一次报道》、《在古代》、《洋盘货的广告词》，特别是《鱼玄机赋》，都应该是你近十年来的代表性作品。《鱼玄机赋》，你在散文《自恨罗衣掩诗句》中说过很多，能否再请你谈一谈？

翟永明：二〇〇五年，我打算写一篇关于鱼玄机的文章。于是，打开电脑，搜索鱼玄机的资料。不料谷歌搜索中，跳出来的全是吓人的标题：《情欲世界的女皇》、《从“弃妇”到“荡妇”》、《因妒折命的鱼玄机》和《风流女道士》等等；还有以此为题材拍摄的三级片。除去“荡妇”一类侮辱性字眼之外，更有许多评论，将鱼玄机与当下中国文学现实中的美女作家、身体写作混为一谈。因而使鱼玄机诗歌中超前的女性意识和卓越的诗歌才华，受到了双重歧视。这让我感到：千年之后，女诗人鱼玄机的命运和她的才华、她超出自己生活的时代的胆识，和她前所未有的女性意识，仍然被当代社会、被现代人，甚至被文学史误读、亵渎和狎玩。

何言宏：我在百度上搜了一下，也看到很多这样的标题，除了你所说的，还有什么《淫乱长安的情欲女皇》和《多情才女成荡妇》等等，香港以她的身世为题材拍摄的电影叫做《唐朝豪放女》。恕我无知，以前我对鱼玄机真的不怎么了解，读了你的《鱼玄机赋》，还有你有关她的文章后，网上一查，居然有九十多万的相关网页，更是为自己的无知而惭愧了。不过我也发现，也有很多为鱼玄机感到痛惜和不平的文字，还有她的一个网上纪念馆，有不少人祭拜，可见她还是有很多人敬慕的。

翟永明：在我看来，鱼玄机在中国文学史中，是最具有女性意识的女诗人。不仅仅因为她的诗歌才华卓然，“才媛中之诗圣”（明·钟惺《名媛诗归》），而是因为她的思维、她对写作的看法、她的女性世界观；在她生活的那个时代，以及以后的许多年里，都是超前擎后的。周瓒曾经问我为什么觉得鱼玄机是最有女性意识的女诗人，我就举《游崇真观南楼，睹新及第题名处》为例。此诗中鱼玄机旗帜鲜明地表明了自己的女性意识，她对女人的自身才能的重视，对像男人一样以一己之“才”谋稻粱的职业生活，有着一种自信和向往。对男权压抑女性才华的不平，对女性自身的评估，她的见识和议论，都远远超出了同时期习惯于依附夫君、婚姻、家庭的女性；甚至，超出了同时期及后世那些以写作娱悦男人的才女们。

何言宏：你的评价如此之高，所以为她赋写了这样一首非常好、体制也很大的诗。

翟永明：《鱼玄机赋》的风格在总体上，是现代诗又带有一种古味。诗中鱼玄机的故事是古代的事情，且我在诗中也大量引用了她的诗句。所以我试着采用仿古的语气，希望营造一种鱼、绿二者的对话关系，同时，也是颠覆历史上对于鱼玄机杀婢案的定论。关于这一点，我有一篇文章详述。在诗里，我只是假定这种颠覆的成立。同时，把读者置入古代的场景，带来时空变化的效果。我诗中有一句“绿翘的鬼魂弹奏”，是想象一个冤鬼在弹奏，这也是挺中国也挺聊斋的一个意象。“那就让我们得气于烟花 / 爆竹、一声裂帛四下欢呼”。这句诗的诗意来自柳如是的诗句“桃花得气美人中”。这里反其意用之，暗指无论结局怎样，她们不为立贞节牌坊而活，而是过着一种烟花般璀璨而短暂的精彩生活。

何言宏：诗中充溢着一股愤愤不平的冤气，你也写到了她活着和死后的“永不服气”。活着的时候，“美女身份遮住了她的才华盖世 / 望着那些高高在上的圣贤名师 / 她永不服气”，想着自己的悲剧命运，即使“在地下 /

她也永不服气”。读这首诗，好像是在为冤屈的鱼玄机代言，一种横贯古今的怨愤尽所由出，写作的时候，有没有这种自觉的代言意识？

翟永明：确实在写作中有一种替她“不服”的意识，才华上的冤屈与人生中的冤屈，以及在历史上的冤屈。实际上她也代表了古代众多被淹没了的才女的冤屈。

何言宏：《鱼玄机赋》中的怨愤，主要针对的是性别与历史，是对共同压抑着女性并且给女性带来悲剧的男权与历史的愤怒与批判，但我在其中，还读到了你对鱼玄机与绿翘关系的独特理解，比如在第一首“一条鱼和另一条鱼的玄机无人知道”和第三首“一支花调寄雁儿落”中，她们之间的关系被你写成了……？

翟永明：我在《自恨罗衣掩诗句》一文中曾写道：《鱼玄机赋》主要是将主题放在鱼玄机诗歌中的女性意识这一思考点上。无意去推翻那些历史上的定论。我只想从鱼玄机的角度，进行一次想像的推断。这样的推断，同样也建立在“我们只能猜测”——就像皇甫枚在《三水小牍》里，“猜测了她和绿翘的对话”这样的一种假设之中。在《鱼玄机赋》中，我假定她是一个“犯罪嫌疑人”，假定绿翘和她都是“冤死的鬼魂”，假定她“心如飞花”，所以“命犯温璋”。而且假定她们二人之间有一种惺惺相惜或更深的关系。这样的假定，当然是今人之眼光，而且，是今人之“无罪推定”的法律眼光。基于对她作品的细读、揣摩；对她文学意识，女性意识的考究；对她在历经艰辛磨难，仍然持“何必写怨诗”的心理来假定她“慧不拷银翘”。我不太相信一个写下“自能窥宋玉，何必恨王昌”这样诗句的人，会为一时的醋意，杀死身边朝夕相处的婢女。我更愿意相信京兆尹温璋这样的酷吏，和早就看不惯鱼玄机言谈举止的朝廷势力，罗列出了“欲加之罪，何患无辞”的罪名；更有皇甫权这样的对女性加以欲望想像的无聊文人，一厢情愿地编织了一出杀婢案。

何言宏：刚才你说《鱼玄机赋》的风格在总体上，是带有一种古味的现代诗，阅读的时候当然能感觉到，但还没有深想，这么一说，倒觉得是个很重要的问题了，这种古味的营造，除了要通过故事的内容，还有语言方面的原因，比如“鱼玄机身穿道袍诗文候教 / 十二著文章十六为人妾 / 二十入道观二十五 / 她毙命于黄泉”这样的文言句式，我读这一段，还觉得像是民间说书人对人物身世的介绍，特别是最后一句。另外，还很有意地运用了哪些方法？

翟永明：我实际上从小喜欢中国古典文学和戏曲，的确也包括一些说书性质的文本。这种潜在的影响在我的诗中一直就存在。比如一九八〇年代的《我策马扬鞭》等。所以像其中一段：“乘长风飞到千里之外 / 寄飞卿、窥宋玉、迎潘岳 / 访赵炼师或李郢 / 对弈李近仁不再忆李亿 / 又何必写怨诗？”这些句子都是从鱼玄机的诗题上化出来的，这也是古典诗歌的一些特点。当然，在《一支花调寄雁儿落》这一节中，几乎全是对古典诗句的摹写，也算是对我最热爱的古典诗词的致敬吧。

何言宏：以古代女性的命运与故事为题材，以前你也曾写过，比如一九九〇年代《三美人之歌》所写到的孟姜女、白娘子等等，二十一世纪以来，你还写有一首关于柳如是的诗歌《读〈东山酬和集〉》，感叹的是柳如是的命运。我几次去常熟都曾去过柳如是的墓，孤零零的一个土坟包挨缩在钱氏夫妇的坟墓旁，确实让人感慨万端。在这首诗中，你既写了柳如是的酬和，更是赞赏她的决绝与傲岸，和她在重大时刻的决不“酬和”。

翟永明：是，我在诗中写道：“当江山易主时 / 男人们 / 纷纷抛弃自已的信心 / 通常他们总是识时务者”，我这样写并没有指责男人的意思，因为这是男人和女人在价值选择上的不同。我曾经在《妇人之见还是压倒须眉》一文中写道，从历史上许多女性的故事中也可以看出，女性更看重气节、尊严和宁折不弯的精神。明末清兵入关时，众多士大夫在清皇朝的高压下投降，恰恰是那些被认为早已失节的艺妓们，表现出大义凛然，慷慨赴死的行为，如李香君、柳如是等。而他们的丈夫或情人，却都“包羞忍耻”，经过理性分析，最终放弃了自己的信念。所以，不光诗歌有性别之分，连政治、军事、经济都有性别之分。只是千百年来，女性的声音都是被鄙夷的，被认为是短见的、不实际的、脱离现实的。“能屈能伸”是大丈夫，“宁折不弯”，自然就是女性的属性了。

何言宏：《读〈东山酬和集〉》还写了爱情，好像你对古代的爱情很神往啊？

翟永明：古代的爱情有让人神往的地方，但并不全部让人神往。总起说来女性在古代对爱情的执着和渴求，与她们在封建礼教重压下的反弹有关。在古代，要获得一份美好的爱情是很难的，李清照人生前期是幸运的，但在赵明诚去世之后，她也同样坠入生活深渊。

何言宏：所以啊，无论是古代，还是现在，爱情都是难的。

重新回到文学的根本

小说世界只不过是故乡的变形

何言宏：关于童年，你曾写过一篇一万余字的回忆性文章叫《河边的战争》，在那篇文章里，你回忆到的上世纪七十年代的乡村生活，你用“十分安宁”描述这段生活，你叙述了一个孩子对战争的迷恋，以及对战争的想象，主题是童年时期的“激情、审美和创造”。很多作家都谈起过童年对写作的重要作用，我想对你也一定同样重要。

艾伟：是的，那篇文章在《江南》发表时是被当作创作谈的。当然我写的肯定不是创作谈，他们这样编排，大概也是发现这篇回忆性文章和我的创作是相关的。关于童年对一个作家的影响，我愿意谈谈我启发学生写作时的情形。最近宁波大学成立了我的工作室，其中一项工作就是带几个有志于写作的学生，指导他们写作。我和他们交流就是从这个问题开始的，我请他们谈童年时期留给他们最深刻的记忆，让他们感到疑惑的记忆，或让他们感到震撼的记忆，我同他们说，这些记忆甚至不要有任何逻辑性，一个场景足够。我认为童年记忆有点类似神话，是有原型在里面的，只要挖掘它，就会发现自己最感兴趣的问题。而这些记忆或场景就像一颗种子，它会生根发芽。

我这么做，当然源于我自己的写作实践，我的许多小说都有童年或少年时期记忆的影子。比如我的长篇处女作《越野赛跑》即源自童年记忆——童年时我所在的村庄突然出现了匹白马，骑马者是解放军，然后这匹马跑到了我的小说中。《少年杨淇佩着刀》则和我中学时期的记忆相关，当时和我同宿舍的同学就曾半夜爬到女生宿舍。《乡村电影》打人的场景是我亲眼所见。就是在新作《风和日丽》中，也有我童年的记忆。我的奶奶曾在上海演过越剧，"土改"时回乡闹革命，我奶奶会很多戏曲曲目，我童年时就听她唱过《梁祝哀史》和《碧玉簪》,《风和日丽》中的王香兰身上就有我奶奶留给我的一些记忆。我们的记忆是有选择性的，我们记忆的一定同自己最感兴趣的事物相关，并且这些记忆也在塑造着我们自己。

何言宏：你是个在乡村长大的孩子，所以你最宝贵的童年经验应该都在乡村。但你的作品却往往有"城市"性。你的四部长篇，除《越野赛跑》外，其他三部都发生在城市里。在中国，乡村题材的小说可以说是主流，乡村的经验经过一代一代的叙述，已变得诗意沛然，相对来说，也是容易想象和叙述的，而城市，似乎一切都是格式化、规模化和程式化的，中国作家也不太擅长写城市。

艾伟：是的，词语是有历史的，每个词语的背后都有长长的历史，中国汉字被打磨得最为动人最为闪闪发亮的词语都在唐诗宋词里，几乎都是关于自然和乡村的，再加上现代文学以来，文学关注的是"启蒙"，针对的是普罗大众，所以我们多的是乡村叙事。而关于城市的词语大都来自西方，这些词语里天然地带着西方的想像和价值，带着所谓的"现代性"。而想像确实是需要一点一点堆积的，比如第一个把互联网写入小说的人其实是有难度的，因为在读者那里会有审美上的不适感，但叙述多了，也可以提升为诗性。所以，王安忆认为有些场景是不能写入小说的，比如官场。当然我并不同意这个说法。我认为不管你的故事是在乡村还是城市或是官场，都是一样的，最为关键是写出人，写出人的复杂性、信服力及人的命运感。我的一部分写作和故乡有关，比如《乡村电影》、《回故乡之路》和《越野赛跑》等，有一大批吧。《越野赛跑》里面很多细节都在我的故乡发生过，只是我用了变形和夸张的手法，因为有一个神奇自由的天柱在，有了幻想色彩。在我后期的写作，我确实把场景放到了城市里面。我一九八八年到宁波，已生活了二十二年，因我的老家和宁波近，生活方式也差不多，宁波也有一种故乡的感觉。自然而然，我愿意想像宁波，这个城市确实也给了我延绵不绝的想像的乐趣。你从《爱人有罪》中可以看到，我把这个想像世界定名为永城，因为宁波叫甬城，我取了个谐音。在《风和日丽》中除了永城，还写到上海和北京，地理空间大大拓展。关于故乡我确实有个演变的过程，最初有一个具体的地方，后来，这故乡就是我纸上的世界，是我小说人物可以抵达的任何地方。当然，你可以说我的小说世界只不过是关于故乡的变形。

何言宏：你是什么时候开始喜欢文学的？为什么后来你会选择去读理工科？你的小说对结构非常讲究，节奏和控制力非常好，这同你学建筑有关系吗？

艾伟：在我读中学时代，是一个理科崇拜的时代，那年月我们经常说的一句话是“学好数理化，走遍天下都不怕”，陈景润是同学们的偶像。我真正喜欢上文学是在高中，在春晖中学的时候，春晖中学曾经聚集过朱自清、丰子恺等一大批现代文化名人，他们的气息或多或少对我的爱好有影响。记得我高中时期正是“朦胧诗”争论期，艾青写了一篇长长的批驳“朦胧诗”的文章——虽然我不同意艾青的观点，但我当时觉得他写得很好，即使写批判文章也诗情沛然。高三时要分班了，老师建议我读文科，但我认为只有笨蛋才学文科，所以我选择了考理工科。但事实上我整个大学时期，从来没喜欢过自己的专业，也不愿想象自己将成为一个工程师。我的写作完全是自学的——好像写作这事儿都是靠自学的。自学的好处是条条框框少，我倒是希望我的小说是自由的，有坚实的土地感，还有一点点浪漫。呵，浪漫这个词被我们的小说家蔑视很久了，几乎是浅薄的代名字。

何言宏：你好像至今没有写过关于你父母的文字。我很好奇，你出生于一个什么样的家庭，父母对你的写作影响大吗？

艾伟：我的父亲在乡村中是比较特殊的，他童年时在上海读书，后因我奶奶回乡闹革命也跟着回来了，他算是个乡村知识分子吧。他会绘画，“文革”时期，村子里墙壁上的毛主席画像都是他一笔一划画出来的。我经常看到他爬在梯子上画像，烈日灼人，他粘着油漆的衬衫被汗水浸湿。他画得最多的像是毛主席标准象和毛主席去安源的像。我母亲则是隐忍仁慈，几乎没和人红过脸。他们对我的具体写作当然没什么影响，但他们是我记忆中重要的一部分，特别是我的母亲，我一直希望我的写作有母亲的目光，那种对待世界宽厚而善良的态度。

何言宏：在你的另一篇回忆性长文《暗示成长》中，爱情或性是关键词，你其中描述了情感的疯狂和无可名状，还写到你对情感的恐惧和自制。我记得最后一句话是“现在我也许准备好了，有足够的经验去面对一个女人了”。在你的小说中，比如“爱人系列”里，里面的爱情是无望的，无助的，你甚至进入到深邃的无意识世界，你把两性之间的战争写得惊心动魄，血肉模糊。这是你的爱情观吗？

艾伟：总的来说我是相信爱情的。特别是在一个没有信仰的社会里，有时候爱情里面是有着信仰的成分的。当你爱上一个女子，这个女子就会住在你心里，你会在精神上保持一种持续的满足的状态，会有一种献身的激情。有时候甚至这种情感同性的关系也不大，性反而会使这种张力消失。不过，关于这个问题里面有非常细微的人性内容在，在此也是说不清楚的。

关于我小说里的爱情，我还是喜欢放在社会各种关系的层面上，放在时代意志之下来展示，因为我总是想要些更多的内涵，而不是去写两个人抽象的爱情。所以，在《爱人同志》里，是一个英雄和一个圣母的爱情，在《爱人有罪》里，是一个冤屈的灵魂和一个赎罪者之间的爱恨情仇，是两个小人物在伤害的世界里相拥不能。我想在展示人性的过程中也能展示社会对人性的影响，对人性潜在的规约，或对人性的戕害。到了《风和日丽》，在这个问题上，我变得温和或温暖了，这你从刘世军和杨小翼之间的情感关系可以看出来，他们的情谊可以说是绵长一生。这和早期作品是不一样的，对我来说是一次蜕变。

先锋文学的歧途及其他

何言宏：在你早期的早品中，你对暴力书写比较偏好，比如男孩弄瞎了眼睛（《七种颜色的玻璃弹子》）、手掌被钉在桌上（《杀人者王肯》）、割腿肉下锅（《老实人》）、血肉模糊的爆炸（《回故乡之路》）等，但同时，你的作品里还有另一面，比如“眼泪”，在《乡村电影》里，最后那个恶棍的“眼泪”照亮了这部小说，让人感到这世上依旧有“人性”。

艾伟：早期的小说确实比较暴力。这可能同童年时期所见所闻有关。我的故乡属于绍兴地区，而绍兴在江南是个非常奇怪的地方，是异类，它有着南方地区少见的血性。在近代革命时期，绍兴出了秋瑾、徐锡麟这样的革命者并不奇怪，出了鲁迅这样的决绝者也不奇怪。在我的故乡，“文革”时期非常血腥，有人甚至动用了中美合作所所用的刑具对待所谓的“当权派”。我童年时期，村子里有一个打手，手中整天拿着一根棍子，他是个光棍，他不但打“四类分子”，还打牲畜，以割“资本主义尾巴”为名，把牲畜打死，自己烧了吃。我童年时非常怕他，但也觉得他很威风，像电影里的日本宪兵。我小说中的暴力可能同此有关。当然也是受到先锋文学的那种观念的影响，你知道先锋曾是我们文学的主潮，先锋的趣味是有些“嗜血”的。王侃兄很早前就给我写过一篇评论，认为我早期的写作是黑暗的，但尽头有光亮。这光亮大概是一点点人性的光亮。我人到中年，现在愿意怀着对人性的信任，我以为原来不相信，其实我的小说里早已埋下了这个种子，我不相信一个完全的恶棍。

何言宏：那天在我们的长谈中，你屡次谈到自己对先锋小说的看法，谈到自己对先锋小说由起初的迷恋和深受影响，甚至是得以实现自己的文学启蒙，一直到后来对它的逐渐怀疑以至于在创作实践中的逐步背离，我觉得非常重要。

艾伟：先锋以来，文学确实有兴高采烈的孩童时代，大家像孩子那样玩得很高兴。我开始写作时是九十年代，那时候先锋文学可以说是主潮，后来的所谓新状态也好，晚生代写作也好，也是先锋主流的一些变种而已，这里面还是有先锋意识和先锋价值系统存在的，比如世界的荒诞，生命的无聊，生存的冷漠等等。这个主潮一定会影响我的写作，我也是从先锋文学开始的，出于对余华、苏童他们的喜爱而开始写作。比如我最早写的《敞开的门》，发于一九九七年的《收获》上，就是写一个白痴的故事，明显受福克纳的影响。但现在回过头来看过去的作品，我发现我一直有古典的一面，像前面所说的《乡村电影》等，在处理情感也好，人物也好，依旧是古典的方法，只是在叙事里有更多暴力的元素。我那时候也可算作先锋的实践者，心仪者，在价值判断上当然是除了先锋，别的简直不算是文学。我一九九九年开始写第一部长篇《越野赛跑》，那完全是一部先锋气质的小说。

何言宏：《越野赛跑》确实是一部很有野心的长篇，你写了一个村庄的历史，而这个村庄的历史其实就是一个国家的历史。你这个小说分成两个部分，一个部分是十分现实的，当然有点夸张。而另一个世界是神话世界，你设置了天柱这个地方，这个地方比现实世界更自由，也更“人性”，好像也符合你“信任人性”的观念。

艾伟：当时，我觉得我写了一批中短篇，应该写一部长篇了。就这么简单。《越野赛跑》作为我的第一部长篇，写作负担也是很重的，我总是想在一部作品里融入自己全部的文学理想，想在这部小说里最大限度地把先锋技巧、叙述方法融入其中，我要玩出一些花样，要让这部小说飞翔起来。我确实这样做了。对我来说，这部小说有特殊的意义，就是写完这部小说，我才确立写作的自信，至少在写作长篇上，我不会再有畏惧感了。不过，写完《越野赛跑》后反思也会有的，虽然《越野赛跑》在想象力方面，在关于世界的寓言方面有很好的表达，但有些方面我不满足，就是人物的丰富性和复杂性方面，在这样一个文本里我无法展开。这也是这种寓言化写作的一个通病，在文本中有一个意向明确的隐喻，有时候是会损害人物的。我试图在接下来的一部长篇里解决这个问题。

何言宏：这是你在《爱人同志》里做的？张清华兄说，《爱人同志》是一部当代文学中罕见的真正独立和正面地触及“当代题材”的小说，其敏感性可谓是当代作家中的典范。

艾伟：在《爱人同志》里，人物精神和内心世界的复杂性方面我有很深的拓展，甚至进入了潜意识的领域，我专注于人物的深度，是一部完全内心化的小说。但这样写完全无损于这部小说的寓言性。这部小说记录了八十年代的道德英雄主义向市场经济转轨过程中对国人精神的巨大冲击，这种冲击通过对一个越战英雄和一个当代圣女的刻画反映出来，这两个人是和时代打通的，和时代的精神状态也是接通的，可以说这部小说记录了一个国家的痛苦历程。这部小说叙述了在这个转变中中国人的不适应感，一种被抽离被抛弃的精神状态，它是中国人在此历史洪流中孤苦无依的一个寓言。我自认为我是个现实感很强的小说家。

何言宏：不管你自认为你是在用先锋的方式书写，还是古典的方式叙述，在你的小说中，总是有历史背景，这一点很明显。

艾伟：是的，《越野赛跑》也好，《爱人同志》也好，以及到了《风和日丽》，历史在我的小说中一直存在。在我的小说里，我不回避政治、社会、文化风尚等元素，我觉得这一切是无法回避的。但先锋以来，我们的文学似乎一直在逃避这些内容，是去政治化的。去历史化的倾向也很严重。

何言宏："文革"后的中国文学由起初的"伤痕"、"反思"文学一直发展到后来的"寻根文学"、"现代派文学"和"先锋文学"等等，实际上是有着复杂的历史原因的，我们在"创新意识形态"的支配下一直对这样的历史有着"文学史进步主义"的评价，肯定的居多，批判性的反思很少，现在看来，先锋文学，甚至是此前的"寻根文学"、"现代派文学"等等，存在着很多问题，对于中国当代文学来说，未必不是歧途。

艾伟：先锋文学当然是历史的产物，有它的合理性，我也同意用历史的眼光去看待。说实在的，我们都受到过这一浪潮的滋养，小说也因为经历了现代主义浪潮后变得更为简洁有力。这些我必须承认并怀有敬意。但问题在于，先锋的某些观念到后来也产生了对文学的破坏性力量，我们有些画地为牢，把文学的边界框得很小。大家都觉得文学的形式创新才是文学的康庄大道，似乎一定要魔幻、寓言才算得上是纯文学，好像那才是文学的正典，别的都不算文学。我常常感到文学界总是在期待新的东西，在期待一部我们从来没见过的小说。这种"新"的意识形态把文学界弄得很焦虑。我觉得我们现在需要的恰恰是"旧"，回到常识，回到小说最基本的价值元素，回到文学的根本。比如人物丰富复杂、情感的信服力、故事或命运感等等。而这些都曾经以"先锋"的名义被我们忽略。我始终认为文学的正典应是那种脚踏人类大地的小说，是有人的温度的小说，是人物的行为可以在日常生活逻辑下检测的小说，而不是冷冰冰的所谓深刻的小说。

何言宏：我们提出，要重新回到文学的根本，其实这有着非常丰富的内涵，但最重要的一点，应该是重新认识到人性的问题对于文学的意义。我们今天的谈话，可能很多都是旧话重提，属于老生常谈，但这样的"旧话”与老生常谈在我们这个时代的文学与社会文化语境中，其意义与价值，还有我们的有关思考，应该不同于别的时代吧？

艾伟：这个时代是常识稀缺的时代，几乎在任何一个领域都缺乏常识，常识有时候甚至被当作低级的东西加以否定。在文学领域也是如此。本来在中国，写实的传统一直是非常强劲的，就中国人的思维模式来说，更擅长于写实而非抽象、隐喻。先锋以后，大家对写实有些不屑，热衷于搞抽象和隐喻。当然如果你搞一个纯粹的我们从未见过的先锋文本我没意见，可我发现，很多有名的文本和读者之间的“契约”经常出现问题。在《西游记》里，孙行者从石头里蹦出来，我们知道作者和读者之间建立了一个超现实的“契约”，卡夫卡也一样，当他在开头告诉我们格里高里变成了甲虫，我们知道这也是个超现实的文本。但现在你去审查我们的一些文本，你搞不清作者和读者的契约是什么，开头可能是一个现实主义契约，时间地点人物都是现实的，可是中间，他突然超现实了，隐喻了，寓言了。这种方式好像很深刻，实际上很不讲道理，往往不顾及人物，不顾及人性逻辑，作者想怎么干就怎么干。这不是先锋，纯粹是偷懒，先锋简直成了他们对人物的推进失去能力后作简单化处理的借口。

先锋的另一个破坏性力量是，从此以后我们的小说只把我们的历史、现实、时代当成一个假想敌，从不把时代、现实、历史以生动的具体的方式写入文本，而是推到背景以外很远的地方，大家似乎都热衷讲一个关于永恒的故事。

何言宏：谈到历史，我认为我们的革命历史、社会主义历史一直渴望着一部伟大的叙述，我基本上持这样的观点，就是认为伟大的中文小说一定是要通过这样的叙述才能诞生，很多作家也许都是这么认为的，所以在“文革”后中国的文学史上，向此目标奋力冲刺的作品才不断出现，我把《风和日丽》也看成是类似的努力。

艾伟：是的，文学如何处理社会主义经验，处理革命的内部问题，东欧及苏联作家确实做出了令人信服的努力。我曾谈到的《日瓦戈医生》、《不能承受的生命之轻》或《一个人的圣经》都可称是这方面的典范。我们有如此庞大的关于社会主义革命的经验，可我们的写作却很少真正正面地触及这些问题。也不是没有触及，可能是我们在思维路径上出现了偏差。

何言宏：谈到我国的社会主义历史尤其是前三十年的历史时，我不太主张用“经验”这样的字眼，因为它很容易让人理解成简单的肯定，或者也可以用“实践”来代替？当然“经验”也可以是客观的说法。你说的偏差主要指的是……？

艾伟：新时期以来，我们在处理社会主义经验时，往往是采取一种批判的，对抗的姿态。这种姿态如果仔细辨析，你可以发现一个西方的思路，即西方式的政治正确在。这或许会把我们的经验简单化，使我们的经验只有一极——血淋淋的现实，而忽略了人世间另外一极，某种带着暖意，带着欢娱的生命指向。最近我看了两部电影，一部是罗马尼亚的，叫《无声的婚礼》，讲的是一个村庄里，一对年轻人要办婚礼，婚礼正要进行时，斯大林去世，当局下令禁止一切娱乐活动。这可怎么好？杀了猪，宰了羊，亲戚们也带着彩礼来了，等斯大林丧期结束，猪肉羊肉都坏了，成本也太高了，于是，他们决定搞一个无声的婚礼。叙事的张力于是变得非常强劲，一方面是政治的高压，另一方面是在无声婚礼中人的创造力和幽默感。另一部也和斯大林有关，叫《给斯大林的礼物》，好像是土库曼斯坦的，讲的是土库曼斯坦的一个小站的老头，是铁路工人。由俄罗斯来的开去西伯利亚的列车上都是流放犯，有些人可能在半道死了，所以，老头的一个任务就是埋葬从列车上清理下来的死尸。一次，在尸首堆里，他发现有一个孩子还有呼吸，于是老头儿救了他，孩子活了下来。这时，迎来全世界无产阶级的父亲斯大林同志六十大寿，全苏维埃发起给斯大林同志献礼物运动，当局说，礼物如果有创意，被斯大林选中，可以得到斯大林的接见，并可以向斯大林提一个要求。孩子希望斯大林把父母从西伯利亚弄回来，于是开始苦思冥想献给斯大林什么礼物……叙事的落脚点是老头和孩子之间的温情场景。我们再来看看得奥斯卡最佳外语片奖的《窃听风暴》，我不太喜欢这部电影，我觉得它对社会主义经验采用一种简单化的方式展示，在叙事中，完全展示的是西方的思维，一种西方式的自我拯救，叙事中的丰富性被格式化了，同我们熟悉的社会主义经验其实相去甚远。不过，我觉得像《窃听风暴》至少还是对经验进行有效处理的，我们中国作家可能是没经过任何处理就扑上去了，所以，所展示的往往是一些"嗜血"的场景。

何言宏：这个问题是比较复杂的。不过，我们叙事背后的意识形态中确实存在一个西方概念。在西方的概念下，我们的现实必然和"嗜血"连在一起，这几乎是一种西方式的政治正确。

艾伟：是的。在先锋文学中，你可以发现有很多血腥的东西，其实都有一个概念摆在那儿，来自批判这样一种姿态，大家都在比力气，小说中总是出现类似"阉割"、"白痴"、"残疾"等，反正都是非正常的、变态的——我以前的一部分小说也是这样的。这种来自现代主义观念的小说往往是极端的，偏执的，单极的。我们总是口味很重。大家都喜欢寓言化的方式，通过变形或几个意象解决问题，很少展示真正的心灵问题，展示人在复杂革命语境中的个人选择，而我是有志于"心灵问题"的。我希望在小说里展示世态的多极性，不能老是盯着那所谓的恶，要写出世界的丰富和价值的多极来。

情感，以及文学的基本价值

何言宏：现在我们来谈《风和日丽》。你的长篇小说《风和日丽》发表和出版后，获得了文学界、读书界以及广大读者的热烈欢迎，但也给我们提出了很多值得思考的问题，比如我们前面谈到的文学的情感性、可读性，文学作品人物形象的塑造，和对我们的革命包括社会主义历史的直面与书写的问题。在《风和日丽》中，我看到你的创作出现了一些新元素，我没理解错的话，你的小说开始变得温暖了。

艾伟：确实是这样。这种变化在《风和日丽》之前的两篇小说《小偷》和《乐师》已初见端睨。我试图用更宽阔更公正的目光看待世界。我希望写出世界的丰富和多极，即使在悲凉人世，也有善和温情。在《风和日丽》里，我试图写出苦难人间的温情时光，写出爱、友谊、家庭的持久力量，写出绝望中的希望。

何言宏：你在《风和日丽》创作札记以及你对媒体的访谈中，似乎在反复强调这部小说的情感因素——你说，“情感是小说的物质基础”，强调文学的基本价值。

艾伟：情感力量是我近几年来思考得比较多的问题。先锋以来我们普遍忽略这个问题，认为情感是很通俗的东西，我们很难在先锋小说里看到正常的情感。但我认为小说还应该回到它的出发点。文学从本质上说它不是思想，它是生命中无以言说的血泪和欢欣，文学的根本功能是让我们得以窥见在这个世界上别的人的内心和我们如此相通，使我们不再感到生命的寂寞，使人与人的联系变得更为紧密。从这个意义上说，情感永远是文学最有价值的一部分，也是人身上最具普世意义的一部分。这就是为什么在我们长长的小说历史中，被读者喜欢的小说都一定有一个好的情感故事或爱情故事，《安娜·卡列妮娜》如此，《简爱》如此，不胜枚举。

何言宏：《风和日丽》无疑是处理革命内部问题的，你通过“私生女”的视角去处理这个问题，这个视角很小，但处理的问题却很大，你在写一个人的历史，却要写出背后风云诡谲的大历史。这其间需要很好的平衡能力。

艾伟：关于杨小翼的成长史，我已看到很多评论，有人从血缘的观点去解读革命，有人用后革命叙事去理解，有人则从民族国家的想象和创建过程中的悲欢血泪去思考，这些都有道理。作为一个写作者，一部作品完成后就该沉默。读者或评论家如何理解是他们的事。所以，在我这里，杨小翼就是一个人物，我试图写出杨小翼这长长一生的个人遭际，只是恰好这遭际和我们共和国历史相吻合。我在接受采访时曾谈到，我更愿意把这部小说当作是一部关于生命的情感故事。在杨小翼童年到年华老去的生命历程里，她像所有人一样经历了苦难、幸福、爱和情欲。这个情感故事是小说的血肉，也是最有力的部分。我始终认为一部小说首先要让读者进入小说世界，让读者感同身受，要做到这一切，得靠情感的力量。小说首先是用来感受的，其次才分析其意义。

何言宏：阅读这部小说给我很强大的命运感。

艾伟：最近我读了《名利场》，一部非常了不起的小说。里面有一个比较次要的人物，就是塞德立先生，他在玩股票期货这种投机生意，后来破产了。到此一般小说家可能会停止其命运的发展，因为他是次要人物啊，但萨克雷不放过他，让他的命运继续演进。这位破产的塞德立先生每天照例去股票场所上下班，他还在借贷疯狂地投机，后来他几乎成了一个老年痴呆者，脑子里惟一想的还是投机，他把儿子寄给他们家的生活费都拿去投机了，然后欺骗家人说儿子没寄钱来。一家人的生活落入空前的窘迫。你瞧，好的作家就是连一个配角都不会放过。这是需要强大的对人的洞察力的。我们的小说没有命运感，首先是因为没有人物，没有人物是因为没有情感。命运感是建立在此基础上的。人物、情感、命运永远是小说最基本的价值。

何言宏：某种意义上说《风和日丽》是敏感的，因为它涉及敏感问题，我想这是“将军”影影绰绰的神秘的原因吧？你的《爱人同志》也是这样，也涉及敏感的历史问题。

艾伟：在中国写作，特别是涉及如此层级的人物还是有限制的。其实这部小说最初有一个附录，我拟了一个将军的官方年表，但被出版社删去了。现在的方法也是一种走钢丝的结果。我要穿越那禁忌达到目的，还要允许出版。这种所谓的“神秘感”是这一过程的产物吧。虽然在《风和日丽》这部小说中，我尽量想贴着人类大地写作，写日常生活，拒绝不经过日常逻辑检验的象征或变形，但“将军”这一形象还是有一些象征或寓言策略在里面的，所以，清华兄评论这部小说是写真性与寓言性的统一，我完全同意。

何言宏：在中国，革命意识形态就是我们的天花板，我们生活在其下，我们几乎不能逃出它给定的框架。在这个前提下，在写作时，你内心有惧怕和犹豫吗？

艾伟：我们这一代作家和上一代作家还是有区别的，我们相对来说，这种来自“政治”的恐惧没有像让一代那么有切身的感受。我个人的经验是，我如果想要表达某种反思也好，苦难也好，我还是会按我的想法进行下去的。并且我认为，一个作家的兴奋点其实是始终如一的，你不在你的兴奋之所进行下去，你也就难以为继了。如前所述，在中国写作还是有限制的，我知道规约在那儿，我承认是会有“自我审查”的。但好的艺术家，就是在规约中跳舞，规约从来就是艺术所必须的，我相信即使有规约，依旧可以想办法达到你想要的效果，也许反而更好。

何言宏：这几年很多作家都开始了对中国革命的书写和反思，像李洱的《花腔》啊，包括刘醒龙的《圣天门口》，我觉得《风和日丽》给我一个突出的感觉是对待世界比较公正忠直，可以说，你几乎弃用了新时期以来作家们惯用的解构方法，你这部小说同时也是建构的。令人印象深刻的就是老将军尹泽桂为外孙天安留下的温暖的墓志铭：愿汝永远天真，如屋顶上之明月。

艾伟：关于革命叙事，有很多代表作，《青春之歌》是一种，完全照革命意识形态叙事的。后来，在九十年代，我们解构革命，在相反的方向上叙述革命。我试图公正地对待革命，对待这个壮阔的人类现象。革命在残酷的同时，也有着它特有的诗情和爱意。人性虽然会被意识形态左右，会变异，但人性总归是人性，我愿意相信它，人性最终会胜出。

何言宏：我很喜欢你对小说的组织，尤其是一些场景，其实是带有抒情性的。你很明显喜欢“干净”。“那年冬天，雪一场接着一场下，整个北京城变得像一个洁白的童话世界，晚上杨小翼躺在自己的小窝里，看到窗外白茫茫的一片，雪把夜晚映白了，从窗口能看到雪花从天上掉下来的情景，大朵大朵的往下扎拖着长长的影子，在天空的时候还闪着微暗的亮点，接近陆地时变得幽暗，雪花很像烟花熄灭后落到地面上的灰烬”。看完后感觉从未有过的孤单。这种类似场景的写作很多，我最喜欢这些场景中蕴含的一种味道、调子，我自己认为这些场景接近你本人的一种精神。你的小说音乐感很强就像命运交响曲，里面很多人的命运组织在一起。

艾伟：汉语是有自己的历史的，我们用汉语写作要对得起这种语言。在《风和日丽》写作时，我在修辞上确实下过功夫。总的来说《风和日丽》的写作是极其愉悦的，最焦虑的倒是起书名的时候。《风和日丽》将近尾声时，我感到这部作品在我的写作中是重要的，里面确实有一种不同于前期的风格，有一种日常的温暖的诗意在，在气象和格局上也更大，有人类正面的价值和情怀。我看重这种蜕变。有一次和毕飞宇兄电话聊天，他给我一个建议：如果你看重这部作品，还是从三部曲中独立出来。我接受了他的建议。然后接下来就重新定书名。二〇〇九年的春节，我满脑子都是书名，散步、吃饭、待客几乎都在想这事儿，我起了一百多个书名，像疯了一样。《风和日丽》是最早出现的，转了一个大圈子，最后发现还是这个书名妥贴。

何言宏：李洱说，你的小说是面对时代的一种艰难的发声方式：关于我们内心的虚弱、阴影和疼痛。这是一直以来你的小说的特有气质，这种特质的形成似乎与你忧郁的气质吻合，谈谈这种忧郁的形成缘由吧。

艾伟：这个很难说，我并不知道我在别人眼里是什么气质。童年和少年时期，我是个十分粗野的乡村孩子，我经常打架，有一些个人英雄主义。

我记得那时孩子们经常玩一种战争游戏，在沙滩上用泥块攻击对方，冲到对方阵地就算赢。我是冲在最前面的那个人，经常被砸得满头是包。有些坏小孩还用石块砸人，有一次我被砸得鲜血直流。成年后，外在的性情大变，变得不那么好动，安静起来，但我想这只是表面，我的内心一直有一个英雄主义情结在的，所以我小说里的男人大都很男人，比较强硬。现在我的外面谦和，但我知道在内心那种不服输的劲儿从来没消失过。

现代性视野中的藏地世界

罂粟的意义，或其他事物

何言宏：我们这次来参加渤海大学主办的“华语文学与世界文学高峰论坛”，是一个非常好的对话机会。一方面，论坛的主题是要在世界背景下来考察包括中国文学在内的华语文学，突出了一个世界背景；另一方面，恰逢我国的西藏问题引起国际社会和整个中国的强烈关注，这种关注，一下子把关于西藏的想象推到了前台，这在我记事以来好像是前所未有的。这两个背景，可能会使我们的谈话更加关注某些特殊的问题，也可能会使我对你的写作产生新的理解。对于你的创作，曾经有过很多研究与评论，但我以为，现代性对藏地世界的进入，以及它所引发的一系列反应与变化，是你作品中最为重要的内容，比如《尘埃落定》的一开始，麦其土司在与旺波土司的冲突中对国民党那个黄特派员的求助，其实就是对现代性的求助。辛亥革命是现代革命，国民党也应该算是一个现代性政权吧？这一点相当突出地显示了现代性对西藏的进入。小说中的罂粟——

实际上就是鸦片——不但对西藏来说是个新的事物，对整个中国的现代性来说，都是一种相当巨大的外在力量，是中国现代性历史进程中的一个典型符号。我不知道你为什么会主要选择罂粟这种事物，是不是考虑到正是它打开了我们古老的帝国，强行使我们进入了现代？

阿来：我想自己并没有所谓书写历史的野心，写作中更加吸引我的是人物的命运。但是，人物的命运不能抽象表现，总是在一个时代中展开，所以，人物背后的历史也不得不加以认真的关注。当然，写的是藏族人，自然也就关系到藏族的历史。西藏的现代性进程中，更准确地说，在我所书写的那一块地方——藏区的东北部，罂粟在二十世纪上半叶对当地的经济政治都起到了非常大的作用。与之邻近的四川的商人，军阀等等确实靠这个东西打开了通往这个地区的大门，找到了介入当地政治与经济的有效的方式。对于一个封闭的地区来说，鸦片似乎是一个有效的武器。英国人曾经用这个东西来对付闭关锁国的大清朝。民国了，鸦片广泛进入了封闭的藏族地区。很多看了我的书的汉族读者不高兴，说，汉民族就没有给你们好的影响吗？我说阿来成为一个汉语作家就是好的影响，好的影响还有很多。但某一个特定的时期，可能情况就是如此。直到今天，中国在经历了漫长而痛苦的走向现代的过程后，好多人还有这样的幻想，就是输入现代性就是只输入好的东西，坏的东西可以关在门外，但历史上已经发生的事实可能更复杂，更纠缠。关于这个，我们人人都在经历，其实不必多谈。而且，国民政府的这个现代性也是相对的，相对于西藏来说，是现代的，但与同期的美欧相比，可能又不够现代了。我在写作中感到惊奇的是，西方人打开中国的大门，用了鸦片这个商品，而在我故乡，封闭的大门不论是主动还是被迫，稍稍打开一点的时候，鸦片这个东西就进来了。好像有历史学家说过，历史在好的地方从不重复，但在坏的地方总是重复自己。如果查不出哪个历史学家说过这样的话，那就算我对历史的一个心得。就是从这里开始，大家共同走向现代。这两者完全像是一个一个 copy，一种复制。

何言宏：是啊，这很好玩，很有意思的。

阿来：你一想这很有趣。就像历史有很多巧合一样，在川西藏区走向现代的过程中，鸦片确实起到了很大的作用。这是事实，是历史，而不是虚构。这是民国年间川西藏区史的一个重要主题。

何言宏：是啊，你写《尘埃落定》时，肯定认真研究过西藏的历史吧？

阿来：当然了，更侧重我家乡嘉绒地区的地方史。我应该算是个地方史专家吧。说实话，我不太愿意说整个西藏。因为西藏地域太大，人口又少，加上高山大川区隔，藏族内部也有不同的文化区域。我所写的这片地区是藏族地区的东北部，这个区域从文化上命名就叫嘉绒。

何言宏：是啊，肯定要研究很多地方上的历史文献包括一些地方历史传说。

阿来：主要是民间口传性的资料，书面的东西很少。但口传资料有特别的价值，就是除了史料的价值，还可以看到研究审美价值的材料。

何言宏：然后再考虑到中国和世界这样大的背景，罂粟的意义便被突出和体现出来了。是不是这样？从小说中的开始到后来，围绕着罂粟出现了很多故事，很多问题，比如，正是罂粟导致了“开放”，导致了“市场”。很明显的，小说中的罂粟其实也是一个相当巨大的象征。

阿来：罂粟这种东西，我认为它在中国，当然也包括西藏的现代性历史进程中，意义非常大。比如当年，英国人也是没有办法，你老是封闭，你只是卖给它东西——像今天，历史上有点像今天——我们把瓷器、茶叶、丝绸卖给它，但是我们打死不买它的东西——那个时候是我们不肯买呀——那他最后没有办法，一定要让中国人买一个什么东西……

何言宏：所以罂粟便被选中了，硬派给中国，后来又间接地到了西藏。

阿来：很长时间，罂粟泛滥。但不是消费，因为没有那么多人口。地广人稀，山高皇帝远，正好到处广种薄收，输往内地，供内地消费。就是在这个生产与流通的过程中，内地的势力自然而然地介入进来了。需要说明的是，那时候，南京中央政府的力量对地方的影响，特别是少数民族地区的影响是很微弱的，起作用的还是半割据的地方军阀。

何言宏：因此在小说中有很多关于罂粟的内容，围绕着它发生了很多故事，很多争斗与冲突。但它还是一种象征，是一种对西藏来说全新的生存背景，比如说你写那个麦其土司和央宗的野合，就是发生在罂粟地里，是以罂粟为背景的。这除了考虑到故事的自然背景和叙事的画面感外，可能还有更加丰富的象征意义。所以说，如果我要专门谈论你的《尘埃落定》，可能会把罂粟作为一个重点，甚至会把它列入标题之类的。实际上在你的小说中，有很多使西藏获得现代性的符号或象征，罂粟当然是最重要的了，起码在《尘埃落定》中是这样。但除了罂粟，还有很多这样的符号，比如报纸呀、喇叭呀、收音机、拖拉机和水电站等等。

阿来：这里面有两个意思。一个，在写《尘埃落定》的时候，我确实希望小说里有些象征意味，当然这不是要强加于它，而是当故事提供了这个可能，然后你就抓住它，并且在适当的地方生发一下。

再一个，到写《空山》就变了。追求写实风格了。这里要声明一下，不是作者故意要怎样，要有一个什么样的风格，写法当然是重要的，但也要充分考虑到题材所提供的表现空间，提供的可能性。但无论如何，对新事物强烈关注还是一以贯之的。对我来说，出现了什么事物其实是不重要的，重要的是这些事物出现后怎么样影响到人，怎样改变生活的面貌。这才是一个小说家应该关心的。在《空山》和其他一些短篇小说中，我专门写了上面这些东西，我这些小说叫做“事物笔记”。这些藏区原来所没有的东西，都出现了，而且与罂粟相比，在今天读者的意识里，它们的形象一定是很正面的。

何言宏：哈哈，非常好玩，这是解读你作品时非常有趣、非常好玩的地方。你的“事物笔记”的说法也很好，以这样的思路构思出很多短篇小说，也非常独特、非常有意思。

阿来：写《空山》没有写《尘埃落定》那么多幽默感，于是写作过程也变得沉重。是写第四卷的时候吧，前年春节，老婆孩子出国旅游了。我一个人关在家里写，写得心绪一点也不像在过年。我就停下来，换一个笔调，一气儿写了也是作为《空山》一部分的十二个短篇。这样，接下来的写作就又可能继续了。

何言宏：但是你的这些因为“调剂”而写出来的短篇非常精美，我也非常喜欢。那天我很兴奋地告诉张学昕，我说除了刘庆邦他们，阿来也是短篇小说的高手。其实除了罂粟之类的很多事物，在你的小说中，还写到了很多词语。随着现代性的进入，藏民获得许多新的词语，像上面的很多事物一样，这些词语也进入了他们的生活，并且引发了很多有趣的故事，你的小说有很多这方面的内容，相应于前面所说的“事物笔记”，应该叫做“词语笔记”了。

阿来：可以这么说吧。但这些东西我直接放在小说里，没有单独拿出来独立成篇。藏语产生在一个相对封闭的环境中，适应的是一种相对简单的生活方式。要适应现代生活，必然输入或创造大量的新词。随着现代性的进入，很多陌生的词语也必然地进入到老百姓的生活中了。

何言宏：《空山》中写到两个农夫站在太阳底下，嘴里吐出“运动”、“错误”和“突击队”这样一些庞大空洞的词汇，显得非常古怪。农人的词汇应该是“种子”、“天气”和“收成”等等。但像“运动”之类空洞的词语，他们并不太懂，这便给他们造成了某种语言的压力，使他们感到力不从心、愧疚万分，这些词语进入他们的生活你写得非常好玩。

阿来：还有很多这样的词：“革命”，“主义”，“斗争”，“世界观”，等等，等等。讲一个真实的事例，毛泽东发表了新的诗词，《水调歌头·重上井冈山》，全国上下欢呼学习，我笔下的藏族乡村也不能例外，也派人去县里学习了回来，再在村子里向大家宣讲。老百姓哪听得懂这样的东西，宣讲的人在县里学习就没有听懂，回来还得讲，就成了这样："社员同志们，什么是"水掉锅头（水调歌头），就是共产主义来了，水自己掉到锅里头！"为什么有这样的误读？新时代来了，新的事物新的观念来了，与其生活相关的部分好理解这一些，但在历次政治运动中，的确强加给了老百姓很多离他们生活很远的东西，他们不能理解的东西。比如，我上中学的时候，回到村子里领受一个任务，就是在批《水浒》的会上给大家念这本书。这些人白天都劳动了一天，晚上坐在村小学教室里头，好多人汉语都不懂，却听一个娃娃念汉文的古典小说，结果，除了纺线的妇女，别的人都睡着了。关于这些词语的故事，很多都来自我直接的经验。青少年时代，我在乡村里生活主要用的是藏语，但也得间杂着使用一些汉语。少数民族语言的逐渐被弱化，好像是一个趋势。如果是在你原来的日常生活当中，像是家里呀，还有就是村庄里的人们互相之间，主要就是用藏语。但你总得要走出这个村庄。走出这个村庄，就算到了邻近的一个小镇上，你的语言就得发生变化。你要去邮局，去医院，你要去百货公司，它就要求你使用另外一种语言……就这样，很多词语就逐步地进入了我们的生活。我小说中的有关内容，刚才你说的所谓"词语笔记"，实际上就是在写这些"进入"。当然，如果进入的一些与实际事物相对应的词，人们还容易理解。但随着各种政治运动在乡村展开，很多汉族农民也不会真正懂得的抽象术语与概念在藏语的乡村出现了，这就有了很多有意思的事情。

何言宏：但是这里有一个问题，就是在现代性的词语进入藏地后，藏人原有的一些体验，有些只有用藏语才能表达的体验，汉语、普通话或者是一些新的词语却表达不出来，是不是这样？

阿来：对，有这个问题。包括我现在的写作也会遇到这样的问题。尤其是我在写人物对话的时候，我会多想一想。好像是脑子里有个自动翻译的过程，我会想一想它用藏语会怎么说，或者它用乡土的汉语怎么说，用方言的汉语怎么说，那么这个时候，这些对话就会有一些很独特的表达。但这只是取得一些局部的效果，很多独特的感受和对这种感受的表达一定是随着本族语言的弱化而湮灭了。也是因为这个原因，我提供的汉语文本与汉族作家有差异。有人说，像翻译，我说，其中有些部分的确就是翻译，不过是在脑子里就已经完成的翻译。

现代国家的强行进入

何言宏：除了我们刚才所说的罂粟等事物外，国家是你的小说中进入西藏的另外一种现代事物，而且毫无疑问是一种相当特殊和巨大的现代事物。在《尘埃落定》中，最先进入西藏的国家是国民党政权，这以那个黄特派员为代表，到后来的《空山》和其他一些短篇小说中，国家的进入所引发的焦虑非常突出，比如在《空山》的第一节“天火”里，人们怎么也不太明白，他们祖祖辈辈居住的山里一夜之间就有了一个叫做国家的什么东西。当他们提出疑问时，那些代表了国家的人就说，你们也是国家的主人，所以你们仍然还是山里的主人。可是当他们只是为了让来年的草势长得更好，牛羊吃得更加肥壮而按照旧有的习惯在山野里放火时，国家却拘走了他们领头的人。这怎么能说他们还是山里的主人呢？这让他们很难理解。因此也就产生了很多矛盾和冲突。还有小说中的一个老魏说，村子都是国家的，不只是村子，天上地下所有的一切，只要国家一来，全部都是国家的了，连你们都是国家的财产呢。这样巨大的事物进入了他们的生活，便很自然地发生了很多故事。我以为从《尘埃落定》到《空山》，国家始终是你作品中最为重要的“事物”或“人物”，它对藏地世界的进入，始终是你作品中最为重大的事件或故事。

阿来：大家知道，民族国家这个概念其实是个现代概念。国家同时还是一种强制性的力量，这显然是毫无疑问的。这是一个全世界公认的原则。

当然这也适用于中国，适用于任何一个现代国家。如果是一个汉族农民，他可能还比较容易理解和接受这个问题，因为过去的皇帝就曾宣称什么都是他的，即所谓的“朕即天下”。虽然这个“天下”并不一定完全和今天的国家概念重合。汉族农民可能会对不同的朝代和皇帝有不同的看法，有的甚至会有反抗或起义，但是对国家这个概念却很难怀疑。而对一个藏族老百姓来说，从出生到死亡，他的世界很小，很难理解国家这个概念。他们没有过这样的传统和经验。在他们的意识中，某一座山很自然地就属于住在山下的人，山上的森林、牧场、村庄和土地，都属于村里的人们。如果谁想开垦一块土地，那就开垦好了。所有这些资源，森林、牧场、土地，都是由一个个具体的人占有，无非是有人多，有人少，有人没有。但领有的那个人一定是具体的。但是后来却来了一个叫做国家的人，而且这个人并不存在，他看不见、摸不着，却又宣称对什么东西全都领有，这就超出了他们的理解和思维能力。

何言宏：哈，抓不到，摸不着，很抽象。

阿来：是啊，只是一个概念。过去的土司也是一些“领有者”，这个领有者是上面的“皇帝”授权的，但皇帝太远，老百姓的经验中，就是这个土司，这个“领有者”是显身的，是一种具体存在。土司不会对百姓宣示我们是身在一个什么国家，他们对国家的理解是朝代。朝代的概念也并不与国家概念完全一致。现在却突然来了一个概念。过去在很多人心目中没有“国”的概念，没有“国”，只有“王”。

何言宏：“王”下面有土司，是吧？

阿来：不是，土司就是这个“王”，土司都自称是“王”，只是小的“王”，必须给比他更大的住在北京的“王”纳贡，“王”与“王”之间因此组成了这样一种关系。他们只知道有一个“王”，知道他们被某一个“王”管着，而且，这个“王”是具体显身的，是一个肉身存在，而且领地很小，你经常可以见到这个“王”。但就是这个“王”也没有宣布说地上天下所有的一切全都是他的，因为在这个土地上也不全是农奴，有一部分人是有自己的财产的，即便是农奴，也有一些有一点财产，甚至包括土地呀什么的，那么现在突然来了一个人，而且这个人我们看不到肉身，从来都没有见过，来了很多人作他的代表，声称所有的东西都是他的，这对他们的经验来说，是一个很大的震撼和冲击。

何言宏：讲到这里，我忽然感觉到《尘埃落定》不仅写的是西藏，它也是在写中国；我们甚至也可以说，它不仅是在写中国，也是在写整个人类所受到的现代性冲击，是在写那些没有被现代化也没有获得现代性的某些封闭的世界——这既可以说是西藏，也可以说是中国，还可以说是世界其他某些地区——被强行现代化的这一过程，所以我们可以从这个角度来看《尘埃落定》的世界性因素。这样来看，《尘埃落定》的意义非常大。

阿来：《尘埃落定》写的是西藏的某一部分，但又确实不止于此。构思的时候我考虑了很多方面，也包括了你说的这些。比如在傻瓜这个人物身上，我就寄寓了很多想法。他代表了现代化的冲击所引起的反应。一般来说，面对冲击的正常反应应该是抵抗，这种抵抗如今在全世界到处都在以各种形式上演。但是傻瓜的表现却很“反常”。这种“反常”就好像是在突然加速的火车上，一个正常人会作出一些抵抗性的反应，因为他要通过抵抗重新获得一种平衡，但是反应的结果怎么样呢？你知道这个历史的进程就像是列车加速度一样，首先是重创这些作出抵抗性反应的人，最后的结果必然是你的失败。

何言宏：是啊，就像以前所说的，历史的车轮滚滚向前，把你裹进去，由不得你抵抗。

阿来：但是傻子却顺应了这种力量。他没有抵抗，首先自然是他没有这种抵抗的能力，然后就是听从了这种东西，反而顺从了历史。所以，就傻子形象的塑造来讲，除了那天会上我所说的是受了民间文学的启发与影响外，我想得最多的，就是我刚才说的这些。我也相信，这个社会总体上还是进步的，就整个历史范围来看，包括现代国家在内的很多现代性事物也是无法抗拒的。但是，历史还有另外的真实，那就是这些事物在进入像西藏这样的地区时，起初又确实会引起混乱，至少是思维上的混乱，至少是让很多人感到无所适从。所以我特别想把这种东西放到小说中去。

何言宏：我觉得你作品中的国家意识非常强烈，包括现代国家进入西藏，藏民对国家这种现代性事物首先是不适应、反抗和怀疑等，他们觉得这很荒诞。这个过程，你把它呈现出来了。

阿来：这种荒诞感，就是我们这些完全了解现代国家属性的人也会产生。我是说我现在已经充分理解了，但我曾经也是不理解这个强大存在的人群中的一员。

何言宏：你的作品正是揭示了这种荒诞。我们本来一生下来就生活在国家中，一般很难对国家本身有什么怀疑，但我看了你的作品后，反过来就会对国家进行反思。你在创作当中有没有很自觉地来做这种思考？

阿来：肯定包含了这样的思考。但着重点不放在这里，着重点还是人们对此的感受与反应。因为所有这一切真实发生的历史，以及历史发生过程中各种观念明里暗里的冲突，都只是小说的一个背景，人物命运和以此为依托的小说情节推进的依据。一个小说家应该深入到背景的认知中去，但不一定把这些认知都直接呈现出来。我不是一个反对作家应该学习、应该思考的人，而且自我感觉在这方面做得还行，但我并不主张直接把这些东西在小说中呈现出来。如果隐约透露出一些信息，那也是通过人物与故事来进行。小说家在小说背后思考。

何言宏：这样的思考在中国文学中还是很少见的，是吧？

阿来：这个问题很重要，但是读者不一定喜欢，而且好像比较敏感，也会有一些误解。汉族读者误读，认为你反对进步，等等，而且这样认为的可能还不是一般读者。藏族人也会误读，我是说能读书的这些同胞，主要是出于自尊，觉得我们没有那么落后吧。我在瑞士遇到一个同胞，来听我在巴塞尔的朗诵会，之前还请我吃饭、一面说我们有这么好的作家很高兴，但又和我商量，说，小说里杀了那么多人，我们的过去没有这么残酷，也不是这么落后。而汉族的批评家呢，觉得我冒犯了他心目中国家与进步这样的概念。其实两方面都基于真挚的民族情感，但都因为偏见的遮蔽而不肯正视历史。所以，稍一探讨这种东西，甚至一看到这样的字眼，好多人心中就拉起了警报。这个警报一响，受过的教育，读过的书，基本道理都忘记了。反应完全是情绪性的。本来，国家概念的进入、传播与确立的过程，如果仔细研究一番，肯定是非常有意思的。我必须说，我在小说中并未展开。在纸上玩抽象概念的时候，很多人什么都可以谈，阿伦特、萨义德、德里达、哈贝马斯、列维－斯特劳斯，我想谈来谈去也无非就是文化、民族、国家，但是一具体到我们自己某一方面的现实，就把这些都忘掉了。你表现了这么一点荒诞感，他就给你来一顶帽子，说你要否定国家。你对文化的消亡流露一点惋惜，就说你是抵抗现代。就这么自说自话下去，甚至可以给你定罪了。

何言宏：就是说，如果不把小说中的国家放在现代性的层面上来理解，会有一些误解？其实完全不必要的，因为按照马克思主义的理论，国家是要消亡的。

阿来：是啊，我们是在对国家本身进行思考，而不是针对某一个或某一种类型的具体的国家。不是说小说家需要思考吗？一旦思考，对具体现实的观照与表现，必然上升到一些概念的抽象的层面。文学如果参与社会对话，并不只是提供经验性的“这一个”，必然就会进入到更为抽象和概括的层面。而且，国家概念的形成有一个历史过程，而我正好遇到了一个题材，遇到了一群人，意识没有进化到能够自然接受这样一个概念的程度，现代国家的概念对他们来说过于超前。更重要的是，在极左思潮盛行的年代，这一切的操作又过于急切了。

何言宏：这样一来，从你的《尘埃落定》开始，我们的聊天已经进入了一个世界思想界的前沿性问题。前些年在南斯拉夫的问题上，北约的干预曾经引起过世界性的讨论。当时讨论的关键集中于国家主权的问题，我们国内也翻译发表了一些国外思想家的文章，特别是哈贝马斯的意见，最有影响。这样一来，国家的现代性和历史性本质的问题，从来没有这样活生生地来到我们面前。那次事件后，国家开始被人们放在质疑的位置了。实际上，你的《尘埃落定》客观上也是自觉地在做这种质疑，开始反思国家这种现代性的事物。

阿来：刚才你说到了南斯拉夫，其实还有伊拉克、阿富汗等等。北约，或者是美国等国家以为他们为了人权，为了其他目的，可以去干预一个主权国家，但是我们不禁要问，你的干预所依靠的力量是什么呢？不仍然是一个或多个国家吗？你去反对暴力，使用的不仍然是加倍的暴力吗？

何言宏：一个国家联盟，或者就是……

阿来：更大的国家！当然，我所写的藏区与之完全不同，这个地区从来就在中国内部，但是因为历史进程的不一致，导致了对国家形态的认知，对国家权威如何尊重等问题。回到南斯拉夫伊拉克的问题，大家谈论更多的是，“人权”是否高于“主权”，也就是“人”可不可以大于“国家”。以人的解放为号召的战争，以人的平等为号召的干预为什么得不到预期的结果？

何言宏：那是很荒诞的。

阿来：某一种合理性达到极致的时候，就会产生荒诞。所以在这些方面我总是有很多疑问。其实我对历史的兴趣更大一点——但这并不是说我对小说的文体呀、语言呀，这些艺术层面的东西就不重视——我放在第一位思考的，首先是历史。

何言宏：是啊，你所思考和面对的历史很自然地会包括西藏的历史，而这对我们汉族作家来说，显然是一个思考的盲区，而且也全无体验。这样一来，我们联想到这次会议的主题，想到你的作品在西方被接受，可能正是因为你对历史的独特反思，起码是在我们中国当代文学中，不会有谁会提出这样的思考，不会对国家的问题做出反思。

阿来：因为我可能恰好是那种身份，那种处境，也经历和体验了这样的过程。我们原来天生就没有这样一个概念，突然一个概念降临到我们头上，而且随时随地，无处不在地影响着我们，甚至决定我们干什么和不干什么，我们每个人都有过这样的困惑。

何言宏：所以说，你的小说写国家，写对那个封闭的世界来说，国家突然出现了，进入了，他们便有些反应，有些紧张是吧？通过这些反应、这些紧张来对这个现代性的历史进程进行反思，对国家进行反思，这种主题的思想性其实很强，非常非常强，我想西方读者对《尘埃落定》的接受，包括以后对《空山》的接受，都不会仅仅把它们当作社会文件，因为它们包含了非常深刻、目前来说也非常前沿、非常具有现实意义的思想。

阿来：可能是这样吧。在国外，我总是被鼓励谈西藏，我说，不，谁能谈整个西藏呢？我来谈谈我所知道的一些西藏的人吧。对国家概念的困惑，是这些人对于越来越势不可挡的现代性的困惑的一种，但无论如何，他们是接受了，最后也进入了，当然程度有所不同。现在再到小说作为背景的地区去，年轻的一代人已经不会有这样问题了。进步了，但社会进步必然要有一些人付出代价。我们常常从物质层面看这个问题，但在生活的表层下面，还有情感的代价。我关注的是这个过程，而不是过程完成后的结果。再说了，历史的动能无休无止，过程永远是在延续的。

何言宏：其实今天临时谈起这个问题，我也没有做一些准备，但我觉得你的这些思考在当下中国的文学界好像还没有，你接通了世界最前沿的一种思想观念，是不是这样？

阿来：我不敢说这是不是就是最前沿，以不愿意以此为标举。但我的处境，我的身份会让我对这类问题比较敏感。萨依德和哈贝马斯的书，我也读过一些。在哥伦比亚大学访问的时候，我问过他们是不是能见萨依德，但他们说萨依德已经不行了。

何言宏：是啊，白血病。我们这次来了几个作家，你比如说李洱和尤凤伟，他们对历史都有很多深刻的思考。这个方面，我觉得也有很多中国作家往往是回避的，比如去年我写了批评王安忆的文章，就是谈的这个问题。王安忆是个很好的作家了，但是她的问题是对一些重大历史的回避，历史是你没法回避的事情呀，是不是这样？你看你一旦很认真地面对历史，就能发现“国家”这样一个很重要、也很独特的问题。

阿来：我的这种面对历史，也不存在着是否需要有勇气的问题。我也不是简单地同意谁，反对谁，我想随便谁来统治，用什么样的政体来统治，都会带来这些问题。我是一个观察者，我记录看到的过程，这个过程中有种种反应，我会思考为什么会有这种反应。进步是好的，是必须的。这是我的一个基本信念。但藏区的问题有意思就在于，这个对现代性的追求最初不是民族内部自发的，是外力作用强制的。所以，对现代性还没有基本理解的时候，就在接受了。这就有了故事需要的内在的张力。你可能注意到了，这种质疑在小说中主要放在五六十年代，后来，这个问题在当地老百姓心目中慢慢地就不再是个问题了。再有一点，抛开西藏不谈，就谈中国的一般现实，政治学，社会学，经济学好多领域都在讨论，国家该干什么，不该干什么，干什么的时候该用什么样的方式，不该用什么样的方式。当然，我们一般不会说国家，而是说政府。但文学和文学批评中好像对此没有什么思考。当然有些事实呈现出来了，但通过对这种事实的表述，我们可以看出，我们往往将其视为个别事件，而没有更深入的观照。

何言宏：不管是小说中的藏人也好，还是你的作品也好，面对的只是作为现代性事物的国家，而不是某种具体的意识形态或政治力量。

阿来：所以，他们总是觉得我的小说好像官方也比较认可，因为官方也觉得我这里头并没有什么恶意啊，至少我们的官员都曾受过高等教育，他们不会误解的。

何言宏：你写那些体现了国家力量的伐木工人，还有采矿等等，他们进入藏地以后所发生的情形，其中有很多嘲讽，但你嘲讽的是一个抽象的国家，而不是把它当作某种意识形态或者是政党来嘲讽，实际上这是一种非常严肃的反思。

阿来：其实，国家自身，对这些问题也有很深的反思。我觉得那种很简单的停留在对某种政治意识形态进行考量的作品会缺乏超越性，你看我们写“反右”和写“知青”的作品都是在控诉个人遭受的命运，控诉这些个人在特定时期的政治背景下的苦难遭遇，没有上升。

何言宏：或者是，最多上升到知识分子阶层或者是某一代人。

阿来：对对对，没有超越性，不能超越对本阶层命运的关注，对运动的根源也缺乏更加深刻的反思，而我面对的一个最大的问题，就是我作为一个藏族作家，能不能从我的身份中超越出来？从文化失落中，从某种撕裂的痛楚中，从历史悲情中超越出来。

何言宏：我忽然感觉到《尘埃落定》，实际上也不光是《尘埃落定》，而是你的整个写作对当代中国文学提供了一种超越性的经验，而这种超越，主要表现在两个方面，一个是要超越对某一具体的阶层、阶级甚至民族的关注，不能仅仅停留在这些层面，而是应该通过这些层次进一步抵达对整个人类的命运与生存的总体性思考；第二个方面，我们也不应该仅仅停留在对某一具体的政治力量或意识形态的思考，而是应该通过它，抵达它背后的更加深刻的东西。我们的写作如果一直纠缠和停留在那些简单的层次，不仅会遇到很多尴尬与困难，而且深度和意义也很有限。比如说我们的写作在处理现代以来的中国历史时，经常会遭遇到这样的困难，而你的写作一旦超越了这两个层面，也就很好地解决了一个当代中国的文学创作所一直面临的困难。

藏地生活的现代转型

阿来：刚才你说的第二个方面，尤其是在《空山》中，表现得更加突出。

何言宏：是啊，但你处理得很好。因为你的关怀其实要更高，更广。你在思考其中的国家和政党力量的时候，是把它们作为现代性的事物来思考的，而你写西藏，也是把它作为人类的某个代表来思考的，这就是我们刚才所说的超越性。两大超越！

阿来：在我来说，写西藏，或者有一天也可能不写西藏，比如写写今天的城市生活，不管题材如何变化，但确实都会在其中体会人类的某种处境。

何言宏：何种处境呢?

阿来：已经写的是在整个人类的文明进程中落在了后面的民族的处境。我想即便是现在已经很先进的民族，它也曾经历过这样的命运。

何言宏：所以你虽然写的是西藏，但是也在写整个人类的命运与处境。

阿来：我不把这些想法当作时髦的口号，你在作品中也很难明显地看到。

何言宏：但这是一种很好的经验。你写藏地世界，实际上你又超越了它，使自己的作品在思想层面上进入了一个前沿的、人类最迫切需要解决的困境问题，还是像我们刚才所说的，你通过西藏，抵达了人类。我们这样来谈，是不是显得很空、很抽象?

阿来：不抽象的，就这样谈下去，我觉得很好。文学是具象的，又不能被那个具象拘束住了，应该有点抽象的东西从这种困境中超脱出来。

何言宏：是不会抽象的。因为按照这样的思路，我们马上就会进一步想到藏地世界的生存境况到底如何？你的小说又是如何表现的？刚才，我们谈到了你的小说写到的诸如国家和罂粟等现代性事物进入藏地后发生的情况，与此相对，我觉得更应该注意的，是藏地世界自身的哪些方面与现代性之间构成了紧张？我看这在你的作品中，主要是土司制度和宗教制度为主的一些制度上的东西，还有一些藏民族的生活、伦理和他们的精神世界，他们的自然万物，等等等等，其实包括了很多内容。

阿来：一方面呢，我认为这种制度性东西的瓦解就是天经地义的一个过程，是历史必然。第二个方面，你也过于落后，过于封闭了，一直停滞在“中世纪”。因为藏族社会大概从公元八至九世纪以后差不多有一千多年的时间都没有变化。

何言宏：八九世纪以后藏民的生活就一直封闭停滞，这和以前的汉族差不多了。

阿来：这些以制度化的方式幸存下来的东西相当成熟，刚出现的时候，是合理的，甚至是进步的，但一成不变地延续太久，整个世界都在大幅前进的时候，你却老是固守不动，确实就一天天显得荒诞。对这些东西，我毫不怀念。但是人民显然又是无辜的，你把他放在那么一个情境之下，那他必然会受到相应的局限，他就在那种局限下建立自己对世界与对人生的一些基本看法，形成与之配套的自然与人文的伦理，并且停滞在那里。最后，历史说要前进了，对将要去到的理想国的描述，是他们很难懂得的，于是，这部分人在这个过程中必然承受巨变中的困惑、疑难和痛苦，不管是在物质上，还是在精神上，这部分人都必须承受。对于这些人的悲剧命运，我认为自己充满了同情，因为我自己无非就是巨变中——用现代话语来说——“转型”得比较成功的而已。

何言宏：是啊，整个民族都在经历痛苦的“转型”。

阿来：在这之中，有些困惑也是我自己感同身受的，但我比较快地就从这种泥潭中爬了出来，大部分人则沉沦在这个泥潭中。对于这种转型，用我们官方的表述就是从奴隶社会、农奴社会一下子进入到了社会主义社会，而且我们对这种巨大的跨越毫无准备。汉民族社会走到今天，有那么多人曾经进行思想、文化、政治、科技和实业方面的种种努力和准备，这些努力从严复、龚自珍他们就开始了，终于走到今天，而且即使这样，这种震荡还在进行当中。对藏民族来说，却完全没有任何准备，它的社会精英对此没有准备，老百姓更加没有，没有前行的准备，也没有接受这么新东西的准备，可想而知，老百姓会经历怎样的命运，这个过程对他们将有多么艰难。

何言宏：对于老百姓来说，首先他们的日常生活会发生很大变化，而且这些变化，很多又都会表现在细节上。比如你的短篇小说《喇叭》所写的。喇叭进入了他们的生活后，他们非常好奇，不断地听自己从那个喇叭中发出的声音，然后小说又写他们看到了一个旗杆，旗杆上白云在飘……这些事情，好像只是一种日常生活方式的变化，但其内涵很深，意味深长。

阿来：而且我的这类短篇大都是以喜剧性的风格来写的。一方面，你至少对这种不适应下的人们会寄予巨大的同情，但是在另一方面，你又觉得这是很必然的，他们必须要经历适应的过程，所以心情非常复杂。

何言宏：是啊，这些短篇大多都有一些轻微的喜剧性反讽。另外，你在作品中所写的他们的伦理关系和精神世界，好像也有很多类似的不适与痛苦。

阿来：是这样的，他们一下子很难适应新的伦理秩序，也很难接受很多新的思想观念和科学观念等，而且他们对这些新的东西完全不懂，这是最要命的。

何言宏：另外还有很多神秘的东西，你比如说他们的迷信、他们的精神世界，都在经历很痛苦的转型。《空山》中的那个巫师多吉，他能够呼风唤雨，他和小说中很多人物一样，即使是在现代性进来以后，仍然很迷信。那些被贴上封建迷信的东西都只是在形式上被消除了，寺庙，还有家庭的祠堂被关闭了，上香、祈祷、经文的诵读被严令禁止了，宗教式的装饰被铲除，祷歌填上新词，然后人们不会唱歌，也就停止了唱歌，但是在私底下，特别是对老人们来说，最起作用的还是那些蒙昧时代留下来的东西，无往不胜、自以为是的科学与文明洪水一样地从生活的表面滔滔流淌，底下的东西依然在底下。这就是说，迷信虽然被现代性表面性地破除，但是在实际上，人们的内心还是有迷信，还是有对某种神秘事物的信仰与敬畏。

阿来：对整个社会可以叫转型，但对一些特定的人，特定的现象，那就是消失，就是死亡。这些多年形成的旧的东西本身就有惯性，但更重要是，他们根本不懂现代性的东西，你硬是给他，他只能勉强接受，但是为什么接受呢？这一点他始终想不清楚。人们接受一件东西，首先必须理解它，但是就他们的思维水准来说，怎么都是无法理解的。我遇到一种特别理直气壮的责问就是，进步是好的，新的东西也是好的，你为什么要让你小说里的人物去拒绝？！这么一发问，事实上就离开了基于事实讨论对话的层面，我无法回答。就让我想起老家村子里的七十年代，夜晚，打麦场中央燃着一堆大火，干部带着积极分子向被批斗的落后分子发问："人民公社好不好！""好为什么你还想分地单干？！"

何言宏：你的小说里面，《天火》也好，《尘埃落定》也好，都写了能够呼风唤雨的巫师，比如说《尘埃落定》中的"玫瑰花战争"、下冰雹等等……你的小说都对这些做了非常客观的呈现。

阿来：从我的理解，这些巫师之所以能如此，是因为他总有一些对自然的经验，然后根据这些经验进行这种带有表演性的活动。

何言宏：就是说，你所写的这些并不是虚构或传说，而是……

阿来：是一种生活真实，不是编造、虚构和传说。像《天火》里的巫师多吉，他为什么能呼风唤雨啊？其实他是根据季节、气候、风向和山谷等多方面的自然情况，他只是把握住了自然的某些规律或特点。

何言宏：哈，你的立场好像……并不是为这种神秘性的力量辩护。

阿来：不是，不是，我并不为这些神秘辩护。但它在西藏确实又是真实存在的现实。

何言宏：但你在小说中并未把你的立场呈现出来。

阿来：我不想，也不能离开小说中具体的人物来作作家个人立场的宣示。

何言宏：我们看了以后，发现类似巫师的这些神秘性的力量确实存在。

阿来：你看起来神秘，但它就是一种现实。好像马尔克斯在谈到《百年孤独》时说到过类似的情况，他说其实我没有什么魔幻，我只是书写了拉美的现实。

何言宏：还有就是，你的很多小说都写到了歌唱，写到歌唱性质的改变。对于藏人来说，歌唱的变化实际上就是生活方式的变化，像在《空山》中的“达戈与达瑟”里，你写到藏民原来那种歌唱的生活方式受到了挑战。色嫫一心想做歌舞团演员，梦想做一个歌唱家。同样是歌唱，她已不再让自己的梦想停留在民间歌手的层面上，而是想做歌唱家，这显然是在追求一种全新的现代性的生活方式。

阿来：是啊，现代性的加入，使歌唱的动机发生了变化，更正面的表达就是可能性更多了。就像我们今天所讨论的作家获奖的问题，有了评奖，很多艺术创造的动机便发生了变化。

何言宏：你这样说，是否意味着你对藏民世界原初的生活方式有一种留恋？

阿来：单纯从歌唱来讲，我可能更多的还是留恋。我这样写，也是基于对当代艺术的走向有一些想法。

何言宏：其实你在写西藏生活的时候，包含着很多思考。

阿来：是的，它会指向当下，你会想到我们自己在当下的处境，它们之间其实有很多类似的地方。

何言宏：你刚才说：“单纯从歌唱来讲，我可能更多的还是留恋。”那就是说，除了歌唱之外，你对西藏的那些被现代性所摧毁的生活并没有过多的留恋？

阿来：留恋没有用，历史是前进的。但是对当下，我们也应该很认真地检讨一下，在我们抛弃旧的东西的时候，是不是考虑一下其中是否还包含了一些人类最有价值的东西？特别是在情感上。人为什么会怀旧呢？这是一个很复杂的问题。总体趋向上，我跟大家一样相信新的东西会好于旧的东西。但绝不是说就认可所有好东西都是新的。今天这个社会有一个问题，有一个大问题，就是迷信所有新的就是好的，这种迷信很可怕，中国社会已经为此付出了很大代价。从社会改造上来说，在破除一种旧制度时，总有人为将来描绘一幅美好的图景，但新制度确立后，旧有的那些我们认为不好的东西不一定就立马消失了，或许它还会在新制度里顽强重生，而消失的东西也不全是垃圾。

何言宏：是啊，这很复杂。其实我感觉到，你在写到像罂粟、现代国家和现代生活方式之类的现代性事物对于西藏的进入时，或者是在写到某些现代性的观念对于迷信、对于某种宗教性事物的摧毁时，你一方面感觉到这是一种历史的必然，是大势所趋；另一方面，其实你对现代性进程，对这些现代性的种种事物，从日常生活方式——像刚才所说到的比如歌唱家之类的生活理想——到现代性的精神、思想、政治以及对于自然与生态的破坏等等，你还是有批判与反思的。现代性对西藏的进入是一种必然，但是在另一方面，你对其本身也有着批判性的反思。